ullstein

Beate Sauer

Der Hunger der Lebenden

Ein Fall für Friederike Matthée

Kriminalroman

Ullstein

Besuchen Sie uns im Internet:
www.ullstein-buchverlage.de

MIX
Papier aus verantwortungsvollen Quellen
FSC® C083411

Originalausgabe im Ullstein Taschenbuch
1. Auflage Februar 2019

Umschlaggestaltung: bürosüd° GmbH, München
Titelabbildung: © Herbert Maschke / ullstein bild
Satz: Pinkuin Satz und Datentechnik, Berlin
Gesetzt aus der Galliard
Druck und Bindearbeiten: CPI books GmbH, Leck
ISBN 978-3-548-29121-5

Prolog

Die junge Frau kauerte in einer Ecke der Zelle. Ihr ganzer Körper schmerzte. Sie war umgeben von Dunkelheit und hatte jedes Zeitgefühl verloren, wusste nicht mehr, wie lange sie schon eingesperrt war. Nur, dass man sie schon zweimal geholt und endlos mit einem Stock geschlagen hatte, weil sie zuvor versucht hatte zu fliehen. Wahrscheinlich würden sie sie wieder schlagen. Noch einmal würde sie die Hiebe bestimmt nicht überleben. Sie hatte Angst. Angst vor Schmerzen. Angst vor dem Tod. Dabei hatte sie doch noch gar nicht richtig gelebt.

Heilige Maria, Mutter Gottes … Vater unser, der du bist im Himmel … Die Worte kreisten im Kopf der jungen Frau, und sie weinte. Schon ewig hatte sie nicht mehr gebetet.

Ich will nach Hause. Zu meiner Mutter und zu meiner Schwester.

Hatte sie die Worte geflüstert oder nur gedacht? Was hatte sie nur getan, um an diesen Ort gebracht, in dieser Hölle eingesperrt worden zu sein? Sie konnte sich nicht mehr erinnern.

Ihr Kopf wurde schwer, sank auf ihre Brust. Die junge Frau dämmerte weg. »Ich bin ja heut' so glücklich, so glücklich, so glücklich.« Von irgendwoher glaubte sie, das Lied zu hören. Und dann war da die Schauspielerin Renate Müller, blond und schön, und lächelte sie an. Sie fasste die junge Frau an der Hand und geleitete sie aus der Zelle und tanzte mir ihr durch die Straßen. Und Zarah Leander sang: »Der Wind hat mir ein Lied erzählt, von einem Glück unsagbar groß.« Da waren das Meer und Palmen und …

Die Zellentür öffnete sich. Die junge Frau wurde gepackt und nach draußen gezerrt. Die jähe Helligkeit war so grell, dass sie die Augen schließen musste. Schmerzen jagten durch ihren Körper und ließen sie aufschreien. Nun war sie in dem Trakt, den sie mehr als alles fürchtete, und in dem Raum mit dem Bock. Während man sie darauf festschnallte, sah sie wieder Renate Müller. Ihr Gesicht veränderte sich, wurde zu dem jener Frau, der sie einmal vertraut hatte. Jetzt wusste sie wieder: Diese Frau hatte sie hierhergebracht.

Die ersten Stockhiebe ließen sie fast ohnmächtig werden. War es nicht besser zu sterben, damit endlich alles vorbei war?

Aber dann war da plötzlich der Hass auf jene Frau. Nein, sie würde nicht aufgeben. Sie würde leben und sie finden und … Ein weiterer Schlag brachte die gnädige Bewusstlosigkeit.

1. Kapitel

Bergisches Land, bei Odenthal,
Montag, 16. Juni 1947

Die Dämmerung senkte sich über den Garten, sog die Farben aus Bäumen und Pflanzen. Arthur Caune bewegte sich in seinem Versteck zwischen den Büschen, lockerte die verspannten Muskeln in Armen und Beinen. Vor einer Weile hatten die Mägde die Beete gegossen. Er hatte sie reden und kichern hören, und der Geruch des Wassers, das auf die Erde traf, irgendwie herb und würzig, war tief in seine Nase gedrungen. In einem der umliegenden Dörfer schlug eine Kirchturmuhr zehn. Seit über einer halben Stunde war der Garten nun schon verlassen.

Der Hunger legte sich wie eine Faust um den Magen des Jungen und presste ihn zusammen. Arthur umklammerte den Talisman in seiner Hosentasche. Die letzten beiden Male, als er hier Gemüse gestohlen hatte, hatte ihm die silbern schimmernde Plakette Glück gebracht, und niemand hatte ihn entdeckt.

Geduckt lief er zu der Stelle hinter den Beerensträuchern, wo er den Maschendrahtzaun gelockert hatte. Er hob das Drahtgeflecht an und schob sich darunter her. Einige Augenblicke kauerte er lauschend am Boden. Doch von dem nahen Hof war, außer dem schläfrigen Muhen einer Kuh, kein Geräusch zu hören.

Das Beet mit den Möhren lag den Beerensträuchern am nächsten. Arthur zog einige Möhren aus dem Boden und stopfte sie in seinen Rucksack. Dazu drei Kohlrabi

– die Löcher in der Erde strich er hastig glatt –, ein paar Gurken und eine Handvoll Buschbohnen, dann trat er den Rückweg an.

In den vergangenen Tagen waren die Himbeeren reif geworden. Er roch die Süße in der spätabendlich kühlen Luft. Arthur konnte nicht widerstehen und steckte sich eine Himbeere in den Mund. Der Geschmack war überwältigend, füllte seinen mageren Jungenkörper ganz aus. Er pflückte noch eine und noch eine, kaute, schluckte – hatte er je etwas Köstlicheres gegessen? –, bis er den Hofhund am Rand des Gartens bellen hörte. Ein Schäferhundmischling, mit dem nicht zu spaßen war.

Panisch schlüpfte Arthur unter dem Zaun hindurch und rannte zu einer Reihe von Obstbäumen. Er hatte gerade die untersten Äste erklommen, als der Hund schon am Stamm hochsprang. Seine Zähne ritzten Arthurs Knöchel, doch er konnte sich losreißen. Nur höher und höher hinauf! Tränen rannen ihm übers Gesicht, als er sich schließlich in einer Astgabel niederließ.

Der Hund bellte immer noch, umkreiste den Baum. Schließlich ließ er sich hechelnd ins Gras fallen. O Gott, er musste hier fort! Seine Mutter würde bald von der Bäuerin, der sie oft bis in die Nacht bei der Wäsche half, nach Hause kommen und feststellen, dass er nicht in seinem Bett lag.

Ein Mann kam den Feldweg entlang. Eine schattenhafte Gestalt in der Dämmerung. Also hatte jemand auf dem Hof das Bellen gehört. Arthur umklammerte wieder den Talisman. Lieber Gott, lass ein Wunder geschehen …

Der Hund drehte sich um und witterte. Sein Knurren verwandelte sich in ein freudiges Winseln, als er den Mann erkannte. Gleich würde er wieder bellend am Stamm hochspringen und Arthur verraten.

»Guter Hund …« Der Mann beugte sich zu dem Tier

und warf ihm etwas zu fressen hin. Der Hund stürzte sich darauf, vergaß den Jungen, der zitternd in der Baumkrone hockte.

Der Mann beobachtete den Schäferhundmischling. Dann blickte er in Richtung des Hofes, als hätte er dort etwas wahrgenommen. Nun konnte Arthur sein Gesicht, das bisher im Schatten gewesen war, erkennen.

Der Junge erstarrte. Er hatte Tote gesehen und von Bomben zerfetzte Körper. Doch nie so etwas Entsetzliches. Das Antlitz war eine Fratze, starr und leblos. Die Augen dunkle Höhlen. Die Lippen zurückgezogen, sodass sie die Zähne entblößten. Es war das Antlitz einer bösen, grausamen Kreatur.

Arthur klammerte sich an den Ästen fest. Er wagte kaum zu atmen. Bitte, bitte, lieber Gott ... Bitte ... Irgendwann hörte er den Hund jaulen, was ihn aus seiner Erstarrung riss. Er öffnete die Augen, die er fest geschlossen hatte.

Es war mittlerweile fast dunkel. Doch die Nacht war sternenklar und die Sicht gut. Der Mann war verschwunden, als hätte es ihn nie gegeben. Der Hund wand sich vor Schmerzen im Gras. Was auch immer mit dem Tier geschehen war, es stellte keine Gefahr mehr dar.

Zitternd kletterte Arthur vom Baum hinunter. Die Beine gaben unter ihm nach, als seine Füße die Wiese berührten, und er fiel hin. Seine Hände griffen in etwas Feuchtes, Stinkendes. Der Hund hatte seinen Mageninhalt erbrochen. Weg, nur weg ...

Arthur rannte davon. Das klägliche Jaulen des Hundes verfolgte ihn. Stand der Mann dort im Schatten der Bäume? Wartete er auf ihn? Arthurs Hand suchte den Talisman. Doch in der Hosentasche war er nicht mehr.

Köln, Mittwoch, 18. Juni 1947

In der Damentoilette des Polizeipräsidiums zerrte sich Polizeiassistentin Friederike Matthée die zivile Kleidung vom Leib. Sie war völlig außer Atem und verschwitzt, und alles schien an ihr zu kleben. Obwohl sie das letzte Stück des Weges gerannt war, hatte sie sich eine Viertelstunde verspätet.

Seit einigen Wochen nahm sie an einem Zeichenkurs teil. Wenn das Leben irgendwann wieder normal sein würde – ohne Trümmer, Rationierungen und ständigen Hunger –, wollte sie versuchen, neben ihrer Arbeit bei der Weiblichen Polizei Kunst zu studieren. Der Kurs fand in einer Ruine statt. Mit den spärlichen Materialien – Bleistiftstummel, Papierreste aus Aktenbeständen und alten Zeitungen – war das Ganze ein ständiges Improvisieren.

Aber Friederike liebte diese Stunden, und heute war sie so in ihre Skizze versunken gewesen, dass sie ganz die Zeit vergessen hatte und nicht rechtzeitig zum Spätdienst aufgebrochen war. Ihre Vorgesetzte, Kriminalkommissarin Gesine Langen, bestand darauf, dass Vorschriften penibel eingehalten wurden. Sie verabscheute Unpünktlichkeit, und sie hasste es, wenn die uniformierten Beamtinnen der Weiblichen Polizei nicht ordnungsgemäß gekleidet zur Arbeit erschienen. Laut den allgemeinen Dienstvorschriften durfte bei der derzeitigen Hitze zwar auf Jacken verzichtet werden, aber der blaue Rock, die hochgeschlossene Bluse, die Krawatte und die Mütze waren obligatorisch.

Endlich saß der Krawattenknoten. Friederike befeuchtete ihre Hände am Waschbecken und wischte sich einen Staubfleck vom Kinn. Ein schmales Gesicht mit hohen Wangenknochen blickte ihr aus dem Spiegel entgegen. Auf den ersten Blick war es hübsch und braun gebrannt von den Außeneinsätzen, aber es war noch immer viel zu mager. Und ihre blauen Augen wirkten riesig und hungrig.

»Fräulein Matthée, endlich sind Sie da!« Auf dem Flur vor der Toilette sprach Ida Gerwing, Gesine Langens Stellvertreterin, sie an.

O nein, die Kriminalkommissarin erwartete sie also schon! Gesine Langen hatte nicht verhindern können, dass Friederike in den Polizeidienst übernommen worden war. Aber die Vorgesetzte konnte sie nicht leiden, und Friederike war überzeugt, dass die Langen sie nur zu gern entlassen würde. Friederike hatte sich im vergangenen Jahr nur deshalb auf eine Zeitungsanzeige hin bei der Weiblichen Polizei in Köln beworben, um aus dem Lager Friedland fortzukommen. Anfangs war sie sehr schüchtern und unsicher gewesen, und sie hatte ihren Dienst verabscheut. Dies hatte sich jedoch völlig geändert, als sie im Winter Lieutenant Richard Davies von der Royal Military Police bei einer Mordermittlung assistierte. Dabei hatte sie ganz neue Seiten an sich entdeckt und erstaunt festgestellt, dass sie eine gute Polizistin war und ihre Arbeit wirklich mochte.

»Es tut mir leid, Frau Kriminalkommissarin, ich …«

Doch zu Friederikes Überraschung sagte Ida Gerwing: »Kommen Sie mit in mein Büro.«

Ida Gerwing war eine immer noch füllige Frau, trotz der nur etwa achthundert Kalorien pro Tag, die den Bewohnern der britischen Besatzungszone zustanden. Sie besaß eine mütterliche Ausstrahlung, und wie so oft hatte sich ihr dichtes graues Haar aus dem Knoten gelöst, und eine Strähne fiel ihr ins Gesicht. Die Kriminalkommissarin war Witwe, ihr Mann war in Afrika gefallen. Vor Kurzem hatte sie sich, ihrer alten Eltern wegen, von Düsseldorf nach Köln versetzen lassen. Friederike fand Ida Gerwing sympathisch, und sie nahm an, dass dies auf Gegenseitigkeit beruhte.

Die Kriminalkommissarin ließ sich hinter ihrem Schreibtisch nieder und bedeutete auch Friederike, Platz zu nehmen.

»Sie arbeiten seit einem knappen Jahr bei uns, nicht wahr?«, begann Ida Gerwing das Gespräch.

»Ja, ich habe im vergangenen Herbst meinen Dienst angetreten«, bestätigte Friederike und fragte sich, worauf die Vorgesetzte hinauswollte. Die Briten hatten im Vorjahr die uniformierte Weibliche Polizei gegründet. Die Weibliche Kriminalpolizei gab es seit den zwanziger Jahren.

»Kriminalkommissarin Langen nimmt an einer Fortbildung teil.«

»Oh, tatsächlich …« Über Derartiges pflegte Gesine Langen nur die älteren Kolleginnen zu informieren. Also leitete Ida Gerwing als ihre Stellvertreterin vorübergehend die Dienststelle. Worüber Friederike nicht unglücklich war.

»Ich habe eben einen Anruf aus dem Bergischen erhalten. Es gab einen Mord. In der Nähe von Odenthal wurde eine Gutsbesitzerin oder Bäuerin umgebracht. Ihr Name ist Ilse Röder. Ein junges Mädchen soll die Tat begangen haben …«

Deshalb war die Weibliche Polizei verständigt worden, denn alle Beamtinnen – die in Uniform und die in Zivil – waren auf Vernehmungen von Kindern, Jugendlichen und jungen Erwachsenen spezialisiert.

»Haben Sie schon einmal eine Mordverdächtige vernommen, Fräulein Matthée?«

»Ich … Nein.«

»Trauen Sie sich die Vernehmung denn zu?«

Vor einigen Monaten hätte Friederike dies noch verneint. Der bloße Gedanke an eine solche Situation hätte sie verstört. Aber nun war ihr Interesse geweckt, und sie wollte sich beweisen.

»Ja, ich traue es mir zu«, erwiderte sie.

»Wirklich?« Ida Gerwing musterte sie forschend. »Im Moment sind alle anderen Beamtinnen im Einsatz. Aber in einer Stunde könnte ich wahrscheinlich eine Kollegin ins Bergische schicken.«

»Ich würde die Aufgabe gern übernehmen«, antwortete Friederike fest.

Ida Gerwing zögerte kurz. »Einen Führerschein haben Sie vermutlich nicht, oder?«

»Leider nein, Frau Kriminalkommissarin.« Wie die meisten Beamtinnen der Weiblichen Polizei besaß auch Friederike keine Fahrerlaubnis.

Ida Gerwing griff zum Telefon. »Ich werde einen Beamten von der Streife anfordern, der Sie hinfährt. Für den Rückweg findet sich hoffentlich ein Kollege von der dortigen Polizei. Wenn nicht, müssen Sie den Zug nehmen. Falls denn Züge zwischen Bergisch Gladbach und Köln verkehren …«

»Das macht mir nichts aus«, beteuerte Friederike. Sie war nun doch aufgeregt, und sie hoffte, dass sie dem, was sie in dem Gehöft erwartete, auch wirklich gewachsen sein würde.

Bergisches Land, bei Odenthal

Der Polizeiwagen entfernte sich auf dem Feldweg. Friederike blickte auf ihre Armbanduhr. Es war kurz vor Mitternacht und immer noch seltsam hell. Auf der gut einstündigen Fahrt von Köln ins Bergische war sie einige Male eingenickt, denn sie war seit fünf Uhr morgens auf den Beinen und hatte für Lebensmittel angestanden. Friederike fühlte sich immer noch schläfrig und benommen und hatte Mühe, sich zu orientieren.

Es roch anders als in Köln. Nicht so brandig, nach dem Ruß, den die Ruinen auch noch über zwei Jahre nach Kriegsende auszuschwitzen schienen. Und auch nicht nach dem allgegenwärtigen Staub. Vielmehr erfüllte der Duft von Gras und Erde die Luft. Zu beiden Seiten des Weges erstreckte sich eine sanft gewellte Hügellandschaft, die zum Horizont hin mit der Dämmerung verschwamm. Über dem nahen Waldrand zeichnete sich trotz der späten Stunde noch ein lichter Streifen ab. Wegen der Sommerzeit in den westlichen Besatzungszonen war die Uhr um zwei Stunden vorgestellt.

Ein fast voller, goldgelber Mond ging nun über den Bäumen auf und erinnerte Friederike an das Märchen vom dicken gelben Pfannkuchen. Auch das verwinkelte Gutshaus mit seiner Fachwerkfassade und dem Glockentürmchen auf dem Dach wirkte wie aus einem Märchen. Grüne Läden hingen an den Fenstern, und Schiefer schützte die Wetterseite. Wie die Nebengebäude schien das Gutshaus den Krieg unbeschadet überstanden zu haben. Doch die Idylle trog. Hier war schließlich eine Frau getötet worden.

Friederike hatte das Hauptgebäude fast erreicht, als sich die Eingangstür öffnete. Umflossen von Licht, trat ein großer, hagerer Mann heraus. Er trug eine Uniformmütze. Auf seinen Schulterklappen befanden sich drei Sterne. Ein Oberwachtmeister also.

»Mir war doch, als hätte ich ein Auto gehört. Sind Sie etwa allein gekommen?« Im Gegenlicht konnte Friederike sein Gesicht nicht erkennen. Seine Stimme klang unfreundlich und gereizt.

»Polizeiassistentin Matthée, Herr Oberwachtmeister. Der Kollege, der mich gefahren hat, ist wieder nach Köln zurückgekehrt.« Friederike wurde bewusst, wie defensiv sie sich anhörte.

»Das darf doch nicht wahr sein! Die zuständige Dienststelle in Bergisch Gladbach ist unterbesetzt, und alle Beamten sind im Einsatz. Ich bitte in Köln um Hilfe. Man sichert mir zu, einen erfahrenen Beamten zu schicken. Und wer kommt stattdessen? Ein junges, unerfahrenes Ding von der Weiblichen Polizei, das es mit diesem Biest garantiert nicht aufnehmen kann.« Der Oberwachtmeister gab sich keine Mühe, seinen Ärger zu verbergen. Er schien es nicht für nötig zu halten, der jüngeren Kollegin seinen Namen zu nennen.

»Es tut mir sehr leid, dass noch kein leitender Kriminalbeamter eingetroffen ist. Würden Sie mich bitte trotzdem zu der Verdächtigen führen?«

»Nein, auf gar keinen Fall.«

»Aber ich habe den Befehl, sie zu vernehmen …«

»Es ist mir völlig egal, ob Sie einen Befehl haben oder nicht. Hier habe *ich* im Moment das Sagen, und ich lasse Sie nicht zu diesem Miststück. Wenn der leitende Ermittler, sofern er irgendwann einmal hier erscheint …« – der Mann verzog bitter den Mund – »… Sie mit dem jungen Ding reden lassen will, ist das seine Sache.«

»Natürlich.« Friederike schluckte ihren Protest hinunter. Der Oberwachtmeister stand im Dienstrang weit über ihr, und sie hatte ihm zu gehorchen. Auch wenn ihr das nicht gefiel, so war es nun einmal bei der Polizei.

Trotzdem regte sich ihr Widerspruchsgeist. »Warum sind Sie denn so fest davon überzeugt, dass das junge Mädchen die Tat begangen hat?« Sie hoffte, dass ihre Frage beiläufig und nicht aufsässig klang.

»Weil ein Knecht es mit der Waffe in der Hand neben

der Toten entdeckt hat. Und jetzt kommen Sie schon ins Haus, Fräulein. Das Frauenzimmer sitzt gefesselt im Wohnzimmer. Aber ich will es trotzdem nicht lange unbeaufsichtigt lassen.« Der Oberwachtmeister gab den Eingang frei.

Kaum dass Friederike die Schwelle überschritten hatte, nahm sie einen süßlichen Geruch wahr. Fliegen schwirrten von einem Leichnam hoch, der am Boden lag. Das Licht einer Karbidlampe fiel direkt darauf. Ein blau-weißer Sommerrock breitete sich über lange, schlanke Beine. Die Füße steckten in Sandalen. Beim Anblick des Gesichts drehte sich Friederike der Magen um, denn es war, bis auf die Kinnpartie, vollständig zerstört, bildete eine blutige Masse aus zerfetztem Fleisch und Knochensplittern. Auch das blonde Haar und die weiße Bluse waren blutgetränkt. Friederike kämpfte gegen einen Brechreiz an.

»Kein schöner Anblick, wie?« Der Oberwachtmeister musterte sie mit grimmiger Belustigung.

»Nein …«, flüsterte Friederike.

»Gehen Sie in die Küche, und warten Sie dort.« Er deutete auf eine Tür weiter hinten im Flur. Seine Stimme duldete keinen Widerspruch.

Stumm befolgte Friederike seinen Befehl, während der Vorgesetzte hinter einer anderen Tür verschwand.

Auch die Küche wurde von einer Karbidlampe erhellt. Wegen der geschlossenen Fenster war es warm und stickig. Friederike brach der Schweiß aus. Sie schmeckte Galle in ihrem Mund, und sie war sehr durstig. Sie vermutete, dass das Haus noch nicht auf Spuren untersucht worden war, andernfalls hätte der Kollege dies wahrscheinlich erwähnt. Vorsichtig, um keine Fingerabdrücke zu verwischen, betätigte sie mithilfe ihres Taschentuchs den Wasserhahn.

Ein bräunlicher Strahl ergoss sich in die Spüle. Sie schöpfte das Wasser mit der Hand. Es schmeckte brackig, aber Friederikes Durst ließ ein wenig nach.

Irgendetwas war seltsam gewesen, als sie auf dem Hof angekommen war. War anders, als es hätte sein sollen. Aber sie konnte nicht benennen, was es war. Und vielleicht bildete sie es sich ja auch nur ein, und es war sinnlos, länger darüber nachzugrübeln.

Friederike nahm die Uniformmütze ab und sah sich um. Die Küche zeugte von Wohlstand. An der Stirnseite gab es einen Gasherd und einen Eisschrank. Ein Dutzend Stühle gruppierte sich um einen langen Tisch. Die cremefarbenen Möbel waren modern und von guter Qualität, ebenso wie das Geschirr auf der Anrichte. Neben dem Buffet hingen einige gerahmte Fotografien. Neugierig trat Friederike näher. Die Bilder zeigten eine blonde Frau vor unterschiedlichen Urlaubskulissen. Sie war schlank und sehr schön, ihr Gesicht ein perfektes Oval, die Nase schmal, der Mund ausdrucksvoll. Am auffälligsten waren jedoch ihre Augen, groß, strahlend und von langen Wimpern beschattet.

Ein Gesicht, das Friederike an die Schauspielerin Renate Müller erinnerte, die so plötzlich jung verstorben war – und an Magda Goebbels. Ob die Frau auf den Fotografien diejenige war, deren Leichnam im Flur lag? Vermutlich ja. Auf einer war sie neben einem Mann abgelichtet, der eine Lederhose trug. Er hatte klare Gesichtszüge, war gut aussehend. Der Ehemann oder ein anderer Verwandter oder ein Freund?

Friederike wünschte, der Oberwachtmeister hätte sie das junge Mädchen befragen lassen. Ob der Kommissar es ihr wohl erlauben würde? Viele männliche Kollegen schätzten die Arbeit der Weiblichen Polizei. Aber manche erachteten sie auch als überflüssig.

Richard Davies hätte es ihr ganz bestimmt gestattet, das junge Mädchen zu vernehmen.

Richard Davies … Richard … Bei ihrer letzten Begegnung im März, ehe er nach England zurückgekehrt war, hatte er versprochen, ihr zu schreiben. Seither waren fast drei Monate vergangen, und sie hatte noch keine Zeile von ihm erhalten. Allmählich gab sie die Hoffnung auf, dass sie jemals wieder von ihm hören würde.

Ein Schrei schreckte Friederike auf. Lang gezogen, wütend und klagend, wie der eines in eine Falle geratenen Tiers.

»Halt's Maul, du Miststück!«, brüllte der Oberwachtmeister. »Sitz verdammt noch mal still! Sonst wirst du mich kennenlernen.«

Sollte sie zum Zimmer laufen, wo er sich mit der Verdächtigen aufhielt? Friederike zögerte. Sie fürchtete, dass der Oberwachtmeister das junge Mädchen misshandeln würde. Aber er hatte ihr den Befehl erteilt, in der Küche zu warten.

Ein dumpfes Krachen, als ob ein Möbelstück umgestürzt wäre. Der Oberwachtmeister fluchte. Friederike ließ die Mütze fallen und eilte in den Flur.

Sie versuchte, den Leichnam, die Fliegen und den Gestank von Blut zu ignorieren. Ein erneuter Fluch des Oberwachtmeisters half ihr, den Raum zu finden.

Der Kollege stand über einen schweren Stuhl gebeugt, der neben einem Tisch umgestürzt auf dem Boden lag. Eine junge Frau war mit einem Kälberstrick, der mehrmals um ihre Brust und die Oberarme geschlungen war, daran festgebunden. Auch ihre Handgelenke waren gefesselt. Blut strömte aus einer Wunde an ihrer Stirn. Als der Stuhl umfiel, musste sie sich den Kopf an der Tischkante aufgeschlagen haben. Sie hatte die Augen geschlossen, regte sich nicht.

In den letzten Kriegsmonaten hatte Friederike als Hilfsschwester in einem Lazarett gearbeitet. Rasch kniete sie sich neben die Bewusstlose und legte die Finger auf deren Halsschlagader. Zu ihrer Erleichterung konnte sie deutlich einen Puls fühlen.

»Dieses Biest! Hat sich wie von Sinnen auf dem Stuhl hin und her geworfen. Geschieht ihr recht, dass sie sich verletzt hat.«

»Würden Sie mir bitte helfen, den Stuhl aufzustellen?« Friederike sprach ruhig und bestimmt, wie damals im Lazarett zu den Patienten.

Der Oberwachtmeister brummte unwillig, kam dann jedoch ihrer Bitte nach. Friederike zog das Taschentuch aus ihrer Rocktasche und presste es auf die Wunde. Nur zu schnell färbte es sich rot.

»Wir müssen die Blutung stillen«, wandte sie sich an den Kollegen. »Bitte holen Sie aus der Küche ein Handtuch.«

»Wär kein Schaden, wenn die verrecken würd.« Er trottete zur Tür. Seine Schritte entfernten sich auf dem Flur.

Der Kopf der jungen Frau war auf die Brust gesunken. Friederike schätzte ihr Alter auf achtzehn bis zwanzig Jahre. Sie hatte ein breitflächiges Gesicht und ein ausgeprägtes Kinn und schien groß und kräftig zu sein. Die Farbe ihres verfilzten Haares war undefinierbar – Friederike hoffte, dass sie keine Läuse hatte. Zweimal hatte sie sich seit Kriegsende Läuse eingefangen, und sie legte keinen Wert darauf, erneut Bekanntschaft mit dem Ungeziefer zu machen. Rock und Bluse der jungen Frau waren schmutzig und mehrfach geflickt, und sie stank, als hätte sie sich seit mehreren Tagen nicht gewaschen.

Wo der Oberwachtmeister nur blieb? Das Taschentuch war nun völlig mit Blut getränkt. Vor einem Fenster entdeckte Friederike eine Nähmaschine. Darauf lagen ein angefangenes Kleidungsstück und einige Stofflappen. Kurz entschlossen ergriff sie den Stoff. Nachdem sie, so gut es ging, das Blut vom Gesicht der jungen Frau gewischt hatte, zerriss Friederike andere Lappen und improvisierte damit einen Verband.

Gerade als Friederike aus der Ferne ein Motorengeräusch zu hören glaubte, flatterten die Lider der jungen Frau, und sie öffnete die Augen. Ihr Blick war ängstlich, nicht wütend. Sie versuchte, die gefesselten Arme zu heben, als wollte sie die Stirnwunde berühren.

»Was ist mit mir geschehen?«, flüsterte sie.

»Du bist mit dem Stuhl umgefallen und hast dir die Stirn aufgeschlagen. Wahrscheinlich muss die Wunde genäht werden. Bleib ruhig sitzen und beweg den Kopf nicht, sonst verrutscht der Verband.«

»Haben Sie mich verbunden?«

»Ja. Wie heißt du denn?«

Die junge Frau ignorierte Friederikes Frage. Oder vielleicht hatte sie ihr auch nicht zugehört. »Mein Gott … Ich hab's nicht getan! Ich hab sie nicht umgebracht …«

»Ein Knecht hat dich aber mit einer Pistole in der Hand ertappt.«

»Sie lag neben der Toten. Ich hab sie aufgehoben. Eine Pistole ist auf dem Schwarzmarkt viel wert.« Ihr Blick war flehend auf Friederike gerichtet. »Ich bin keine Mörderin!«

Einige Jahre früher, bevor Friederikes Welt in den letzten Kriegsmonaten zerbrochen war, hätte sie es für unmöglich gehalten, dass eine junge Frau so kaltblütig handeln und eine Waffe stehlen könnte, die neben einer Toten lag. Aber inzwischen hatte sie zu viel erlebt, um dies sofort für eine Lüge zu halten.

»Weshalb warst du hier? Hast du Frau Röder gekannt?«

»Warum fragen Sie das? Sind Sie etwa von der Polizei?«

Ehe Friederike antworten konnte, erklangen Schritte und Stimmen auf dem Flur. Das Gesicht der jungen Frau verschloss sich, wurde ganz starr. Gleich darauf traten der Oberwachtmeister und ein älterer Mann ins Zimmer. Sein weißes Haar hob sich deutlich von der gebräunten Haut ab. Er hatte die Ärmel seines Hemdes bis zu den Ellbogen hochgekrempelt und die Krawatte um den Hemdkragen gelockert. Sein zerfurchtes Gesicht trug einen müden Ausdruck.

»Hauptkommissar Heimerzheim, das ist das Fräulein von der Weiblichen Polizei.« Der Oberwachtmeister deutete auf Friederike.

»Polizeiassistentin Matthée.« Sie hob die Hand an die Stirn, wurde erst jetzt gewahr, dass die Uniformmütze ja noch in der Küche lag.

Der Hauptkommissar nickte ihr knapp zu, beachtete sie jedoch nicht weiter. »Ein Beamter, der die Fingerabdrücke und Spuren sichern wird, müsste gleich hier eintreffen«, wandte er sich an den Oberwachtmeister. »Führen Sie ihn durchs Haus.«

»Zu Befehl, Herr Hauptkommissar!« Der Oberwachtmeister schlug die Hacken militärisch zusammen und verschwand.

Hauptkommissar Heimerzheim setzte sich rittlings auf einen Stuhl und betrachtete die junge Frau.

»Laut dem Oberwachtmeister hast du bisher, wenn du etwas gefragt wurdest, nur geschrien und getobt«, sagte er dann. »Wegen dir habe ich heute Abend vorzeitig eine Familienfeier in Köln verlassen. Ich bin nicht aus dem Ruhestand in den Polizeidienst zurückgekehrt, um mir von jungen Dingern auf der Nase herumtanzen zu lassen. Als Erstes möchte ich jetzt deinen Namen wissen. Und versuch nicht, irgendwelche Spielchen mit mir zu treiben. Sonst wirst du mich kennenlernen.«

Die junge Frau schwieg mit gesenktem Kopf.

»Wird's bald?«

Sie sah zu ihm hoch und öffnete den Mund. Doch statt zu antworten, spuckte sie ihn an. »Scheißkerl!«

Der Hauptkommissar holte aus und schlug ihr ins Gesicht. Ihr Kopf flog zur Seite.

»Nein, nicht!«, schrie Friederike entsetzt auf.

»Scheiß Polyp …« Wieder spuckte die junge Frau in Richtung des Hauptkommissars, verfehlte ihn diesmal jedoch. Abermals versetzte er ihr eine schallende Ohrfeige.

»Nein, nicht, bitte nicht.« Friederike war versucht, ihm in den Arm zu fallen.

Die junge Frau brüllte und riss an ihren Fesseln, trat nach Heimerzheim. Der Oberwachtmeister und ein weiterer Polizist – wahrscheinlich der Kollege, der die Spuren sichern sollte – kamen in das Wohnzimmer gestürmt.

»Schaffen Sie sie weg.« Der Hauptkommissar wischte die Spucke von seinem Hemd. »Eine Nacht in Einzelhaft wird sie hoffentlich gesprächiger machen.«

Die beiden Polizisten lösten den Kälberstrick. Kaum war er von ihr abgefallen, warf sich die junge Frau gegen die beiden Männer. Sie packten sie unter den Achseln, doch noch immer trat sie schreiend um sich. Die Polizisten mussten sie förmlich aus dem Zimmer schleifen. Aus dem Flur und dann vor dem Haus gellten ihre Schreie, und erst als ein Motor gestartet wurde und der Polizeiwagen sich entfernte, verklangen sie.

Friederike zitterte am ganzen Leib. Sie war bis an die Wand zurückgewichen.

»Mein Gott, Fräulein.« Hauptkommissar Heimerzheim fuhr sich über das kurz geschorene Haar und schüttelte den Kopf. »Sie müssen sich wirklich ein dickeres Fell zulegen.«

»Es tut mir leid …«

»Da Sie schon hier sind, können Sie die ersten Vernehmungen protokollieren.« Seine Stimme klang nicht unfreundlich. »Hat das junge Ding etwas zu Ihnen gesagt?«

»Sie hat beteuert, sie sei nicht die Mörderin. Sie habe die Waffe nur stehlen wollen. Deshalb habe sie die Pistole in der Hand gehalten.«

Der Hauptkommissar seufzte. »Natürlich lügt sie das Blaue vom Himmel herunter.«

Wieder kam Friederike in den Sinn, dass etwas bei ihrer Ankunft auf dem Hof seltsam gewesen war, und wieder konnte sie es nicht greifen. Hauptkommissar Heimerzheim hatte das Wohnzimmer mittlerweile verlassen und sich auf den Weg zum Stall gemacht. Dort befand sich, laut dem Oberwachtmeister, der Knecht, der die Tatverdächtige mit der Pistole in der Hand überrascht hatte. Normalerweise wäre dies Friederikes Pflicht gewesen. Aber eventuell wollte Heimerzheim sie noch schonen. Oder schlimmer noch, möglicherweise war er der Ansicht, dass sie auch dieser einfachen Aufgabe nicht gewachsen war. Friederike schämte sich ihrer Schwäche. Nein, bei diesem Einsatz hatte sie sich bisher wirklich nicht sehr rühmlich verhalten.

Von draußen war ein Muhen zu hören. Eine Kuh, die aus dem Schlaf geschreckt war. Manchmal, in ihrer Kindheit, hatten sie und ihr Bruder Hans sich nachts aus dem Gutshaus in Ostpreußen geschlichen und waren auf dem Hof herumgestreift. Alle Gerüche und Geräusche waren viel intensiver als bei Tag gewesen. Aber vielleicht hatte auch der Kitzel, etwas Verbotenes zu tun, ihre Sinne geschärft. Seit drei Jahren wurde ihr Bruder in Russland vermisst. Und wie immer fehlte er Friederike schmerzlich.

Wie die Küche machte auch das Wohnzimmer einen wohlhabenden Eindruck. Neben dem obligatorischen Vitrinenschrank, in dem das Festtagsgeschirr präsentiert wurde, stand ein Plattenspieler. Auf einem Regal lagen alte Ausgaben der *Berliner Illustrierten Zeitung* und der *Woche*.

Eine Fotografie über dem Klavier erregte Friederikes Aufmerksamkeit – die Porträtaufnahme eines gut aussehenden Soldaten Anfang vierzig und unverkennbar jener Mann, den sie auf dem Bild in der Küche gesehen hatte. Die Abzeichen auf seinen Schulterstücken wiesen ihn als Unteroffizier aus. Er blickte ernst und entschlossen in die Kamera. Eine Mimik, die Friederike von vielen solcher Aufnahmen kannte. Der Platz über dem Klavier war prominent. Wahrscheinlich war dies der Ehemann der Ermordeten.

Friederike erhob sich hastig, als die Tür geöffnet wurde und der Hauptkommissar das Wohnzimmer betrat. In seiner Begleitung befand sich ein ungewöhnlich großer Mann in den Vierzigern, der die grobe Kleidung eines Landarbeiters trug und nach Stall roch. Seine blasse Haut war mit Sommersprossen übersät. Rotbraunes Haar hing ihm in die Stirn.

»Setzen Sie sich, Fräulein. Fürs Protokoll – dies ist Gottfried Büchler, er ist Knecht hier auf dem Hof.« Heimerzheim und Büchler ließen sich am Tisch nieder. Friederike folgte ihrem Beispiel und klappte ihr Notizbuch auf.

»Büchler, der Oberwachtmeister hat mir mitgeteilt, dass Herr Röder vermisst wird«, begann Heimerzheim die Vernehmung.

»Ja, seit ’44 in Russland. Er war ein guter Herr. Ich

hoffe, er kommt wieder.« Büchler blickte zu der Porträtaufnahme.

»Gab es nach Kriegsende Überfälle von Fremdarbeitern auf den Hof?«

Friederike ahnte, worauf der Hauptkommissar mit seiner Frage abzielte. Nach der Kapitulation waren Bauernhöfe nicht selten von ehemaligen Fremdarbeitern überfallen worden. Oft hatte der blanke Hunger die Menschen dazu getrieben, denn es hatte einige Zeit gedauert, bis die Alliierten ihre Versorgung sicherstellten. Manchmal war auch Rache im Spiel gewesen. Doch inzwischen kam so etwas kaum noch vor. Aber auszuschließen war es nicht, dass die junge Mordverdächtige mit ehemaligen Fremdarbeitern in Verbindung stand.

»Ich kam erst letztes Jahr aus amerikanischer Kriegsgefangenschaft frei. Ich hab das nicht selbst erlebt, aber der Walter, der andere Knecht. Ein paar Männer von dem Gesindel aus dem Osten haben im Sommer '45 tatsächlich 'nen Überfall versucht und haben mit Gewehren rumgeballert. Glücklicherweise kam gerade ein Jeep mit britischen Soldaten vorbei. Die haben einen der Kerle erschossen und die anderen festgenommen. Seitdem hatte man hier Ruhe vor denen.«

»Büchler, würden Sie bitte noch einmal schildern, was sich im Laufe des Abends auf dem Hof zugetragen hat?« Heimerzheim nickte dem Knecht zu.

»Um sechs gab's Abendessen in der Küche, mit Frau Röder. Wir sind zwei Knechte und vier Mägde auf dem Hof. Vor dem Krieg waren hier doppelt so viele Bedienstete.« Der Knecht redete langsam, im rheinischen Singsang. »Danach sind wir wieder zur Heuernte gegangen. Wir wollten ausnutzen, dass es so lange hell ist. Die Wiese liegt ungefähr zwei Kilometer vom Gut entfernt und auf der anderen Seite vom Wald.«

»Frau Röder hat nicht beim Heumachen geholfen?« Der Hauptkommissar sprach aus, was auch Friederike gerade durch den Kopf gegangen war.

»Doch, die Herrin kam mit. Sie stammte aus einer vornehmen Familie und war eine Dame, aber sie war sich nicht zu fein, mit anzupacken, wenn's nötig war. Doch seit ein paar Monaten hatte sie's mit dem Herzen. Deshalb ist sie eine halbe Stunde später wieder zurückgegangen. Sie fühlte sich nicht gut.« Der Knecht senkte den Kopf und fuhr sich über die Augen.

Heimerzheim gab ihm Zeit, sich zu fassen. »Im Laufe des Abends sind Sie dann zum Hof zurückgekehrt?«, nahm er nach einer kurzen Pause die Befragung wieder auf.

Büchler räusperte sich. »Ja, schon gegen acht, weil ich keine Ruhe hatte. Eine Kuh hat einen eitrigen Euter. Ich wollte nach ihr sehen.«

»Und weshalb haben Sie dann das Haus betreten?«

»Mir ist aufgefallen, dass die Hintertür einen Spaltbreit offen stand. Das kam mir merkwürdig vor. Wir haben hier Ratten und achten deshalb immer darauf, dass alle Türen zu sind. Und als ich die Tür aufzieh, seh ich die Herrin am Boden liegen, und überall ist Blut.« Gottfried Büchler stockte und fuhr sich erneut mit der Hand über die Augen. Er schien die Gutsbesitzerin sehr gemocht zu haben. Wie Friederike es bei der Weiblichen Kriminalpolizei gelernt hatte, hielt sie diesen Eindruck in ihrem Notizbuch fest.

»Büchler?«, forderte Heimerzheim ihn zum Weitersprechen auf.

»Entschuldigung. Ich fass das einfach noch nicht, obwohl ich im Krieg viel gesehen hab. Dieses Ungeheuer hatte eine Waffe in der Hand. Ich bin auf sie zu. Ich hatte sie fast erreicht, als sie mich bemerkt hat. Sie hat die Pistole auf mich gerichtet und abgedrückt. Die Kugel ging an mir vorbei, und ich konnte ihr die Waffe aus der Hand schlagen. Ich hab den Kopf des Weibsstücks gepackt und gegen die Wand gehauen, bis sie bewusstlos war. Dann hab ich sie gefesselt und die Glocke auf dem Dach geläutet. Wie's auf dem Hof bei Notfällen üblich ist. Der Walter und die Mägde kamen bald darauf angerannt, und der Walter ist dann mit dem Rad nach Odenthal gefahren und hat dort vom Pfarrhaus aus die Polizei angerufen.«

»Sie sind also überzeugt, dass die junge Frau, die Sie bei der Leiche überrascht haben, Frau Röders Mörderin ist?« Heimerzheims Stimme klang sachlich.

»Ja, natürlich! Wer sollte es denn sonst gewesen sein?« Die Miene des Knechtes spiegelte tiefes Unverständnis. »Und Sie hätten sehen sollen, wie die auf die Tote gestarrt hat! Wie hypnotisiert und voller Hass. Mich hätt sie auch kaltgemacht, wenn ich sie nicht überwältigt hätte. Davon bin ich felsenfest überzeugt. Außerdem hab ich das Weibsstück schon einmal in der Nähe des Hofes gesehen.«

»Tatsächlich? Wann genau?«

»Vor ungefähr zwei Wochen. Es war gegen Abend, und ich kam vom Melken. Da hab ich sie hinter den Ställen entdeckt. Der war schon von Weitem anzumerken, dass sie nichts Gutes im Schilde führte. Ich hab ihr zugerufen, dass sie verschwinden soll. Da hat sie sich getrollt.«

Plötzlich wurde Friederike klar, was sie von Anfang an auf dem Hof seltsam gefunden hatte. »Gibt es denn hier keinen Hund? Als ich vorhin ankam, hat keiner gebellt. Wir hatten in Ostpreußen ein Gut, dort gab es immer Hunde.« Sie brach verlegen ab. Es stand ihr nicht zu, sich in eine Vernehmung einzumischen.

Doch zu ihrer Erleichterung schien Heimerzheim nicht verärgert zu sein. »Ja, hätte denn ein Hund Frau Röder nicht gewarnt und einen Eindringling gestellt?«

»Jetzt, wo Sie's ansprechen, Herr Hauptkommissar …« Der Knecht rieb sich über das stoppelige Kinn. »Der Hofhund ist am Montag eingegangen. War ein Weibchen, ein Schäferhundmischling. Frau Röder hat sehr an ihr gehangen.«

»Wie kam es denn dazu?«

»Wurde vergiftet.«

»Und das haben Sie bisher nicht mit dem Mord in Verbindung gebracht?«

»Wie ich schon sagte, wir haben hier 'ne Rattenplage.« Der Knecht zuckte mit den Schultern. »Wir dachten alle, der Hund hätte 'ne vergiftete Ratte gefressen.«

»Ich nehme an, Sie wissen, wo das Tier verscharrt ist?«

»Klar, ich hab die Grube ja selbst geschaufelt.«

»Zeigen Sie dem Kollegen den Ort und helfen Sie ihm beim Ausgraben des Kadavers.«

Büchler nickte gehorsam.

Anscheinend wollte Heimerzheim das Tier untersuchen lassen. Vermutlich hatte die junge Frau es vergiftet, um bei nächster Gelegenheit unbemerkt in das Gutshaus einbrechen zu können. Friederike ärgerte sich über sich selbst. Wie naiv sie doch immer noch war! Als die junge Frau so verzweifelt ihre Unschuld beteuert hatte, war ihr dies nahegegangen. Fast hätte sie ihr geglaubt.

Stimmen im Flur weckten Friederike. Sie war in dem stickigen Wohnzimmer kurz eingedöst. Heimerzheim hatte noch den anderen Knecht und die Mägde vernommen. Eine von ihnen hatte die junge Frau ebenfalls vor einigen Tagen in der Nähe des Hofes gesehen.

»Vier Schüsse waren es mindestens, die Frau Röder mitten ins Gesicht gefeuert wurden«, hörte sie einen Mann sagen. Anscheinend war endlich ein Arzt eingetroffen, um den Leichnam in Augenschein zu nehmen. »So etwas habe ich noch nie erlebt. Auf mich wirkt das nicht wie ein normaler Mord. Scheint so, als hätte da jemand Frau Röder wirklich gehasst.«

Hauptkommissar Heimerzheim murmelte etwas, das wie eine Verwünschung klang.

Friederike empfand Bedauern. Was für ein brutaler, sinnloser Tod! Frau Röder musste eine bemerkenswerte Persönlichkeit gewesen sein. Sie hatte es geschafft, den Hof gut durch das letzte Kriegsjahr und dann durch die chaotische Zeit nach der Kapitulation zu bringen. Alle Bediensteten hatten mit Zuneigung, ja Bewunderung von der Gutsherrin gesprochen.

»Wir sind hier fertig. Lassen Sie uns gehen.« Hauptkommissar Heimerzheim war ins Wohnzimmer getreten.

»Jawohl, Herr Hauptkommissar.« Friederike schob Notizbuch und Stift in die Tasche ihres Uniformrocks und setzte die Mütze auf. Draußen im Flur kniete ein rundlicher Mann neben der Toten und hob einen Arm hoch – wohl um das Stadium der Leichenstarre festzustellen. Die Hand mit den langen, schlanken Fingern senkte sich in einer bizarr grazilen Geste. Einige Fliegen ließen sich von dem Arzt nicht stören und krabbelten über das bis zur Unkenntlichkeit entstellte Gesicht. Es roch nun noch widerlicher. Der Verwesungsprozess hatte bereits eingesetzt. Wieder musste Friederike gegen einen Brechreiz ankämpfen.

Sie war froh, vor dem Haus die unverbrauchte Nachtluft einatmen zu können. Im Osten kündigte ein heller Streifen am Himmel den baldigen Sonnenaufgang an. Hauptkommissar Heimerzheim ging auf einen alten VW Käfer zu. Friederike wartete, bis er sich hinter dem Steuer niedergelassen hatte, und nahm dann auf dem Beifahrersitz Platz.

In der Ferne – diesen Ausblick hatte sie bei der Ankunft

gar nicht wahrgenommen – lag Köln. Vor der Verdunklung und der Zerstörung musste sich die Stadt bei Nacht als ein Lichtermeer präsentiert haben. Jetzt leuchteten dort nur einzelne helle Punkte auf. Eine Geisterstadt, in der die beiden Domtürme einen unverwechselbaren Fixpunkt bildeten. Die Aussicht verschwand hinter einer bewaldeten Hügelkuppe, als der Wagen bergab fuhr, und tauchte dann hinter einer Kurve wieder auf.

Plötzlich wurde Friederike von einem heftigen, nicht zu unterdrückenden Gähnreiz gepackt.

»Bitte entschuldigen Sie, Herr Hauptkommissar«, sagte sie verlegen, als er endlich vorbei war.

»Na ja, ich fühle mich auch nicht gerade taufrisch. Allmählich werde ich zu alt für diese Arbeit.« Dass Heimerzheim seine Müdigkeit eingestand, machte ihn menschlich. »Legen Sie sich zu Hause ein paar Stunden hin. Es reicht mir, wenn ich die Vernehmungsprotokolle im Lauf des Nachmittags bekomme.«

Der Hauptkommissar zündete sich eine Zigarette an. Das brennende Streichholz gab seinen zerfurchten Gesichtszügen für Sekunden harte Konturen. Ja, er war bestimmt schon Ende sechzig. Friederike wusste nicht recht, wie sie ihn einschätzen sollte. Zu ihr war er eigentlich nett gewesen. Der jungen Tatverdächtigen gegenüber hatte er sich jedoch sehr brutal verhalten. Wobei sicher viele Polizeibeamte so reagiert hätten, wenn sie angespuckt worden wären. Da die Briten Heimerzheim aus dem Ruhestand zurückgeholt hatten, schien er kein NSDAP-Mitglied gewesen zu sein. Allerdings ging bei der Entnazifizierung wahrhaftig nicht immer alles mit rechten Dingen zu. Es wurde getrickst, und falsche Leumundszeugnisse wurden eingereicht.

»Eine so junge Frau und schon so eiskalt …« Heimerzheim schüttelte den Kopf.

»Sie hat so verzweifelt ihre Unschuld beteuert. Ich hätte ihr beinahe geglaubt.«

»Wenn ich mit einer lebenslänglichen Haftstrafe wegen Mordes rechnen müsste, wäre ich höchstwahrscheinlich auch verzweifelt.« Heimerzheims Stimme klang trocken. »Sie stammen aus einer guten Familie, nicht wahr?«

Die meisten Menschen merkten ihr das schnell an. Auch wenn Friederike nie ganz verstand, warum. An der Uniform und der alten Kleidung, die sie sonst trug, konnte es jedenfalls nicht liegen. »Mein Vater war Reeder in Königsberg, und wir hatten ein Gut bei Gumbinnen.«

»Die Welt, mit der Sie es als Polizistin zu tun haben, ist Ihnen also von zu Hause nicht gerade vertraut.«

»Nein«, gab Friederike zu.

»Ich bin jetzt seit über fünfzig Jahren bei der Polizei. Ich rate Ihnen, nicht den Glauben an das Gute aufzugeben. Aber Sie sollten den Menschen mit Skepsis begegnen. Viele, mit denen wir es als Polizisten zu tun bekommen, wittern es, wenn jemand wie Sie vertrauensselig und gutgläubig ist, und versuchen, das auszunutzen.«

Wahrscheinlich hatte der Hauptkommissar mit seiner Einschätzung recht, und sie begegnete den Menschen auch nach fast einem Jahr bei der Polizei immer noch viel zu vertrauensvoll.

»Ich habe zufällig gehört, was der Arzt gesagt hat. Dass er den Eindruck hat, die Tat sei aus Hass begangen worden. Sehen Sie das denn auch so?«

»Ein oder zwei Schüsse ins Gesicht hätten Zufall sein können. Aber vier? Nein. Auch wenn ich noch keine Ahnung habe, was dieses Weib dazu getrieben hat. Vielleicht war es etwas ganz Banales wie Neid auf die Schönheit und den Wohlstand von Frau Röder. Oder was auch immer in einem kranken Hirn vor sich gehen mag.« Hauptkommissar Heimerzheim versank in Schweigen. In der Ferne thronte über den Ruinen eines Ortes ein schlossähnliches Gebäude. Die hellen Mauern wirkten fahl im Dämmerlicht.

Die Straße war uneben und die Federung des VW Käfer unzureichend. Friederike presste die Füße gegen den Wagenboden und hielt sich am Türgriff fest, um nicht völlig durchgeschüttelt zu werden. Was mochte die junge Frau nur zu der schrecklichen Tat veranlasst haben?

2. Kapitel

Köln, Donnerstag, 19. Juni 1947

Das Gras am Wegrand war feucht von Tau. Hauptkommissar Heimerzheim hatte Friederike zu der Schrebergartensiedlung in Köln-Zollstock gefahren, wo sie seit Ende März mit ihrer Mutter lebte.

Auf manchen der schmalen Parzellen standen Holzbaracken, auf anderen Nissenhütten aus Wellblech, die Friederike mit ihren abgerundeten, weit heruntergezogenen Dächern immer ein bisschen an die Jurten eines Wandervolkes erinnerten. Überall bedeckten Beete fast jedes Stück nutzbaren Bodens. Kartoffeln und anderes Gemüse, vor allem Kohl und Rüben, wuchsen in langen Reihen. Auch Tabak spross in vielen Gärten. Irgendwo gackerten Hühner in einem improvisierten Gehege.

Die Schrebergartensiedlung in Köln-Zollstock hatte nichts gemein mit der großbürgerlichen Villa in Königsberg oder dem barocken Gutshaus bei Gumbinnen – den Häusern, in denen Friederike aufgewachsen war. Doch seit über zwei Jahren, seit sie und ihre Mutter in den letzten Kriegsmonaten aus Ostpreußen geflohen waren, seit der Zeit im Lager Friedland und dann in dem Zimmer in der Kölner Südstadt, war dies ihr erstes richtiges Zuhause.

Im Innern der Nissenhütte war es dämmrig, denn die Vorhänge aus Sackleinen sperrten die beginnende Helligkeit aus.

»Friederike, bist du das?« Ihre Mutter richtete sich im Bett auf.

»Ja, schlaf ruhig weiter.«

»Brot und Marmelade stehen auf dem Tisch.«

Ihre Mutter ließ sich wieder auf die Matratze zurücksinken. Friederike schob sich an dem Tisch vorbei – inzwischen war ihr das Innere der Hütte so vertraut, dass sie sich auch im Dunkeln zurechtgefunden hätte – und ließ sich auf der Kante ihres eigenen Bettes nieder.

Sie goss Wasser in ein Glas und kratzte einen Marmeladenrest auf eine Scheibe Brot. Sie aß langsam, kaute sorgfältig Bissen für Bissen und versuchte, das Wissen zu ignorieren, dass das Brot ihren Hunger kaum lindern würde.

Zwei, drei Stunden Schlaf, dann würde sie ins Polizeipräsidium aufbrechen und aus ihren Notizen Protokolle verfassen. Wie Richard Davies die junge Frau wohl beurteilt hätte? Ob er auch von ihrer Schuld überzeugt wäre? Friederike war sich nicht ganz sicher. Davies war zwar durchaus streng, und er konnte kurz angebunden und ungeduldig im Umgang mit Menschen sein. Aber er ließ sich Zeit mit seinen Einschätzungen. Andererseits war Frau Röder brutal umgebracht worden, und es deutete wirklich alles auf die namenlose junge Frau als Täterin hin.

Friederike widerstand der Versuchung, sich noch eine weitere Scheibe Brot abzuschneiden. Nachdem sie sich notdürftig mit Wasser aus einer Schüssel und einem kleinen, harten Stück Seife gewaschen hatte, legte sie sich im Hemd ins Bett. Schon machte sich der Hunger wieder bemerkbar. Beim Einschlafen sah sie Ilse Röders von Fliegen umschwärmten Leichnam vor sich.

Die Schnittwunden auf ihrer Kopfhaut schmerzen immer noch. Sie hat sich geschworen, sich nie wieder die Haare scheren zu lassen, hat sich mit aller Kraft gewehrt. Doch schließlich ist sie überwältigt worden. Sie hat sich ebenfalls geschworen, niemals wieder ins Gefängnis zu gehen. Doch genau das ist nun geschehen. Wahrscheinlich wird man sie für immer einsperren. Eine winzig kleine Chance hat sie noch. Nicht etwa davonzukommen, nein, dies begreift sie sogar mit ihrem von Brom umnebelten Kopf. Man hat ihr das Mittel verabreicht, um sie ruhigzustellen. Aber vielleicht hat sie die Chance, nicht für immer weggesperrt zu werden.

Doch dafür müssen ihre Fingerabdrücke unauffindbar sein. Und niemand darf sie erkennen. Bitte, lieber Gott … Bitte … So viele Häuser sind vernichtet und so viele Menschen getötet worden. Bitte, hilf mir … Bitte gib, dass ich einen Nutzen aus all der Zerstörung, dem Leid und dem Tod habe. Ich will auch ein besserer Mensch werden.

Sie wünscht sich, die Arme um sich schlingen und sich so selbst festhalten zu können. Doch ihre Handgelenke sind gefesselt. Unwillkürlich hat sie sich bewegt, und die Wärterin herrscht sie an stillzusitzen.

So zuversichtlich war sie, als sie zu dem Hof gekommen ist, hat sich überlegen gefühlt. Sich darauf gefreut, dass die Röder wieder vor ihr kuschen wird. Die Schöne, Unantastbare, das gemeine Aas. Das Gesicht der Röder, als sie sie vor einigen Wochen mit ihrem Geheimnis konfrontiert hat, wird sie niemals vergessen. Ganz fahl und hässlich ist es geworden. Und wie sie gestammelt hat, dass sie alles tun werde, was sie verlange! Die frühere, selbstherrliche Stimme der Röder hatte sie noch genau im Ohr.

Wie vereinbart, hat sie das Haus durch die Hintertür betreten. Zuerst hat sie das Gesumme der Fliegen gehört und den seltsamen Geruch wahrgenommen und dann die Röder auf dem Boden liegen sehen und daneben eine Pistole. Sie hat sich so oft ersehnt, sich an ihr zu rächen. Hat das Weib tot gewünscht. Aber als sie auf das zerschmetterte Gesicht der Röder hinuntergeblickt hat, hat sie nichts empfunden. Nur eine große Leere.

Sie kann sich nicht mehr erinnern, wie lange sie neben dem Leichnam gestanden hat. Dann hat sie ein Geräusch gehört. Sich umgedreht. Sie hat eine Pistole in der Hand gehalten. Hat sie die Waffe wirklich aufgehoben? Sie weiß es nicht mehr. Aber es muss wohl so gewesen sein.

Ein lauter Knall … Sie hat die Pistole abgefeuert. Dann ist der Mann bei ihr. Packt sie. Ob sie ihn getötet hätte, wenn sie die Gelegenheit dazu gehabt hätte? Wahrscheinlich schon. Lieber Gott, ich hatte solche Angst … Sie wimmert.

Ein Klirren. Ein Schlüssel dreht sich im Schloss. Die Tür geht auf. Eine Gefängniswärterin und eine große, schlanke Frau betreten die Zelle. Der Nebel aus Brom lichtet sich. Sie erkennt die Frau im selben Moment wie diese sie.

Sie springt auf und schreit, reißt die gefesselten Hände hoch. Sie schreit immer noch, als die Wärterinnen sie niederringen.

In der tief stehenden Abendsonne warfen die Ruinen lange Schatten. Ein Pulk von Menschen schob Friederike aus der überfüllten Straßenbahn. Eigentlich hatte sie bis zum Friesenplatz fahren wollen. Doch die Bahn war, wie so oft, einige Haltestellen vorher liegen geblieben. Sie war froh, dass sie früh genug von ihrem provisorischen Zuhause in Zollstock aufgebrochen war und trotz der Bahn rechtzeitig zum Dienst erscheinen würde.

Ein warmer Wind wehte, der Staub und Mörtel von den zerstörten Gebäuden entlang des Rings aufwirbelte. Überall zwischen Trümmern und auf Schuttbergen wucherten Pflanzen. Im Frühling, nach dem eisig kalten, langen Winter, war Friederike das Grün wie ein Zeichen von Leben und Hoffnung erschienen. Doch nun glich es einem alles verschlingenden Urwald.

Anders als am vorigen Abend fühlte sich Friederike ausgeruht. Gegen Mittag war sie schon einmal im Polizeipräsidium gewesen, um die Vernehmungen der Knechte und Mägde vom Röder'schen Gut abzutippen. Danach hatte Ida Gerwing sie wieder nach Hause geschickt, und sie hatte in der Nissenhütte noch ein paar Stunden schlafen können.

»Grüß dich, Helga!« Im Treppenhaus des Polizeipräsidiums begegnete Friederike einer jungen Kollegin, die gerade erst die Polizeischule abgeschlossen hatte. Helga Wicherts war sehr groß und dünn, und die Uniform schlackerte um ihre langen Glieder. Sie hatte es nie direkt gesagt, aber Friederike vermutete, dass sie sich – ähnlich wie sie selbst – wegen äußerer Zwänge und nicht aus innerer Neigung zur Weiblichen Kriminalpolizei gemeldet hatte. Friederike erkannte vieles von sich in Helga wieder. Die Kollegin war schüchtern und ängstlich wie sie selbst zu Beginn ihrer Laufbahn und wirkte manchmal so, als würde sie am liebsten davonlaufen. Friederike hatte sie ein bisschen unter ihre Fittiche genommen.

»Guten Abend.« Helga Wicherts erwiderte ihr Lächeln.

»Ist Kriminalkommissarin Langen eigentlich mittlerweile von der Fortbildung zurückgekehrt?«

»Nein, noch nicht.« Die Erleichterung in der Stimme der Kollegin war unüberhörbar. Die strenge Vorgesetzte machte auch ihr das Leben nicht gerade leicht.

»Hab einen schönen Abend«, sagte Friederike freundlich. »Hast du etwas vor?«

»Nein, wahrscheinlich werde ich lesen und dann früh ins Bett gehen.« Helga Wicherts zögerte und blickte Friederike unsicher an. »Irgendetwas Schlimmes scheint vorgefallen zu sein. Kriminalkommissarin Gerwing hat sehr besorgt gewirkt und einige der älteren Kolleginnen zu sich ins Büro gerufen. Sie waren lange bei ihr. Danach haben sie miteinander getuschelt. Aber mir haben sie nichts gesagt, und ich hab mich auch nicht getraut zu fragen.«

»Das wird sich schon aufklären. Mach dir darüber jetzt keine Gedanken.« Friederike nickte Helga aufmunternd zu. Ob wieder eine der Kolleginnen beim Entnazifizierungsverfahren als »belastet« eingestuft und entlassen worden war? In den ersten Wochen bei der Weiblichen Polizei hatte Friederike dies schon einmal erlebt. Auch damals hatte in der Dienststelle große Aufregung geherrscht. Hoffentlich entpuppte sich keine Kollegin, die sie mochte, als Nationalsozialistin.

In ihrem Büro klopfte Friederike sich den Straßenstaub von Rock und Bluse. Auf ihrem Schreibtisch lehnte eine Postkarte – die Schwarz-Weiß-Aufnahme einer barocken Kirche vor einem Alpenpanorama. Einige Schönwetterwolken hingen am ansonsten klaren Himmel. Wahrscheinlich war die Karte vor Beginn des Krieges produziert worden. Sie kündete von einer heilen Welt und gaukelte einen Sommer ohne Staub, Dürre und Hunger vor. Friederike betrachtete die Karte sehnsüchtig. Lore Fassbänder, eine weitere Kollegin und gute Freundin, hatte sie ihr geschickt. Lore hatte einige Wochen Urlaub genommen, um ihrer Schwester beizustehen, die in Oberbayern ihr drittes Kind erwartete. Friederike vermisste es, sich mit der Freundin bei der Arbeit austauschen zu können. Und auch die gemeinsamen abendlichen Unternehmungen fehlten ihr. In den letzten Wochen war sie öfter mit Lore und deren Verlobtem im Kino und tanzen gewesen.

»Fräulein Matthée ...« Kriminalkommissarin Gerwing stand in der geöffneten Tür und riss Friederike aus ihrem Tagtraum.

»Ich nehme an, Sie haben es noch nicht gehört.« Ida

Gerwing ließ sich auf Lores Stuhl nieder und bedeutete Friederike sitzenzubleiben. Sie wirkte erschöpft und mitgenommen.

»Nein, Frau Kriminalkommissarin, was …?«

»Der Mordfall, zu dem ich Sie gestern geschickt habe … Was ich nicht wusste: Ilse Röder, die Gutsbesitzerin, hieß mit Mädchennamen Kamann. Bis sie sich '43 als Wehrmachtshelferin meldete und heiratete, war sie Kommissarin bei der Weiblichen Kriminalpolizei hier in Köln.«

Friederike verschlug es die Sprache.

»Der Name der Tatverdächtigen lautet Franziska Wagner. Sie hat ein langes Vorstrafenregister. Ilse Röder war oft mit ihr befasst. Da sich die Wagner stets als unbelehrbar erwies und auch Aufenthalte in Pflegefamilien und in einem Erziehungsheim nichts fruchteten, hatte Ilse Röder schließlich ihre Einweisung in das Polizeiliche Jugendschutzlager in der Uckermark beantragt.«

Friederike hatte von diesem Gefängnis gehört. Dort sollte eine harte Zucht geherrscht haben. »Hat Franziska Wagner die Tat denn gestanden?«

»Nein, bisher waren von ihr nur Flüche und Beschimpfungen zu hören. Marianne Hoffmann, die Kollegin, die sie verhören sollte, hat sie erkannt. Außerdem konnte die Wagner anhand ihrer Fingerabdrücke identifiziert werden.«

»Also ist sie nicht etwa in das Gutshaus eingebrochen, wurde von Frau Röder überrascht und hat sie deshalb getötet? Sie war dort, um sich an Frau Röder zu rächen?« Friederike konnte es einfach nicht glauben.

»Davon ist leider auszugehen. Die Wagner wurde in der Vergangenheit einige Male wegen Unzucht festgenommen. Höchstwahrscheinlich hat sie sich das Geld für die Tatwaffe durch Prostitution verschafft. Und auch für das Gift, das dem Hofhund verabreicht wurde.«

»Das Tier wurde tatsächlich vergiftet?«

»Ja, der Laborbefund lag schnell vor. Laut Hauptkommissar Heimerzheim war die Menge an Gift in den Eingeweiden des Hundes viel zu groß, als dass er es zufällig mit einer Ratte gefressen haben könnte.« Ida Gerwing nahm die Lesebrille ab und rieb sich über die Augen. »Einige Kollegen von der Schutzpolizei haben angegeben, Franziska Wagner mehrmals auf dem Grundstück einer ehemaligen Papierfabrik in Köln-Mülheim gesehen zu haben. Zusammen mit anderen Kindern und jungen Erwachsenen hat sie dort wohl in den Kellern der Ruine gehaust. Ich hoffe, die Zeiten ändern sich bald und es gibt endlich in Heimen genug Plätze für herumstreunende, verwaiste Kinder und Jugendliche. Aber da die Situation nun einmal ist, wie sie ist, haben die Kollegen nichts unternommen, um die Herumtreiber einzufangen. Jetzt sollen sie jedoch für eine Vernehmung festgenommen werden. Sie werden an der Durchsuchung des Grundstücks teilnehmen, Fräulein Matthée. In einer Viertelstunde fährt ein Mannschaftswagen los. Sie treffen sich mit den Kollegen am Haupteingang des Präsidiums.«

»Ja, Frau Kriminalkommissarin.« Immer noch schockiert, stand Friederike auf.

Eine frühere Kollegin war brutal ermordet worden. Trotz der Hitze draußen auf der Straße fror Friederike. Dies war der erste gewaltsame Tod im Umfeld der Weiblichen Kriminalpolizei, von dem sie wusste.

Auf Anordnung der alliierten Besatzer durften Polizisten keine Schusswaffen tragen. Prompt waren in der chaotischen Zeit nach der Kapitulation einige männliche Beamte in Köln vor allem im Zusammenhang mit Schwarzmarktdelikten umgebracht worden, da sie sich nicht hatten verteidigen können. Friederikes Kolleginnen hatten sowieso niemals Schusswaffen getragen. Sie agierten im Hintergrund, wurden keine Opfer von Gewaltverbrechen.

Neben dem Eingang des Polizeipräsidiums lehnte eine schlanke Frau im Schatten und rauchte. Zuerst hielt Friederike sie für eine Passantin, doch dann erkannte sie die Kriminalobersekretärin Marianne Hoffmann. Gesine Langen vertrat die Ansicht, dass es höchst unweiblich sei, sich dem Laster des Rauchens hinzugeben. Keine Beamtin hätte es gewagt, sich in den Räumen der Dienststelle eine Zigarette anzuzünden.

»Guten Abend, Frau Kriminalobersekretärin«, grüßte Friederike die Vorgesetzte und wollte zu den Beamten der Schutzpolizei gehen, die sich ebenfalls vor dem Eingang versammelt hatten und auf den Mannschaftswagen warteten.

»Fräulein Matthée ...« Marianne Hoffmann hielt den Arm gegen den Unterleib gepresst, als wollte sie sich vor einem Schlag schützen. »Sie waren doch heute Nacht auf dem Hof im Bergischen.«

»Ja, allerdings, Frau Hoffmann.«

»Ilse ... ich meine, Frau Röder ... Kriminalkommissarin Gerwing hat gesagt, ihr sei mehrmals ins Gesicht geschossen worden.« In Marianne Hoffmanns Stimme schwang die flehentliche Hoffnung mit, dies möge nicht wahr sein.

»Das stimmt leider.« Friederike sah wieder die blutige, von Fliegen umschwärmte Masse aus Fleisch und Knochen vor sich, und sie musste erneut gegen eine aufsteigende Übelkeit ankämpfen.

»O Gott, dieses Monster ... Vor ein paar Stunden, in der Zelle, wäre sie auf mich losgegangen, wenn die Wärterinnen sie nicht zurückgehalten hätten. Sie hat geschrien wie ein Tier.« Die Kriminalobersekretärin schauderte.

»Hatten Sie früher häufig mit Franziska Wagner zu tun?«

»Gelegentlich. Aber eigentlich war Ilse für sie zuständig.«

»Frau Kriminalkommissarin Gerwing hat mir mitgeteilt, dass Franziska Wagner ein langes Vorstrafenregister besitzt.«

»Das kann man wohl sagen.« Marianne Hoffmann lachte bitter auf. »Sie hat die Schule geschwänzt, sich herumgetrieben, sich in Kinovorstellungen geschlichen. So fing es an. Ihre Mutter wurde überhaupt nicht mit ihr fertig. Im Gegenteil, sie hat Franziska noch gedeckt.«

»Und der Vater?«

»Er war ein Arbeiter bei Ford und auch schon vorbestraft. Im Winter '41 fiel er in Russland.«

»Was hat sich Franziska denn noch zuschulden kommen lassen?« Unter den Nationalsozialisten hatte »Streunen« oder auch »Landstreicherei« unter Strafe gestanden, Friederike hielt dies allerdings für keine sehr schlimmen Vergehen.

»Sie hat gestohlen und sich prostituiert. Ilse ... Frau Röder hatte wirklich viel Geduld mit ihr. Sie hat Franziska in Pflegefamilien gegeben. Dort riss sie aus, ebenso wie aus dem Erziehungsheim.« Ein trockenes Schluchzen schüttelte die Kriminalobersekretärin.

»Die beiden Knechte und die Mägde haben sehr gut über Frau Röder gesprochen. Sie scheinen sie wirklich gemocht zu haben.« Franziska hatte das Bedürfnis, der Kollegin etwas Tröstendes zu sagen.

»Ja, sie war ein feiner Mensch. Dabei hatte sie es nicht leicht im Leben. Sie stammte aus einer Industriellenfamilie, ihr Vater hatte viel Geld in Kriegsanleihen angelegt. Dann kam die Inflation, die den Rest des Vermögens verschlang. Der Vater wurde damit nicht fertig und starb kurz darauf. Ilse musste einen Beruf ergreifen.«

Friederikes eigener Vater war ebenfalls ein Patriot gewesen, aber zu vorsichtig – oder geschäftlich zu weitblickend –, um Kriegsanleihen in großem Stil zu erwerben. Er hatte die Reederei gut durch die Wirrnisse nach dem Ersten Weltkrieg und der zwanziger Jahre gesteuert. Nicht, dass dies am Ende einen Unterschied gemacht hätte …

»Was hat Frau Röder denn veranlasst, zur Weiblichen Kriminalpolizei zu gehen? Bei ihrem familiären Hintergrund hätte ich eher vermutet, dass sie Sekretärin geworden wäre. Oder eine Stelle in einem Amt angetreten hätte.« Wieder einmal wurde Friederike zu spät klar, dass sie sich einer vorgesetzten Kollegin gegenüber eigentlich nicht so frei äußern durfte.

Marianne Hoffmann schien dies jedoch gar nicht wahrzunehmen. »Ilse hatte ein ausgeprägtes Gerechtigkeitsempfinden, und die Arbeit mit Kindern und Jugendlichen hat ihr zugesagt. Sie wollte wirklich helfen.« Die Kriminalobersekretärin begann nun doch zu weinen.

Friederike wusste nicht, was sie tun sollte. Eine Vorgesetzte in den Arm zu nehmen war undenkbar. Sie war froh, als der Mannschaftswagen vorfuhr und sie sich den Kollegen anschließen konnte.

London

Auf der Oxford Street im Herzen von London herrschte reges abendliches Treiben. Vor der nahen U-Bahn-Station drängten sich die Menschen. Viele sahen erschöpft aus, ihre Kleidung war ärmlich.

Auf einem Baustellengerüst packten die Arbeiter ihre Werkzeuge zusammen. Das Gebäude, das hier neu entstand, füllte eine Lücke, die der »Blitz«, der vom nationalsozialistischen Deutschland entfesselte Bombenkrieg, gerissen hatte.

Richard Davies fühlte sich wie von einer Last befreit. Er hatte eine Entscheidung getroffen. Seit er im März nach Großbritannien zurückgekehrt war, hatte er mit sich gerungen, ob er den Dienst bei der Royal Military Police quittieren und endlich ins Zivilleben zurückkehren sollte. Doch er hatte sich entschlossen, noch einige Monate bei der Militärpolizei zu bleiben. Und ausgerechnet die Frage seiner Vorgesetzten, ob er bereit sei, noch einmal nach Deutschland zu wechseln, hatte den Ausschlag gegeben.

Die Charing Cross Road, in die Davies nun einbog, säumten weitaus weniger prächtige Gebäude als die Oxford Street, sie waren niedrig und schmal. Vor einem Laden standen Menschen für Lebensmittel an. Kürzlich waren sogar Kartoffeln rationiert worden.

Hinter dem staubigen Schaufenster eines der vielen Antiquariate und Buchläden entdeckte Davies im Preis stark heruntergesetzte medizinische Standardwerke. Nach seiner Zeit bei der Militärpolizei würde er Medizin studieren – dies war sein erklärtes Ziel. An seinen dienstfreien Tagen hatte er bereits gelegentlich Vorlesungen besucht. Er beschloss, die Gelegenheit zu nutzen und ein paar Bände zu kaufen.

Nach dem fast stechenden Sonnenlicht draußen war es im Laden dämmrig. In den deckenhohen Regalen reihten sich die Bücher aneinander. Der Geruch einer Buchhandlung – Papier und Druckerschwärze, gemischt mit ein bisschen Staub – war Davies aus seinem alten Leben vertraut. Trotz der dazwischenliegenden Jahre, geprägt von Abschied und Verlust, assoziierte ein Teil von ihm diesen Geruch immer noch mit Geborgenheit und Reisen in andere, ferne Welten. Er nickte dem alten Mann hinter der Theke zu und ging zu den Regalen mit der medizinischen Fachliteratur. Schnell hatte er seine Entscheidung getroffen.

Die drei Bände waren wirklich preisgünstig, und er konnte sich guten Gewissens noch ein weiteres Buch kaufen. Davies trat zu den Regalen mit der Belletristik. Lange Zeit hatte er keine schöngeistige Literatur gelesen, doch in den letzten Monaten hatte ihn ein wahrer Lesehunger überfallen, und er verschlang alles, von Klassikern bis hin zu zeitgenössischer Literatur. Er überflog die Buchtitel. Dickens, E. M. Forster, Hemingway, Sinclair Lewis. Egon Erwin Kisch, eine deutsche Ausgabe mit journalistischen Texten, die wohl von Emigranten stammte. Rasch sah er fort.

Davies' Blick blieb als Nächstes an *Treasure Island* von Robert Louis Stevenson hängen. Vorsichtig zog er den schmalen Band aus dem Regal und schlug ihn auf. Friederike Matthée liebte das Buch. Einmal hatte er ihr aus ihrer völlig abgenutzten englischen Ausgabe vorgelesen. Diese hier war fast neu und enthielt ausdrucksstarke, in dunklen Farben gehaltene Illustrationen. Bestimmt würden die Bilder Friederike gefallen.

Friederike … Mehrmals hatte er ihr schreiben wollen, dann aber die Briefanfänge wieder weggeworfen. Er war zu uneins mit sich gewesen, hatte nicht gewusst, was er mit sich und seinem Leben anfangen sollte.

»Was kostet der Stevenson?«, wandte er sich an den Antiquar. Der alte Mann trat zu ihm. »Oh, Sie meinen die Ausgabe mit den Illustrationen von N. C. Wyeth. Es ist eine Erstausgabe.« Er nannte einen Preis, der Davies' wöchentlicher Zimmermiete entsprach. »Aber ich habe auch noch ein oder zwei günstigere Ausgaben.«

»Nein, ich nehme dieses Buch«, sagte Davies. Noch an diesem Abend würde er Friederike schreiben, dass er nach Deutschland zurückkehrte. Wieder fühlte er sich frei und unbeschwert und endlich im Einklang mit sich selbst.

Richard Davies war nicht danach, sich am Leicester Square in die volle U-Bahn zu zwängen, um zu seinem möblierten Zimmer auf der anderen Seite der Themse zu gelangen. Mit dem Buchpaket in der Hand lief er weiter die Charing Cross Road entlang und überquerte den Trafalgar Square, wo Lord Nelson auf seiner Säule über die beiden Brunnen wachte. Obwohl die Bevölkerung noch immer unter den Folgen des Krieges litt, hatten sich einige Touristen auf dem Platz eingefunden, ließen sich fotografieren und kauften Souvenirs bei den Straßenhändlern. Doch die Normalität trog. Einige Gebäude gegenüber der National Gallery wiesen schwere Bombenschäden auf. Allein von September 1940 bis Mai 1941 hatte die Luftwaffe London einundsiebzigmal bombardiert und schwere Verwüstungen hinterlassen.

Im Regierungsviertel Whitehall waren viele Jalousien wegen der tief stehenden Sonne heruntergezogen, was den imposanten georgianischen Bauten etwas Träges verlieh. Wie immer, wenn Davies das Viertel passierte, empfand er einen jähen Stolz. Hier war die Herzkammer des britischen Empires. Hier hatten Churchill und seine Regierung den Kampf gegen das nationalsozialistische Deutschland aufgenommen und letztlich verhindert, dass die Barbarei über die Menschlichkeit siegte. Er war froh, dass er als Soldat in der britischen Armee seinen Teil dazu hatte beitragen können.

Davies überquerte die Westminster Bridge – die Themse führte Flut, und es wehte eine angenehm frische Brise – und schlug dann den Weg nach Vauxhall ein. Dort, eine gute Meile von seinem möblierten Zimmer entfernt, gab es einen Pub am Flussufer, den er abends gelegentlich aufsuchte. Er mochte das Bier dort, und er mochte es, mit einer Zeitung oder einem Buch an einem der Tische draußen zu sitzen und zu lesen.

Nachdem er ein Bier bestellt und, während es gezapft wurde, einige Worte mit dem Wirt gewechselt hatte, einem ehemaligen Matrosen mit tätowierten Unterarmen, ging er in den Garten und ließ sich an einem Tisch am Rand nieder. Er hatte sich eigentlich in eines der medizinischen Bücher vertiefen wollen, doch stattdessen nahm er *Treasure Island* in die Hand.

... I take up my pen in the year of Grace 17 –, and go back to the time when my father kept the »Admiral Benbow« inn, and the brown old seaman with the sabre cut, first took up lodging under our roof ...

Das erste Mal, als er Friederike Matthée gesehen hatte, eine sehr hübsche und sehr schüchterne und unsichere junge Frau, hätte er niemals gedacht, dass ausgerechnet diese Abenteuergeschichte ihr Lieblingsbuch sein würde. Doch dann hatte er sie näher kennengelernt und begriffen, wie mutig und stark sie im Grunde war. Wie es ihr wohl ging? Ob sie und ihre Mutter endlich aus dem engen Zimmer in der Kölner Südstadt hatten ausziehen können? Ja, er vermisste Friederike. Viel mehr, als er sich einzugestehen gewagt hatte. Und er freute sich darauf, sie wiederzusehen.

Zornige Stimmen schallten plötzlich durch die offen stehende Tür des Pubs in den Garten und ließen Davies aufblicken. An der Theke spielte sich ein Streit ab. Zu seiner Verwunderung schien ein älterer Herr darin verwickelt zu sein, den er schon öfter gesehen hatte. Sonst saß er immer nur still und in sich gekehrt an der Theke und trank ein oder zwei Gläser Bier. Dann ging er wieder. Nie hatte Davies erlebt, dass er mit dem Wirt oder den

Gästen ein Gespräch begonnen hätte. Rasch stand er auf und ging hinein.

Doch er kam zu spät. Ein dunkelhaariger Mann in Arbeitskleidung versetzte dem älteren Herrn einen Schlag gegen die Brust, sodass dieser zu Boden stürzte. Gäste sprangen auf. Einige Männer stellten sich schützend um den Arbeiter, offensichtlich Freunde oder Kollegen.

»He, was soll das? Beruhigt euch!« Der Wirt eilte hinter der Theke hervor.

»Verdammter Idiot! Schreit mich plötzlich an und schüttet mir sein Bier ins Gesicht!« Der Arbeiter spuckte auf den Boden. Er wirkte betrunken, schien nicht abgeneigt, eine Schlägerei vom Zaun zu brechen.

»Treten Sie zurück, der Streit ist zu Ende.« Davies drängte sich zwischen den Männern hindurch. Er sprach ruhig und bestimmt. Dies und seine Uniform ließen die Gäste zurückweichen. Auch der Arbeiter wandte sich wieder der Theke zu.

Davies beugte sich zu dem älteren Herrn hinunter. »Kommen Sie, ich bringe Sie nach draußen«, sagte er freundlich.

Was auch immer seinen Zorn entfacht hatte – er war verraucht. Stumm ließ sich der ältere Mann von Davies auf die Beine helfen und hinausführen. Dort begann er zu zittern und schlug die Hände vors Gesicht. Tränen rannen zwischen seinen Fingern hervor, und er schluchzte Worte in einer osteuropäischen Sprache.

Davies konnte ihn unmöglich in diesem Zustand allein lassen. »Wo wohnen Sie denn?« Er berührte ihn an der Schulter. »Ich begleite Sie nach Hause.«

Eine geflüsterte Adresse, nur einige Straßen entfernt. Apathisch folgte der ältere Herr Davies. Was mochte ihn nur so verstört haben?

Polizisten hatten die Fabrikruine in Köln-Mülheim bereits umstellt. Friederike reihte sich hinter den Kollegen von der Schutzpolizei ein. Der Einsatzleiter hob die Hand, und auf sein Zeichen hin setzte sich der Trupp in Bewegung. Die Überreste von Schornsteinen ragten in den Himmel, bildeten tiefschwarze Silhouetten gegen den wie mit Rot übergossenen Abendhimmel. Gras und Gestrüpp raschelten im Wind. Vor einer Ansammlung von Trümmern standen einige verwitterte Kreuze, von den Namen darauf waren nur noch einzelne Buchstaben zu erkennen. Hier waren Menschen bei einem Bombenangriff ums Leben gekommen. Überall in der Stadt gab es noch solche Kreuze.

Sie hatten nun den Eingang zu den Kellern erreicht, stiegen Steinstufen hinunter. Nur einige Kollegen hielten Taschenlampen in den Händen, denn diese waren, wie so vieles, Mangelware und hatten nicht für alle gereicht. Der Lichtschein huschte über die Wände, entriss ein Deckenlager der Dunkelheit. Ein paar aufgestörte Ratten quiekten und verschwanden in der Dunkelheit.

Friederike kämpfte gegen den Ekel an. Sie verabscheute Ratten. Die Luft roch modrig und süßlich nach Verwesung. Sie hatte sagen hören, dass in den Monaten nach Kriegsende in vielen Straßen der Stadt Leichengeruch gehangen habe. Diese Ausdünstungen waren mittlerweile längst verflogen, und hier unten lagen ganz bestimmt keine Leichen. Dennoch brach ihr der Schweiß aus.

Weiter vorn im Gang lugten einige Jugendliche aus einem Keller und rannten davon, als sie die Polizisten erkannten. »Achtung, Polypen!« Der Warnruf hallte von den Wänden wider.

»Ihnen nach!« Die Kollegen hasteten hinterher.

Friederike stolperte über eine Unebenheit im Boden und fiel hin. Ein stechender Schmerz fuhr durch ihren Knöchel. Der Schein der Taschenlampen verschwand um eine Ecke. Mühsam kam sie wieder auf die Beine, wollte den Kollegen folgen. Doch in dem dämmrigen Licht, das durch ein Loch in der Decke fiel, nahm sie einige Meter entfernt eine Bewegung wahr. Ein Mädchen lief in einen Seitengang.

»Warte!« So schnell es ihr der schmerzende Knöchel erlaubte, humpelte Friederike dem Kind hinterher. Trümmer der Decke lagen auf dem Boden, erschwerten die Verfolgung. Mal sah sie das Mädchen deutlich im einfallenden Licht, dann wieder konnte sie es nur schemenhaft in der Dunkelheit erkennen.

Plötzlich war das Mädchen verschwunden. Friederike blieb stehen und lauschte. In der Ferne hörte sie Rufe und Schreie. Die Kollegen hatten die Jugendlichen wohl eingeholt. Doch ganz in der Nähe war kein Laut zu hören. Friederike spähte in den nächstgelegenen Keller. Er war leer bis auf einige Decken und die Reste einer Feuerstelle. In dem angrenzenden Raum lag nur Unrat. Der Keller ganz am Ende des Ganges erhielt ein wenig Licht durch ein vergittertes Fenster hoch oben in der Backsteinwand. Zuerst dachte Friederike, auch hier lägen nur Decken auf dem Boden. Doch dann erkannte sie darunter die Umrisse eines kleinen Körpers.

»Ich will dir nichts Böses. Du musst dich nicht vor mir fürchten«, sagte Friederike beruhigend. »Ich komme zu dir. So, jetzt bin ich bei dir.« Sie bückte sich und zog die Decken vorsichtig weg. Schreckgeweitete Augen starrten sie an. Der Atem des Kindes ging hastig.

Friederike griff in ihre Rocktasche und wollte ein Bonbon hervorziehen. So ausgehungert, wie die meisten Kinder waren, half dies oft, das Eis zu brechen. Doch ein wütendes Knurren ließ sie zusammenzucken. Ein riesiger Hund stand plötzlich mit gebleckten Zähnen vor ihr. Friederike wich an die Wand zurück.

»Ist das dein Hund? Bitte, kannst du ihn zurückrufen?«, flüsterte sie.

Das Mädchen reagierte nicht.

Friederike riskierte einen Schritt in Richtung Tür, was den Hund jedoch nur noch mehr reizte. Sein Knurren wurde grollender. Er senkte zum Angriff bereit den Kopf.

Auch wenn die Kollegen ihr Schreien hören würden – bis die Männer sie erreicht hätten, hätte das Monster sie längst zerfleischt.

»Bitte, ruf den Hund zurück. Er macht mir Angst!«

Das Mädchen hatte sich aufgesetzt, sah sie unverwandt an.

»Bitte …« Friederike schluchzte fast.

Eine schüchterne Stimme ertönte. »Hasso, sitz!« Sofort erstarb das Knurren, und der Hund ließ sich auf die Hinterbeine nieder.

Friederike war fast übel vor Erleichterung. »Ist das dein Hund?«

»Nein, er gehört Franziska. Aber er gehorcht mir auch.«

»Franziska? Franziska Wagner? Du kennst sie?«

»Sie ist meine Freundin, und sie passt auf mich auf. Aber seit gestern Abend habe ich sie nicht mehr gesehen.« Die Stimme des Mädchens zitterte. Offensichtlich vermisste sie ihre Beschützerin. »Franziska wird doch wiederkommen?«

»Wie heißt du denn?«

»Elli. Also, Elisabeth.«

»Elli …« Friederike kauerte sich vor ihr auf den Boden und fasste nach ihrer Hand. Was der Hund glücklicherweise nicht als Angriff deutete, denn er blieb ruhig sitzen.

»Franziska befindet sich in großen Schwierigkeiten. Willst du ihr helfen und mit mir kommen und dich mit mir über Franziska unterhalten?«

»In was für Schwierigkeiten ist Franziska denn?«

»Das ist eine längere Geschichte. Ich würde dir gern alles in Ruhe an einem anderen Ort erzählen.«

»Ja, ich will Franziska helfen.«

»Das ist schön.« Friederike lächelte das Kind an. Elli stand auf und ließ sich von ihr aus dem Keller führen, während der Hund hinter ihnen hertrottete.

3. Kapitel

Köln

Friederike rührte Milchpulver – eine Spende der britischen Besatzer – in ein Glas Wasser. Der riesige Hund war ihr und Elli bis in die Nähe des Polizeimannschaftswagen gefolgt. Dann war er in der Abenddämmerung verschwunden.

Ihre Kollegen hatten ein gutes Dutzend Kinder und Jugendliche auf dem Gelände der ehemaligen Papierfabrik aufgegriffen. Einige hatten sich still und ängstlich verhalten. Andere, vor allem ältere Jugendliche, waren aggressiv gewesen.

Aus den angrenzenden Räumen drangen Wortfetzen in die improvisierte Teeküche. Alle verfügbaren Beamtinnen der Weiblichen Kriminalpolizei befragten die Kinder und Jugendlichen. Friederike hatte Ida Gerwing darüber informiert, dass Elli mit Franziska befreundet war und sie als ihre Beschützerin betrachtete. Sie war froh, dass die Vorgesetzte ihr erlaubt hatte, das Mädchen zu vernehmen.

Mit dem Glas in der Hand kehrte sie in ihr Büro zurück. Manche Kinder wagten es unaufgefordert, ein Buch oder ein Spielzeug aus der Kiste in der Ecke zu nehmen. Aber Elli saß, so wie Friederike sie verlassen hatte, still auf dem Stuhl, die Hände im Schoß gefaltet und die Schultern hochgezogen. Friederike schätzte sie auf zehn bis zwölf Jahre. Ihre blonden Haare waren zu unordentlichen Zöpfen geflochten, die mit einem Stück

Schnur zusammengehalten wurden. An den Füßen trug sie zwei rechte Schuhe. Sie war so mager, dass ihr Gesicht ganz knochig und alt wirkte. Unter ihrer schmutzigen, zerrissenen Bluse zeichneten sich deutlich die Schulterblätter ab.

Friederike stellte das Glas Milch vor das Mädchen auf den Tisch und legte ein Bonbon dazu. Die meisten Kinder hätten gierig danach gegriffen. Aber Elli rührte sich nicht.

»Das ist beides für dich, nun trink schon«, sagte Friederike freundlich. Gehorsam griff Elli nach dem Glas und schob sich, nachdem sie es geleert hatte, das Bonbon in den Mund.

»Elli – oder Elisabeth – ist also dein Vorname. Wie heißt du denn mit Nachnamen?«

»Berneike.«

»Und deine Eltern?«

Elli senkte den Kopf.

»Sind sie tot?«

Das Mädchen nickte kaum merklich.

»Stammst du aus Köln?«

»Nein, von ganz woanders.«

»Kannst du mir sagen, wo du aufgewachsen bist?«

»Meine Mutter hat mir gesagt, dass ich in der Nähe von Beresowa geboren bin.«

Beresowa lag am Schwarzen Meer. Dort hatte es deutsche Siedlungen gegeben. »Wie bist du denn nach Köln gekommen?«

»Ich bin mit Soldaten auf Wagen gefahren. Und dann mit anderen Leuten. Mehr weiß ich nicht …« Elli schlang die Arme um sich und begann, sich vor und zurück zu wiegen. Ihre Stimme klang ganz hoch und dünn. Bestimmt hatte das Mädchen auf dem weiten Weg Schreckliches erlebt.

»Und wie hast du Franziska kennengelernt?«, wechselte Friederike das Thema.

»Auf der Straße.«

»In Köln?«

»Nein.«

»Wo denn dann?«

»In Leverkusen.«

»Und wann war das?«

»Nachdem ich aus dem Heim weggelaufen bin.« Elli senkte wieder den Kopf und begann mit dem Handballen über ihren nackten Unterarm zu reiben. Erst jetzt bemerkte Friederike die schlecht verheilten Narben auf der Haut. Sie kannte dieses Kratzbedürfnis nur zu gut. Bis zum Winter hatte sie selbst immer wieder das heftige Verlangen gespürt, sich die Unterarme mit den Fingernägeln aufzureißen. Nur im Schmerz hatte sie sich noch fühlen können. Allmählich hatte sich dieser Zwang zum Glück verloren. Friederike wusste nicht genau, warum. Vielleicht, weil sie sich durch die Ermittlungen mit Richard Davies dem Leben und dem Schicksal nicht mehr völlig ausgeliefert gefühlt hatte.

»Wann bist du denn aus dem Heim weggelaufen?«, fragte Friederike jetzt geduldig nach. Es wunderte sie, dass das verschreckte Kind die Energie dazu aufgebracht hatte.

»Im Herbst irgendwann.«

»So lange ist das schon her? Warum bist du nicht dortgeblieben?«

»Ich ... ich hatte einen Krug zerbrochen.«

Also war die Angst vor Strafe der Beweggrund gewesen. »Das ist doch nicht schlimm.«

Elli entspannte sich ein wenig. »Wo ist Franziska denn? Darf ich sie sehen?« Sie blickte Friederike flehend an.

»Elli, wahrscheinlich hat Franziska etwas Schlimmes

getan. Aber ich möchte sie verstehen und ihr helfen. Hat sie dir gegenüber einmal den Namen Ilse Röder erwähnt?«

»Nein.« Elli schüttelte den Kopf. »Was soll Franziska denn gemacht haben?«

»Hat sie dir von einem Bauernhof im Bergischen Land erzählt?«, wich Friederike ihrer Frage aus.

»Nein. Franziska war immer gut zu mir! Sie hat mich beschützt und Essen für uns beide besorgt und im Winter Kohlen. Und sie erzählt mir Geschichten, wenn ich traurig bin.«

»Ich glaube dir, dass Franziska gut für dich gesorgt hat«, erwiderte Friederike sanft. Dass die junge Frau es geschafft hatte, Elli und sich durch den langen, eisig kalten Winter zu bringen, setzte viel Umsicht und Tatkraft voraus, und ihr musste wirklich etwas an dem Mädchen liegen. Denn die immer viel zu knappe Nahrung zu teilen war keine Selbstverständlichkeit.

»Weißt du, ob Franziska sich …« – Friederike zögerte, dem Kind gegenüber den Ausdruck »prostituiert« zu benutzen – »… sich mit Männern getroffen hat?«

»Manchmal kam sie mit Männern in den Keller. Ich mochte die nicht. Dann hat Franziska mich weggeschickt.«

Was erklären würde, woher Franziska das Geld hatte, die Pistole zu besorgen. Dies hatte ja auch Kriminalkommissarin Gerwing vermutet. »Hat deine Freundin denn eine Schusswaffe besessen?« Friederike bemühte sich, ihre Stimme beiläufig klingen zu lassen.

»Nein!« Elli sah sie arglos an.

»Weißt du, ob Franziska Gift besessen hat?«

»Wofür soll sie das denn gebraucht haben?«

»Auf dem Hof, wo diese Frau Röder gelebt hat, ist der Wachhund an Gift gestorben. Vielleicht ist Franziska dafür verantwortlich.« Friederike schwächte den Verdacht bewusst ab.

»Aber … Das hätte Franziska niemals getan! Sie liebt Hunde, und die vertrauen ihr.« Mit dem bisher so schüchternen Kind war eine erstaunliche Verwandlung vorgegangen. Ellis Stimme überschlug sich jetzt vor Erregung. »Sie hat Hasso im Winter gefunden, als er eine Wunde am Bein hatte und fast verhungert war. Sie hat ihn gesund gepflegt und ihm ihr eigenes Essen gegeben. Nie, nie, niemals hätte sie einen Hund vergiftet!«

London

Richard Davies stand am offenen Fenster seines Zimmers. In einer Wohnung auf der gegenüberliegenden Straßenseite spielte ein Radio oder ein Plattenspieler einen sentimentalen Schlager. Hinter der zugezogenen Gardine tanzte der Schatten eines Paares zu der Musik. Die Nacht war warm. Davies schwitzte, aber gleichzeitig fror er.

Die Begegnung mit dem älteren Herrn, den er nach dem Streit im Pub nach Hause gebracht hatte, hatte ihn tief erschüttert. Der Mann lebte in einem Zimmer, das mit den abgenutzten Möbeln seinem eigenen glich. Davies hatte ihn zu einem Sessel geführt und ihm am Waschbecken ein Glas mit Wasser gefüllt. Danach hatte er sich zu ihm gesetzt. Der ältere Herr hatte das Glas entgegengenommen, aber nicht daraus getrunken. Stumm hatte er vor sich hin gestarrt. Dann, ganz plötzlich, als sei ein Damm gebrochen, hatte er zu reden begonnen. Jiddisch, durchmischt mit polnischen und englischen Wörtern. Davies verstand nicht alles, aber doch das Wesentliche. Der Streit hatte sich daran entzündet, dass der Arbeiter gesagt hatte, es sei zwar gut, dass Hitler besiegt wäre.

Aber was er mit den Juden gemacht habe, sei doch gar nicht so schlecht gewesen.

Der ältere Herr stammte aus der Nähe des Ortes Przemyśl. Kurz nach dem deutschen Angriff auf Polen waren alle Juden von der Wehrmacht zusammengetrieben und vor der Stadt erschossen worden. Die verbliebenen Lebenden mussten sich in Massengräbern auf die Toten legen, ehe auch sie die Genickschüsse trafen. Wie ein Wunder hatten der ältere Herr und eine Enkelin überlebt. Polen fanden und versteckten sie. Nach dem Ende des Krieges waren die beiden dann nach Großbritannien gelangt.

Im Zimmer auf der gegenüberliegenden Straßenseite hörte die Musik auf zu spielen, und das Licht erlosch. Ein Kichern wehte durch die Nacht und brach abrupt ab. Davies schloss das Fenster und drehte sich um. Im Dunkeln tastete er nach seiner Schachtel Zigaretten, doch seine Hände zitterten so sehr, dass sie ihm entglitt.

Das Schicksal des jüdischen Herrn hatte alles wieder in ihm aufgewühlt. Die Erinnerung an seine Eltern und den Großvater, den Hass, die Angst und die Ohnmacht. Wie hatte er nur glauben können, dass er imstande sei, nach Deutschland zurückzukehren? In das Land, wo seine Familie wegen ihrer jüdischen Herkunft ermordet worden war. Und wo wahrscheinlich auch er in einem Konzentrationslager umgebracht worden wäre, hätte er nicht das Glück gehabt, im Januar 1939 mit einem Kindertransport nach Großbritannien zu entkommen.

Köln, Freitag, 20. Juni 1947

Ida Gerwing hatte die Hornbrille abgenommen. Ihre Augen waren gerötet von Müdigkeit. Ein Nachtfalter flatterte träge durch das Büro. Vor einer Weile hatte sie

Friederike zu sich beordert, damit diese ihr über Ellis Vernehmung berichtete. »Es hat das Mädchen wirklich sehr aufgeregt, dass Franziska vorgeworfen wird, den Hofhund vergiftet zu haben«, sagte Friederike jetzt. »Elli ist immer wieder darauf zurückgekommen und hat beteuert, Franziska würde so etwas niemals tun. Ich habe lange gebraucht, um sie zu beruhigen. Und sonst ...« Sie konsultierte ihre Notizen. »An den Tagen, an denen Franziska laut den Aussagen der Knechte und Mägde in der Nähe des Röder'schen Hofes gesehen wurde, hat sie sich stundenlang von Elli getrennt. Was sonst nur selten vorkam.«

»Hauptkommissar Heimerzheim dürfte für diese Information sehr dankbar sein. Ebenso wie für Ellis Hinweis, dass sich Franziska prostituiert hat und so wahrscheinlich genug Geld hatte, um sich eine Waffe zu beschaffen.« Ida Gerwing machte sich einen Vermerk. »Die anderen Vernehmungen haben gezeigt, dass die Kinder und Jugendlichen großen Respekt, ja Angst vor Franziska haben. Auch ihnen gegenüber war sie bisweilen gewalttätig. Einen Sechzehnjährigen hat sie mit einem Messer angegriffen.«

»Bei Elli hat sie sich ganz anders verhalten. Das Mädchen schildert sie als sehr fürsorglich. Immer wenn sie über Franziska spricht, beginnen ihre Augen zu leuchten. Sie liebt die junge Frau wirklich sehr.«

»Franziskas jüngere Schwester Greta war etwa gleich alt wie Elli.« Ida Gerwing seufzte. »Vielleicht erinnert das Mädchen sie ja an die Schwester.«

»Greta ist nicht mehr am Leben?«

»Sie und die Mutter starben bei einem schweren Bombenangriff im Juni 1943.«

Es musste sehr hart gewesen sein, aus dem Lager entlassen zu werden, nach Köln zurückzukommen und zu erfahren, dass die Mutter und die kleine Schwester nicht mehr lebten. Wieder empfand Friederike Mitleid mit Franziska.

Ida Gerwing blätterte durch mit einer Schreibmaschine ausgefüllte Formulare auf ihrem Schreibtisch. »Nach langem Telefonieren konnte ich für Elli einen Platz in einem Kinderheim in Köln-Mülheim bekommen. Was wirklich ein Glücksfall ist. Begleiten Sie das Kind dorthin, und dann gehen Sie nach Hause. Sie haben für heute Nacht genug geleistet.«

»Danke, Frau Kriminalkommissarin.« Friederike freute sich über das Lob. Sie bezweifelte allerdings, ob Elli den Aufenthalt in einem Kinderheim auch als Glück erachten würde.

In dem Polizeiwagen war es dunkel. Friederike spürte mehr, als dass sie es sah, dass Elli wie erstarrt neben ihr saß. Als sie vor einer Weile in ihr Büro zurückgekehrt war, hatte das Mädchen geschlafen. Friederike hatte Elli geweckt und versucht, ihr so schonend wie möglich beizubringen, dass sie sie in ein Kinderheim bringen würde. Elli hatte zuerst völlig panisch reagiert, doch dann hatte sie sich stumm in ihr Schicksal gefügt. Ihre Angst und ihre Verzweiflung setzten Friederike immer noch zu. Und sie fühlte sich irgendwie auch schuldig. Sie hatte Elli versprochen, Franziska zu helfen, und sie dadurch überredet, mit ihr zu kommen. Doch die Befragung des Kindes hatte der Tatverdächtigen eher geschadet. Und nun brachte sie Elli auch noch an einen Ort, den das Kind fürchtete.

Der Beamte am Steuer bog in eine Seitenstraße ein und hielt schließlich vor einem großen, mehrstöckigen Backsteinhaus zwischen Ruinen. Hinter einem Fensterladen neben der Eingangstür brannte Licht. Sie wurden also erwartet.

Der Kollege drehte sich zu Friederike um. »Da wären wir, Fräulein.«

»Ja«, erwiderte Friederike beklommen. Sie fürchtete, Elli würde sich sträuben, aus dem Wagen zu steigen. Die Szene, als die beiden Polizisten Franziska weggeschleift hatten, war ihr nur zu präsent. Doch als sie das Mädchen am Arm berührte und sagte »Elli, wir müssen gehen«, folgte es ihr widerspruchslos.

Neben der Eingangstür hing ein Klingelzug. Als Friederike ihn betätigte, ertönte in den Tiefen des Hauses ein dumpfes Scheppern. Elli zuckte zusammen, und Friederike fasste nach ihrer Hand. »Elli, hier wird bestimmt gut für dich gesorgt. Anders als in dem Heim, aus dem du weggelaufen bist. Du musst keine Angst haben.« Wollte sie das Kind beruhigen oder sich selbst?

Einer der Türflügel wurde geöffnet. Eine junge Nonne erschien, die eine weiße gestärkte Haube und eine Schürze über einem schwarzen Gewand trug und einen schläfrigen Eindruck machte. Dahinter erstreckte sich eine Eingangshalle mit grauem Steinboden. Eine Treppe führte in die oberen Stockwerke. Es roch durchdringend nach Kohl und angebrannter Milch.

»Schwester Gundula wird gleich zu Ihnen kommen.« Die Stimme der Schwester klang befangen und hallte von den Wänden wider. »Wenn Sie bitte hier warten würden?«

Sie führte Friederike und Elli in ein Zimmer, das zu klein für die wuchtigen Möbel war. An der Wand hing das Barockgemälde einer Madonna mit dem Jesuskind auf dem Arm.

»Komm, wir setzen uns.« Friederike zog Elli neben sich auf das Ledersofa. Nichts in dem Zimmer wies darauf hin, dass es zu einem Kinderheim gehörte. In einem Bücherschrank standen Bände zu theologischen Themen.

»Soll ich etwas für dich malen?«, fragte Friederike, um Elli abzulenken.

Das Mädchen nickte stumm.

»Was soll ich denn malen?«

»Hasso …«

Friederike holte ihr Notizbuch und den Bleistift hervor und begann, das riesige Tier aus der Erinnerung zu zeichnen.

»Franziska hätte niemals einen Hund vergiftet.«

»Ja, ich glaube dir.« Auf keinen Fall wollte sie dem Kind jetzt widersprechen und es aufregen.

»Franziska hat gesagt, sie würde von einer Frau Geld bekommen. Und dann könnten wir aus der Ruine weggehen und uns ein richtiges Zuhause suchen.«

»Was hast du da gesagt?« Friederike war ganz auf die Zeichnung konzentriert gewesen. Unabsichtlich klang ihre Stimme scharf.

Elli zuckte zusammen.

»Keine Angst, du hast nichts falsch gemacht. Von welcher Frau hat Franziska gesprochen?«

»Sie hat keinen Namen gesagt. Aber sie hat gemeint, sie wüsste etwas von der Frau. Und dafür würde sie Geld bekommen.«

Hatte Franziska etwa vorgehabt, Ilse Röder zu erpressen? Oder reimte sich Elli nur etwas zusammen?

»Du bist dir ganz sicher, dass sie in diesem Zusammenhang nicht den Namen Ilse Röder oder Ilse Kamann erwähnt hat?«

»Nein, Franziska hat wirklich keinen Namen genannt.«

»Hat sie dir gesagt, wo diese Frau wohnt?«

»Auch nicht. Ob Franziska und ich denn ein Zuhause finden?«

»Das hoffe ich sehr.«

»Und Franziska ist auch ganz bestimmt nicht an diesem schrecklichen Ort?«

»Was meinst du denn damit?«

»Sie hat mir einmal davon erzählt, als sie getrunken hatte.«

»Franziska hatte Alkohol getrunken?

»Sie hat schlecht gerochen. Und ihre Stimme war anders als sonst. So als würde es ihr schwerfallen zu sprechen.«

»Und was hat dir Franziska über diesen Ort erzählt?«

»Sie wurde da geschlagen, bis sie blutete, und war tagelang in einem dunklen Raum eingesperrt. Sie durfte mit niemandem sprechen, und sie musste mit nackten Füßen bei Eiseskälte im Sumpf arbeiten, und sie hatte immer nur Hunger …«

»Wo soll das denn gewesen sein?«

Elli runzelte die Stirn. »In einer … Mark«, sagte sie schließlich zögernd.

Das Polizeiliche Jugendschutzlager, in dem Franziska inhaftiert gewesen war, hatte sich in der Uckermark befunden. Aber es konnte doch nicht sein, dass dort solche Zustände geherrscht hatten? Ehe Friederike nachfragen konnte, öffnete sich die Tür, und eine große Nonne betrat den Raum. Mit ihrem kräftigen Körper und der ausladenden Haube schien sie ihn ganz auszufüllen. Obwohl es auf vier Uhr zuging, war ihr keine Müdigkeit anzumerken. Elli begann wieder zu zittern.

»Schwester Gundula?«

»Die bin ich.« Die Nonne nickte.

»Könnte ich bitte kurz draußen mit Ihnen sprechen?« Friederike erhob sich und drückte dem Mädchen noch einmal aufmunternd die Hand.

Die Ordensschwester gab den Weg frei. Wegen der Haube, die ihr Haar ganz verdeckte, fand Friederike es schwierig, ihr Alter zu schätzen. Aber ihre Augenbrauen waren grau, und um Mund und Nase hatten sich Falten eingegraben. Über fünfzig war sie bestimmt. »Das Mädchen, so wurde mir gesagt, ist schon einmal aus einem Kinderheim ausgerissen?«, sagte sie.

»Ja, und es macht ihr große Angst, hier zu sein. Elli hat in den letzten Jahren Schlimmes erlebt. Bitte, behandeln Sie sie gut. Sie ist so ängstlich und verschreckt … Sie braucht bestimmt viel Fürsorge.«

»Was denken Sie denn, was für Kinder wir hier haben, Fräulein? Auf Rosen gebettet war keines von denen.«

»Das habe ich auch nicht angenommen.«

»War das alles, was Sie mir sagen wollten?«

»Ja.«

»Komm mit, Elli!« Schwester Gundula tat einen Schritt in den Raum, nur um gleich darauf einen unwilligen Laut auszustoßen. »Was ist das denn?«

Friederike folgte ihr. Die Nonne hatte Ellis rechten Arm ergriffen und hielt ihn hoch. Vom Handgelenk bis zum Ellbogen erstreckte sich ein schmaler, blutiger Streifen. Elli hatte sich die Haut aufgekratzt.

»Das lässt du in Zukunft schön bleiben!«, herrschte die Nonne das Kind an.

»Aber Elli tut das doch nicht absichtlich. Das ist ein Zwang.«

»Den werden wir ihr schon abgewöhnen.«

Das Mädchen schluchzte jetzt.

»Elli, sieh mich an.« Friederike kniete sich vor sie und legte ihr die Hände auf die Schultern. »Ich verspreche dir, ich werde dich besuchen. Du bist hier nicht allein.«

Das Mädchen weinte weiter, schien sie gar nicht gehört zu haben.

»Komm jetzt.« Die Nonne legte ihr die Hand auf die Schulter.

Bedrückt sah Friederike Elli nach. Mit hängendem Kopf und schleppenden Schritten ging das Kind hinter der Nonne die Treppe hinauf.

»Was tun Sie denn noch hier, Fräulein Matthée?« Kriminalkommissarin Ida Gerwing trug schon Handschuhe und war im Begriff ihren Hut aufzusetzen. »Ich hatte Sie doch nach Hause geschickt.« Sie ließ sich hinter dem Schreibtisch nieder und bedeutete auch Friederike, Platz zu nehmen. Ein Teil des Fensters war – wie das noch häufig vorkam – mit Brettern vernagelt. In dem anderen spiegelte sich das Büro, verschwommen durch eine Staubschicht.

»Elli Berneike hat noch etwas gesagt, von dem ich dachte, Sie sollten es wissen.« Friederike wiederholte, was das Mädchen erzählt hatte. »Für mich hört sich das an, als ob Franziska Wagner jemanden erpressen wollte«, schloss sie. »Möglicherweise hat sie es ja bei Frau Röder versucht.«

»Es wäre kein Wunder, wenn die Wagner ihrem Sündenregister auch noch Erpressung hinzufügen würde.« Die Kriminalkommissarin seufzte. »Wobei ich nicht weiß, welches Fehlverhalten sie Ilse Röder unterstellen will.«

»Vielleicht hat Franziska Wagner ja beobachtet, wie auf dem Hof schwarz geschlachtet wurde. Oder sie hat von Schwarzmarkt-Aktivitäten erfahren.« Beide Delikte wurden häufig begangen, und ein großer Teil der Bevölkerung wäre wahrscheinlich ohne sie verhungert. Dennoch waren sie strafbar.

»Ja, das ist nicht auszuschließen. Ich werde Hauptkommissar Heimerzheim darüber informieren.«

»Und … wäre es vielleicht möglich, Elli in einer Pflegefamilie unterzubringen? Sie war so verzweifelt, als ich sie zurückgelassen habe! Sie hat sogar ihren Unterarm blutig gekratzt. Die Leiterin des Heimes hat darauf ärgerlich und ungeduldig reagiert. Aber ich weiß, dass Elli wie unter einem Zwang handelt. Ich … ich habe darunter auch eine Zeit lang gelitten.«

»Eine Pflegefamilie … Haben Sie eine Ahnung, was Sie da von mir verlangen? Es war schon schwierig genug, für Elli einen Heimplatz in Köln zu finden! Noch nicht einmal in der Umgebung konnte ich bisher alle Kinder von dem Ruinengrundstück unterbringen. Und die fast erwachsenen Jugendlichen musste ich ohnehin ihrer Wege ziehen lassen.«

»Ich bin mir bewusst, dass sich eine Pflegefamilie sicher nicht von heute auf morgen finden lassen wird. Aber es ist doch einen Versuch wert.« Friederikes Stimme klang flehend.

Die Miene der Vorgesetzten wurde milder. »Ich werde sehen, was ich tun kann.«

»Danke, Frau Kriminalkommissarin.«

Ida Gerwing setzte den Hut auf. Ein verbeultes Ungetüm, dessen Krempe herabhing. »Ist noch etwas, Fräulein Matthée?«

Hastig stand Friederike auf. »Nein, das heißt …« Sie zögerte, sprach dann jedoch aus, was sie beschäftigte. »Elli hat von einem schrecklichen Ort erzählt, an dem Franziska gewesen sei. Dort sei sie schwer misshandelt worden.« Sie gab wieder, was das Mädchen ihr gesagt hatte. »Kann es denn sein, dass in dem Polizeilichen Jugendschutzlager so furchtbare Zustände geherrscht haben?«, endete sie bedrückt.

»Ich bin ja Mitte der dreißiger Jahre wegen meiner Ehe aus dem Polizeidienst ausgeschieden. Aber natürlich weiß ich von diesem Lager. Es war kein Erholungsheim. Dort hat strenge Disziplin geherrscht, und Verstöße wurden selbstverständlich sanktioniert. Aber auf angemessene und nicht auf unmenschliche Weise. Die Leiterin war schließlich eine Beamtin der Weiblichen Kriminalpolizei.« Ida Gerwings Stimme klang klar und entschieden. »Die jungen Frauen sollten sich bessern und wieder zu verantwortungsvollen Mitgliedern der Gesellschaft erzogen werden. Das stand im Mittelpunkt der Strafe. Frauen wie die Wagner lügen und neigen dazu, sich immer nur als Opfer zu sehen. Vielleicht hat sich Elli Berneike auch Dinge zusammenfantasiert. Jedenfalls ist das, was Sie von dem Mädchen gehört haben, nicht wahr. Das müssen Sie mir glauben.«

»Ja, Frau Kriminalkommissarin. Und ... Ich bin sehr froh darüber.«

»Franziska Wagners Akte ist wie viele andere auch den Bomben zum Opfer gefallen. Kriminalobersekretärin Hoffmann war mit Ilse Röder befreundet. Alles, was sie über Franziska Wagner sagt, könnte also von einem Anwalt als voreingenommen gewertet werden. Schlafen Sie ein paar Stunden und fahren Sie am Spätnachmittag nach Deutz – dort hat die Familie Wagner an der Deutzer Freiheit gewohnt, in der Nummer fünf – und befragen Sie ehemalige Nachbarn zu Franziska.« Ida Gerwing lächelte ein wenig. »Aber nun, Fräulein Matthée, gehen Sie endlich nach Hause.«

Ida Gerwings Schritte verhallten im Treppenhaus. In einem Büro telefonierte eine Kollegin. Friederike fühlte sich aufgedreht und überwach. Ja, es musste furchtbar für Franziska Wagner gewesen sein, aus dem Polizeilichen Jugendschutzlager nach Köln zurückzukehren und zu erfahren, dass die Mutter und die kleine Schwester nicht mehr am Leben waren. Friederike wollte gern mehr über die junge Frau wissen, und es würde auch nicht schaden, wenn sie sich zu ihr ein paar Notizen machte, ehe sie die ehemaligen Nachbarn befragte.

Die erkennungsdienstliche Kartei der Weiblichen Kriminalpolizei hatte, anders als die Akten, den Krieg unbeschadet überstanden und wurde in einem kleinen Raum neben der Teeküche aufbewahrt. Sie enthielt unter anderem Angaben zu Eltern, Geschwistern, Vernehmungen und Festnahmen. Nach kurzem Suchen fand Friederike Franziska Wagners Karteikarte.

Drei Fotografien oben auf der Karte zeigten Franziska Wagner im Profil und von vorn. Vermutlich waren die Bilder bei ihrer ersten Festnahme aufgenommen worden. Sie trug eine weiße Bluse mit rundem Kragen, was ihr etwas kindlich Unschuldiges verlieh. Sie sah ängstlich und verstört aus, nicht aggressiv, wie Friederike sie auf Ilse Röders Hof erlebt hatte. Manche Kinder und Jugendliche reagierten auf eine erste Festnahme erstaunlich abgebrüht. Für andere war es ein eingreifendes, Angst einflößendes Erlebnis, das tiefe Spuren hinterließ. Franziska gehörte eindeutig zu diesen. Geboren war sie im März 1926 und mit ihren einundzwanzig Jahren nun erwachsen.

Auch die Namen und die Todesdaten ihrer Eltern und der Schwester waren angegeben, für den Vater ein Datum im Dezember 1941, gefallen bei Moskau, für die Mutter und die Schwester der 29. Juni 1943, als einer der schlimmsten Bombenangriffe auf Köln stattgefunden hatte.

Unter der Rubrik »Festgenommen am« verzeichnete die Karte als erstes Datum den 21. Januar 1942. Damals war Franziska fünfzehn Jahre alt gewesen. Als Grund war »Streunen« angegeben. Weitere Festnahmen folgten in den darauffolgenden Wochen und Monaten. Die Gründe waren wieder »Streunen«, dann »Betteln«, »Diebstähle«

und »Unzucht«. So, wie Marianne Hoffmann es Friederike berichtet hatte.

Die Karteikarte vermerkte unter der Rubrik »Untergebracht« zwei Pflegefamilien sowie eine Einweisung in ein Erziehungsheim, dann ab Februar 1943 »Polizeiliches Jugendschutzlager«.

Friederikes Blick wanderte wieder zu den Fotografien. Franziskas erste Festnahme war wenige Wochen nach dem Tod des Vaters erfolgt. Ob sie damit nicht fertiggeworden und deshalb auf die schiefe Bahn gekommen war? Sie wusste, was ihr Kriminalkommissarin Gerwing und Hauptkommissar Heimerzheim antworten würden. Millionen von Kindern und Jugendlichen hatten ihre Väter im Krieg verloren und waren nicht straffällig geworden.

Und doch … Die Aufnahmen des verstörten Mädchens gingen Friederike nahe und ließen sie auch nicht los, als sie das Polizeipräsidium verließ.

Ein rötlicher Dunst hing über dem Rhein. Friederike stand an Deck der Fähre, die von einer Anlegestelle unterhalb des Doms ans Deutzer Ufer verkehrte. Inzwischen war es sechs Uhr und die Fähre dicht besetzt. Auf dem Fluss war es jetzt, in den frühen Morgenstunden, noch kühl, doch ein warmer Tag kündigte sich an. Friederike hatte beschlossen, sofort und nicht erst am Spätnachmittag nach Deutz zu fahren. Denn überwach, wie sie war, hätte sie doch keinen Schlaf gefunden.

Nachdem die Fähre am Ufer festgemacht hatte, schlug Friederike den Weg in Richtung der Deutzer Freiheit ein. Frauen in ausgeblichenen Sommerkleidern und schlecht rasierte Männer in zu weiten Anzügen strebten zu der nahen Bushaltestelle. Eine Gruppe Kinder kickte sich eine leere Konservendose zu. Einige von ihnen waren barfuß.

Das Scheppern der Dose und die Stimmen der Jungen und Mädchen hallten zwischen den Trümmerbergen wider.

Ruinen von Wohn- und Geschäftshäusern säumten die Straße, in der Franziska Wagner aufgewachsen war. Manche waren fast völlig zerstört, von anderen standen noch die unteren Stockwerke. Doch von der Nummer fünf und den angrenzenden Gebäuden war nur ein riesiger, von Unkraut überwucherter Schutthaufen geblieben.

Wieder empfand Friederike spontan Mitleid mit Franziska.

»Haben Sie etwa hier gewohnt, Fräulein?« Eine ältere Frau, die eine graue Kittelschürze, ein Kopftuch und Holzschuhe trug, sprach Friederike an. Sie roch nach billigem Alkohol und Zigaretten. »So, wie Sie auf die Trümmer starren …«

»Nein, ich suche nach Leuten, die die Familie Wagner gekannt haben. Sie haben in der Nummer fünf gewohnt. Der Vater war Arbeiter bei Ford. Die Mutter und eine der beiden Töchter kamen bei der Bombardierung vom 29. Juni '43 ums Leben.«

»Familie Wagner … Der Name sagt mir nichts. Aber gut möglich, dass die Matussek die gekannt hat. Die hatte in der Nummer sieben einen Frisiersalon.«

»Wissen Sie, wo ich Frau Matussek jetzt finde?« Frisiersalons – ob sie nun elegant waren wie die, die Friederike und ihre Mutter früher besucht hatten, oder schlicht – waren immer eine Quelle von Klatsch und Tratsch.

»Das kann ich Ihnen leider nicht sagen. Ich konnte es mir noch nie leisten, mir die Haare machen zu lassen.« Die Frau lächelte und entblößte gelbe, lückenhafte Zahnreihen. »Aber gut möglich, dass die Matussek ihre neue Adresse dort angebracht hat.« Sie deutete auf die andere Straßenseite. Der Sockel eines Mietshauses diente, wie häufig, als Nachrichtenbörse und war von zahlreichen Zetteln und Kreideaufschriften bedeckt.

Friederike bedankte sich und überquerte die Straße. Manche Adressen waren ganz verwaschen und unleserlich. Aber sie fand tatsächlich die neue Anschrift des Frisiersalons Matussek und auch die von ehemaligen Familien der Deutzer Freiheit Nummer fünf und schrieb sie in ihr Notizbuch.

Die durchwachte Nacht machte sich nun bemerkbar, und Friederike fühlte sich todmüde. Deshalb beschloss sie, den Frisiersalon erst nach einigen Stunden Schlaf aufzusuchen.

Der Frisiersalon Matussek befand sich in einem mehrstöckigen Mietshaus im Stadtteil Nippes. Auf der Brache daneben wurde ein neues Gebäude errichtet. Arbeiter auf einem Gerüst mauerten eine Backsteinwand. Mittlerweile war es Nachmittag.

Als Friederike die Haustür öffnete, pfiff ein Maurer ihr hinterher. Schon lange hatte sie das nicht mehr erlebt. Ein Zeichen von Normalität, das sie lächeln ließ, obwohl sie solche Anzüglichkeiten sonst nicht mochte.

Frisiersalon Heidelinde Matussek, dritter Stock – eine Kreideschrift wies ihr im Treppenhaus den Weg. Da und dort durchzogen Risse die Wände, und große Flächen von Verputz waren heruntergefallen.

Von dem Treppenabsatz im dritten Stock zweigten zwei Wohnungen ab. Eine Eingangstür stand offen und gab den Blick in eine Küche frei. Eine knochige Frau Anfang fünfzig, die eine blau gemusterte Schürze trug und deren Mund von Lippenstift rot leuchtete, teilte gerade in der Nähe des Spülbeckens das Haar einer Kundin mit einem Kamm, wickelte die Strähnen auf Papierröllchen und steckte sie mit Haarnadeln fest. Neben dem Küchenbuffet stand eine Trockenhaube, die die Bombardierungen offenbar auf wundersame Weise überstanden hatte. Es duftete nach Seife, und Friederike sehnte sich danach, sich wieder einmal den kundigen Händen eines Coiffeurs überlassen zu können.

»Frau Matussek?«, wandte sie sich an die Friseuse.

»Die bin ich. Sie müssen sich ein bisschen gedulden, aber dann habe ich Zeit für Sie, Fräulein.« Frau Matussek betrachtete Friederike prüfend. »Sie haben sehr schönes Haar. Aber es hat wirklich einen Schnitt nötig.«

»Ich bin nicht wegen meiner Haare gekommen. Ich arbeite für die Weibliche Polizei und bin dienstlich hier. Matthée ist mein Name«, stellte sich Friederike vor und zeigte ihren Ausweis. »Ich bin auf der Suche nach Menschen, die eine Franziska Wagner von früher kennen. Die Familie wohnte in der Deutzer Freiheit.«

»Diese Asozialen …« Die Kundin ließ eine alte, zerfledderte Illustrierte sinken und drehte Friederike ihr Gesicht zu. Es war ebenmäßig, mit einem breiten Mund und geraden Brauen.

»Sie haben die Wagners und Franziska also gekannt?«

»Klar hab ich die gekannt. Ich hatte einen Kiosk auf der Deutzer Freiheit. Ich hab die Franziska selbst angezeigt, weil ich sie beim Klauen erwischt hab. Hatte die Finger in meiner Ladenkasse. Ich möchte lieber nicht wissen, was die vorher schon alles hat mitgehen lassen! Hat mich beschimpft, als ich sie zur Rede gestellt hab, und als ich sie festhalten wollte, hat sie mir einen Stoß versetzt, dass ich der Länge nach hingefallen bin. Dann ist sie abgehauen. Na, es hat ihr nichts genutzt. Einen Tag später hat die Polizei sie am Rhein erwischt und einkassiert. Der Apfel fällt nicht weit vom Stamm, sag ich immer. Der Vater wurde auch schon wegen Diebstahls verurteilt. War nicht schade um ihn, als er in Russland gefallen ist …«

Wenn man die sachlichen Informationen aus dem gehässigen Gerede herausfilterte, so deckten sie sich mit den Einträgen auf der erkennungsdienstlichen Karteikarte. »Gibt es noch etwas, was Sie mir über Franziska sagen können?«

»Sie hat sich rumgetrieben und mit Jungen rumgemacht. Liederlich, wie ihre Mutter.«

Friederike ließ sich den Namen und die Adresse der Kundin geben und notierte dies, zusammen mit ihren Bemerkungen über Franziska. Die Friseuse rollte eine letzte Strähne auf ein Papierröllchen und steckte es fest. Sie hatte bisher zu allem geschwiegen.

»Frau Matussek?« Fragend sah Friederike sie an. »Wie steht es denn mit Ihnen? Haben Sie die Wagners auch gekannt?«

»So, Frau Keswig, dann setzen wir Sie mal unter die Haube.« Die Friseuse ignorierte Friederike. »Ein gutes halbes Stündchen, dann können wir die Röllchen entfernen.« Sie zog den Ständer heran und senkte die Haube über den Kopf der Kundin. Ein Brummen ertönte, als sie den Schalter betätigte.

»Frau Matussek?«, wiederholte Friederike. »Haben Sie mir auch etwas zu sagen?«

Die Friseuse blickte zu der Kundin, die sich auf dem Küchenstuhl zurückgelehnt hatte und sich wieder der Illustrierten widmete. Dann machte sie Friederike ein verstohlenes Zeichen, ihr in ein angrenzendes Zimmer zu folgen.

Heidelinde Matussek zog die Tür des Schlafzimmers hinter sich zu. Offensichtlich hatte sie früher eine geräumigere Wohnung besessen, denn zwischen den Möbeln war kaum Platz. Durch die Bretter, die vor ein Loch in der Wand genagelt waren, rankte ein Pflanzentrieb.

»Bitte entschuldigen Sie, dass ich Sie hierhergebeten habe, Fräulein. Aber ich wollte der Keswig nicht widersprechen. Sie ist eine gute Kundin und hat eine große Verwandtschaft. Aber ich sehe das mit Franziska und den Wagners anders …«

»Inwiefern?«

»Eine meiner Nichten war mit Franziska befreundet. Ich habe keine eigenen Kinder, und sie kamen oft zu mir, haben miteinander gespielt, während ich Frauen die Haare machte.«

»Ihre Nichte lebt noch in Köln?«

»Nein, sie hat letztes Jahr geheiratet und ist nach Hamburg gezogen.« Die Friseuse schüttelte den Kopf. »Franziska war ein ganz normales Mädchen, bis ihr Vater gefallen ist und das mit den Bombardierungen losging. Das hat sie aus der Bahn geworfen. Danach hat sie zu streunen begonnen und die Schule geschwänzt. Ich wage zu behaupten, wenn man sie in Ruhe gelassen oder ihr gegenüber Verständnis gezeigt hätte, hätte sie sich wieder gefangen. Aber die Festnahmen und Verhöre – das hat alles immer nur schlimmer gemacht.«

»Und dass Franziska in die Ladenkasse Ihrer Kundin gegriffen und sie zu Boden geworfen hat?«

»Sie war bei der Pflegefamilie ausgerissen und wollte sich verstecken. Dafür hat sie das Geld gebraucht. So hat es mir zumindest ihre Mutter erzählt.«

Friederike stand die Skepsis wohl ins Gesicht geschrieben, denn Frau Matussek seufzte. »Frau Wagner war eine anständige Person, egal, was die Keswig sagt. Die Sorge um Franziska hat sie fast umgebracht. Und sie hat sich so geschämt, als das Mädchen ins Lager musste! Während meiner normalen Öffnungszeiten hat sie sich nicht mehr zu mir getraut. Und was Herrn Wagner betrifft … Er hat während der Weltwirtschaftskrise Lebensmittel gestohlen. Ich finde, es gibt weitaus schlimmere Verbrechen.«

»Wissen Sie etwas über die Unzucht, die Franziska zur Last gelegt wurde?«

»Laut meiner Nichte hat sie sich mit Jungen getroffen und Zigaretten geraucht. Mehr nicht. Und auch wenn sie sich befummelt und miteinander rumgemacht haben sollten – mein Gott, ich war auch mal jung. Und es war Krieg …«

»Franziska soll ihre kleine Schwester sehr geliebt haben.«

»Ja, sie hat ihr Schwesterchen vergöttert und überall mit hingeschleppt.« Heidelinde Matussek lächelte. »Und die Kleine hat Franziska angehimmelt.«

Ja, wahrscheinlich sah Franziska in Elli die kleine Schwester … Was Heidelinde Matussek sonst gesagt hatte, entsprach nicht gerade dem bisherigen Bild der jungen Frau.

»Danke, dass Sie mir gegenüber offen waren. Ich werde das so an meine Vorgesetzten weitergeben.«

»Es würde mich freuen, wenn es Franziska hilft.«

»Fällt Ihnen noch jemand ein, der Franziska gekannt hat?«

»Ich kann Ihnen die Adresse meiner Nichte geben, falls Sie ihr schreiben wollen. Und sonst … Nein, im Moment nicht. Einige Nachbarn sind bei den Bombardierungen umgekommen. Andere sind fortgezogen.«

Sie traten wieder in Küche. Die Kundin war eingenickt. Ihr Mund stand weit offen. Die Illustrierte war ihr aus den Händen geglitten und lag aufgeschlagen auf dem Boden. Die Seiten zeigten Fotos aus einem Ufa-Film.

»Wenn Sie etwas mit Ihren Haaren machen wollen, können Sie gern zu mir kommen, Fräulein. So ein hübsches Gesichtchen, wie Sie haben … Das hat eine schöne Frisur verdient.«

»Danke, ich werde es mir überlegen.«

Friederike hatte sich schon verabschiedet und war einige Stufen hinuntergestiegen, als Heidelinde Matussek ihr nachkam.

»Warten Sie, es gab noch ein anderes Mädchen, das auch ins Gefängnis musste! Wenn ich mich richtig erinnere, besuchte es wie Franziska die Volksschule in Deutz. Jansen – nein, Annemie Jessen war ihr Name.«

»Erinnern Sie sich noch an ihre Adresse?«

»Die Suevenstraße. Aber da werden Sie kein Glück haben.« Heidelinde Matussek schüttelte den Kopf. »Von dem Haus ist kein Stein auf dem anderen geblieben.«

Nachdenklich ging Friederike die Treppe hinunter. Ob Franziska wirklich all die Vergehen begangen hatte, die ihr laut der erkennungsdienstlichen Karteikarte der Weiblichen Kriminalpolizei zur Last gelegt wurden? Auf einmal hatte sie daran ihre Zweifel.

4. Kapitel

Bergisches Land, Montag, 23. Juni 1947

Ein fahles Licht lag über dem Wald, als Bauer Wilfried Hege die Lichtung erreichte. Um fünf Uhr morgens war die Sonne noch nicht aufgegangen. Der Bauer konnte sich Angenehmeres vorstellen, als Bäume und Sträucher am Rand einer Lichtung zu roden. Aber irgendwann musste es in Angriff genommen werden, und er wollte hier nun einmal eine Ackerfläche haben, auf der sich der Anbau von Weizen wirklich lohnte.

Bauer Hege trank einen tiefen Schluck aus seiner Wasserflasche, dann rammte er die Hacke in den steinharten Boden um einen Buchenstumpf. Während er die Erde lockerte, dann die Schollen mit einem Spaten aushob und schließlich die Wurzeln zersägte, versuchte er, sich die Lichtung im nächsten Frühjahr vorzustellen. Ein Feld, auf dem der Weizen grün aus dem Boden sprießen und sich zu goldgelben Halmen wandeln würde. Falls es endlich wieder einmal ein gutes Erntejahr werden sollte.

Gegen elf Uhr hatte Hege alle seitlichen Wurzeln durchgesägt und gönnte sich im Schatten am Waldrand eine Pause. Zu anderen Zeiten hätte er Keile in die Baumstümpfe geschlagen und ein Feuer in den Spalten entzündet. Aber dazu war es derzeit zu trocken, die Gefahr eines Waldbrandes war zu groß. Und außerdem war das Wurzelholz ein viel zu kostbarer Rohstoff, um es in Flammen aufgehen zu lassen. Wenigstens besaß er noch einen Trecker, mit dem er jetzt den tiefen Hauptwurzeln zu Leibe rücken konnte. Während der letzten Kriegsjahre hatte er ihn in seiner Scheune versteckt und so die Beschlagnahmung verhindert.

Der Bauer befestigte eine Kette unter den Wurzelstrünken. Er musste den Gashebel des Treckers ganz durchdrücken, und schwarzer Dieselqualm drang aus dem Auspuff, ehe sich der Baumstumpf in der Erde bewegte. Der Bauer ließ den Trecker zurückrollen, gab wieder Gas und noch einmal. Endlich ein Ruck, und der Baumstumpf glitt an der Kette aus der Erde.

Eines dieser Mistdinger hatte er geschafft. Wenn er sich ranhielt, konnte er bis zum Abend noch ein oder zwei weitere ausheben. Hege sprang vom Trecker, um die Kette zu lösen. Der Wurzelstrunk hatte ein großes Loch in den Boden gerissen. Als der Bauer in der Erde etwas weißlich schimmern sah, dachte er, es sei ein Stein. Er bückte sich, um ihn aufzuheben und zur Seite zu werfen. Große Brocken wie dieser konnten den Pflug verbiegen.

Doch es war kein Stein. Ein skelettierter menschlicher Schädel schien den Bauern aus leeren Augenhöhlen anzublicken. Keuchend prallte er zurück und rang nach Atem. Und da waren noch weitere Schädel und die Reste von Uniformen. Mein Gott, waren hier etwa alliierte Soldaten begraben?

Köln

Es war zu erahnen, dass der Lindenthaler Kanal und die angrenzenden Straßen einmal sehr schön gewesen sein mussten. Einige alte Kastanien am Rand des Wasserlaufs standen noch und spendeten Schatten. Von anderen waren nur Stümpfe übrig geblieben. Viele der großbürgerlichen Häuser wiesen Bombenschäden auf oder waren bis auf die Grundmauern zerstört. Da wieder einmal Straßenbahnen ausgefallen waren, hatte Friederike beschlossen, zu Fuß zu gehen. Sie war auf dem Weg zu Annemie Jessen, die ebenfalls in dem Polizeilichen Jugendschutzgefängnis inhaftiert gewesen war.

Die Adresse der jungen Frau hatte sie im Einwohnermeldeamt erhalten. Dies war ein Vorteil der schlechten Lebensmittelsituation – falls man hier von Vorteil sprechen wollte. Ohne amtliche Registrierung gab es keine Lebensmittelmarken.

Friederike hoffte, dass das Gespräch mit Annemie Jessen ihr zu einem klareren Bild über Franziska verhelfen würde. Mit den ehemaligen Nachbarn der Familie Wagner hatte sie inzwischen gesprochen. Vier Familien hatten die Wagners nur flüchtig gekannt und vom Hörensagen gewusst, dass Franziska mehrfach straffällig geworden war. Doch zwei Frauen, die im selben Haus gewohnt hatten, erinnerten sich gut an Franziska. Sie hatten die junge Frau als ein »wildes, unangenehmes Ding« geschildert, das die Nachbarskinder schlug und vor dem man die Keller- und die Wohnungstür besser verriegelt hielt, da sie stahl.

Ein entgegenkommender Fahrradfahrer bremste abrupt vor Friederike. Irritiert blickte sie auf.

»Friederike …«

»Ja, bitte?«

Ein junges Männergesicht. Klare, sehr ebenmäßige Züge. Blonde Haare, die mit einer gebräunten Haut kontrastierten. Leuchtend blaue Augen. Ein schlaksiger Körper, der irgendwie ungelenk wirkte, als sei er zu schnell gewachsen. Was die Attraktivität des Mannes auf ein menschliches Maß reduzierte und ihn sympathisch machte.

»Friederike, jetzt sagen Sie nicht, dass Sie mich nicht wiedererkennen.« Er lachte.

»Ludwig Viersen!«

Er und Lores Verlobter waren eng befreundet. Zweimal war Friederike mit der Kollegin und den beiden Männern ausgegangen. Während Lore und ihr Verlobter getanzt hatten, hatten sie und Ludwig Viersen sich über Literatur und Kunst unterhalten. Sie hatte die Gespräche mit ihm gemocht, hatte sie anregend gefunden, denn er konnte sich wirklich für Bücher, Malerei und Musik begeistern. Friederike erinnerte sich, dass er vor einigen Monaten aus der britischen Kriegsgefangenschaft entlassen worden war und Architektur studierte.

»Bitte entschuldigen Sie, ich war ganz in Gedanken. Sie wohnen hier in der Nähe, nicht wahr?«

»Ja, ich bin hier aufgewachsen.«

Friederike hatte Angst zu fragen, ob sein Zuhause noch stand. Doch Ludwig Viersen deutete auf ein Gründerzeitgebäude mit hohen Sprossenfenstern. »Wir – meine Familie und ich – hatten doppeltes Glück, dass das Haus bei den Bombardierungen kaum beschädigt wurde und dass wir, trotz der Wohnungsrequirierungen durch die Briten, im Keller wohnen dürfen.«

»Es muss schön gewesen sein, hier am Kanal die Kindheit zu verbringen.«

»In meinen frühesten Erinnerungen lasse ich ein Papierboot auf dem Wasser treiben. Als ich älter war, haben meine Schwester und ich uns nachts manchmal aus dem Haus geschlichen und sind zusammen mit anderen Kindern im Kanal geschwommen. Also, wir nannten es damals schwimmen, aber eigentlich war es mehr ein Planschen.« Er lachte. »In kalten Wintern sind wir auf dem Eis Schlittschuh gelaufen.«

»Ich habe mich auch manchmal mit meinem Bruder nachts aus dem Gutshaus geschlichen, und ein paarmal sind wir in einem Teich geschwommen.« Mondschein auf dem Wasser, durch ihre Schwimmstöße in silberne Wellen zerteilt. Froschquaken und der Ruf eines aufgestörten Vogels. Wasserpflanzen, die über ihre Beine streiften. Anders als bei Tage hatte sie dies unheimlich und aufregend gefunden und war sich der mehr als zehn Meter Tiefe sehr bewusst. Es war beruhigend gewesen, Hans an ihrer Seite zu wissen. Auf ihn hatte sie sich bedingungslos verlassen können.

»Was bringt Sie denn nach Lindenthal, wenn ich fragen darf?« Ludwig Viersen riss sie erneut aus ihren Gedanken.

»Ich bin dienstlich hier.«

»Hätten Sie vielleicht Lust, einmal mit mir ins Kino zu gehen? Im Casino am Ring läuft in den nächsten Tagen ein amerikanischer Film an. Die Hauptdarsteller sind Ingrid Bergman und ein Schauspieler namens Gregory Peck.«

Friederike kannte Ingrid Bergman aus einer Liebeskomödie, die diese in den dreißiger Jahren in Deutschland gedreht hatte. Sie erinnerte sich noch gut an ihr wunderschönes Gesicht.

»Der Titel lautet, wenn ich mich richtig erinnere, *Spellbound*. Es ist wohl eine Art Kriminalfilm.«

»Ich habe nichts gegen Krimis. Aber Lore kommt erst in etwa zwei Wochen aus dem Urlaub zurück.«

»Ich würde auch mit Ihnen allein ins Kino gehen …« Ludwig Viersen sah sie nervös an. Seine Stimme klang beinahe schüchtern. Was Friederike für ihn einnahm.

»Oh … Das hatte ich gar nicht in Betracht gezogen. Natürlich können wir auch zu zweit gehen, ohne Lore und ihren Verlobten.«

»Passt Ihnen die Abendvorstellung am Sonntag?«

»Ja, da habe ich Zeit.«

»Dann bis Sonntag.« Ludwig Viersen schwang sich auf sein Rad und winkte ihr zu, ehe er die letzten Meter zu seinem Zuhause fuhr.

Ein Rendezvous … Nachdenklich lief Friederike weiter. Es war das erste Mal, dass sie sich mit einem Mann verabredet hatte, um mit ihm auszugehen. Vor der Flucht aus Königsberg war sie dazu noch zu jung gewesen. In den Jahren danach hatte ihr die Gelegenheit gefehlt – und ihr hätte auch nicht der Sinn danach gestanden.

Friederike fühlte sich ein bisschen wie beim nächtlichen Schwimmen im See. Aufgeregt und etwas ängstlich.

Jeweils eine Tür und daneben ein Fenster, viel mehr war von den oberen Etagen des Gebäudes, in dem Annemie Jessen bei einer Schneiderin arbeitete, nicht erhalten geblieben. Unter Ruß und Schmutz schimmerte da und dort noch die türkisfarbene Glasur der Wandkacheln hervor und erinnerte absurderweise an ein Schwimmbad, an kühles Wasser und entspannte Sommernachmittage. In der Dürener Straße in Lindenthal hatte Friederike Annemie Jessen nicht angetroffen. Doch eine Nachbarin hatte ihr die Adresse ihrer Arbeitsstelle im Stadtteil Braunsfeld genannt.

Hinter einem geöffneten Kellerfenster sah Friederike eine Nähmaschine. Sie stieg die wenigen Stufen hinunter und klopfte. Die Tür war nur angelehnt.

In dem engen Raum lagen Stoffe auf einem Tisch und einem Bett. Überwiegend waren sie grau und stammten von früheren Wehrmachtsuniformen. Neben dem Fenster hing ein wadenlanger Rock aus grobem Tweed. Friederike vermutete, dass er aus einem aufgetrennten Herrenanzug genäht war. Nur auf der Nähmaschine leuchtete es rot. Sehnsüchtig berührte Friederike den Stoff. Die mit Pfingstrosen bedruckte Viskose fühlte sich wunderbar leicht und weich an und war eindeutig Vorkriegsqualität. Sie hatte schöne Kleider immer geliebt, und monatliche Besuche beim Scheider ihrer Mutter in Königsberg oder

Einkaufsbummel in eleganten Berliner Läden waren eine Selbstverständlichkeit gewesen.

»Die Chefin ist gerade nicht hier.« Eine junge Frau war, einen Schnittmusterbogen in den Händen, aus einem Nebenraum getreten. »Aber kann ich Ihnen vielleicht helfen?«

»Sind Sie Annemie Jessen?«

»Ja, die bin ich.« Die junge Frau starrte Friederike an, schien erst jetzt ihre Uniform zu registrieren. »O Gott, sind Sie von der Polizei?« Alle Farbe wich aus ihrem Gesicht.

»Ich möchte mit Ihnen nur über Franziska Wagner sprechen.«

»Gestern war ein Kriminalbeamter deswegen hier. Ich konnte mich meiner Chefin gegenüber herausreden. Aber wenn jetzt schon wieder jemand von der Polizei mir Fragen stellen will, wird sie sich nicht mehr mit einer Lüge abspeisen lassen. Es kann sein, dass sie gleich zurückkommt. Wenn sie erfährt, dass ich im Lager war, verliere ich meine Stelle!«

»Ich möchte Sie nicht in Schwierigkeiten bringen«, versuchte Friederike, sie zu beruhigen. »Können wir uns woanders treffen?«

»Ich muss in einer Stunde ein fertiges Kostüm zu einer Kundin bringen. Ich schwöre, ich werde ganz sicher kommen. Wohin Sie auch wollen. Nur bitte, gehen Sie jetzt!«

Friederike ließ sich auf einem Mauerrest nieder. In der Eile war ihr kein anderer Treffpunkt als der Melatenfriedhof eingefallen, der an Braunsfeld grenzte. Sie hatte gesagt, dass sie in der Nähe des Nebeneingangs zur Oskar-Jäger-Straße warten würde.

Der Krieg hatte auch den Friedhof nicht unbeschadet

gelassen. Noch immer lagen Grabsteine umgestürzt und zerbrochen im Gras, umgerissen von den Druckwellen detonierender Bomben. Zwischen Bäumen waren die Überreste von ehemals prächtigen Grabmalen zu sehen. Angeblich hatten in den Grüften nach Kriegsende Ausgebombte Zuflucht gesucht.

Die Erde über einem kürzlich ausgehobenen Grab war ganz trocken und rissig. Darauf ließen einige Feldblumen in einem Marmeladenglas die Köpfe hängen.

Das letzte Mal, als Friederike hier gewesen war, war es eisig kalt, und eine dicke Schneedecke hatte über dem Friedhof gelegen. Damals hatte ihr Richard Davies gesagt, dass er sich nach England versetzen lassen würde. Er bedeutete ihr viel, ja, sie hatte sich sogar in ihn verliebt, so absurd und hoffnungslos dies auch gewesen war. In einer Nacht, in der sie nach einem Überfall ganz außer sich gewesen war und es nicht ausgehalten hatte, allein zu sein, hatte er sie in ihr Zimmer begleitet. Sie hatten sich aneinander festgehalten und sich geküsst. Schließlich waren sie angekleidet nebeneinander eingeschlafen. Mehr war nicht geschehen. Es war eine jener Begebenheiten, die sich wahrscheinlich nur in chaotischen Zeiten wie diesen ereigneten und nichts mit einem geordneten Leben zu tun hatten. Aber Friederike konnte Richard trotzdem nicht vergessen.

Eine zierliche junge Frau trat durch den Nebeneingang und blickte sich suchend um – Annemie Jessen. Erst jetzt nahm Friederike sie richtig wahr. Sie trug ihr schwarzes Haar kurz geschnitten, ein bisschen im Stil der zwanziger Jahre, was ihr apartes Gesicht betonte. Da sie irgendwie langsam und zögerlich ging, dachte Friederike zuerst, die junge Frau scheue vor dem Treffen mit ihr zurück. Aber dann wurde ihr klar, dass Annemie Jessen ihr linkes Bein nachzog.

»Könnten Sie vielleicht bitte …?« Annemie Jessen blickte unsicher auf Friederikes Uniformmütze. »Kundinnen der Chefin haben Verwandte hier in den Gräbern.«

»Natürlich.« Friederike nahm die Mütze ab und legte sie neben sich auf den Mauerrest. »Sie waren ungefähr zeitgleich mit Franziska Wagner in dem Polizeilichen Jugendschutzlager. Kannten Sie Franziska denn näher?«

»Ich kannte sie vom Sehen aus Deutz. Wir gingen beide in die Volksschule. Franziska war eine Klasse unter mir. Aber was das Lager angeht … Ich traf dort nach ihr ein. Wir waren nicht in derselben Baracke untergebracht. Und wir sind nie denselben Arbeitskommandos zugeteilt worden.«

»Das heißt, Sie hatten im Lager keinen Kontakt zu ihr?«, vergewisserte sich Friederike.

»Miteinander zu sprechen war streng verboten. Hielt man sich nicht daran und wurde ertappt, zog das schwere Strafen nach sich.« Annemie Jessen sah auf ihre Hände. »Man flüsterte vielleicht ein paar Worte mit den Mädchen aus der eigenen Baracke und mit denen beim Arbeitseinsatz. Aber sonst redete man so gut wie nie mit jemandem.«

»Sie durften nicht miteinander sprechen?« Friederike konnte es nicht glauben.

Eine Frau kam mit einem Rechen in der Hand zwischen den Gräbern entlang und schaute in ihre Richtung. Rasch senkte Annemie Jessen den Kopf.

»Nein, wie ich schon sagte, es war verboten.«

»Hatten Sie denn mit Franziska Wagner nach Ihrer Entlassung Kontakt?«

»Das hat mich der Polizist auch schon gefragt. Alles, was ich will, ist, das Lager zu vergessen. Ich bin mir sicher, Franziska geht es genauso. Falls wir uns jemals in Köln begegnet wären, hätten wir wahrscheinlich weggeblickt und wären schnell weitergegangen.« Annemie Jessen nestelte an den Knöpfen ihrer Bluse. »Also, um Ihre Frage zu beantworten: Nein, wir hatten keinen Kontakt. Ich habe Franziska an dem Tag, als ich zu einem Rüstungsbetrieb bei Berlin gebracht wurde, zum letzten Mal gesehen. Wir wurden in unterschiedliche Züge verfrachtet.«

»Haben Sie Frau Ilse Röder …« – Friederike verbesserte sich – »… Frau Kriminalkommissarin Ilse Kamann gekannt?«

»Sie hat mich ein- oder zweimal vernommen. Sie war höflich, fast freundlich. Anders als einige Ihrer Kolleginnen, die einen angeschrien oder geschlagen haben. Aber sie war irgendwie auch kalt.«

»Wegen welcher Delikte wurden Sie denn in das Jugendschutzlager eingewiesen?«

»Wenn Sie meine Akte einsehen – sofern sie den Krieg überdauert hat –, werden Sie dort wahrscheinlich unter anderem finden, ich sei asozial und arbeitsscheu, habe Unzucht getrieben und stelle eine Gefahr für die Volksgemeinschaft dar.« Ein müder Unterton schwang in Annemie Jessens Stimme mit.

»Und weshalb genau wurden Sie festgenommen? Sie hören sich so an, als seien das nicht die wahren Gründe gewesen.«

»Wollen Sie das wirklich wissen?«

»Ja.« Schließlich schien auch bei Franziska Wagner die Wirklichkeit komplexer gewesen zu sein, als es die Vermerke auf der erkennungsdienstlichen Karteikarte vermuten ließen.

Annemie Jessen sah Friederike an und zögerte, als wolle sie sich überzeugen, ob sie es ehrlich meinte. »Ich stamme aus einer Arbeiterfamilie wie Franziska«, begann sie schließlich. »Mein Großvater mütterlicherseits war ein

Trinker. Ein Onkel wurde mit seinen Erinnerungen aus dem Ersten Weltkrieg nicht fertig und starb im Irrenhaus.«

»Aber deshalb nahm man Sie doch nicht in Haft?«

»Ich habe BDM-Sitzungen geschwänzt. Nach den ersten Bombardierungen konnte ich das Reich-und-Führer-Gerede einfach nicht mehr hören. Ich kam in Kontakt mit einer Gruppe von Jugendlichen, die den Nationalsozialismus ebenfalls satthatten. Wir haben amerikanische und englische Platten gehört, uns über die Parteifunktionäre lustig gemacht.«

»Mein Bruder hat auch einmal solche Platten mitgebracht. Mit Freunden zusammen haben wir dazu getanzt.«

»Und, haben Sie die Musik gemocht?« Annemie Jessen lächelte traurig.

»Ja, sehr.« Die Melodien und Rhythmen waren so ganz anders gewesen als die deutschen Schlager und Operetten. Erregend und ein bisschen beunruhigend, und Friederike hatte das Gefühl gehabt, ein Fenster zu einer anderen Welt sei plötzlich aufgestoßen worden.

Annemie Jessen summte selbstvergessen eine Melodie vor sich hin. Für einen Moment wurde ihr Gesicht lebendig, nur um sich sofort wieder ängstlich zu verschließen. »Ich wurde ein paarmal nach Einbruch der Dunkelheit draußen erwischt, ich habe geraucht. Mein Gott, die Bomben fielen auf die Städte, und wir sollten zu Hause sitzen und warten, bis wir getötet würden? Wir wollten einfach leben!«

»Das kann ich verstehen.«

»Schließlich wurden wir von der Gestapo beim Tanzen erwischt.«

»Und das war alles? Deshalb wurden Sie in das Jugendschutzlager eingewiesen?«

»Nein. Ich wurde einer Pflegefamilie in Essen zugeteilt. Die Leute waren gar nicht so übel, aber ich hatte Heimweh nach meiner Mutter und meinen Geschwistern, und ich wollte über mich selbst bestimmen. Ich bin ausgerissen. Zu Hause konnte ich nicht bleiben, weil man schon nach mir gesucht hatte. Ich traf einen Freund und habe mich bei ihm versteckt. Was ich nicht wusste, war, dass sein Bruder unter polizeilicher Beobachtung stand. Eines Nachts kamen Polizisten in die Wohnung …«

Während des Nationalsozialismus hatte die Polizei ohne richterlichen Beschluss jederzeit zur »Vorbeugenden Verbrechensbekämpfung« die Wohnungen von sogenannten Asozialen und Straftätern betreten können. Nicht wenige von Friederikes Kollegen bedauerten es, dass die Polizei dieses Recht nun nicht mehr besaß.

»Die Polizisten fanden mich mit meinem Freund im Bett.« Annemie Jessen errötete. »Wie ich schon sagte, wir wollten doch einfach nur leben.«

Ihre Stimme klang flehend. Ob sie sich damals gegenüber der zuständigen Beamtin von der Weiblichen Kriminalpolizei genauso angehört hatte?

»Sie müssen sich dafür nicht schämen«, sagte Friederike sanft.

Die junge Frau blickte über den Friedhof. In einiger Entfernung riss ein Mann, der eine Schiebermütze trug, Unkraut aus einem Grabhügel. Ein nutzloses Unterfangen, denn in wenigen Tagen würde es dort wieder sprießen und alles überwuchern. Friederike bezweifelte, ob Annemie Jessen sie überhaupt gehört hatte. Die junge Frau senkte den Kopf und strich eine Haarsträhne zurück, die ihr ins Auge gefallen war. Über die Schläfe zog sich eine weißliche Narbe.

»Ich wurde in ein Erziehungsheim eingewiesen. Bis dahin hatte es für mich einen gewissen Kitzel gehabt zu rebellieren, und ich hatte meinen Spaß daran, über die Nazis zu spotten. Aber im Heim wurde mir klar, dass dies alles bitterernst war. Ich passte mich an, begehrte nicht mehr auf. Aber es war schon zu spät. Die für mich zuständige Kriminalbeamtin oder die Fürsorgebehörden – wer genau es war, weiß ich nicht – hatten einen Antrag gestellt, mich ins Lager in der Uckermark einweisen zu lassen. Dem wurde stattgegeben.«

»Franziska Wagner hat einem Mädchen erzählt, dass sie in dem Lager schon für kleine Vergehen geschlagen wurde und kein Essen bekam. Dass man sie tagelang in eine dunkle Zelle sperrte. Dass sie bei eisigen Temperaturen über Monate barfuß im Sumpf arbeiten musste … Stimmt das denn?«

Ein Junge ging an ihnen vorbei, eine Gießkanne aus Zink in den Händen. Die Kanne war so schwer, dass bei jedem Schritt Wasser gegen seine Beine schwappte. Annemie Jessen blickte ihm hinterher. »Ob tatsächlich jemand Blumen auf einem Grab angepflanzt hat, die er gießen will? Ich kann es kaum glauben.«

Friederike erwiderte nichts. Sie hatte plötzlich Angst vor dem, was die junge Frau sagen würde.

»Wir hatten Schuhe … Holzpantinen. Wir haben sie für die Arbeiten im Sumpf gar nicht erst angezogen, weil es so schwierig war, sie zu reinigen. Und wenn sie nicht sauber waren, setzte es Schläge, und wir bekamen kein Essen. Es war so, wie das Mädchen sagt. Und es war noch schlimmer. Es war die Hölle!« Annemie Jessen blickte auf ihre Hände. »›Polizeiliches Jugendschutzlager‹ haben sie es genannt. Aber nicht *wir* sollten geschützt werden, sondern die Gesellschaft vor uns. Den Asozialen, dem Abschaum … Und genauso haben sie uns behandelt.«

»Was ist Ihnen denn widerfahren?«

»Das Gleiche wie allen anderen. Wir waren keine Menschen mehr. Wir waren nur Nummern. Sie haben uns noch nicht einmal mit Worten Befehle erteilt. Wir mussten auf Pfiffe gehorchen – als wären wir Hunde. Alles geschah auf Kommando. Selbst der Toilettengang. In langen Schlangen mussten wir anstehen. Ich habe mich kaum noch getraut zu trinken. Wenn man nicht mehr einhalten konnte und in die Hose machte, hagelte es Prügel, und man bekam wieder kein Essen. Prügel und Essensentzug waren die häufigsten Strafen. Wobei wir sowieso ständig Hunger hatten. Haben Sie schon einmal körperliche Schwerstarbeit geleistet und kaum etwas zu essen bekommen?«

»Nein, das habe ich nicht …«

»Ein Stück Brot morgens, eine Suppe oder ein Eintopf mittags und zwei Stücke Brot und ein Stück Käse oder Wurst abends, das war unsere ganze Nahrung. Es gab verschiedene Arbeitskommandos, die alle Häftlinge zu durchlaufen hatten. Die Strickstube, die Angorahasen-Zucht oder die Arbeit bei Siemens gehörten zu den angenehmeren. Das Arbeitskommando im Sumpf gehörte zu den schlimmen. Bis in den Winter hinein mussten wir in dünnen Kleidern barfuß im kalten Wasser stehen. Ich wurde dann dazu eingeteilt, die Grassoden mit Loren abzutransportieren. Wir mussten die schweren Loren bergab mit unseren Körpern bremsen. Eines Tages bin ich ausgerutscht und hingefallen. Ich war körperlich völlig geschwächt und benommen von dem Brom.«

»Sie haben Brom verabreicht bekommen?«

»Ja, immer wieder mal. Um uns noch den letzten Widerstandsfunken auszutreiben. Die Lore hat mich überrollt. Davon habe ich mein lahmes Bein und die Wunde an der Schläfe behalten.«

»O Gott …«

»Ach, ich hatte noch Glück. Eine der Wächterinnen

mochte mich. Sie hat dafür gesorgt, dass ich verarztet wurde. Andere Mädchen, die krank oder verletzt waren, wurden nach Ravensbrück ins Konzentrationslager geschafft und kehrten nicht zurück.«

»Ich wusste ja nicht … Bevor das Mädchen … Bevor Elli mir von den Zuständen im Lager erzählte, hatte ich keine Ahnung.«

»Scharf abgerichtete Schäferhunde haben uns bewacht. Einmal hat mich eine Aufseherin zur Strafe mit Wasser übergossen, und ich musste stundenlang in der Kälte stehen. Ich habe Mädchen sterben sehen. Zum Schluss habe ich nur noch funktioniert wie eine Marionette. Ich hatte noch nicht einmal mehr die Energie, mich umzubringen …«

Die Sonne stach Friederike in die Augen und brannte auf ihrer Haut. Aber sie fühlte sich wie erstarrt, konnte sich nicht bewegen.

»Wahrscheinlich gab es auch Kriminelle unter uns. Aber das, was uns angetan wurde, hat niemand verdient.«

»Nein, natürlich nicht«, flüsterte Friederike. »Haben Sie dem Beamten, der Sie gestern befragt hat, denn auch von den Zuständen in dem Lager erzählt?«

»Machen Sie Witze?« Annemie Jessen lachte bitter auf, aber es klang wie ein Schluchzen. »Das hätte den überhaupt nicht interessiert. Wahrscheinlich hätte ich ihn auch noch gegen mich aufgebracht.«

Ein Lastwagen fuhr die Straße entlang. Der Motor dröhnte durch die Stille. Annemie Jessen schreckte auf. Während sie von dem Lager erzählt hatte, hatte sie häufig gezittert, und ihre Stimme hatte an manchen Stellen beinahe versagt. Doch das rebellische Mädchen, das sie einst gewesen war, war für Momente zu erahnen gewesen. Jetzt wirkte sie wieder nur ängstlich.

»Wenn Sie keine Fragen mehr haben, würde ich gern

gehen. Das Kostüm … Und ich darf nicht zu spät in die Schneiderei zurückkehren.«

»Ja natürlich, gehen Sie nur.«

Die junge Frau stand auf und griff nach dem Paket. »Ich weiß nicht, ob Franziska die Röder umgebracht hat, und wenn, dann könnte ich sie bei dem, was uns in dem Lager angetan wurde, verstehen. Aber ich bin sowieso überzeugt, dass wieder alles gegen sie ausgelegt wird. Für die Behörden ist Franziska immer noch die Asoziale. Man wird sie verurteilen – egal, ob sie die Tat begangen hat oder nicht.«

Langsam und mit gesenktem Kopf, das verletzte Bein nachziehend, ging Annemie Jessen davon.

Bergisches Land, bei Odenthal

Dafür war er also kilometerweit gelaufen? Der zwölfjährige Heini Dasselt war tief enttäuscht. Er hatte Mauern voller Blut erwartet. So wie im Märchen *Blaubart*. Oder Knochen und Leichenteile wie in der Höhle des Menschenfressers in *Sindbad der Seefahrer*. Zumindest ein Aufgebot von Polizisten hätte vor dem Röder'schen Hof stehen können.

Aber nichts von alledem war zu sehen. Stattdessen lag der Hof still und friedlich mit geschlossenen Fensterläden in der prallen Nachmittagssonne. Und eben schleppte ein Knecht einen Eimer zum Schweinestall. So, als wäre hier überhaupt kein brutaler Mord geschehen. Dabei hatte es in der Schule kein anderes Thema gegeben! Alle hatten darüber gesprochen und sich gruselige Details ausgemalt.

Missmutig trat Heini Dasselt den Nachhauseweg an. Wahrscheinlich würde er auch noch Schläge von seiner

Mutter bekommen, weil er sich stundenlang herumgetrieben hatte, statt auf seine kleine Schwester aufzupassen.

Etwas reflektierte im Gras. Bestimmt eine Glasscherbe. Heini Dasselt wollte schon weitergehen, bückte sich dann aber doch. Vielleicht konnte er die Glasscherbe ja zu etwas gebrauchen.

Doch es war kein Glas. Das Ding dort bestand aus Metall. Eine Münze? Nein, es war viel größer.

Überrascht betrachtete Heini Dasselt seinen Fund. Das Metallstück war länglich mit abgerundeten Ecken, und ein ausländischer Name war hineingraviert. Dann begriff er. Er hielt die Erkennungsmarke eines alliierten Soldaten in der Hand! Ein zufriedenes Lächeln breitete sich auf Heini Dasselts stupsnasigem Gesicht aus. Der Ausflug zu dem Hof der Familie Röder hatte sich also doch gelohnt. Jeder Junge würde ihn um diese Erkennungsmarke beneiden.

Köln

Friederike wusch sich den Straßenstaub aus dem Gesicht und von den Händen. Auf dem Flur hörte sie die Stimmen von Kolleginnen. Eine Schreibmaschine klapperte. Das Geräusch hörte auf, wenn das Ende der Zeile erreicht war, und setzte dann wieder ein. Immer von Neuem. Ein Telefon läutete. Das Klingeln brach abrupt ab. Friederike fühlte sich meilenweit von allem entfernt.

Sie glaubte Annemie Jessen. Nur eine außergewöhnlich gute Schauspielerin hätte die Angst, die Schatten von Zorn und Rebellion, die kurz aufblitzten und wieder der Resignation wichen, überzeugend spielen können.

Friederike konnte sich nicht vorstellen, dass Ida Gerwing sie bewusst belogen hatte. Aber war es möglich, dass die Kriminalkommissarin nichts von dem Furchtbaren gewusst hatte, was in dem Lager geschah? Nein, das war sehr unwahrscheinlich. Auch wenn Ida Gerwing Mitte der dreißiger Jahre aus dem Dienst ausgeschieden war, hatten Kolleginnen nach Kriegsende bestimmt darüber gesprochen. Zumindest Gerüchte musste sie doch gehört haben. Wahrscheinlich hatte sie nicht nachgefragt oder die schrecklichen Dinge nicht wahrhaben wollen. Oder sie hatte sie einfach aus ihrem Gedächtnis verbannt, um ihrer Arbeit bei der Weiblichen Kriminalpolizei ohne Selbstzweifel und Gewissensbisse weiter nachgehen zu können.

»Was ist denn los, Friederike? Du machst ein Gesicht, als hättest du ein Gespenst gesehen.«

Friederike hatte gar nicht bemerkt, dass Helga Wicherts in die Damentoilette gekommen war.

»Ach, es ist nichts. Das heißt …« Irgendwie musste sie sich Luft machen. »Ich frage mich, ob Hauptkommissar Heimerzheim und Kriminalkommissarin Gerwing sich nicht vorschnell auf Franziska Wagner als Täterin festgelegt haben.«

»Aber … Wie kannst du so etwas denken? Die beiden sind erfahrene Kriminalbeamte!« Helga blickte sie entsetzt an.

»Meines Wissens wurden bisher keine anderen Spuren verfolgt.«

»Die junge Frau wurde mit der Waffe in der Hand überrascht. Sie hat auf den Knecht geschossen. So haben es die Kolleginnen gesagt.«

»Und wenn Franziska Wagner die Waffe wirklich nur stehlen wollte und sich von dem Knecht bedroht fühlte? Wenn sie aus einem Reflex heraus auf ihn geschossen hat?«

»Das meinst du doch jetzt nicht ernst …«

Friederike wollte die junge Kollegin nicht mit den

grauenvollen, menschenverachtenden Zuständen, die in dem Lager geherrscht hatten, belasten und sie an der Weiblichen Kriminalpolizei zweifeln lassen. Helga hatte es sowieso schon schwer genug.

»Vergiss einfach, was ich gesagt habe.« Friederike bemühte sich um einen leichteren Tonfall und wandte sich ab. Draußen auf dem Korridor setzte sie eine neutrale Miene auf. Es war besser, wenn sie sich ihre Gefühle nicht anmerken ließ.

Bergisches Land, bei Voiswinkel

Auf dem Herd köchelte ein Gemüseeintopf. Joseph Dietrichs ließ sich am gedeckten Tisch nieder. Der Essensgeruch verursachte ihm Übelkeit. Vorhin war er beim Schmied gewesen, um eine zerbrochene Sense reparieren zu lassen. Dort hatte er erfahren, dass in einem Wäldchen ganz in der Nähe Leichen von Soldaten gefunden worden waren.

Seine Schwester Waltraud, die ihm den Haushalt führte, stellte den Topf auf den Tisch. Sie rührte den Eintopf noch einmal um, füllte einige Kellen davon in seinen Teller und nahm sich dann selbst.

»Hast du schon gehört, im Wäldchen beim Hundberger Siefen hat man ein Grab mit toten Soldaten entdeckt! Es sollen Briten oder Amerikaner sein …« Wie immer war auch seine lebhafte, schwatzhafte Schwester schon bestens informiert. Vielleicht war vorhin irgendein Händler auf den Hof gekommen.

»Nein, davon weiß ich nichts«, log Joseph Dietrichs.

»Die Männer müssen Kriegsgefangene gewesen sein. Andernfalls hätte man sie doch auf einem Friedhof begraben und nicht im Wald verscharrt.«

»Und wenn schon«, brach es aus Joseph Dietrichs heraus. »Die Amis und die Briten haben unsere Leute mit ihren Flugzeugen gejagt wie die Hasen und sie aus der Luft abgeknallt. Sogar Kinder hat es hier in der Gegend erwischt. Und der Pendlerzug im Bahnhof von Engelskirchen, den im März '45 die Bomben zerrissen haben ... Über hundert Menschen sind gestorben. Von den Toten im Ort ganz zu schweigen.«

»Trotzdem, Kriegsgefangene sind Kriegsgefangene.«

Joseph Dietrichs legte den Löffel neben den Teller. Er bekam nichts mehr hinunter.

»Schmeckt's dir denn nicht? Aber ich hab doch sogar ein bisschen Fleisch mitgekocht!« Seine Schwester blickte ihn irritiert an.

»Doch, aber ... Ich hab einfach keinen Hunger.« Joseph Dietrichs stand vom Tisch auf. Er wollte nur weg von seiner Schwester, die das Thema bestimmt nicht ruhen lassen würde. »Ich geh in den Stall, nach dem Pferd sehen. Heute Morgen hat es gelahmt.«

Auf dem Hof blieb Joseph Dietrichs unschlüssig stehen. Er lief auf den Stall zu, besann sich jedoch anders. Getrieben von einem Impuls, über den er sich keine Rechenschaft geben wollte, schwang sich auf sein Fahrrad.

Er fuhr, so schnell er konnte, ignorierte die stechenden Schmerzen in seinem Rücken, die Folge einer Kriegsverletzung waren. Vor Voiswinkel bog er nach Osten ab, passierte einige Gehöfte mit ihren Fachwerkhäusern und mühte sich dann einen kleinen Hügel hinauf. Von dort aus hatte man einen guten Blick auf das Wäldchen, in dem die Leichen gefunden worden waren. Ein gutes Dutzend Neugieriger hatte sich hier schon versammelt. Man nickte ihm grüßend zu.

»Die Besatzung des britischen Flugzeugs, das Anfang November '44 in der Gegend abgestürzt ist, soll dort liegen«, hörte Joseph Dietrichs sagen.

»War nicht schade um die Kerle«, erwiderte jemand.
»Ach, halt den Mund.«

Joseph Dietrichs ignorierte das Gerede. Jeeps der britischen Armee standen am Rand des Wäldchens. Die roten Mützen der Militärpolizisten waren im klaren Licht deutlich zu erkennen.

Die Sonne bringt es an den Tag, schoss ihm durch den Sinn, während ihm das Herz wie wild in der Brust hämmerte. War das ein Vers aus einem Gedicht oder ein Bibelspruch? Er konnte sich nicht erinnern. Aber irgendwie hatte er immer geahnt, dass die Leichen der Soldaten gefunden werden würden.

Das Unterholz am Rand der Lichtung war dicht. Im Herbst wuchsen viele Pilze im welken Laub. Ein modriger Geruch hatte in jener Novembernacht in der Luft gelegen. Glitschig und feucht waren die Blätter gewesen, und er und die anderen Männer hatten darauf achten müssen, nicht zu stürzen, während sie die Toten zum Rand der Lichtung schleppten.

Joseph Dietrichs ertrug den Anblick des Wäldchens nicht länger. Er schob das Fahrrad zur Straße und raste den Hügel hinunter. Der Fahrtwind trieb ihm das Wasser in die Augen. Oder weinte er etwa?

Köln

Die Luft in den Büros war stickig. Friederike zog einen eng beschriebenen Papierbogen aus der Schreibmaschine und heftete ihn in einem Aktenordner ab. Die Vernehmung eines vierzehn Jahre alten Mädchens, das auf dem Schwarzmarkt am Friesenplatz beim Handel mit Zigaretten ertappt worden war, war ihre letzte Diensthandlung an diesem Tag gewesen. Irgendwie hatte sie es geschafft, ihre Pflichten zu erfüllen. Sie war froh, dass sie nun, bevor sie in die Frühschicht wechselte, zwei Tage freihatte, denn es war ihr sehr schwergefallen, mit den Kolleginnen scheinbar unbefangen umzugehen. So, als sei nichts geschehen.

Ja, sie glaubte Annemie Jessen. Aber es wies wirklich alles darauf hin, dass Franziska Ilse Röder umgebracht hatte. Die Kriminalkommissarin hatte ihre Einweisung in das Lager in der Uckermark beantragt. Bei den grauenvollen Zuständen, die dort geherrscht hatten, hatte Franziska umso mehr Grund gehabt, sich an Ilse Röder zu rächen. *Gegen* sie als Täterin sprach nur Friederikes Intuition. Und Friederike mochte sich lieber nicht vorstellen, was Gesine Langen davon halten würde. Nach Meinung der Vorgesetzten hatten nur lang gediente, erfahrene Beamtinnen das Recht, auf so etwas wie Eingebungen zu hören. Und nicht Assistentinnen, die noch nicht einmal ein Jahr bei der Weiblichen Polizei arbeiteten.

Was Ellis Überzeugung betraf, dass Franziska niemals einen Hund vergiftet hätte – Schäferhunde hatten die Mädchen und jungen Frauen in dem Lager bewacht und bedroht. Friederike war mit Pferden und mit Hunden aufgewachsen. Manche hatte sie innig geliebt. Andere waren ihr gleichgültig gewesen. Vielleicht hatte ja etwas an Hasso, dem riesigen Vieh, irgendeine Saite in Franziska berührt und sie hatte ihn deshalb gerettet. Aber dies bedeutete nicht, dass sie nicht in der Lage gewesen wäre, einen anderen Hund zu töten.

Ja, höchstwahrscheinlich hatte Franziska Ilse Röder umgebracht. Friederike hieß das natürlich nicht gut, aber wie Annemie Jessen konnte sie die Beweggründe der jungen Frau verstehen. Niedergeschlagen verließ sie das Büro.

Bergisches Land, bei Voiswinkel

Fliegen stoben auf, als Joseph Dietrichs den Kuhstall betrat. Sonst mochte er die abendliche Runde durch den Stall. Den Geruch von Heu und den Ausdünstungen der Tiere. Das gleichmäßige Mahlen ihrer Kiefer, wenn sie das trockene Gras kauten. Aber an diesem Tag bemerkte er dies kaum.

Geistesabwesend griff er nach dem Melkschemel und einem Eimer und setzte sich neben eine Kuh. Tief in Gedanken, strich er mit den Fingern über die Zitzen des Euters und ließ die körperwarme Milch in den Eimer spritzen. Wenn nur nicht ... Manchmal, so erschien es Joseph Dietrichs, erfolgte ein unglückseliges Ereignis aus einem anderen, begründete eine verhängnisvolle Kette. Wenn nur der Fuchs nicht an jenem Tag Anfang November 1944 in das Gehege eingedrungen wäre und ein Huhn geraubt hätte! Dann wäre er nicht am nächsten Abend mit dem Gewehr über der Schulter losgezogen, um das Tier zu erschießen. Und er hätte die drei britischen Soldaten – die Besatzung eines abgestürzten Jagdbombers – nicht in ihrem Versteck im Wald überrascht.

Die Soldaten waren verletzt, erschöpft und ausgehungert gewesen, einer hatte hohes Fieber gehabt nach den Tagen in dem winterlichen, nasskalten Wald. Ältere Männer hätten sich vielleicht nicht so leicht gefangen nehmen lassen. Aber als er das Gewehr auf die jungen Burschen richtete, hoben sie ihre Hände. Sie rechneten ja nur damit, in Kriegsgefangenschaft zu geraten. Er hatte sie über die lehmigen Wiesen und Felder in seine Scheune getrieben und sie sich dort gegenseitig fesseln lassen.

Sein Rad war defekt gewesen. Deshalb hatte er sich zu Fuß auf den Weg nach Bergisch Gladbach gemacht, wollte die Polizei informieren. Doch auf der Straße begegnete ihm ein Auto. Er winkte, in der Hoffnung, mitgenommen zu werden. Der Fahrer hielt an. Im Scheinwerferlicht erkannte er ihn. Und Ilse Röder. Selbst in dieser Situation war sie ihm wunderschön erschienen.

Er war so erleichtert gewesen, die Verantwortung abgeben zu können! Und so nahm das Verhängnis endgültig seinen Lauf. Und er – Joseph Dietrichs – hatte sich nicht widersetzt. Zu sechst hatten sie die Soldaten umgebracht und im Wald vergraben.

»Joseph …« Er zuckte zusammen, als ihn seine Schwester ansprach, hatte gar nicht bemerkt, dass sie in die Scheune gekommen war.

»Der Brief lag für dich vor der Haustür.« Waltraud reichte ihm einen Umschlag. »Jemand muss ihn abgegeben haben, mit der Post ist er ja nicht gekommen.« Sie sah ihn neugierig an.

»Danke.« Keine Briefmarke. Nur sein Name in großen Lettern.

»Die Briten haben übrigens schon begonnen, die Bevölkerung wegen der toten Soldaten zu befragen. Wer so etwas nur tut? Na ja, ich weiß nichts, ich war im Krieg ja nicht hier in der Gegend.«

Joseph Dietrichs ignorierte seine Schwester und widmete sich weiter dem Melken. Als sie begriff, dass er nicht für einen Schwatz zu haben war, ging sie wieder, und er riss endlich den Umschlag auf. Drinnen lag ein Blatt Papier. Darauf waren eine Uhrzeit und ein Treffpunkt angegeben.

Sechs Männer, die sich geschworen hatten, sich niemals zu verraten und sich gegenseitig zu decken. Joseph Dietrichs stöhnte auf. Ein Schwur war ein Schwur, auch wenn er sich wünschte, ihn nie geleistet zu haben.

5. Kapitel

Köln, Dienstag, 24. Juni 1947

In der Schrebergartensiedlung lärmten Kinder. Ein Nachbar goss den selbst angebauten Tabak. Der Rauch aus seiner Pfeife hing schwer in der schwülwarmen Luft. Heißes Wetter kündigte sich an.

Ach verflixt, war das mühsam. Friederike rammte den verbogenen Esslöffel in das Kartoffelbeet. Die Erde entlang der Pflanzen musste dringend gelockert werden. Normalerweise arbeitete sie gern im Garten. Aber an diesem Abend war sie gereizt. Annemie Jessens Schicksal setzte ihr immer noch zu. Und es bereitete ihr Angst, dass ältere Kolleginnen wie Ida Gerwing die Augen davor verschlossen, dass sie Teil eines verbrecherischen Systems gewesen waren.

Nur gut, dass ihre Mutter mit einer Nachbarin zu einer Theatervorstellung gegangen war und erst in einigen Stunden nach Hause kommen würde. Im Winter hatte sie einen schweren psychischen Zusammenbruch erlitten. Mittlerweile ging es ihr viel besser und sie arbeitete sogar regelmäßig in der Küche eines Krankenhauses, aber ganz stabil war sie noch nicht, und sie hätte auf Friederikes gedrückte Stimmung verunsichert reagiert.

Friederike pflückte eine Schnecke von einem Kartoffelblatt und warf sie in eine Blechdose, wo sich schon andere wanden. Sie hätte niemals gedacht, dass sie die schleimigen Tiere mit bloßen Fingern anfassen könnte, und sie hätte es auch nicht für möglich gehalten, dass sie Schnecken so sehr hassen würde. In dem Moment hörte sie die Kinder »Vogelscheuche, Vogelscheuche« schreien. Die Jungen und Mädchen waren eine wilde Bande und nicht gerade zimperlich. Friederike richtete sich auf. Auf wen hatten sie es denn jetzt schon wieder abgesehen?

Helga Wicherts kam in einem unförmigen Sommerkleid den Weg entlang. Ein paar Jungen im Alter zwischen acht und zwölf Jahren rannten hinter ihr her.

»Vogelscheuche, Vogelscheuche!« Sie spielten wohl auf den eckigen, mageren Körper der Kollegin an. »Huh, vor der werden sich aber die Krähen erschrecken!«

»Haltet den Mund und verschwindet!«, rief Friederike den Jungen zu. Sie lachten, aber sie drehten um und rannten davon.

»Helga, was bringt dich denn hierher?«

»Die Bengel gehorchen dir ja tatsächlich.« Die Kollegin schien den Tränen nahe.

»Vor ein paar Wochen habe ich einen von ihnen ertappt, als er Holz von uns stehlen wollte. Ich habe ihm ein Bein gestellt, ihn zu Fall gebracht und mich auf ihn gesetzt. Dann habe ich ihm angedroht, dass ich ihn in eine Kiste setzen und eine Dose schleimiger Schnecken über ihm ausleeren würde. Das hat mir offensichtlich ihren Respekt eingetragen.«

»Aber wie kannst du …?«

»Ich habe gar keine große Kiste«, erwiderte Friederike trocken.

»Nein, ich meine, dass du Jungen ein Bein stellen kannst. Ich habe keine Ahnung, wie man so etwas macht.«

»Mein Bruder Hans hat es mir beigebracht.« Mit ihm hatte Friederike spielerisch gerauft, und er hatte sie Kniffe und Tricks gelehrt. An ihn zu denken machte Friederike wie immer traurig, aber sie wollte die Hoffnung nicht aufgeben, dass er noch am Leben war.

Friederike führte die Kollegin zu der improvisierten Bank vor der Nissenhütte – zwei umgedrehte Obstkisten, auf denen eine Decke lag.

»Magst du ein Glas Wasser?«

»Ja, gern.«

Friederike holte einen Krug mit Wasser und zwei Gläser aus der Hütte und goss sich und der Kollegin ein.

»Ihr habt sogar Blumen gepflanzt!« Vor der Nissenhütte und zwischen dem Gemüse wuchsen Tagetes, Ringelblumen und Löwenmäulchen. Eine erste Sonnenblume hatte ihre gelbe Blüte geöffnet.

»Meine Mutter hat sie ausgesät. Sie mag Blumen sehr.«

»Sie sehen schön aus.«

»Ja, das finde ich auch.«

»Hast du deinen freien Tag genossen?«

»Ich habe bis zum Nachmittag geschlafen. Danach habe ich gemalt und gezeichnet.« Richtig darauf konzentrieren hatte sie sich allerdings nicht können.

Offensichtlich fiel es Helga schwer anzusprechen, weshalb sie gekommen war. Hastig und schweigend trank sie einige Schlucke Wasser. Auf einer Nachbarparzelle fütterte jemand Kaninchen. Das Klappen des Gitters, wenn die Tiere das trockene Gras mit ihren Mäulern aus dem Metallgeflecht rupften, war bis zu ihnen zu hören.

»Heute Nachmittag sollte ich Frau Gerwing eine Akte bringen …« Helga strich eine Falte über ihrem Knie glatt. »Kriminalkommissarin Gesine Langen war bei ihr. Ich habe im Flur gewartet, da ich nicht stören mochte, doch die Tür war nicht richtig geschlossen. Die beiden haben mit gedämpften Stimmen gesprochen. Über die Obduktion von Ilse Röder …« Helga brach nervös ab.

»Ja?«

»Ich wollte bestimmt nicht lauschen und eigentlich schon wieder in mein Büro gehen. Aber dann habe ich

Kriminalkommissarin Langen sagen hören … Es … Es …« Helga holte tief Atem. »Es hörte sich an, als sei Ilse Röder schwanger gewesen.«

»Bist du dir sicher?« Friederike konnte es kaum glauben.

»Ich könnte es nicht vor Gericht beschwören.« Helga zupfte wieder an der Rockfalte herum. »Aber ich bin mir ziemlich sicher. Du warst gestern doch so verstört und aufgebracht. Ich dachte also, du solltest das wissen.«

»Es ist sehr lieb, dass du dich deswegen auf den Weg hierher gemacht hast«, erwiderte Friederike herzlich, während ihre Gedanken rasten. Ilse Röders Mann in Russland vermisst und sie schwanger … Was für ein Skandal, wenn dies tatsächlich stimmte. Bisher hatten alle angenommen, dass Franziska Ilse Röder aus Habgier oder aus Rache getötet hatte. Aber eröffnete sich mit der außerehelichen Schwangerschaft nicht vielleicht ein ganz neues Motiv für den Mord?

Friederike starrte in die Dunkelheit. Sie konnte einfach nicht schlafen. Vom Bett auf der anderen Seite der Nissenhütte hörte sie ihre Mutter gleichmäßig atmen. Die Mutter hatte ihr angeregt von dem Theaterstück erzählt. Es war eine Laien-Aufführung in einem Vereinsheim gewesen, aber ihre Mutter schien sie so genossen zu haben wie früher eine Darbietung im Neuen Schauspielhaus in Königsberg mit Albert Lieven und Hermann Wedekind. Sonst hätte sich Friederike für sie gefreut, da die Mutter Kunst und Literatur liebte und kaum eine Erstaufführung in Königsberg oder auf bedeutenden Berliner Bühnen versäumt hatte. Aber in Gedanken war Friederike bei Ilse Röders möglicher Schwangerschaft gewesen.

Wie sie es auch drehte und wendete – sie würde nicht erfahren, ob Helga tatsächlich richtig gehört hatte oder ob sie sich irrte. Für Kriminalkommissarin Gesine Langen waren die Beamtinnen der Weiblichen Kriminalpolizei asexuelle Wesen. Wenn eine von ihr hochgeschätzte frühere Kollegin einen derartigen Fehltritt begangen hatte, würde sie alles tun, um dies zu verheimlichen. Es grenzte schon fast an ein Wunder, dass sie ihre Stellvertreterin eingeweiht hatte. Hauptkommissar Heimerzheim würde natürlich auch über das Obduktionsergebnis informiert sein. Aber dass sie, Friederike, ihn danach fragte, war völlig ausgeschlossen.

Ob Franziska Wagner von der Schwangerschaft gewusst und versucht hatte, Ilse Röder damit zu erpressen? Und ja, eine Schwangerschaft konnte die Ermittlungen in eine ganz neue Richtung lenken. Vielleicht war ein Mann auf Ilse Röders Liebhaber eifersüchtig gewesen und hatte ihr aus enttäuschter Liebe mehrmals ins Gesicht geschossen. Wenn Ilse Röder denn wirklich schwanger gewesen war … Friederike drehte sich auf die Seite.

Ach, sie konnte noch so viel darüber nachgrübeln, es würde sie nicht weiterbringen. Erst gegen Morgen schlief Friederike schließlich ein.

Köln, Mittwoch, 25. Juni 1947

Im Eigelsteinviertel schloss Nanette die Wohnungstür hinter einem Freier. Es war kurz nach vier Uhr morgens, und wahrscheinlich war der fette Kerl der letzte Kunde für diese Nacht gewesen. Sie zündete sich eine Zigarette an und ließ sich auf dem zerwühlten Bett nieder. Wie sich ihr Leben wohl entwickelt hätte, wenn sie nicht während der Weltwirtschaftskrise ihre Arbeitsstelle bei Ford verloren hätte? Nur selten gestattete sie sich diese Frage.

Wahrscheinlich wäre sie dann nicht als Prostituierte

geendet. Aber damals war es die einzige Möglichkeit gewesen, an Geld zu kommen. Dass sie hübsch war und die Männer ihren wohlgerundeten Körper gern mochten, hatte den Einstieg erleichtert. Und schon bald hatte sie in diesem Leben festgesteckt. Denn wer stellte schon eine Hure ein?

Nanette drückte die Zigarette aus. Ihre Blase machte sich bemerkbar. Die Toilette lag im Treppenhaus, ein Stockwerk tiefer. Sie schlüpfte in ihren Morgenrock, nahm ein Stück Seife mit – am Waschbecken der Toilette wäre es sofort von den Nachbarn gestohlen worden – und ging die Stufen hinunter. Mitte der dreißiger Jahre hatten die Nationalsozialisten sie wegen Unzucht für mehrere Monate inhaftiert. Und wenn nicht ausgerechnet Hauptkommissar Heimerzheim sie danach bei einer Razzia mit einem Freier erwischt hätte, wäre es gewiss noch viel schlimmer für sie gekommen. Gut möglich, dass man sie in ein Konzentrationslager gebracht hätte.

Doch Heimerzheim hatte sich von ihrem Flehen erweichen lassen und sie nicht gemeldet. Im Gegenzug versorgte sie ihn fortan mit Informationen. Die Freier redeten gern mit ihr, erzählten ausführlich von ihren Sorgen und Nöten. Und sie war geschickt darin, sie unauffällig auszuhorchen.

Über zehn Jahre war sie nun schon als Spitzel für Heimerzheim tätig. Er hatte sie niemals zum Sex genötigt – viele seiner Kollegen hätten sich anders verhalten –, und mittlerweile mochte sie ihn sogar.

Als Nanette in ihre Wohnung zurückkehrte, war es in dem engen Flur dunkel. Doch sie war sich ganz sicher, dass sie das Licht hatte brennen lassen. Wahrscheinlich war die Glühbirne kaputt. Einer ihrer Freier hatte sie in dieser Nacht mit vier Kilo Mehl bezahlt, hoffentlich bekam sie dafür auf dem Schwarzmarkt eine neue.

Ein leises, kaum wahrnehmbares Quietschen der Dielen. Im nächsten Moment legte sich eine Hand auf Nanettes Mund. Gleichzeitig fühlte sie eine Messerklinge an ihrem Hals. O Gott, während sie auf der Toilette gewesen war, hatte sie das Fenster zum Innenhof offen stehen lassen! Bestimmt war irgendein Kerl über den Schuttberg hereingestiegen. Sie war schon ein paarmal vergewaltigt worden, sie würde das auch jetzt überstehen. Einfach alles über sich ergehen lassen … Nichts fühlen … Nichts denken …

Nanette erwartete, dass der Mann sie zum Bett stoßen würde. Doch er bog ihren Kopf zurück. Ein glühender Schmerz durchfuhr sie, als das Messer ihren Hals aufritzte. Sie wimmerte, versuchte instinktiv, sich gegen den Mann zu wehren. Aber er war viel stärker als sie. Wollte der Kerl sie etwa gar nicht vergewaltigen? War sie einem Verrückten in die Hände gefallen, der sie qualvoll töten würde?

O Gott, nein … nein …

Köln

»Gerichtsmedizin« stand mit Kreide auf der Metalltür geschrieben. In den letzten Monaten hatte die Gerichtsmedizin einige Male ihren Standort im Umkreis des Melatenfriedhofs gewechselt, und Friederike hatte Passanten danach fragen müssen.

Ein Güterzug fuhr auf der Bahnstrecke nach Aachen. Der warme Wind trug das Geräusch bis in ihre Nähe. Wenn herauskam, dass sie ohne Erlaubnis um Einsicht in Ilse Röders Obduktionsergebnisse bat, würde sie das in ernsthafte Schwierigkeiten bringen, wenn nicht gar ihre Stelle kosten.

Und dennoch … Auch Richard Davies hatte sie im Winter, am Beginn ihrer Zusammenarbeit, einmal heftig getadelt, weil sie ohne seine Einwilligung einen Zeugen befragt hatte. Aber er hatte sie auch immer wieder ermutigt und bestärkt, ihrer Intuition zu folgen. Er würde sicher verstehen, dass sie Franziska Wagner nicht einfach ihrem Schicksal überlassen konnte. Dass sie wissen musste, ob Ilse Röder tatsächlich schwanger gewesen war. Mit all den Implikationen, die das eröffnete.

Mit einem Gefühl, als würde sie ins Bodenlose springen, öffnete Friederike die Metalltür und ging die Stufen in den Keller hinunter.

Eine Ente, die es geschafft hatte, noch nicht in einem Kochtopf zu enden, zog in dem brackigen Wasser des Lindenthaler Kanals ihre Bahn. Friederike ließ sich in das Gras am Ufer sinken. Ihr war fast schlecht vor Erleichterung. Sie hatte dem Assistenten der Gerichtsmedizin, einem mürrischen, kriegsversehrten Mann, ihren Dienstausweis gezeigt und gesagt, dass ihre Vorgesetzte noch einmal Einsicht in Ilse Röders Obduktionsbericht haben wolle. Der Assistent hatte einen flüchtigen Blick auf den Ausweis geworfen und ihr dann die Akte ausgehändigt, ohne eine Unterschrift von ihr zu verlangen. Friederike glaubte nicht, dass er sich später an ihren Namen oder ihr Gesicht erinnern würde.

Ihre Hände zitterten, als sie die Akte öffnete. Ganz oben lagen Fotos des entstellten Leichnams. Schnell blätterte sie weiter. Der Obduktionsbericht umfasste eine eng mit Schreibmaschine beschriebene Seite. Friederike überflog die Angaben zu Ilse Röders Körpergewicht und Größe und dem Kaliber der Kugeln, mit denen sie getötet worden war. Einige Vorerkrankungen wie eine Gefäßschwäche waren aufgeführt. Dann las sie, wonach sie gesucht hatte.

Der Körper der Toten weist eindeutige Merkmale auf, dass sie vor etwa einem Monat von einem Kind entbunden wurde.

Ilse Röder war also nicht nur schwanger gewesen, sie hatte auch ein Kind zur Welt gebracht! Elli Berneike, das Mädchen aus der Industrieruine, hatte gesagt, Franziska habe etwas über eine Frau gewusst und dafür würde sie Geld bekommen. Friederike hielt es für nicht unwahrscheinlich, dass sich dies auf Ilse Röders Schwangerschaft oder sogar die Geburt des Kindes bezogen hatte. Wer wohl der Vater des Kindes war? Hatten er und Ilse Röder nur eine Affäre gehabt, oder war richtige Liebe im Spiel gewesen?

Friederike verstaute die Akte in ihrer Handtasche und stand auf. Am nächsten Tag würde sie den Obduktionsbericht an die Gerichtsmedizin zurückschicken. Wenn ihn der Assistent einfach wieder an seinen Platz stellte – was sie sehr hoffte –, würde niemand bemerken, dass sie ihn ausgeliehen hatte. Doch was sollte sie nur mit ihrem Wissen anfangen, dass Ilse Röder tatsächlich Mutter geworden war? Und wo war das Kind?

Bergisches Land, Bensberg

Heini Dasselt setzte sich in einen abgelegenen Winkel des Pausenhofs. Vorhin hatte jedes Kind der Bensberger Volksschule ein Glas Milch bekommen, eine Gabe der britischen Besatzer. Aber eigentlich hatte das seinen Hunger nur noch größer gemacht. Er zog die militärische Erkennungsmarke aus seiner Hosentasche und fuhr vorsichtig die hineingravierten Wörter nach. Geoffrey Steele lautete der Name des Soldaten, dem sie gehört hatte.

»Was hast du denn da? Zeig mal her!« Ein Nachbarsjunge baute sich vor ihm auf.

»Das geht dich nichts an.« Hastig ließ Heini die Plakette wieder in seiner Hosentasche verschwinden.

»Jetzt sei doch nicht so!«

Heini sprang auf und rannte davon. Zu seiner grenzenlosen Erleichterung tönte nun die Schulglocke über den Hof. Die Pause war vorbei. Wenn er Glück hatte, hatte der Nachbarsjunge die Plakette bis zum Ende des Unterrichts wieder vergessen.

Köln

Bei Tag wirkte die Fassade des Kinderheims nicht ganz so abweisend wie bei Nacht. Friederike hatte beschlossen, Elli zu besuchen, wenn sie schon für Franziska nichts tun konnte. Die Resignation, mit der sich das Mädchen in sein Schicksal gefügt hatte, ging ihr immer noch nach.

Diesmal führte eine kleine, dünne Nonne undefinierbaren Alters Friederike in den Hof hinter dem Haus. Kastanien wuchsen aus dem rissigen Asphalt und spendeten Schatten. Der Tag war sehr heiß geworden. Suchend blickte Friederike sich um. Eine Gruppe Jugendlicher klopfte Zement von Backsteinen, die zu einem großen Haufen aufgeschüttet waren. Offensichtlich sollten die Steine als Baumaterial wiederverwendet werden. Kleinere Kinder tanzten unter der Aufsicht eines älteren Mädchens Ringelreihen, andere saßen in einem Sandkasten. Es gab Spielgeräte – eine Schaukel und eine Wippe. Einige Jungen tummelten sich um ein rostiges Karussell. Sie schoben es an, sprangen dann auf die Holzsitze und drehten sich im Kreis.

Wo war Elli?

Friederike entdeckte das Kind auf einer Bank unter einem der Bäume. Elli saß in der für sie so typischen Haltung mit hängendem Kopf da und hatte die Knie gegeneinandergepresst. Ihre Haare waren gewaschen und zu ordentlichen Zöpfen geflochten. Sie trug ein sauberes Baumwollkleid und eine Schürze, die zu groß für sie waren. Die Unterarme hatte sie unter die Schürze geschoben, als wollte sie sich möglichst klein und unsichtbar machen.

»Elli!« Friederike setzte sich neben sie.

»Guten Tag, Fräulein.« Das Mädchen wandte ihr scheu das Gesicht zu.

»Ich habe dir ja versprochen, dich zu besuchen. Weshalb spielst du denn nicht mit den anderen Kindern?«

»Ich darf nicht.«

»Warum denn nicht?«

»Ich … ich habe mir wehgetan.«

Die Schürze verrutschte. Ein Unterarm wurde sichtbar. Er war vom Handgelenk bis zum Ellbogen mit einem Verband umwickelt. Friederike schob den Stoff ganz beiseite. Auch den anderen Unterarm bedeckte ein Verband.

»Die Nonnen sagen, ich darf das nicht, aber ich muss es einfach tun!«

»Dir die Arme aufkratzen?«

Elli nickte stumm.

Friederike griff nach ihrer Hand. Sie würde mit der Leiterin des Kinderheims, Schwester Gundula, sprechen, damit diese sinnlose Bestrafung aufhörte. »Ich kann dich verstehen.«

»Darf ich Franziska besuchen?«

»Das ist leider nicht möglich.«

»Geht es ihr gut?« Elli blickte sie ängstlich an.

»Ja, es geht ihr gut«, log Friederike.

»Sie ist wirklich nicht wieder an dem schlimmen Ort?«

»Nein, keine Sorge.« Die Situation im Gefängnis war sicher nicht angenehm, aber mit den Zuständen im Lager Gott sei Dank nicht zu vergleichen. Das Karussell quietschte durchdringend, als die Jungen es wieder anschoben.

»Fräulein Matthée, man hat mir gesagt, ich würde Sie hier finden. Ich wollte die Weibliche Kriminalpolizei ohnehin kontaktieren.« Schwester Gundula war aus einem Seiteneingang gekommen. Elli duckte sich.

»Wir haben das hier in den alten Kleidern des Mädchens gefunden …« Die Nonne förderte etwas aus der Tasche ihres Ordensgewandes zutage. Ein eleganter Modeschmuck, wie Friederike nun sah. Der Ring und der übergroße, ovale Besatz bestanden beide aus rotem Bakelit. In der groben Hand der Nonne wirkte der Schmuck beinahe obszön. Nur eine Frau mit langen, schlanken Fingern konnte ihn gut tragen.

»Elli, wo hast du den Ring denn her?« Friederike sah das Mädchen an.

»Das wollte ich auch von ihr wissen. Aber mir hat sie nicht geantwortet. Stattdessen hat sie ein großes Theater veranstaltet, als ich ihn ihr abgenommen habe, und ist in Tränen ausgebrochen.«

»Elli?«, beharrte Friederike.

»Franziska hat ihn mir geschenkt. Sie … sie hat gesagt, ich solle den Ring in die Hand nehmen, wenn sie wieder einmal lange weg ist und ich mich einsam fühle.« Die Stimme des Kindes war nur ein Flüstern.

Schwester Gundula schnaubte gereizt. Friederike ignorierte sie. »Und wann hat dir Franziska den Ring geschenkt?«

»Nachdem sie ein paarmal den ganzen Tag lang fort gewesen war.«

»Weißt du noch, wann das war? Bitte, versuch dich genau zu erinnern, das ist wichtig.«

»Vor ungefähr drei Wochen vielleicht …«

An Ilse Röders Hand hätte der Ring sicher hinreißend gewirkt. Ob er ihr gehört hatte? Vor etwa drei Wochen war Franziska in der Nähe des Gutes gesehen worden.

Eine Glocke schrillte. Die Kinder ließen alles stehen und liegen und strebten auf den Haupteingang zu. Auch Elli stand eilig auf. »Die Pause ist zu Ende, Fräulein.«

»Ich komme dich bald wieder besuchen.« Friederike lächelte sie an. Doch Elli rannte schon davon und reihte sich in die Gruppe der anderen Kinder ein.

»Sie ist ein komisches Ding. Manchmal ganz ängstlich und dann wieder bockig und unbelehrbar.« Schwester Gundula schüttelte den Kopf. »Und sie hat Albträume. Gestern Nacht hat sie mit ihrem Schreien den ganzen Schlafsaal aufgeweckt.«

»Sie dürfen Elli nicht dafür bestrafen, dass sie sich die Arme aufkratzt. Sie tut das doch nicht aus Boshaftigkeit. Im Gegenteil, je mehr Sie sie bestrafen, desto mehr wird sie sich verletzen.«

»Wie die Kinder hier zu behandeln sind, müssen Sie schon mir überlassen, Fräulein Matthée. Und wenn Sie mich jetzt bitte entschuldigen würden? Ich muss mich um das Abendessen für etwa hundert Kinder kümmern.« Schwester Gundula wandte sich brüsk zum Gehen.

»Aber …« Friederike war versucht, sich der Nonne in den Weg zu stellen, ließ es jedoch sein. Wenn sie die Frau verärgerte, würde es Elli bestimmt zu büßen haben.

Wieder fühlte sie sich dem Kind gegenüber schuldig, weil es in das Heim eingewiesen worden war. Und sie hatte auch das Gefühl, Franziska im Stich zu lassen.

»Schsch, mein Jungchen, es ist gleich alles wieder gut.« Eva Vordemfelde hob den weinenden Säugling aus dem Wäschekorb und gab ihm das Fläschchen. Der Junge nuckelte an dem Schnuller und beruhigte sich dann glücklicherweise.

Alles wird wieder gut … Was für einen Unsinn redete sie da eigentlich? Tränen brannten in ihren Augen, schnürten ihr die Kehle zu. Eva Vordemfelde konnte es immer noch nicht fassen, dass ihre Cousine Ilse tot war. Ermordet, wie sie am Vortag von einer Bekannten oder Freundin der Cousine aus Bensberg erfahren hatte.

Die Lider des Säuglings senkten sich beim Saugen. Seine Augen waren groß und von langen Wimpern umkränzt. Zärtlichkeit wallte in Eva Vordemfelde auf. Bestimmt würde er einmal so schön werden wie seine Mutter. Ilse, die immer genau gewusst hatte, was sie wollte. Die so mutig ihren Weg gegangen war.

Ilse hatte angedeutet, einen Arzt zu kennen, der eine Abtreibung bei ihr hätte vornehmen können. Aber sie hatte sich entschieden, den Jungen zur Welt zu bringen. Nur wenige Frauen hätten dies gewagt, während der Mann in Russland vermisst wurde. Die meisten hätten die illegale Abtreibung durchführen lassen.

Ja, sie bewunderte ihre tote Cousine. Ilse war ihr immer ein Vorbild gewesen. Außer in der einen Sache, die sie nicht verstand und die sie immer noch zutiefst erschreckte. Bei der Erinnerung an die Fotografie schauderte Eva Vordemfelde unwillkürlich. Als hätte der Säugling ihren Abscheu gespürt, öffnete er die Augen und begann wieder zu weinen.

Köln

Vor dem Kinderheim kam Friederike ein Konvoi aus britischen Militärfahrzeugen entgegen und wirbelte eine Staubwolke auf. Sie hustete, und ihre Augen begannen zu tränen.

Halb blind öffnete sie ihre Handtasche und suchte nach einem Taschentuch, als ihre Finger den Bakelit-Ring berührten.

»Mein Gott, Fräulein, stehen Sie einem hier doch nicht im Weg!« Ein Fahrradfahrer, der einen Bogen um Friederike schlagen musste, blaffte sie an.

»Entschuldigung …«, erwiderte sie ganz in Gedanken. Dann wurde ihr Herz leichter. Vielleicht eröffnete ihr ja der Ring die Möglichkeit, nach der sie gesucht hatte, und sie konnte doch etwas für Franziska tun.

»Ich bin Polizeiassistentin Friederike Matthée und möchte Herrn Hauptkommissar Heimerzheim sprechen.«

Die brünette Sekretärin der Kriminaldienststelle in der Merlostraße bedachte Friederike mit einem unfreundlichen Blick. »Ich frage den Herrn Hauptkommissar, ob er Zeit für Sie hat.«

»Bitte, es ist wichtig.«

»Sie müssen sich schon kurz gedulden.« Die Sekretärin tippte erst eine Zeile zu Ende, dann erhob sie sich hinter ihrem Schreibtisch und stöckelte davon.

Ihr Benehmen war nichts Ungewöhnliches für Friederike. Viele Sekretärinnen bei der Polizei behandelten junge Beamtinnen von oben herab, als wollten sie die Frauen spüren lassen, dass die sich nur ja nichts auf ihre Position einbilden sollten.

Eine andere Sekretärin sah kurz zu Friederike und wandte sich dann wieder ihrer Arbeit zu. Das Fenster stand offen. Die Jalousie war heruntergezogen und hing schief in der Schiene. Ein kleiner, alter Ventilator kämpfte vergebens gegen die Hitze an. Friederike fühlte sich verschwitzt und schmutzig. Ob es ihr gelingen würde, den Hauptkommissar von ihrem Anliegen zu überzeugen?

In das Tack-Tack der Schreibmaschine mischte sich das Klappern von Absätzen. Die brünette Sekretärin kehrte zurück. »Der Hauptkommissar erwartet Sie«, verkündete sie zu Friederikes Erleichterung.

Friederike wurde bewusst, dass ihre Hände schmerzten, so fest hatte sie sie zu Fäusten geballt und die Nägel ins Fleisch gebohrt.

Hauptkommissar Heimerzheim las in einer Akte. Er bedeutete Friederike mit einer Handbewegung, Platz zu nehmen. Auch hier war die Jalousie heruntergezogen, was den Raum in ein Halbdunkel tauchte. Auf dem Fensterbrett stand ein Gummibaum. Friederike war sich ziemlich sicher, dass nicht der Hauptkommissar ihn dorthin gestellt hatte. Das Büro war schmucklos und zweckmäßig, die Möbel aus verschiedenen Beständen zusammengestückelt.

Heimerzheim hatte die Hemdsärmel zu den Ellbogen hochgekrempelt und die Krawatte gelockert. Wie bei ihrer letzten Begegnung wirkte er müde. In einem Aschenbecher lagen einige Tabakkrümel und Zigarettenkippen. Der Tabak war grob. Wahrscheinlich hatte der Hauptkommissar ihn selbst angebaut.

Nun schob der Hauptkommissar die Akte beiseite. »Kriminalkommissarin Gerwing hat Sie geschickt, Fräulein Matthée?«

»Nein.« Friederike schluckte hart. »Ich habe heute frei und deshalb Elli Berneike im Kinderheim besucht. Das

Mädchen, das Franziska Wagner unter ihre Fittiche genommen hatte.«

»Ich weiß, wer Elli Berneike ist.«

»Eine Nonne hat diesen Schmuck bei Elli gefunden. Franziska hatte ihn dem Kind gegeben.« Friederike holte den Bakelit-Ring aus ihrer Handtasche und legte ihn auf den Schreibtisch. Trotz des Dämmerlichts wirkte er sehr rot und leuchtend. »Ich vermute, dass er Ilse Röder gehört hat. Ich dachte, ich bringe ihn gleich zu Ihnen.«

»Wahrscheinlich hat die Wagner den Ring gestohlen. Gut, dass Sie direkt zu mir gekommen sind.« Heimerzheim nickte und wandte sich wieder der Akte zu. Ein deutliches Zeichen, dass das Gespräch für ihn beendet war.

Friederike hatte gehofft, dass er sich mehr Zeit für sie nehmen würde. Jetzt musste sie doch gleich zur Sache kommen. »Hat Franziska Wagner denn inzwischen mit jemandem gesprochen?«

»Nein, kein Wort außer Flüchen und Beschimpfungen.«

»Dürfte … dürfte ich es vielleicht einmal versuchen? Auf dem Hof hat sie ja mit mir geredet.«

»Genau genommen hat die Wagner Sie angelogen.« Heimerzheims Stimme klang trocken.

»Ja, wahrscheinlich. Trotzdem hat sie mit mir kommuniziert.« Was daran gelegen haben mochte, dass Franziska sie nicht sofort als Polizeibeamtin erkannt hatte. Aber das wusste der Hauptkommissar ja nicht.

»Warum ist es Ihnen so wichtig, mit der Wagner sprechen zu dürfen?« Heimerzheim hatte sich in seinem Stuhl zurückgelehnt und musterte Friederike nun. Sie versuchte, seinem Blick standzuhalten.

»Ich habe zufällig erfahren, dass Ilse Röder vor Kurzem ein Kind bekommen hat. Franziska Wagner hat den Hof doch ausspioniert. Ich dachte, vielleicht weiß sie ja, mit wem Ilse Röder eine Affäre hatte. Der Liebhaber könnte ein Mordmotiv haben oder ein Mann, der auf den Liebhaber eifersüchtig war …«

»Lesen Sie etwa häufig Groschenromane, Fräulein Matthée?« Heimerzheims Stimme klang ironisch.

»Nein, das tue ich nicht.« Friederike errötete. »Aber eine außereheliche Schwangerschaft eröffnet doch wirklich ein neues Motiv. Und ich möchte einfach bei den Ermittlungen helfen.«

»Ihr Eifer in allen Ehren, Fräulein Matthée, aber ich habe genug Vernehmungen und Verhöre durchgeführt, um zu wissen, wenn mir jemand nicht die ganze Wahrheit sagt. Also, warum wollen Sie wirklich mit der Wagner sprechen?«

»Ich habe eine junge Frau getroffen, die auch in dem … Lager in der Uckermark war. Sie hat mir von den Zuständen dort erzählt. Dass das Gefängnis wie ein Konzentrationslager geführt wurde. Ich glaube der jungen Frau.«

»Falls die Zustände in dem Polizeilichen Jugendschutzlager tatsächlich so furchtbar waren …« Wusste Heimerzheim, wie es dort gewesen war? Friederike glaubte, in seinen Augen eine Bestätigung dafür zu lesen. Aber sie wagte es nicht, den Hauptkommissar direkt danach zu fragen. »… hätte die Wagner umso mehr Grund gehabt, Ilse Röder zu töten.« Sein Tonfall war nüchtern.

»Ja, das sehe ich auch so. Aber hätte Franziska Wagner denn dann nicht mildernde Umstände verdient? Ich habe ihre erkennungsdienstliche Karteikarte gelesen und mit Zeugen gesprochen, die sie von früher kennen, und ich habe den Eindruck, dass alles, was Franziska tat, stets zu ihrem Nachteil gegen sie verwendet wurde.«

»Für eine junge, unerfahrene Polizeibeamtin erlauben Sie sich ein ziemlich forsches Urteil, Fräulein Matthée.«

»Es tut mir leid. Ich wollte wirklich nicht überheblich sein.« Friederike errötete. »Aber was kann es denn schaden, wenn ich mit Franziska Wagner spreche? Mehr, als dass sie mich beschimpft oder mich anschweigt, kann doch nicht geschehen.«

»Noch einmal: Für eine junge Polizeibeamtin nehmen Sie sich ziemlich viel heraus. Es steht Ihnen nicht zu, mit einem Vorgesetzten zu diskutieren.«

»Entschuldigen Sie, Herr Hauptkommissar.« Friederike war den Tränen nahe. »Ich möchte doch wirklich nur helfen.«

Heimerzheim musterte sie. Friederike versuchte, die Tränen wegzublinzeln, aber sie war sich sicher, dass dem Hauptkommissar ihre feuchten Augen nicht entgingen. Sie wünschte sich, in den Boden versinken zu können. Diese letzte Demütigung hätte sie sich wirklich ersparen können.

»Herr Hauptkommissar …« Sie stand hastig auf. Nur fort aus seinem Büro.

»Habe ich Ihnen etwa erlaubt zu gehen?«

»Nein, Herr Hauptkommissar.« O Gott, wäre sie doch lieber gar nicht erst hergekommen!

»Sie sind sehr zartbesaitet. Und dazu erstaunlich hartnäckig.« Er förderte ein Taschentuch zutage und reichte es ihr. »Jetzt putzen Sie sich schon die Nase, Fräulein Matthée. Und dann begleiten Sie mich.«

»Herr Hauptkommissar?«

»Ins Gefängnis.« Er seufzte. »Ja, ich lasse Sie mit Franziska Wagner sprechen.«

Gefängnisse schüchterten Friederike stets ein und verursachten ihr ein klaustrophobisches Gefühl. Für die im

Kölner Stadtzentrum gelegene, im Volksmund »Klingelpütz« genannte Haftanstalt galt dies besonders. Zwei Flügel des Backsteinbaus aus dem neunzehnten Jahrhundert waren zerstört. Im Innenhof hatte die Gestapo noch im Januar 1945 achtzig Menschen ermordet und dort verscharrt. Die Alliierten hatten die Leichen später umgebettet, aber Friederike kam es vor, als sei die Angst und Qual all der in den Jahren des Nationalsozialismus gefolterten und getöteten Menschen in den engen Fluren und den Zellen noch präsent. In der stickigen Hitze vor dem Verhörraum fiel es ihr schwer zu atmen.

»Die Wagner wird kaum mit Ihnen sprechen, wenn ich oder Wärterinnen mit dabei sind.« Hauptkommissar Heimerzheim sah Friederike prüfend an. »Trauen Sie es sich wirklich zu, ihr allein gegenüberzutreten?«

»Ja, das tue ich.« Friederikes Mund war ganz trocken und strafte ihre Worte Lügen.

»Nun gut.« Heimerzheim wirkte skeptisch. »Versuchen Sie Ihr Glück. Rufen Sie, wenn Sie sich bedroht fühlen. Wir sind dann gleich bei Ihnen.«

Eine der beiden Wärterinnen öffnete die Metalltür. Franziska Wagner war mit einem Gurt um die Brust an einem am Boden festgeschraubten Stuhl fixiert. Um ihre Handgelenke lagen Fesseln. Sie sah nicht auf, als Friederike den Verhörraum betrat und sich ihr gegenüber an den Tisch setzte.

Nun erst registrierte Friederike den kahl geschorenen Kopf mit den schlecht verheilten Schnittwunden. Die junge Frau trug Anstaltskleidung und stank nach Schweiß. Ja, sie war sehr groß und kräftig, und trotz ihrer Fesseln hatte Friederike plötzlich Angst vor ihr. Worauf hatte sie sich nur eingelassen?

Als hätte Franziska ihre Furcht gewittert, schaute sie auf. Ihr Blick war unstet, sie hatte offenbar Mühe, sich zu konzentrieren. Dann wurde er klar. »Ach, Sie sind das.« Ihre Stimme klang rau. »Ich hatte also recht. Sie sind bei der Polente.«

»Ja, das stimmt. Ich arbeite für die Weibliche Polizei.« Friederike schluckte. »Elli Berneike fragt oft nach Ihnen. Sie hat viel von Ihnen erzählt. Sie vermisst Sie sehr und sorgt sich um Sie.« Da Franziska einundzwanzig Jahre alt war, siezte Friederike sie nun. Sie wollte ihr zeigen, dass sie sie respektierte.

»Was haben Sie mit Elli gemacht? Haben Sie sie etwa wieder in ein Kinderheim gesteckt?«

Friederike zögerte, suchte nach einer ausweichenden Antwort. Doch Franziska hatte schon begriffen. »Miststück! Fotze!« Sie bäumte sich auf und hätte sich auf Friederike gestürzt, wenn nicht der Gurt und der festgeschraubte Stuhl sie daran gehindert hätten. Spucke traf sie ins Gesicht. Friederike sprang auf. Ihr Stuhl fiel scheppernd zu Boden. Der Verhörraum begann sich um sie zu drehen.

»Kommen Sie mit, das hat doch keinen Sinn.« Sie spürte Heimerzheims Hand auf ihrer Schulter.

Friederike sah Franziskas Gesicht auf der erkennungsdienstlichen Karteikarte vor sich. Fast noch ein Kind. Schutzlos und ängstlich. Und Annemie Jessen, die mit gesenktem Kopf, das eine Bein nachziehend, davonging. Sie würde keine weitere Gelegenheit erhalten, mit Franziska zu sprechen.

»Ich … Es geht schon wieder.«

»Nein, dieses Experiment ist jetzt zu Ende.«

»Bitte, geben Sie mir doch noch ein paar Minuten.« Friederike blickte Heimerzheim flehend an.

Der Kommissar wirkte unschlüssig, nickte dann jedoch. »Gut, aber bei dem nächsten Gebrüll der Wagner ist es vorbei.«

Friederike bückte sich zu ihrem Stuhl. Es kostete sie all ihre Selbstbeherrschung, nicht zu zittern. Heimerzheim wartete, bis sie sich wieder gesetzt hatte, dann verließ er den Raum.

»Fotze ...«

Sie hatte nur noch diesen einen Versuch. Friederike wünschte sich, Richard Davies wäre bei ihr, würde neben ihr an dem Tisch sitzen. Doch er war nicht hier, und sie musste allein zurechtkommen.

Sie beugte sich vor. »Ich habe mit Annemie Jessen gesprochen. Ich weiß, wie es in dem Lager war.« Friederike bemühte sich, ihre Stimme ruhig klingen zu lassen. »Wenn Sie Ilse Röder getötet haben, könnte ich es zumindest verstehen. Ich will Ihnen wirklich helfen.«

»Sie lügen doch nur.«

»Hat Ihnen Kriminalkommissarin Ilse Kamann Hilfe angeboten, wenn Sie sich ihr anvertrauten? Hat Sie dann das, was Sie ihr sagten, gegen Sie ausgelegt?«

»Verdammte Kuh ...«

»Sie können mit mir sprechen. Oder Sie toben weiter. Es ist Ihre Entscheidung. Aber wenn Sie als brutale, verstockte Mörderin verurteilt werden, werden Sie Elli wahrscheinlich niemals wiedersehen.«

Franziska schwieg mit zusammengepressten Lippen.

»Elli erinnert Sie an Ihre kleine Schwester Greta, nicht wahr?«

Die junge Frau senkte den Kopf, nagte an ihrer Unterlippe, als ginge sie mit sich zurate. »Versprechen Sie mir, Elli aus dem Heim zu holen?«

»Ja.« Dieses Mal beging Friederike nicht wieder den Fehler zu zögern. Auch wenn es sehr unsicher war, ob sie dieses Versprechen würde einlösen können. Sie war einfach erleichtert, der jungen Frau eine positive Reaktion entlockt zu haben.

»Ich hab die Röder nicht umgebracht.«

»Ich würde Ihnen gern glauben. Aber dazu müssen Sie mir die Wahrheit sagen. Lassen Sie uns von vorn beginnen: Wie haben Sie Frau Röder denn aufgespürt?«

»Ich hab nicht nach ihr gesucht. Es war Zufall, dass ich ihr Anfang Mai in Bergisch Gladbach begegnet bin. Ich wollte ein paar Sachen gegen Milch und Butter und Gemüse tauschen.«

»Was für Sachen?«

»Zigaretten, Nylonstrümpfe, Kaffee.« Franziskas Tonfall war mürrisch.

»Wie sind Sie an die Dinge gekommen? Durch Prostitution?«

»Ja.« Die junge Frau blickte sie herausfordernd an.

Friederike hoffte, dass Franziska ihr die Verlegenheit nicht anmerkte. »War Elli in Bergisch Gladbach dabei?«

»Sie hatte sich die Tage vorher was eingefangen und stark gebrochen.« Franziska schüttelte den Kopf. »Es ging ihr zwar schon wieder besser, aber die Fahrt ins Bergische wäre zu anstrengend für sie geworden. Deshalb hab ich sie in der Ruine gelassen. Hasso passte auf sie auf.«

»Hasso haben Sie, laut Elli, sehr geliebt. Aber den Röder'schen Hofhund haben Sie vergiftet«, versuchte Friederike, die junge Frau aus der Reserve zu locken.

»Ich hab den Hofhund nicht vergiftet!« Franziska fuhr empört auf.

»Und warum hat der Hund dann nicht auf Sie angeschlagen?«

»Ich hab ihm zu fressen gegeben. Er mochte mich. Der Junge hatte Angst vor ihm.«

»Welcher Junge?«

»Da war ein paarmal ein Junge, der Gemüse aus dem Garten gestohlen hat.« Franziska zuckte mit den Schultern.

Friederike beschloss, dass sie dies nicht weiterbrachte. »Wo und wann genau sind Sie Ilse Röder denn begegnet?«

»Im Zentrum von Bergisch Gladbach. Vor ungefähr sechs Wochen. Sie kam aus einer Apotheke. Ich hab im ersten Moment gedacht, ich hätte 'ne Erscheinung. Aber sie war es wirklich. Blond und schön. Elegant. Ganz die Dame, wie früher …« Franziska verzog den Mund. »Ich wollte ihr folgen.«

»Weshalb?«

»Na ja, ich wollte wissen, wo sie wohnte.« Die junge Frau zog die Schultern hoch. Eine unwillkürlich schuldbewusste Bewegung. Ihre Stimme wurde aggressiver. »Aber ich hab sie verloren und …« Sie brach ab.

»Nur fürs Erste, denn schließlich haben Sie Ilse Röder ja in ihrem Zuhause gefunden. Jetzt reden Sie schon, Franziska, und lassen Sie sich nicht jedes Wort aus der Nase ziehen.« Friederike hatte Angst, dass Hauptkommissar Heimerzheim doch wieder in den Verhörraum kommen und Franziska zum Verstummen bringen würde, ehe sie etwas wirklich Wichtiges von ihr erfahren hatte. Deshalb trat sie viel forscher auf, als ihr zumute war.

»Ich bin in die Apotheke gegangen und hab die Röder beschrieben. Also, damals hab ich sie ja noch unter dem Namen Kamann gekannt und behauptet, sie wär eine Freundin meiner Mutter, und durch den Krieg hätten wir sie aus den Augen verloren. Der Apotheker hat keinen Verdacht geschöpft und mir das Gehöft genannt.«

»Das Sie dann aufgesucht haben. Hatten Sie von Anfang an vor, Ilse Röder zu erpressen?«

»Woher wissen Sie …?«

»Elli hat eine Andeutung gemacht.«

»Ja, das war von Anfang an mein Plan.« Franziska wich Friederikes Blick aus.

»Das glaube ich Ihnen nicht«, zwang sich Friederike, ruhig zu sagen.

»Mein Gott! Ich wollte mich zuerst an der Schlampe rächen. Ihr heimzahlen, was sie mir angetan hatte. Den Hof anzünden, irgendetwas in der Art …« Franziska starrte Friederike trotzig an. »Aber dann habe ich's mir anders überlegt.«

»Und was hat Sie zu diesem Sinneswandel bewogen?«

»Ich hab sie abends in ihrem Schlafzimmer beobachtet. Das Licht brannte. Die Läden waren nicht ganz geschlossen. Die Röder hat sich ausgezogen. Sie trug ein Korsett … Und als sie das Korsett abgemacht hat, hatte sie einen Bauch. Ganz deutlich hab ich's von der Seite gesehen. Natürlich, auf dem Hof lebt es sich bestimmt nicht schlecht, aber sie war früher immer ganz schlank. Und wer setzt heutzutage schon viel Gewicht zu? Ich hab's zuerst kaum für möglich gehalten. Ich hatte Gespräche belauscht und wusste, dass ihr Mann vermisst wurde. Aber dass die Röder, die mich wegen Unzucht in das Lager einweisen ließ, mit einem anderen Mann geschlafen haben könnte …« Franziska lachte höhnisch auf. Doch ihre Augen waren voll Schmerz.

»Nach dieser Entdeckung haben Sie Ilse Röder erpresst?«

»Ich hatte es vor. Aber ich konnte ein paar Tage lang nicht ins Bergische gehen. Als ich das nächste Mal zu dem Hof kam, hab ich die Röder mit einem Fahrrad einen Feldweg entlangfahren sehen. Sie fuhr langsam und irgendwie unsicher. Ich hatte keine Mühe, ihr zu folgen. Nach zwei oder drei Kilometern stieg sie an einem oberhalb von 'nem Dorf gelegenen Haus ab und schob das Rad durch eine Gartentür. Eine Frau kam heraus, sie war so um die fünfzig. Die Frau brachte das Rad in einen Schuppen. Ich hab mich im Garten versteckt. Nach einer Weile hab ich die Röder unterdrückt stöhnen und schreien hören. Meine Mutter hat meine Schwester zu Hause zur Welt gebracht. Ich weiß, wie sich eine Geburt anhört.« Für einen Moment wurde Franziskas Gesicht ganz weich.

»Sie haben Ihre kleine Schwester sehr geliebt …«

»Das geht Sie nichts an.« Sofort wurde ihre Miene wieder abweisend und verschlossen.

Friederike ließ sich die Lage des Hauses beschreiben, um das Verhör auf ein neutraleres Gebiet zu lenken. Sie fürchtete immer noch, dass Franziskas Misstrauen und ihre Feindseligkeit wieder die Oberhand gewinnen könnten. »Wissen Sie, wie die Frau heißt?«, fragte sie dann.

»Herwigh oder Hennig stand an der Gartentür.« Franziska ließ plötzlich kraftlos den Kopf hängen. Ihre Stimme wurde schleppend.

»Franziska, ist Ihnen schlecht?« Friederike erschrak.

»Ich bin müde. Sie haben mir wieder Brom gegeben …«

O Gott … »Bitte, versuchen Sie, sich zu konzentrieren. Wann haben Sie versucht, Ilse Röder zu erpressen? Noch am Tag der Geburt oder später?«

»Ein paar Tage später. Die Geburt dauerte so lange. Ich konnte … Elli nicht so lange allein lassen.«

»Wie hat Ilse Röder auf den Erpressungsversuch reagiert?«

»Zuerst hat sie versucht, mich einzuschüchtern. Hat mir mit der Polizei gedroht. Aber ich hatte keine Angst mehr vor ihr. Ich hab gesagt, wenn ich nicht zweihundert amerikanische Dollar von ihr kriege, erzähle ich überall in der Gegend herum, dass sie ein außereheliches Kind hat …« Speichel rann aus Franziskas Mundwinkel, und ihr Blick verlor den Fokus.

»Daraufhin hat Ilse Röder eingewilligt, Ihnen die Dollars zu geben?« Zweihundert Dollar waren ein Vermögen. Anders als deutsches Geld, das praktisch wertlos war.

»Ja, sie wollte es nicht riskieren, dass ihr Ruf zerstört würde.« Hass und Wut machten Franziska wieder wacher.

»Und wann sollten Sie das Geld von ihr bekommen?«

»An dem Abend … an dem ich sie … tot im Haus gefunden … hab … Sie musste die Dollars erst besorgen. Das hat fast zwei Wochen gedauert.«

»Sie hatte sich also für den Abend des Mordes mit Ihnen verabredet?«

»Ja … Ich hab sie … nicht umgebracht … Sie war schon tot …« Tränen strömten Franziska jetzt über das Gesicht, vermischten sich mit dem Speichel. Sie lallte.

Friederike verwünschte das Gefängnispersonal, das der jungen Frau dies angetan hatte. »Franziska, hören Sie mir zu! Haben Sie eine Ahnung, von wem Ilse Röder schwanger gewesen sein könnte?«

Die junge Frau bewegte den Kopf. Ein Kopfschütteln oder ein Muskelzucken. Friederike wagte es nicht zu deuten.

»Manchmal hatte ich … das Gefühl, da ist jemand …«

»Wer, Franziska?«

»Bei … dem Hof … Der … mich … beobachtet … Mir folgt …«

»Haben Sie die Person gesehen?«

»Ein Gefühl … Nur …«

»Der Ring aus Bakelit, den Sie Elli gegeben haben – haben Sie den gestohlen?«

»Im Abfall … gefunden …«

»Am Abend des Mordes?«

»Nein, früher …«

Franziskas Kopf sank wieder auf ihre Brust, und ihre Stimme verlor sich in unartikulierten Lauten. Friederike wollte sie nicht länger an den Stuhl gefesselt sitzen lassen.

Schweren Herzens stand sie auf und trat auf den Gang, wo Hauptkommissar Heimerzheim rauchend an der Wand lehnte.

»So lange, wie Sie bei der Wagner waren – hat sie tatsächlich mit Ihnen gesprochen?«

»Ja, das hat sie.«

Zwei kräftige Wärterinnen lösten den Gurt um Franziskas Brust. Sie zogen sie auf die Beine und führten sie durch den Flur fort. Der Kopf der jungen Frau schwankte bei jedem Schritt von einer Seite zur anderen, was sie wirken ließ wie eine riesengroße, plumpe Stoffpuppe.

Friederike glaubte, eine Spur von Mitleid in Heimerzheims Blick wahrzunehmen. »Ist nicht schön, was Brom aus den Menschen macht. Ich hatte mit ein paar Fällen zu tun, bei denen damit Selbstmord begangen wurde. Berichten Sie mir draußen, was Ihnen die Wagner erzählt hat. Dieses Gefängnis schlägt mir immer auf den Magen.«

St. Gereon, in direkter Nachbarschaft zu dem Gefängnis gelegen, gehörte zu den berühmten romanischen Kirchen Kölns. Im Sommer 1938 hatte Friederike zusammen mit ihren Großeltern mütterlicherseits einige Tage in der Domstadt verbracht und auch dieses Gotteshaus besichtigt. Das mächtige Dekagon mit dem purpur- und goldfarbenen Deckengemälde hatte sie von fernen, vergangenen Zeiten träumen lassen. Nun klaffte ein riesiger Riss in der Fassade, durch den die rußgeschwärzte Decke zu sehen war.

Im Schatten vor St. Gereon stand eine verwitterte Kirchenbank. Wahrscheinlich hatte man sie beim Schuttbeseitigen nach draußen geräumt und dann dort vergessen. Hauptkommissar Heimerzheim ließ sich darauf nieder und bedeutete Friederike, ebenfalls Platz zu nehmen.

»Also, was haben Sie von der Wagner erfahren?«

Friederike referierte das Verhör. Sie war protestantisch getauft und erzogen. Aber auf der hochlehnigen, nicht sehr bequemen Kirchenbank fühlte sie sich ein bisschen, als müsste sie dem Vorgesetzten gegenüber eine Beichte ablegen.

»Das haben Sie gut gemacht.« Heimerzheim nickte ihr zu, als sie schließlich geendet hatte. »In einem Safe im Wohnzimmer lagen tatsächlich zweihundert amerikanische Dollar.«

»Da Franziska Wagner zugegeben hat, dass sie Ilse Röder erpresst hat – macht es das nicht unwahrscheinlicher, dass sie Frau Röder ermordet hat? Ich glaube Franziska, dass sie mithilfe der Dollars mit Elli ein neues Leben beginnen wollte. Sie hätte bestimmt alles getan, um dem Kind einen weiteren Heimaufenthalt zu ersparen.«

»Die Wagner ist jähzornig und unbeherrscht.« Heimerzheim war unbeeindruckt. »Vielleicht hat Ilse Röder etwas zu ihr gesagt, was sie in Wut versetzt hat. Oder Frau Röder war doch nicht bereit, auf die Erpressung einzugehen.«

»Ein außereheliches Kind, während der Ehemann in Russland vermisst ist?«, wagte Friederike einzuwenden. »Hätte sie das nicht unter allen Umständen verheimlicht? Außerdem … Hätte Franziska dann nicht mit einer Waffe zu dem Gehöft kommen müssen?«

»Elli Berneikes Aussage, bei der Wagner keine Waffe gesehen zu haben, beweist nicht, dass sie keine besaß.«

»Aber was ist mit dem Mann, mit dem Ilse Röder eine Affäre hatte? Halten Sie es denn für völlig unwahrscheinlich, dass er oder ein Nebenbuhler sie getötet hat?« Friederike brach ab. Sie vergriff sich schon wieder im Ton gegenüber einem Vorgesetzten.

»Polizeiassistentin Matthée, ich halte diese Möglichkeit nicht für völlig, aber für *ziemlich* unwahrscheinlich.«

Heimerzheims knapper Tonfall und die Tatsache, dass er ihren Rang nannte, waren eine deutliche Warnung.

Eine Frau, die ein graues Kopftuch trug und den Vorplatz überquerte, blickte neugierig zu ihnen, ehe sie in einem Seiteneingang verschwand. Friederike glaubte sich zu erinnern, dass in der Krypta eine Notkirche eingerichtet war.

»Entschuldigen Sie bitte, Herr Hauptkommissar.« Friederike biss sich auf die Lippen. Ach, wenn sie doch nur offen ihre Meinung sagen könnte und sich nicht immer zurückhalten müsste!

»Ich nehme an, Sie würden gern mit der Frau sprechen, die Ilse Röder geholfen hat, das Kind zur Welt zu bringen?« Heimerzheims Stimme klang trocken.

»Ja, in der Tat.« Friederike sprach lieber nicht aus, dass diese Frau ja möglicherweise etwas über den mysteriösen Liebhaber wusste.

»Sie haben wirklich gute Arbeit geleistet. Wenn Kriminalkommissarin Langen und Kriminalkommissarin Gerwing Sie für einen Tag entbehren können, können Sie meinetwegen morgen ins Bergische fahren.«

»Danke, Herr Hauptkommissar.« Friederike strahlte ihn an, ehe ihr bewusst wurde, dass auch dies gegenüber einem Vorgesetzten keine angemessene Reaktion war, und sie hastig ihre Gesichtszüge unter Kontrolle brachte.

»Schon gut.« Heimerzheim winkte ab. Hatte er ein bisschen gelächelt, oder hatte sie sich das nur eingebildet?

Inkerman Barracks, Knaphill, Surrey

Die Landschaft von Surrey präsentierte sich an diesem Sommertag wie ein pastorales Gemälde. Schönwetterwolken hingen am blauen Himmel. Schafe und Kühe grasten auf sanft gewellten Wiesen, und entlang der Straße, die von London gen Südwesten führte, lagen hübsche Dörfer mit weiß gekalkten Häusern, gruppiert um wehrhafte Kirchen aus normannischer Zeit. Der Inbegriff des ländlichen Englands und Sehnsuchtsort vieler Briten aus der Mittelschicht.

Richard Davies war diese Gegend immer fremd geblieben. Ebenso wie der raue Landstrich nördlich von Manchester, wo er bei seinen Adoptiveltern aufgewachsen war.

Am Morgen hatte ihn die Nachricht erreicht, dass er sich im Hauptquartier der Royal Military Police bei Knaphill melden sollte. Vor zwei Tagen hatte er seinen Abschied eingereicht, was ihm jedoch, anders als erhofft, seinen Seelenfrieden nicht wiedergeschenkt hatte. Wahrscheinlich war es einfach so, dass er innerlich immer zerrissen bleiben würde. Der Royal Military Police fehlten Leute. Aber er würde sich nicht bereit erklären, seinen Dienst noch einmal zu verlängern, falls er deshalb nach Knaphill beordert worden war. Das stand für ihn fest.

Nach einer weiteren Viertelstunde Fahrzeit hatte Davies die Inkerman Barracks am Rande des Ortes erreicht. Die aus braunen Backsteinen errichteten Gebäude mit den streng gegliederten Fassaden waren in viktorianischer Zeit ein großer Gefängniskomplex gewesen. In den zwanziger Jahren hatte man sie dann in Kasernen für das Militär umgewidmet. Hohe Zäune, Stacheldraht und Drill … Damit waren sich Gefängnisse und militärische Einrichtungen gar nicht so unähnlich.

Am Tor musste Davies warten. Nach einer guten halben Stunde, Telefonaten innerhalb der Kaserne und einem Gang über das weitverzweigte Gelände, während dem er zwischen diversen Ordonnanzen weitergereicht worden war – ein Prozedere, das er mit Sicherheit nicht vermissen würde –, fand er sich schließlich im Büro eines Captain Willis wieder.

»Sie haben Ihren Dienst einige Monate lang im Rheinland versehen, Lieutenant.« Keine Frage, eine Feststellung. Willis war ein kahlköpfiger kleiner Mann in den Fünfzigern mit irgendwie traurigen Augen.

»Ja, das stimmt, Sir.«

»Ich weiß, dass Sie sich im Frühjahr nach England haben zurückversetzen lassen und Ihren Abschied eingereicht haben. Für die Monate bis zu Ihrem Ausscheiden aus der Royal Military Police will ich Sie nicht einfach zu irgendeinem Einsatz abordnen …« Willis machte sich an einem Aktenordner zu schaffen. Er holte eine Reihe großformatige Schwarz-Weiß-Bilder heraus und breitete sie auf dem Schreibtisch aus.

Davies blickte auf die skelettierten Leichen von drei Männern, an denen noch die Reste von Fliegeruniformen hingen. Man hatte die Toten aus verschiedenen Perspektiven fotografiert. Auf Nahaufnahmen war deutlich zu erkennen, dass zwei Schädel zertrümmert waren. Andere Fotografien zeigten Fasern von Fesseln um die Handgelenke.

Willis legte weitere Aufnahmen auf den Schreibtisch. Bilder von Männern Anfang zwanzig. Die Mienen spiegelten konzentrierten Stolz, Ernst und Abenteuerlust.

»Leo Bishop, Patrick Gordon, Geoffrey Steele«, zählte Willis auf. »Eine Jagdbomberbesatzung, die am 4. November ’44 nicht von einem Einsatz über Solingen zurückkam. Jetzt hat man ihre Leichen in einem Wald bei Bergisch Gladbach, einer Kleinstadt im Bergischen Land, gefunden. Leo Bishop und Patrick Gordon trugen noch ihre Erkennungsmarken. Die von Geoffrey Steele fehlt, aber es besteht kein Zweifel, dass er der dritte Tote ist. Die Männer wurden erschossen und vorher mit Spaten und Schaufeln halb totgeschlagen.«

Von irgendwoher erscholl ein knappes militärisches Kommando. Dann erklangen gleichmäßige Stiefelschritte auf einem harten Untergrund.

»Es ist Ihre Entscheidung, Lieutenant, ob Sie die Mordermittlung übernehmen«, hörte Davies Captain Willis sagen.

Köln

Rot und sichelförmig hob sich die Schnittwunde von Nanettes Hals ab. Sie lebte … Noch immer konnte sie dies kaum glauben. Ein krampfhaftes Zittern überfiel sie, wie schon häufig an diesem Tag.

»Ich weiß, dass du als Spitzel für Hauptkommissar Heimerzheim tätig bist«, hatte der Mann ihr zugeraunt. Fast sanft war seine Stimme an ihrem Ohr gewesen. Er hatte sie den Namen Franziska Wagner mehrmals wiederholen lassen, und auch das, was sie Heimerzheim über die junge Herumtreiberin mitteilen sollte, hatte sie einige Male aufsagen müssen.

»Ja, so ist es gut.« Wieder dieser Übelkeit erregende, Sanftheit vortäuschende Tonfall. Das Messer wurde von ihrer Kehle genommen.

Sie hatte geglaubt, damit wäre es vorbei, und der Mann würde sie endlich loslassen und gehen. Doch seine Hand hatte sich wieder fest auf ihren Mund gelegt. Ein Feuerzeug klickte, und eine Flamme leuchtete auf. Nanette hatte sich noch verwirrt gefragt, ob er etwa rauchen wollte. Doch gleich darauf hatte er die Flamme an ihren Arm gehalten. Während sie sich vor Schmerzen krümmte, flüsterte der Mann ihr zu, was mit ihr geschehen würde, wenn sie die Information über Franziska Wagner nicht glaubhaft an Heimerzheim weitergab.

Nanette schlang einen Seidenschal um ihren Hals und trug Rouge auf ihr aschfahles Gesicht auf. Nein, Hauptkommissar Heimerzheim durfte nicht bemerken, wie mitgenommen sie war. Auf keinen Fall wollte sie riskieren, dass der Mann wiederkam und seine Drohung wahr machte.

6. Kapitel

Bergisches Land, bei Odenthal,
Donnerstag, 26. Juni 1947

Gemäß der Dienstanweisung mussten Beamtinnen der uniformierten Weiblichen Polizei stets Strümpfe tragen. Friederike hatte das Gebot so weit gelockert, dass sie die Wollstrümpfe bis zu den Schuhen hinuntergekrempelt hatte. Sie hatte kurz mit dem Gedanken gespielt, für die Fahrt ins Bergische ganz auf die Uniform zu verzichten, hatte sich dann jedoch dagegen entschieden. Möglicherweise musste sie ja eine Dienststelle aufsuchen. Wenn Kriminalkommissarin Gesine Langen zu Ohren kommen sollte, dass Friederike ihren Dienst ohne Uniform ausgeführt hatte, würde sie Ärger mit ihr bekommen.

Der Zug von Köln nach Bergisch Gladbach am frühen Morgen war völlig überfüllt gewesen. Deshalb war es jetzt eine Wohltat, dem menschenleeren Feldweg zu folgen. Die Uniformmütze trug Friederike unter dem Arm. Zum Schutz gegen die Sonne hatte sie ihr Taschentuch zu einem Kopftuch umfunktioniert. Ihre Handtasche enthielt ein Brot und eine Flasche Wasser. Handtaschen waren im Dienst ebenfalls verboten, aber Friederike glaubte nicht, dass männliche Kollegen dies bemerken oder gar weitermelden würden.

Die Wiese, durch die ihr Weg führte, war noch nicht gemäht. Mohn- und Kornblumen blühten in dem hohen Gras, und Friederike fühlte sich trotz ihres Auftrags ein bisschen wie bei einem Ausflug. Sie kam nur selten aus

Köln heraus und genoss die Wanderung von Bergisch Gladbach zu der Gemarkung Küchenberg, wo Ilse Röder ihr Kind zur Welt gebracht hatte.

Friederike hatte mit der Dienststelle in Bergisch Gladbach telefoniert, den Kollegen Franziskas Wegbeschreibung mitgeteilt und gesagt, dass sie nach einer Frau suche, die als Hebamme tätig sei und Hennig oder Herwigh heiße. Die Kollegen hatten ihr Agnes Herwigh genannt. Vor ihrer Heirat mit einem Bauern war sie als examinierte Krankenschwester tätig gewesen. Wie so viele Frauen hatte der Krieg sie als Witwe zurückgelassen, deshalb arbeitete sie an zwei Tagen in der Woche im Krankenhaus von Bensberg in ihrem alten Beruf.

Nach etwa einem Kilometer führte der Weg durch einen bewaldeten Talgrund und an einem schmalen Fluss entlang. Das Wasser verbreitete eine gewisse Kühle, und Friederike war auch dankbar für den Schatten unter den Bäumen. Sie hockte sich auf einen gefällten Baumstamm und konsultierte ihre Karte. In etwa einer halben Stunde sollte sie den Küchenberg erreicht haben. Friederike setzte die Flasche an ihren Mund und trank gierig, bis sie leer war, und widerstand trotz ihres Hungers der Versuchung, das Brot zu essen, denn es war für eine Pause am Nachmittag gedacht.

Sonnenflecken tanzten auf dem schmalen Wasserlauf, als sich Friederike bückte, um die Flasche neu zu füllen. Eine Libelle glitt an ihr vorbei, der Insektenkörper metallisch grün, die Flügel im Gegenlicht ein zartes Gespinst. Friederike hielt den Atem an. Manchmal erschien es ihr wie ein Wunder, dass es so etwas immer noch gab. Dass sich die Natur trotz des Krieges und der fast allgegenwärtigen Zerstörungen nicht verändert hatte.

Die Libelle flog davon. Friederike verstaute die Wasserflasche in ihrer Handtasche und richtete sich auf. Sie hatte den Weg fast erreicht, als auf dem Hang unter den Bäumen ein Rascheln ertönte. Einige Äste bewegten sich. War dort etwa jemand? Friederike fiel ein, dass Franziska sich beobachtet gefühlt hatte, und eine Gänsehaut überlief sie. Plötzlich fühlte sie sich sehr allein. Mit klopfendem Herzen blieb sie stehen. Nichts regte sich mehr. Bis auf fernes Vogelgezwitscher herrschte Stille. Ihre Fantasie war wohl mit ihr durchgegangen. Friederike mochte sich lieber nicht vorstellen, was Kriminalkommissarin Gesine Langen zu derlei Hirngespinsten sagen würde.

Der Küchenberg lag oberhalb des Weges zwischen Wiesen und Feldern. Kühe standen auf einer Weide. Auf einem Hügel gingen Männer in einer Reihe hintereinander und schnitten das Gras mit Sensen. Frauen banden es zum Trocknen auf Raufen fest. Rufe und Singen waren bis zu Friederike zu hören. Eine ländliche Idylle. Manchmal hatte sie im Sommer mit Hans bei der Heuernte geholfen. Ihr Bruder war stolz darauf gewesen, die Sense richtig handhaben zu können, und Friederike hatte sich zu den Frauen und Mädchen gesellt. Sie hatte es geliebt, am Ende des Tages auf dem hochbeladenen Heuwagen mitzufahren – angenehm erschöpft von der körperlichen Arbeit, umgeben vom Duft frisch geschnittenen Grases, – und das Kitzeln der Halme auf der sonnenverbrannten Haut zu spüren.

Wie Franziska es ihr beschrieben hatte, tauchte jetzt hinter einer Wegbiegung ein Fachwerkhaus inmitten eines Gartens auf. Ein Apfelbaum mit kleinen grünen Früchten beugte sich über das niedrige Dach. Friederike zog ihre Strümpfe hoch und setzte die Mütze auf, ehe sie die Gartentür öffnete und zum Haus ging.

»Frau Herwigh?« Sie klopfte an die grün gestrichene Eingangstür. Keine Reaktion erfolgte. Friederike versuchte es noch einmal vergebens und ging dann um das Gebäude herum. In einem Gehege dösten drei braune Hennen im Schatten. Die Tür eines Stalls stand offen. Ein Schwein quiekte, und nun nahm Friederike auch den charakteristischen, durchdringenden Stallgeruch wahr. Eine Frau mittleren Alters machte sich im Halbdunkel zu schaffen.

»Frau Herwigh?«

»Ja, die bin ich.« Sie erschien in der Tür und stellte einen Metalleimer auf dem Boden ab. Ein grau-blau gepunktetes Sommerkleid spannte sich um einen untersetzten Körper. Unter einem Kopftuch fielen ein paar Haarsträhnen hervor. Das Gesicht der Frau war von der Hitze gerötet. Dicke schwarze Fliegen umschwärmten sie, während das Schwein sich über das Fressen im Koben hermachte.

»Polizeiassistentin Matthée von der Weiblichen Polizei in Köln.« Friederike zeigte ihr ihren Ausweis.

»Ich wüsste nicht, was ich mit der Polizei zu schaffen hätte.« Ihr Blick wurde misstrauisch. »Ich muss mich für den Dienst im Krankenhaus umziehen. Ich habe jetzt keine Zeit für Sie.«

»Ich möchte Ihnen nur ein paar Fragen zu Ilse Röder stellen. Und zu ihrer Geburt.«

»Ich weiß nicht, wovon Sie sprechen.«

Hatte Franziska sie angelogen? Hatte Frau Herwigh etwa gar nicht geholfen, das Kind zur Welt zu bringen? Aber warum hätte Franziska in diesem Fall nicht die Wahrheit sagen sollen?

»Es gibt eine Zeugin«, beharrte Friederike. »Wenn Sie sich weigern, mit mir zu sprechen, müssen Sie zur Polizeidienststelle in Bergisch Gladbach kommen und dort eine Aussage machen.«

»Die Zeugin hat sich getäuscht.« Frau Herwigh schlug

nach den Fliegen, wollte zum Haus gehen. Friederike stellte sich ihr in den Weg.

Ob sie Geld dafür bekommen hatte, dass sie über die Geburt schwieg? Das war gut möglich. »Sie haben inzwischen bestimmt gehört, dass Frau Röder ermordet wurde. Die Obduktion hat gezeigt, dass sie vor etwa einem Monat ein Kind zur Welt gebracht hat. Mit Ihrer Aussage können Sie Frau Röders Ruf nicht mehr schaden.«

Die Krankenschwester wirkte unsicher.

»Frau Röder wurde brutal umgebracht. Ihre Aussage kann dazu beitragen, den Mord aufzuklären.«

»Ich hab gehört, die Mörderin sei gefunden. Ein blutjunges Ding.«

»Es ist noch nicht klar, ob sie die Tat wirklich begangen hat.«

»Ja, ich habe Frau Röder zur Seite gestanden«, gab Frau Herwigh nach weiterem kurzen Zögern zu. »Die Geburt war unproblematisch. Sie hat einem kleinen Jungen das Leben geschenkt. Während der Schwangerschaft war sie ein paarmal bei mir, und ich habe sie untersucht. Alles war normal. Was sich später bestätigt hat. Das ist alles, was ich weiß.«

»Hat Ilse Röder Ihnen anvertraut, wer der Vater des Kindes ist?«

»Nein. Und ich habe auch nicht danach gefragt.«

»Was wurde nach der Geburt aus dem Jungen?«

»Das müssen Sie die Frau Dr. Merheim fragen.«

»Frau Dr. Merheim … Ist das eine Ärztin?«

»Sie ist die Witwe eines Bensberger Arztes.« Frau Herwigh schüttelte ungeduldig den Kopf. »Sie hat Frau Röder und den Jungen nach der Geburt abgeholt. Das letzte Mal habe ich Mutter und Kind gesehen, als sie mit der Frau Dr. Merheim in deren Auto davonfuhren.«

An der Mauer aus Backsteinen, neben einer hohen, grünen Holztür, hing ein Schild: Dr. med. Alfred Merheim, praktischer Arzt. Die Sprechstundenzeiten waren mit schwarzer Farbe überstrichen. Das Anwesen lag oben am Hang, am Ende einer schmalen Straße. Der etwa zehn Kilometer lange Weg nach Bensberg hatte Friederike wieder an dem Bach entlang durch das Tal und dann durch die so typische bergische Landschaft geführt, in der sich hügelige Felder, Wiesen und kleine Mischwälder abwechselten. Mittlerweile lag eine glühende Hitze über dem Land, und es wehte kein Lüftchen.

Eine Klingel gab es nicht. Friederike trank noch einmal aus ihrer Wasserflasche, ehe sie die Holztür öffnete. Am oberen Ende einer in Kehren angelegten Steintreppe stand eine schindelverkleidete Villa. Von deren Grau hob sich das Weiß der Sprossenfenster sehr hell ab, doch im oberen Stockwerk waren die grünen Fensterläden geschlossen. In der Dachmitte reckte sich ein Wetterhahn auf einem Giebel in den blauen Himmel.

Friederike hatte etwa die Hälfte der Stufen erklommen, als in den Büschen ein Rascheln ertönte. Drei Jungen im Alter zwischen sechs und zehn Jahren tauchten zwischen den Zweigen auf. Sie waren braun gebrannt und bis auf ihre speckigen Lederhosen nackt. Eine Staubschicht bedeckte ihre bloßen Füße.

»Wollen Sie zu unserer Mutter oder zur Oma, Fräulein?«, wollte der Älteste selbstbewusst wissen. Mit seinem breiten Mund, in dem eine Zahnlücke klaffte, und seiner dominanten Nase erinnerte er Friederike unwillkürlich an eine Kasperlefigur.

»Das weiß ich nicht so genau. Ich möchte die Witwe von Dr. Merheim sprechen.«

»Das ist Oma. Sie finden sie hinten im Garten.« Die drei Jungen verschwanden wieder zwischen den Sträuchern.

Friederike ging die restlichen Stufen hinauf. Ein Plattenweg führte an der Villa vorbei. Dahinter erstreckte sich ein ausgedehnter Garten. Obstbäume und -sträucher nahmen etwa ein Drittel ein, Gemüsebeete die übrige Fläche. Der Boden war ausgedörrt und rissig von der Hitze, die Pflanzen ließen die Blätter hängen.

Am Ende des Gartens stand eine ungewöhnlich große Frau und grub die Erde mit kräftigen Bewegungen um. Ihre Füße steckten in Holzpantinen. Sie trug eine kurze Männerhose und darüber eine ärmellose Kittelschürze, die sonnenverbrannte Arme entblößte. Ein riesiger, zerbeulter Hut mit Schleier thronte auf ihrem Kopf. Der feine Stoff verbarg das Gesicht, was Friederike unwillkürlich an Erforscher entlegener, insektenverseuchter Weltgegenden denken ließ.

Sie hatte die Frau fast erreicht, als diese den Spaten hochriss und dann auf den Boden niedersausen ließ. Gleich darauf stieß sie einen triumphierenden Schrei aus. »Hab ich endlich eins von euch Biestern!« Eine Wühlmaus lag, den Kopf fein säuberlich vom Körper getrennt, am Rand der Erdschollen. Friederike musste kurz schlucken.

Die Frau bemerkte sie nun und schlug den Schleier zurück. Graue Augen musterten Friederike. Sie hatte die gleiche dominante Nase wie der Junge. »Sie sind von der Polizei?«

»Ja, Polizeiassistentin Matthée von der Weiblichen Polizei in Köln. Frau Merheim?«

»Dr. Merheim, bitte. Ich habe einen Doktortitel in Chemie, auch wenn die Leute hier in der Gegend mich wegen meines verstorbenen Mannes Frau Doktor nennen. Sind Sie wegen Ilse Röder gekommen?«

»Ja.«

»Woher wissen Sie meinen Namen? Hat die Herwigh doch nicht den Mund gehalten? Na, egal … Das tut letztlich nichts zur Sache. Ich dachte, die Mörderin sei gefasst.«

»Durch Frau Röders Schwangerschaft und Geburt haben sich neue Aspekte ergeben.« Friederike fühlte sich von der imposanten alten Dame mit der tiefen Stimme und dem rollenden R ein bisschen eingeschüchtert und verfiel unwillkürlich in eine förmliche Sprache.

»Es war klar, dass das bei der Obduktion herauskommen würde.« Frau Dr. Merheim gab ein ärgerliches Schnalzen von sich. »Kommen Sie mit zum Haus. Hier in der prallen Sonne kann man ja nicht reden.«

Friederike war dankbar für den Schatten auf der Terrasse. Die weiße Balustrade und die Säulen aus Holz, die das vorspringende Dach trugen, waren aufwendig getischlert, die Verzierungen erinnerten an Motive einer Bauernstickerei. Frau Dr. Merheim hatte Friederike einen Stuhl angeboten und war dann wortlos im Haus verschwunden.

Von Bensberg konnte Friederike nur einige Dächer zwischen den Hügeln sehen. Ganz in der Ferne lag Köln im glasigen Dunst. Friederike meinte die Domtürme zu erkennen. Die flirrende Luft verbarg gnädig die Ruinen. Vor dem Krieg war die Aussicht an einem heißen Sommertag wie diesem wahrscheinlich genauso gewesen.

Feste Schritte kündigten Frau Dr. Merheims Rückkehr an. Gleich darauf wurde die Sprossentür zur Terrasse geöffnet. Die ältere Dame trug nun einen beigefarbenen, gerade geschnittenen Rock und eine weiße, kurzärmelige Bluse. Ihre grauen Locken waren an manchen Stellen noch von dem Hut zerdrückt. Offensichtlich hatte sie sich nicht die Mühe gemacht, sich zu frisieren. In den

Händen hielt sie ein Tablett mit einem Krug und zwei Gläsern darauf. Sie stellte es auf dem Tisch ab und ließ sich dann in einem ausgesessenen Korbstuhl nieder.

»Bedienen Sie sich.« Sie wies auf den Krug und zog eine Zigarette aus einer Packung, die ebenfalls auf dem Tablett gelegen hatte. »Rauchen Sie?« Sie bot Friederike die Packung an.

»Danke, nein.«

Dr. Merheim nickte, als hätte sie das erwartet, und zündete sich dann die Zigarette an. Ihre Füße waren, wie Friederike jetzt sah, nackt und hatten eine dicke Hornhaut an den Sohlen.

»Sie haben ein schönes Zuhause.«

»Sie sind doch bestimmt nicht gekommen, um höfliche Konversation zu betreiben.«

»Das stimmt. Sie waren mit Frau Röder befreundet?«

»Befreundet würde ich das nicht unbedingt nennen. Paul Röder, Ilses in Russland verschollener Mann, ist ein wohlhabender Gutsbesitzer, ich bin die Ehefrau eines Arztes. Da lag es einfach nahe, dass Ilse und ich gesellschaftlich miteinander verkehrten.« Dr. Merheim stieß den Zigarettenrauch in einer großen Wolke aus.

Wollte die ältere Dame sie absichtlich verunsichern? »Ilse Röder hat Ihnen gestanden, dass sie schwanger war. Meiner Meinung nach spricht das für ein vertrautes Verhältnis«, ließ Friederike nicht locker.

»Sie brauchte jemanden zum Reden, und sie wusste, dass ich nichts weitererzähle.« Es war kein Eigenlob, nur eine Feststellung.

»Hat Ihnen Frau Röder anvertraut, wer der Vaters des Kindes ist?«

»Nein, das hat sie nicht.«

»Hat sie denn nicht eine Abtreibung in Erwägung gezogen?«

»Als Ilse mit mir zum ersten Mal über ihre Schwangerschaft sprach, war sie im vierten oder im fünften Monat. Damit eins klar ist: Das, was ich jetzt sage, werde ich nicht offiziell wiederholen.« Dr. Merheim bedachte Friederike mit einem durchdringenden Blick.

»Das verstehe ich.« Abtreibungen waren nun einmal strafbar.

»Ich habe Ilse einen Arzt genannt, einen Freund meines verstorbenen Mannes, an den sie sich wegen einer Abtreibung hätte wenden können. Aber Ilse wollte das Kind unbedingt bekommen.« Dr. Merheim inhalierte ein letztes Mal tief und drückte dann die Zigarette in einem Aschenbecher aus.

»Trotz des Skandals, dem sie ausgesetzt gewesen wäre, wenn die Schwangerschaft öffentlich geworden wäre?« Friederike konnte es nicht recht glauben.

»Ich kann das nur vermuten. Ilse hat sich dazu nicht klar geäußert, und ich bin nicht in sie gedrungen. Aber ich schätze, sie liebte den Vater.« Dr. Merheim hob in einer Geste die Schultern, die sowohl Resignation als auch Nachsicht ausdrückte. »Sie hat angedeutet, dass sie sich scheiden lassen wollte.«

»Was ebenfalls einen Skandal bedeutet hätte … Hat es Sie eigentlich überhaupt nicht gestört, dass Frau Röder eine Affäre angefangen hat, obwohl ihr Mann in Russland vermisst wird?«

»Höre ich da aufrichtige Empörung in Ihrer Stimme?« Dr. Merheim hob die Augenbrauen. »Mein Gott, Ilse war jung und lebenshungrig. In gewisser Weise kann ich sie verstehen. Sollte sie die besten Jahre ihres Lebens damit vergeuden, auf einen Mann zu warten, der vielleicht niemals wiederkommen würde? Und auch wenn er zurückgekommen wäre, er wäre nicht mehr der Mann gewesen, den sie geheiratet hat. Ich weiß von zwei Männern hier im Ort, die den Krieg und die russische Gefangenschaft überstanden haben und seit ihrer Heimkehr Frau und Kinder schlagen. Andere sind zu Alkoholikern geworden. Auf ihre Art war Ilse eine mutige Frau, und sie wusste, was sie wollte.«

»Als sie noch bei der Weiblichen Kriminalpolizei arbeitete, hat Ilse Röder junge Frauen wegen des Vorwurfs der Unzucht in ein Gefängnis eingewiesen, das nicht besser als ein Konzentrationslager war.«

»Neigen wir nicht alle zu einer gewissen Doppelmoral, wenn es um unser eigenes Handeln geht?« Dr. Merheim seufzte. »Ich will Ilses Verhalten nicht beschönigen, und, wie ich schon sagte, ich habe sie nicht als Freundin betrachtet. Aber ich habe sie respektiert.« Sie zündete sich eine weitere Zigarette an.

»Dafür, dass sie keine Freundin war, haben Sie sich aber sehr für sie engagiert.« Friederikes Zorn ließ sie ihre Unsicherheit vergessen.

»Was meinen Sie damit?«

»Sie sollen Mutter und Kind bei Frau Herwigh abgeholt haben.«

»Die Herwigh hat also tatsächlich geplaudert.«

»Was tut das zur Sache?« Friederike hielt dem Blick der älteren Dame stand.

»Sie haben recht. Mittlerweile ist es nicht mehr von Belang.« Dr. Merheim beugte sich vor. Sie goss Wasser aus dem Krug in ein Glas und schob es Friederike zu. Sollte das ein Friedensangebot sein? Friederike war noch nicht bereit, es zu akzeptieren. »Sie haben mir immer noch nicht gesagt, warum Sie Ilse Röder unterstützt haben«, beharrte sie.

»Wie ich bereits erwähnte, ich habe sie respektiert. Außerdem war ich ihr zu Dank verpflichtet. Im vergangenen Frühjahr erkrankte einer meiner Enkel an Diphtherie. Ilse besorgte Penicillin aus britischen Beständen. Ohne das Medikament wäre mein Enkel wahrscheinlich gestorben.«

»Wie hat Frau Röder es denn geschafft, an das Penicillin zu kommen?«

»Kurz nach Kriegsende wollten ehemalige Fremdarbeiter das Röder'sche Gut überfallen. Ein britischer Offizier, der mit einigen Soldaten zufällig vorbeikam, verhinderte dies.«

»Ein Knecht hat den Vorfall bei einer Vernehmung erwähnt.« Friederike nickte.

»Ilse hielt den Kontakt zu dem Offizier. Sie sagte, über ihn könne sie gute Geschäfte machen. Dinge, die bei den Engländern und Amis hoch im Kurs stehen, gegen Zigaretten und Kaffee tauschen. Sie wissen schon: Orden, Uhren, Fotoapparate, Familiensilber. Der ganze Kram. Der Offizier war, wenn ich mich richtig erinnere, in Düsseldorf stationiert und arbeitete für die Militärregierung. Sein Name war Nicols oder Nicolson. Vielleicht auch Niven ...«

»Und sein Vorname?«

»John oder Ian oder so ... Ich weiß es nicht mehr. Und es hat mich auch nicht weiter interessiert. Aber aus einigen Andeutungen Ilses habe ich geschlossen, dass sie mit diesem Offizier wahrscheinlich eine Affäre hatte.«

»Könnte er der Vater des Kindes sein?«

»Es ist natürlich möglich, aber ich halte es für nicht sehr wahrscheinlich. Und wenn Sie mich jetzt fragen, warum nicht ...« Dr. Merheim sprang auf. Ihre drei Enkel waren am anderen Ende des Gartens erschienen. »Karl, August, Gustav, weg da!«, brüllte sie. Für Friederike klang es, als würde sie ein paar junge Hunde zur Ordnung rufen. Die Jungen rannten davon. »Die haben es nur auf die Beerensträucher abgesehen.« Die ältere Dame ließ sich wieder in den Korbsessel sinken. »Wo waren wir stehengeblieben? Weshalb ich den britischen Offizier nicht für den Kindsvater halte? Ich glaube nicht, dass Ilse wirklich in ihn verliebt war.«

»Und warum nehmen Sie das an?«

Dr. Merheim lächelte ein wenig. »Ihre Augen leuchteten nicht, wenn sie ihn erwähnte.«

»Und das taten sie, wenn Ilse Röder von dem Vater des Kindes sprach?«

»Ja. Aber sie nannte nie seinen Namen.«

»Wie sprach sie denn dann von ihm?« Friederike verstand nicht ganz.

»Sie sagte etwa Dinge wie ›Der Vater wird das Kind bestimmt lieben‹ oder, als sie nach der Geburt den Säugling in den Armen hielt, ›Der Vater wird bestimmt stolz über seinen Jungen sein‹.«

Was sich mit Dr. Merheims Vermutung, dass Ilse Röder das Kind behalten wollte, weil sie den Vater liebte, deckte. Nachdenklich griff Friederike nun doch zu dem Glas. Das Wasser schmeckte nach Zitrone und nach Honig. Die Süße breitete sich in ihrem Magen aus, dämpfte für Momente ihren Hunger. »Das ist ja eine Limonade!«, sagte sie überrascht.

»Es hat Vorteile, die Witwe eines Arztes zu sein. Gelegentlich erinnern sich die Leute vergangener Wohltaten und vergelten sie mit Naturalien wie Honig oder Kaffee oder Zitronen.« Die Stimme der alten Dame klang trocken. »Sie dürfen gern mehr davon trinken.«

Friederike konnte nicht widerstehen. Während sie langsam trank, um den Geschmack auszukosten, zündete sich Dr. Merheim die dritte Zigarette an. Vermutlich fielen bei ihrem Konsum Zigaretten auch unter die Wohltaten der früheren Patienten. Ein warmer Wind wehte über den Garten. Der Duft von Holunderblüten, Gras und ausgedörrter Erde mischte sich mit dem Zigarettenrauch und hing schwer in der Luft.

»Es gibt doch sicher noch mehr, was Sie wissen wollen.«

»Ja, natürlich.« Friederike stellte das Glas schuldbewusst ab. »Wie hat es Ilse Röder eigentlich geschafft, ihre Schwangerschaft zu verbergen?«

»Sie behauptete, unter einem Ödem zu leiden. Die Flüssigkeitseinlagerungen bei diesem Krankheitsbild führen ja dazu, dass der Körper anschwillt. Und während der letzten Schwangerschaftsmonate trug sie ein Korsett.«

Das entsprach dem, was Franziska Wagner beobachtet hatte. »Ich finde es trotzdem erstaunlich, dass niemand der Knechte und Mägde es bemerkt hat.«

»Die haben sie verehrt. Menschen neigen dazu, das zu sehen, was sie sehen wollen.« Dr. Merheim zuckte mit den Schultern. »Ilse war ein Mensch, der andere leicht für sich einnehmen konnte. Für das Personal war sie die untadelige Gutsherrin.«

»Wohin haben Sie und Ilse Röder das Neugeborene gebracht?« Friederike hoffte, nicht in ein Kinderheim.

»Eine Verwandte von Ilse war eingeweiht und wurde gut dafür bezahlt, dass sie sich um den Jungen kümmert.«

»Das Kind ist immer noch bei ihr?«

»Ja, ich habe sie und den Jungen vor ein paar Tagen in Düsseldorf besucht. Dem Kleinen geht es gut, und ich habe den Eindruck, dass die Frau eine echte Zuneigung zu ihm entwickelt hat. Jedenfalls reicht das Geld, das Ilse ihr gegeben hat, für die nächsten Monate. Danach muss man weitersehen.«

»Wie heißt diese Verwandte denn und wo wohnt sie?«

Dr. Merheim nannte ihr einen Namen und eine Hausnummer in der Düsseldorfer Kapuzinergasse, die Friederike notierte.

Danach konsultierte sie die Stichworte, die sie sich für die Vernehmung in ihrem Notizbuch gemacht hatte. »Wissen Sie, ob Ilse Röder einen roten Bakelit-Ring besaß?«

»So ein großer mit ovalem Stein?«

»Ja.«

»Ich habe ihn manchmal an ihrer Hand gesehen. Sie konnte solch einen auffälligen Schmuck gut tragen.«

»War der Ring ein Geschenk?«

»Das weiß ich nicht.«

»Ilse Röder scheint den Ring weggeworfen zu haben. Er wurde im Abfall gefunden.«

»Ach du meine Güte! Stimmt, jetzt, wo wir darüber sprechen, fällt mir auf, dass sie den Ring länger nicht getragen hat.«

Was darauf hindeutete, dass Ilse Röder – falls der Ring denn ein Präsent gewesen war – unter ihre Beziehung zu demjenigen, von dem sie ihn bekommen hatte, einen radikalen Schlussstrich hatte ziehen wollen. Möglicherweise hatte sie ihn ja von ihrem Ehemann geschenkt bekommen.

»Wie haben sich Ilse und Paul Röder eigentlich kennengelernt? Ich nehme an, Sie kennen ihn recht gut?«

»Ja, natürlich. Er war hier in der Gegend eine wichtige Persönlichkeit. Ein gläubiger Katholik, in der Kirche und in der Zentrumspartei sehr aktiv. Ilse hatte sich freiwillig als Wehrmachtshelferin gemeldet und kam so nach Russland.«

»Dass sie sich freiwillig gemeldet hat, hat mir meine Vorgesetzte erzählt.« Friederike nickte.

»Paul und Ilse sind sich im Frühjahr 1943 irgendwo in Russland begegnet, haben sich auf der Stelle ineinander verliebt und innerhalb kurzer Zeit beschlossen zu heiraten.«

»Sie haben in Russland geheiratet?«

»Ja, aber fragen Sie mich jetzt nicht nach dem Ort. Den habe ich mir nicht gemerkt. Jedenfalls war alles *sehr* romantisch.« Dr. Merheim verzog den Mund.

»Sie glauben nicht an diese Romantik?«

»Doch, ich bin überzeugt, dass die beiden das so empfunden haben. Aber Liebe, die unter solch extremen Bedingungen entsteht – umgeben von Krieg und Tod –, hält oft dem Alltag nicht stand.«

»Und wann kehrte Ilse Röder nach Deutschland zurück?«

»Ende ’43, als der Knecht, der bisher in Paul Röders Abwesenheit das Gut verwaltet hatte, auch eingezogen wurde.«

»Denken Sie denn, dass die Ehe eine Chance gehabt hätte, wenn Paul Röder bald nach der Kapitulation aus Russland zurückgekehrt wäre?«

Auf der Straße war Motorengeräusch zu hören, das abrupt abbrach, als sei das Fahrzeug zum Stehen gekommen. Friederike achtete nicht darauf. Sie war gespannt auf Dr. Merheims Antwort.

Diese wiegte den Kopf. »Das sind jetzt nur Mutmaßungen … Ich könnte mir vorstellen, dass Paul Röder zeit seines Lebens von Ilse fasziniert gewesen wäre. Aber Ilse von ihm? Nein. Verstehen Sie mich nicht falsch, Paul Röder ist ein guter Mann. Treu, zuverlässig. Ein Gutsbesitzer, der sich wirklich um seine Leute kümmert. Ilse jedoch war abenteuerlustig und extravagant. Ihre Arbeit für die Weibliche Kriminalpolizei und dass sie sich freiwillig als Wehrmachtshelferin gemeldet hat, ihr Interesse für Mode und für Filme … Ich weiß nicht, ob Paul Röder jemals in einem Kinofilm gewesen ist, und eine Fahrt nach Düsseldorf hat für ihn wahrscheinlich den Inbegriff eines Abenteuers dargestellt.«

»Paul Röder war 1943 doch um die vierzig, oder? Ich habe Fotografien von ihm gesehen. Das war ja eine späte Ehe.«

»Er war schon einmal verheiratet. Seine erste Frau und seine Tochter starben Ende der Dreißigerjahre bei einem Autounfall.«

»Wie furchtbar.«

»Ja, das war eine sehr traurige Geschichte. Marlies, seine erste Frau, hat gut zu ihm gepasst. Sie war patent und bodenständig. Und die kleine Tochter war ein liebes Ding.«

»Gab es in Ilse Röders Leben vor der Heirat auch schon einen anderen Mann?«

»Sie war einmal verlobt. Der Mann war aber mit irgendeinem Makel behaftet, deshalb hat sie das Verlöbnis gelöst.«

»Einem Makel?«

»Homosexuelle Neigungen, Alkohol- oder Spielsucht ... Vielleicht hatte er auch jüdische Vorfahren. Etwas, worüber man nicht gern spricht.«

Dr. Merheims unverblümte Antwort machte Friederike einen Moment lang sprachlos.

Im Haus waren jetzt eilige Schritte zu hören. Gleich darauf flog die Tür auf, und eine Frau Mitte dreißig erschien auf der Terrasse. Sie trug ihr dunkelbraunes Haar zu einem Zopf geflochten und um den Kopf gesteckt und wirkte verstört. Friederike war sich ziemlich sicher, dass sie eine Schwiegertochter von Dr. Merheim und keine Tochter war. Jedenfalls besaß sie nichts von der raumgreifenden Ausstrahlung der alten Dame.

»Mutter, zwei englische Militärpolizisten sind gekommen. Sie wollen uns befragen!«

»Haben sie gesagt, warum?« Dr. Merheim wuchtete sich aus dem Korbsessel.

»Nein, sie warten in der Halle.« Die Frau wandte sich

um und lief zurück ins Haus. Friederike und Dr. Merheim folgten ihr durch ein großes Wohnzimmer mit Möbeln aus Kirschbaumholz und Landschaftsbildern in Öl an den Wänden.

Die drei Jungen standen am Fuß einer Holztreppe und starrten die Militärpolizisten fasziniert an. Beide trugen die charakteristischen roten Mützen. Ein Mann war groß, schlank und dunkelhaarig und vom Rang her, wie Friederike an den Schulterklappen seines khakifarbenen Hemdes sah, ein Lieutenant. Der andere war älter, und sein gedrungener Körperbau hatte etwas von einer Bulldogge. Er war ein Sergeant.

Dr. Merheims Schwiegertochter Klara – sie war tatsächlich die Schwiegertochter, wie die alte Dame Friederike auf dem Weg zur Halle gesagt hatte – eilte zu ihren Söhnen und legte die Arme schützend um sie, wie eine Glucke, die ihre Jungen vor einem Raubvogel beschützen wollte.

»Meine Herren …« Dr. Merheim fasste die Soldaten ins Auge. Sie war ebenso groß wie der Lieutenant. »Was führt Sie hierher?«

»Madam, Sie verstehen Englisch?« Der Lieutenant wandte sich ihr höflich, wenn auch kühl zu.

»Ja, meine Schwiegertochter und ich verstehen Ihre Sprache.«

»Am Montag wurden drei englische Soldaten verscharrt in einem Wald einige Kilometer nordwestlich von Bergisch Gladbach gefunden. Der Pilot und die Besatzung eines Jagdbombers. Sie wurden ermordet. Sehen Sie sich bitte diese Fotografien an.« Trotz der höflichen Aufforderung war es ein Befehl. Das Englisch des Lieutenant hatte einen Mittelklasse-Akzent, wie Friederike von Aufenthalten in England vor dem Krieg erkannte.

Der bullige Sergeant legte wortlos Abbildungen auf eine Kommode. Stumm folgten Friederike, die alte und die junge Frau Merheim dem Befehl. Die Jungen wirkten nun doch eingeschüchtert und drängten sich um Mutter und Oma.

»Was hat der Soldat gesagt?«, wisperte der älteste. Die Mutter übersetzte leise.

Die Gesichter auf den Schwarz-Weiß-Abbildungen waren noch jung, einer von ihnen war vielleicht gerade einmal zwanzig Jahre alt.

»Haben Sie diese Männer gesehen nach dem Absturz des Flugzeugs?«

»Nein«, erwiderte Dr. Merheim. Ihre Schwiegertochter schüttelte mit schreckgeweiteten Augen den Kopf.

»Können Sie irgendwelche Angaben zu dem Verbrechen machen? Haben Sie etwas beobachtet? Wurde Ihnen etwas erzählt?«

»Wir wissen nichts.« Wieder war es Dr. Merheim, die sprach.

»Wir wissen nichts …«, flüsterte ihre Schwiegertochter wie ein Echo.

Durch die offen stehende Eingangstür konnte Friederike hinunter auf die Straße sehen. Der Jeep war vor der Gartenmauer geparkt. Wegen des heißen, trockenen Wetters hatte er kein Verdeck. Friederike musste daran denken, wie oft sie mit Richard Davies bei eisigen Temperaturen in einem Jeep unterwegs gewesen war. Davies am Steuer. Sie wegen der Kälte in eine Militärdecke gehüllt.

»Miss … Was ist mit Ihnen?« Der Lieutenant sah sie auffordernd an. »Können Sie etwas zu den Morden sagen?«

»Polizeiassistentin Friederike Matthée von der Weiblichen Polizei in Köln.« Hastig reichte sie dem Lieutenant ihren Dienstausweis. »Ich bin mit Ermittlungen in einem Mordfall betraut. Eine Gutsbesitzerin wurde umgebracht. Ich bin nur zufällig hier …« Der Lieutenant studierte ihren Ausweis gründlich, gab ihn ihr dann zurück. »In Ordnung.«

Wenn doch nur Richard Davies an seiner Stelle wäre und ihr hier gegenüberstehen würde! Eine jähe, heftige Sehnsucht überfiel Friederike. Wenn Davies noch in Köln wäre, ob er dann den Mord an den britischen Soldaten untersuchen würde? Aber auch wenn sie ihn noch sehr vermisste, er war nun einmal nicht in Deutschland. Und damit musste sie sich abfinden.

Der Feldweg lag in der prallen Sonne. Ohne seinen Talisman fühlte Arthur Caune sich schutzlos. Am Tag nachdem er das Ungeheuer vor dem Garten des Röder'schen Hofes gesehen hatte, war er bei Tageslicht noch einmal hingelaufen und hatte die Wiese abgesucht. Doch vergeblich. Seinen Talisman konnte er nirgends finden. Und dann hatte die Nachricht vom Mord an Ilse Röder in den Dörfern die Runde gemacht. Arthur war überzeugt, dass das Ungeheuer sie umgebracht hatte. Seitdem hatte er Angst. Was, wenn das Ungeheuer auch ihn gesehen hatte? Bestimmt würde es ihn töten. Fast jede Nacht träumte er von dem schrecklichen Wesen.

Durch die löchrigen Sohlen von Arthurs Sandalen brannte die heiße Erde, und die Riemen des Rucksacks schnitten schmerzhaft in seine Schultern. Seine Mutter hatte ihn nach Bensberg geschickt, um für Lebensmittel anzustehen. Kartoffeln vom Vorjahr, verschrumpelt und wahrscheinlich gekeimt, zwei Rüben, ein Pfund Mehl und Zichorienkaffee hatte er für die Marken bekommen.

Arthur hatte eine Hügelkuppe erreicht, und der Weg führte nun abwärts. In der Ferne konnte er den unzerstörten Kirchturm des Bergisch Gladbacher Stadtteils Sand sehen. Noch fünf Kilometer, dann war er endlich zu Hause. Das Wasser in seiner Flasche hatte er schon längst ausgetrunken. Er versuchte, seinen trockenen Gaumen zu ignorieren. Die Äpfel an den Bäumen waren noch klein und unreif. Es half nichts, einen zu pflücken.

Vor einiger Zeit hatte seine Mutter ihm und seinen beiden kleinen Schwestern das Märchen vom *Wasser des Lebens* erzählt, das in einem Schlosshof aus einem Brunnen quoll und das einzige Mittel war, einen kranken König zu heilen. Arthur stellte sich vor, wie das kühle, frische Nass seine Kehle hinunterrann.

Eine Bewegung zwischen den Bäumen ließ Arthur aufmerken. Dort stand ein Mann und betrachtete eine junge Frau, die im Gras lag. Der Wind spielte mit den Blättern. Licht und Schatten glitten über ihn. Der Junge keuchte entsetzt auf. Das Gesicht des Mannes war eine Fratze. Wie das des Ungeheuers in seinen Albträumen. Arthur duckte sich und stürzte blindlings davon.

Eine gute Viertelstunde von Bensberg entfernt hatte sich Friederike in den Schatten eines großen Apfelbaums gesetzt. Dort holte sie das Marmeladenbrot aus ihrer Handtasche und packte es aus. Das Einschlagpapier war schon so oft benutzt worden, dass es an manchen Stellen ganz brüchig war. Sie glättete es sorgfältig und legte es auf ihren Schoß. Ob es jemals eine Zeit geben würde, in der sie nicht mehr hungrig war? Mittlerweile konnte sie sich das kaum noch vorstellen. Wie immer hatte sie das Brot viel zu schnell aufgegessen.

Müdigkeit machte ihre Lider schwer. Friederike legte sich in das warme Gras und blinzelte gegen das flirrende Sonnenlicht zwischen den Blättern an. Sie war zufrieden mit ihrer Fahrt ins Bergische. Endlich hatte sie ein klareres Bild von Ilse Röder, auch wenn sie ihr eher noch unsympathischer geworden war. Hoffentlich ließ sich der britische Offizier, mit dem sie wahrscheinlich eine Affäre gehabt hatte, aufgrund der Angaben von Dr. Merheim ausfindig machen.

Friederikes Gedanken wanderten weiter. Ob die britischen Militärpolizisten wohl die Mörder der Flugzeugbesatzung fanden? Wieder sah sie die jungen Gesichter auf den Schwarz-Weiß-Fotografien vor sich. Sie vermischten sich mit dem ihres Bruders Hans. So jung war er, als er eingezogen wurde. So jung …

Ein Sonnenstrahl fiel durch das Laub. Die jähe Helligkeit stach durch ihre geschlossenen Lider. Sie war tatsächlich eingedöst. Friederike richtete sich auf. Laut ihrer Armbanduhr hatte sie eine halbe Stunde geschlafen. Sie bemerkte plötzlich, dass das Gras in ihrer Nähe niedergetreten war, als sei dort jemand entlanggegangen. Oder war das schon so gewesen, als sie sich hier hingesetzt hatte? Sie konnte sich nicht mehr erinnern. Wie leichtsinnig von ihr, einfach einzuschlafen! Überfälle waren zwar viel seltener geworden als direkt nach Kriegsende, kamen jedoch immer noch vor.

Friederike war froh, als jetzt ein Mann und eine Frau den Feldweg unterhalb der Wiese entlanggingen. Ihrer bäuerlichen Kleidung nach zu schließen, kamen sie aus der Umgebung. Sie hängte ihre Handtasche um und hastete zu dem Weg nach Bergisch Gladbach.

Köln

Erschöpft, hungrig und durstig kam Friederike am Abend im Polizeipräsidium an. Am Bahnhof im Bergisch Gladbacher Stadtteil Gronau hatte sie lange auf einen Zug warten müssen, und als endlich einer kam, war auch er völlig überfüllt gewesen. Sie hatte sich glücklich schätzen können, einen Platz auf der Plattform am Ende eines Waggons ergattern zu können. Auf freier Strecke und in den Bahnhöfen Richtung Köln hatte der Zug dann teilweise lange gestanden, und von Mülheim aus mit einer Fähre über den Rhein zu gelangen hatte noch einmal über eine Stunde gedauert.

Bei der Weiblichen Kriminalpolizei herrschte niemals Müßiggang. Nun jedoch lag eine angestrengt arbeitsame Atmosphäre in der Luft, die Friederike vermuten ließ, dass Kriminalkommissarin Gesine Langen da war. Die Tastaturen der Schreibmaschinen klapperten schneller als sonst. Die Stimmen der Kolleginnen hinter den Bürotüren klangen angespannt. Selbst das Telefon schien schriller zu läuten.

Helga Wicherts trug einen Stapel Akten durch den Flur. Ihr Blick war nervös, was Friederikes Ahnung nur bestätigte.

»Kriminalkommissarin Langen ist in ihrem Büro«, flüsterte sie prompt.

Leider kam Friederike nicht umhin, sich bei der Vorgesetzten zu melden. Hastig wusch sie sich in der Damentoilette den Straßenstaub vom Gesicht. Ob sie jemals der Kriminalkommissarin ganz gelassen würde begegnen können? Friederike bezweifelte es. Sie war sich zwar keiner Schuld bewusst, aber mit dem üblichen leicht beklommenen Gefühl in der Magengrube klopfte sie an die Tür von Gesine Langen. Das »Herein« erfolgte sofort.

»Frau Kriminalkommissarin« – Friederike hob die Hand an die Uniformmütze –, »ich melde mich zurück. Ich konnte die Krankenschwester ausfindig machen, die Frau Röder geholfen hat, das Kind zur Welt zu bringen. Und es gibt Hinweise auf ein Verhältnis zwischen Frau

Röder und einem britischen Offizier, der in Düsseldorf für die Militärregierung tätig ist.«

»Das ist jetzt nicht mehr von Belang.« Eine Männerstimme. Friederike wandte den Kopf. Hauptkommissar Heimerzheim lehnte neben dem offenen Fenster, als sehnte er sich nach einem Luftzug. Gemäß der Sommerzeit war es acht Uhr, doch es war noch heiß wie an einem Nachmittag.

»Der Herr Hauptkommissar war so freundlich, mich von einer wichtigen Entwicklung in dem Fall persönlich zu informieren.« Gesine schenkte dem Kollegen ein sparsames Lächeln.

Friederike starrte Heimerzheim an.

»Ein Schwarzmarkthändler hat gestern gestanden, Franziska Wagner eine Pistole verkauft zu haben. Diese Waffe hat das gleiche Kaliber wie die, die am Tatort gefunden wurde.«

»Aber … Das kann nicht sein, denn –«

»Polizeiassistentin Matthée, es steht Ihnen nicht zu, einem Vorgesetzten zu widersprechen.« Kriminalkommissarin Langen schnitt ihr das Wort ab.

»Schon gut.« Heimerzheim machte eine begütigende Geste.

Auf einem Regal saßen ein Teddybär und eine Puppe – wie auch ihre Beamtinnen hatte Gesine Langen Spielzeug im Büro. Beide ließen die Köpfe hängen, als setzte auch ihnen die Hitze zu. Oder als duckten sie sich vor dem aufgebrachten Blick der Kriminalkommissarin.

Friederike schluckte. Sie konnte dies nicht einfach auf sich beruhen lassen. »Wäre es denn nicht doch lohnend, nach dem britischen Offizier zu suchen?«

»Fräulein Matthée, ein guter Polizist muss wissen, wann es sich nicht mehr lohnt, eine Spur zu verfolgen.«

»Aber dieser Mann hätte doch ein Motiv!«

»Ich werde unsere Beziehungen zu den Briten ganz bestimmt nicht belasten, indem ich einen ihrer Offiziere ungerechtfertigt in einem Mordfall befrage.« Hauptkommissar Heimerzheim neigte höflich den Kopf vor Gesine Langen. »Einen schönen Abend noch, Frau Kollegin.« Friederike nickte er kurz zu.

»Das wünsche ich Ihnen auch. Und danke noch einmal, dass Sie mich informiert haben.« Das Lächeln schwand von dem Gesicht der Kriminalkommissarin, sobald sich die Tür hinter Heimerzheim schloss. Ihr Blick nagelte Friederike fest.

»Wie können Sie es wagen, sich in meiner Gegenwart so zu benehmen, Polizeiassistentin Matthée!«

»Bitte, verzeihen Sie, Frau Kriminalkommissarin. Ich … Es war ein langer Tag.«

»Sie haben sich in den vergangenen Monaten einige Verdienste erworben. Was jedoch nicht bedeutet, dass Sie sich Freiheiten herausnehmen dürfen oder ich aufsässiges Verhalten dulde. Schlagen Sie sich den Fall Ilse Röder jetzt aus dem Kopf.« Gesine Langens Stimme war schneidend. »Oder Sie werden mich kennenlernen. Und nun gehen Sie zu Kriminalkommissarin Gerwing und fragen Sie sie, ob sie heute noch Verwendung für Sie hat. Vielleicht tragen ja ein paar Routinetätigkeiten wie die Altersangaben von Jugendlichen in einem Kino zu überprüfen dazu bei, Sie von Ihren Flausen zu befreien. Verschwinden Sie mir aus den Augen.«

»Frau Kriminalkommissarin.« Friederike salutierte. Geknickt verließ sie das Büro.

7. Kapitel

Köln, Freitag, 27. Juni 1947

Friederike stand von ihrem Schreibtischstuhl auf. Ihr Rock klebte an ihren Beinen. Ein Uhr, sie konnte in die Mittagspause gehen. Die scharfe Zurechtweisung durch Gesine Langen am Tag zuvor setzte ihr immer noch zu. Sie hatte zwar inzwischen akzeptiert, dass das Schicksal sie aus ihrem wohlbehüteten, privilegierten Dasein hinauskatapultiert hatte, und manchmal war sie fast dankbar dafür, denn so hatte sie ganz neue Fähigkeiten und Stärken an sich entdeckt. Aber sie hasste es, dass sie Befehlen gehorchen musste, gleichgültig, ob sie sinnvoll waren oder nicht. Damit würde sie sich wohl niemals wirklich arrangieren können. Es war einfach nicht richtig, dass Hauptkommissar Heimerzheim diesen britischen Offizier nicht ausfindig machen wollte.

Auf dem Flur begegnete ihr Ida Gerwing mit einem Glas Wasser und einer Scheibe Brot in der Hand.

Friederike blieb stehen. »Frau Kriminalkommissarin, ein Lebensmittelladen in der Nähe soll eine Zuteilung von Zucker, Mehl und Graupen erhalten haben. Dürfte ich vielleicht die Mittagspause überziehen, wenn der Andrang sehr groß sein sollte?«

»Ja, natürlich. Ich hätte niemals gedacht, dass ich einmal froh über Graupen sein würde.« Die Kriminalkommissarin lächelte. »Aber inzwischen bin ich es.«

»Das geht mir genauso. Früher habe ich Graupen gehasst.« Friederike hatte es Ida Gerwing immer noch nicht verziehen, dass sie ihr über das Polizeiliche Jugendschutzlager die Unwahrheit gesagt hatte. Aber am Vorabend hatte die Kriminalkommissarin sie nach Hause gehen lassen, und auch jetzt reagierte sie verständnisvoll. Friederike hatte plötzlich ein schlechtes Gewissen, dass sie die Vorgesetzte angeschwindelt hatte. Denn sie wollte gar nicht für Lebensmittel anstehen.

Einige Straßenecken weiter überquerte Friederike den Kaiser-Wilhelm-Ring. Die ehemalige Prachtstraße aus der Gründerzeit war nur noch ein erbärmlicher Abglanz ihrer selbst. Das Gras auf dem breiten Grünstreifen in der Mitte des Rings war verdorrt. Aber immerhin hatte man zwischen den wenigen Bäumen, die den Krieg überstanden hatten, neue gepflanzt. Und der große Brunnen an der Straßenecke war voller Wasser, sogar Fontänen stiegen seit ein paar Wochen daraus auf. Ein Anblick, den Friederike inmitten der Ruinen immer absurd und doch irgendwie tröstlich fand.

Vor der britischen Stadtkommandantur harrten zwei Wachsoldaten in der Hitze aus. Das grelle Sonnenlicht verlieh ihnen scharf umrissene Konturen, ließ sie wirken wie Statuen.

In der Stadtkommandantur hatte auch Richard Davies sein Büro gehabt. Friederike hatte sich öfter einmal – auf seine Anordnung hin – dort mit ihm getroffen. Wenn Davies noch in Köln gewesen wäre, hätte sie ihn wegen des britischen Offiziers um Hilfe bitten können. Wenn … wenn …

Müßige Gedanken, die sie nicht weiterbrachten. Aber vielleicht würde sie ja in der Stadtkommandantur auch ohne Davies Unterstützung finden.

»Mein Name ist Friederike Matthée von der Weiblichen Polizei. Könnte ich bitte Lieutenant McLeod sprechen?«, wandte sich Friederike auf Englisch an einen der beiden Wachsoldaten, einen hünenhaften Mann. »Der Lieutenant kennt mich. Es geht um etwas …« – sie stockte kurz und reichte ihrem Gegenüber ihren Ausweis – »etwas Dienstliches.« McLeod würde ihr die Notlüge hoffentlich verzeihen.

»Warten Sie, Miss.« Die Antwort war ein brummiger Befehl. Der Soldat verschwand mit ihrem Ausweis im Innern des Gebäudes. Wahrscheinlich gab er dort ihre Bitte weiter. Was, wenn der Lieutenant gar nicht mehr in der Stadtkommandantur tätig war? Soldaten wurden häufig versetzt.

»Gehen Sie rein, Miss, und melden Sie sich beim Sergeant am Eingang.« Der Wachsoldat war wieder erschienen und nahm seinen Platz ein.

Anscheinend war ihre Sorge unbegründet gewesen.

Der Sergeant nannte Friederike den Flur und die Nummer von McLeods Büro. Es war der Raum, den er im Winter mit Davies geteilt hatte. Obwohl mittlerweile einige Monate vergangen waren, war ihr der Weg immer noch sehr vertraut.

Die Tür des Büros stand offen. Lieutenant Timothy McLeod telefonierte. Wie immer, wenn er schnell sprach, war sein schottischer Akzent so stark, dass Friederike kaum ein Wort verstand. Er war ein kleiner Mann in den Dreißigern, mit freundlichen braunen Augen, zerzausten Haaren und abstehenden Ohren. Während ihrer Ermittlungen mit Richard Davies hatte sie ihn kennengelernt und ihn auf Anhieb gemocht.

Ein moderner Ventilator verbreitete tatsächlich eine gewisse Kühle. Auch die britische Bevölkerung hatte unter dem Krieg schwer gelitten, aber die Angehörigen des Militärs wurden offensichtlich gut versorgt. Davies' Schreibtisch war der mit Blick zum Fenster gewesen. Einige Akten lagen darauf. Auf einer gerahmten Fotografie hielt eine junge Frau einen Säugling in den Armen. Neben McLeods Telefon stand der Wimpel einer schottischen Fußballmannschaft. Bei Davies hatte der Schreibtisch völlig unpersönlich gewirkt. So, als hätte er auch hier nichts von sich preisgeben wollen.

»Miss Matthée, wie schön, Sie wiederzusehen.« McLeod hatte das Telefonat beendet. Sein Lächeln reichte über das ganze Gesicht. »Haben Sie sich etwa doch entschieden, mit mir tanzen zu gehen?« Dies war ein häufiger Scherz zwischen ihnen gewesen.

»Ich muss leider ablehnen. Meine Vorgesetzte wäre entsetzt.«

»Immer noch der alte Drache, wie?« McLeod zwinkerte ihr zu. »Was kann ich für Sie tun, Miss Matthée?« Er rollte ihr einen Schreibtischstuhl heran.

»Ich möchte Sie um Ihre Hilfe bei einer Mordermittlung bitten. Ich bin allerdings ohne Wissen meiner Vorgesetzten hier.«

»Tatsächlich?« McLeod grinste. »Na, schießen Sie los. Ich werde sehen, was ich für Sie tun kann.«

Friederike berichtete ihm von dem Mord an Ilse Röder und warum ihre Vorgesetzten Franziska Wagner für die Täterin hielten. McLeod hörte ihr aufmerksam zu und machte sich hin und wieder eine Notiz.

»Ilse Röder hatte höchstwahrscheinlich einen Liebhaber, der als Offizier für die britische Militärregierung in Düsseldorf tätig ist. Nicols, Nicolson oder Niven ist sein Name. Meiner Meinung nach müsste dieser Mann vernommen werden. Der Mord war so brutal … Der Hauptkommissar, der die Ermittlungen leitet, vermutet, dass Ilse Röder von Franziska Wagner aus Rache umgebracht wurde. Aber vielleicht war es ja auch ein Mord aus Eifersucht. Und vielleicht weiß der Offizier, selbst wenn er nicht der Liebhaber war, ja irgendetwas, das die Ermittlungen weiterbringt …«

»Wie lautet denn der Vorname des Offiziers?«

»Ian, James oder John. Er hat wohl kurz nach Kriegsende ehemalige Fremdarbeiter festgenommen, die das Gehöft der Röders überfallen wollten.«

»Das hilft mir doch sehr weiter.« McLeod machte sich abermals eine Notiz. »Ich werde versuchen, den Mann ausfindig zu machen und ihm ein paar Fragen stellen.«

»Das ist sehr freundlich von Ihnen.«

»Ist mir ein Vergnügen.« McLeod zuckte mit den Schultern, während sich auf seinem Gesicht ein breites Grinsen zeigte. »Diese Kerle von der Militärregierung sind immer sehr eingebildet. Es schadet nichts, wenn einer von ihnen ein bisschen Ärger bekommt.«

Friederikes Blick fiel auf ihre Armbanduhr. Sie war schon über eine halbe Stunde hier. »Ich möchte Ihre Zeit nicht länger in Anspruch nehmen, Lieutenant. Vielen Dank für Ihre Unterstützung.«

»Immer wieder gern. Kommen Sie doch in zwei oder drei Tagen noch mal vorbei. Ich hoffe, dass ich dann schon etwas in Erfahrung gebracht habe.« McLeod drehte sich mit dem Schreibtischstuhl zu einem Regal um. »Ich hatte hier noch eine Packung Kekse. Eine Sorte, die ich nicht besonders mag. Haben Sie vielleicht Verwendung dafür?«

Bestimmt wollte er ihr etwas zu essen zukommen lassen, ohne gönnerhaft zu wirken. Seine Freundlichkeit berührte Friederike. »Ich nehme die Kekse gern, bevor Sie bei Ihnen schlecht werden«, erwiderte sie ernsthaft.

»Das ist schön.«

Friederike zögerte. Aber sie konnte einfach nicht gehen, ohne McLeod zu fragen. »Haben Sie vielleicht etwas von Lieutenant Davies gehört?«

»Ja, ich habe zufällig vor ein paar Tagen dienstlich mit

ihm telefoniert. Sie wissen ja, dass der Gute nicht sehr gesprächig ist.« McLeod rieb sich das Kinn. »Aber er sagte mir, dass er den Dienst quittieren werde, um Medizin zu studieren. Was ich sehr schade finde. Er ist ein guter Ermittler.«

Friederike zwang sich zu einem Lächeln. »Es war ja immer der Wunsch des Lieutenants, Arzt zu werden«, hörte sie sich sagen.

Als sie aus dem schattigen Treppenhaus der Stadtkommandantur trat, blendete sie das grelle Sonnenlicht. Friederike blieb stehen. Sie fühlte sich benommen und irgendwie orientierungslos. Der Brunnen auf dem Ring spie seine Fontänen in die Luft. Eine Szenerie aus einem Kurhausgarten in eine Ruinen-Kulisse verpflanzt. War der Anblick wirklich, oder bildete sie sich ihn nur ein?

Richard Davies würde also nicht mehr nach Deutschland zurückkehren, sosehr sie dies wider besseres Wissen gehofft hatte. Und er würde ganz sicher auch keinen Kontakt mehr mit ihr haben wollen. Die Erkenntnis tat weh. Aber wenigstens hatte sie endlich Klarheit und musste nicht länger auf eine Nachricht von Davies warten. Friederike wischte die Tränen fort, die ihr in die Augen geschossen waren. Sie durfte sich jetzt nicht gehen lassen. Im Polizeipräsidium wartete Arbeit auf sie.

Das Leben hatte Wilhelmina Zimmer gelehrt, dass es häufig Glück im Unglück gab. Leider suchte einen das Glück jedoch selten rein und unverfälscht heim. So hatte es sich zwar als eine überaus glückliche Fügung entpuppt, dass ihr Ehemann und sie seit vielen Jahren einen Schrebergarten in Köln-Zollstock gepachtet hatten. Denn nachdem sie ausgebombt worden waren, hatten sie sofort in die Hütte auf dem Grundstück ziehen können. Weniger günstig war jedoch, dass auch viele Flüchtlinge aus dem Osten hier eine neue Heimat gefunden hatten. Protestantische Familien, deren Kinder laut und frech waren. Die mit seltsamen Gewürzen wie Knoblauch kochten. Knoblauch ... Wilhelmina Zimmer schüttelte sich. Regelmäßig zog der ekelhafte Geruch in ihre Hütte.

Und was für merkwürdige Pflanzen diese Leute anbauten! Mohn zum Beispiel. Dabei ging es nicht um die harmlosen Wiesenblumen, nein, die Mohnblumen der Flüchtlinge waren groß und üppig und sahen mit ihren tiefroten Blüten richtig vulgär aus. Angeblich dienten die Samen zum Kochen und Backen. Aber konnte aus Mohnsamen nicht auch Opium gewonnen werden? Ja, bestimmt gaben sich die Protestanten damit irgendwelchen gottlosen Riten hin. Eine Ausnahme machte Wilhelmina Zimmer bei ihrer strengen Beurteilung jedoch. Frau Matthée und deren Tochter, das waren anständige Leute, denen das Leben übel mitgespielt hatte. Obwohl sie einmal etwas Besseres gewesen waren, verhielten sie sich überhaupt nicht hochnäsig. Und das Fräulein war so ein hübsches Ding!

Unwillkürlich blickte Wilhelmine Zimmer zum Grundstück der Matthées hinüber. Es lag verlassen da. Die Tür und die Fenster der Nissenhütte waren geschlossen. Aber ... Stand dort nicht jemand hinter den Büschen und beobachtete den Garten? Nein, sie täuschte sich nicht.

»He, Sie, was tun Sie da?« Wilhelmina Zimmer ließ den Griff ihres Handwagens los und lief in Richtung des Grundstücks. Ein Mann kam hinter den Büschen hervor. Sein Hut war tief in die Stirn gezogen und verdeckte sein Gesicht. Nun rannte er in Richtung der Felder und verschwand hinter den Bäumen.

Köln, Samstag, 28. Juni 1947

Die Nachmittagssonne war hinter einem gelblichen Schleier nur schemenhaft zu erahnen. Als ob ein Teil des allgegenwärtigen Trümmerstaubs in die Tiefen des Alls geweht worden sei und nun zwischen der Erde und den Sternen hinge. Um über den Rhein nach Köln-Mülheim zu gelangen, hatte Friederike wieder über eine Stunde benötigt.

Vor dem Kinderheim stand ein Lastwagen, auf dessen Ladefläche schrumpelige Steckrüben und Kohlköpfe lagen. Ein Mann, der ein gestreiftes, kragenloses Hemd und ausgeleierte Hosen trug, schleppte das Gemüse in einem Weidenkorb zu einer Seitentür, die offen stand. Heute, am Samstag, hatte Friederike den Dienst früher beenden können. Sie hatte beschlossen, Elli noch einmal zu fragen, ob Franziska wirklich keine Pistole besessen hatte. Sie wollte einfach ganz sicher sein.

Der Besuch im Kinderheim würde sie zudem von ihren Gedanken an Davies ablenken. Von ihrer Traurigkeit und diesem seltsamen, dumpfen Schmerz, der sie innerlich ganz taub machte. Sie musste endlich mit Davies abschließen.

Friederike betätigte die Klingel neben dem Eingang. Wie bei ihren vorigen Besuchen hallte die Glocke durchdringend im Haus wider. Wie es Elli wohl ging? Es war zwar erst drei Tage her, seit sie das Mädchen zum letzten Mal gesehen hatte, aber es kam ihr länger vor. So viel war seither geschehen!

Als niemand ihr öffnete, klingelte Friederike noch einmal. Wieder regte sich nichts in dem Heim.

Kurz entschlossen lief sie zu der Seitentür. Der Flur dahinter war schmal und bis in Brusthöhe grau gekachelt. Irgendwo hörte Friederike einen Mann und eine Frau miteinander reden. Wahrscheinlich eine Nonne und der Händler oder Bauer, der die Steckrüben und den Kohl lieferte. Der Flur mündete in die Eingangshalle, die Friederike bereits kannte und von der aus die Treppe in die oberen Stockwerke führte.

Ein Mädchen in einem ausgewaschenen Kittel kam die Stufen herunter, die Augen zu Boden gerichtet.

»Kannst du mir sagen, wo Elli Berneike ist?«, wandte sich Friederike an das Kind. Dessen Blick wanderte etwas höher, bis zu ihrem Rocksaum. »Elli ist im Schlafraum«, flüsterte es und deutete vage in Richtung Treppe. Dann lief es eilig weiter. Offensichtlich hatte es Angst, sich bei etwas zu verspäten.

Nun, sie würde den Schlafraum schon finden. Hoffentlich war Elli nicht krank geworden.

Auch im ersten Stock roch es nach angebrannter Milch, als wären alle Wände des Heims davon durchdrungen.

»Elli?« Friederike stieß eine Tür auf. Dahinter befand sich ein Waschraum. Daran schlossen sich eine Kleider- und eine Besenkammer an. Ganz hinten im Flur lag endlich der Schlafraum. Ein Dutzend Betten mit Metallrahmen standen auf jeder Längsseite. Elli saß mit hängendem Kopf auf einem Stuhl am Ende des langen Raums.

»Elli!« Friederike lief zu ihr. Noch ehe sie das Kind erreicht hatte, nahm sie den Uringestank wahr. Unter dem Stuhl hatte sich eine Lache gebildet. Die Handgelenke des Mädchens waren mit Stoffstreifen an den Armlehnen festgebunden.

»O Gott, Elli.« Friederike kniete sich neben sie und löste die Fesseln.

»Es tut mir leid! Ich hab versucht einzuhalten. Aber … Aber … Irgendwann ging es nicht mehr.« Elli hob den Kopf. Tränen waren auf ihren Wangen festgetrocknet.

»Das ist doch nicht schlimm.«

»Ich wollte mich nicht kratzen. Aber ich hab geträumt … Von den Männern mit den Gewehren …«

»Du Ärmste.« Ach, wie sie diese Schwester Gundula hasste! Elli würde in diesem Kinderheim noch verrückt werden. Was sollte sie nur tun?

Ein stummes Schluchzen schüttelte das Kind. Das gab den Ausschlag.

»Komm mit …« Friederike fasste Elli an der Hand, zog sie von dem Stuhl hoch und lief mit ihr aus dem Schlafraum. Niemand begegnete ihnen im Korridor und auf der Treppe. Irgendwo in dem Gebäude läutete eine Kirchenglocke. Friederike konnte ihr Glück kaum fassen. Anscheinend fand gerade eine Messe statt. In dem Flur, der zu dem Seiteneingang führte, stand die Tür zur Küche offen. Darin werkelte eine Schwester herum, ohne sie zu beachten.

Die Tür zum Seiteneingang war nur angelehnt. Friederike eilte mit Elli die Straße entlang, um die nächste Wegbiegung und weiter in Richtung der Fähre.

O Gott, tat sie das gerade wirklich? Ein Kind entführen? Aber sie hatte das Mädchen einfach nicht in dem schrecklichen Heim lassen können.

Friederike entfernte die Verbände von Ellis Unterarmen. Tiefe rote Striemen überzogen die Haut des Mädchens. An manchen Stellen nässten die Wunden. Als wollte Elli die Verletzungen verbergen, zog sie die Arme eng an den Körper.

»Ich wollte es wirklich nicht tun«, beteuerte sie mit hängendem Kopf. Es war das Erste, was das Kind sprach, seitdem Friederike es im Schlafsaal des Kinderheims gefunden hatte.

»Ich glaube dir. Du musst dich nicht entschuldigen.« Friederike half dem Mädchen, die nach Urin stinkende

Unterwäsche und den Kittel auszuziehen, dann reichte sie Elli ein Stück harter Kernseife und zwei alte Lappen und stellte eine mit Wasser gefüllte Blechschüssel auf einen Stuhl. Während Elli sich wusch, suchte Friederike eines von ihren Unterhemden heraus. Es musste als provisorisches Kleid dienen.

Natürlich, Elli war völlig verstört, und Friederike hätte sich schuldig gefühlt, wenn sie sie in dem Heim zurückgelassen hätte. Aber es war wirklich verrückt gewesen, das Mädchen einfach mit nach Hause zu nehmen! Wenn herauskam, was sie getan hatte, würde sie auf jeden Fall ihre Stelle verlieren. Wenn nicht noch Schlimmeres. Vielleicht wurde sie wegen Kindesentführung angeklagt. Außerdem reichte das Essen, das sie und ihre Mutter auf ihre Lebensmittelmarken erhielten, schon für sie beide bei Weitem nicht aus. Wie um alles in der Welt sollten sie Elli ernähren?

»Hier, das ist für dich, bis deine Sachen gewaschen und getrocknet sind.« Friederike gab Elli das Unterhemd. Folgsam zog sie es über. Es reichte ihr bis zu den spindeldürren Oberschenkeln.

»Friederike …« Sie hatte gar nicht gehört, dass ihre Mutter die Nissenhütte betreten hatte. Nun stand sie in der geöffneten Tür. Verwirrt sah sie Elli an. Noch eine Schwierigkeit, die sie nicht bedacht hatte. Ihre Mutter reagierte schnell verstört, wenn sich Unvorhergesehenes ereignete.

»Mutter, das ist Elli Berneike. Sie … Sie konnte nicht im Kinderheim bleiben. Deshalb wird sie bei uns leben, bis sich eine Pflegefamilie für sie gefunden hat.«

»Willkommen, Elli.« Ihre Mutter entspannte sich. Sie reichte dem Mädchen die Hand. Als hätte Elli gespürt, dass die Fremde auch eine verletzte Seele hatte und sie keine Angst vor ihr haben musste, blickte sie tatsächlich auf und deutete einen zaghaften Knicks an. »Guten Tag.«

»Ich wasche Ellis Sachen, dann kümmere ich mich um das Abendessen.« Erleichterung durchflutete Friederike, dass wenigstens diese Klippe vorerst umschifft war und ihre Mutter sich nicht an dem Kind störte.

»Ich könnte Hilfe beim Gießen und beim Unkrautjäten gebrauchen. Möchtest du mir helfen, Elli?«

»Ja.« Ellis Stimme war zaghaft, aber wieder sah sie die ihr unbekannte Frau an, ergriff sogar deren ausgestreckte Hand und ging mit ihr in den Garten.

Als Friederike kurz darauf nach draußen sah, knieten ihre Mutter und Elli einträchtig nebeneinander im Gras und zupften Unkraut aus dem Gemüsebeet. Offensichtlich hatte sie ihrer Mutter zu wenig zugetraut.

Bensberg

Magdalena Dasselt ließ das Wäschestück in die Lauge fallen. Durch das offen stehende Küchenfenster drang ohrenbetäubendes Jungengeschrei. Was war denn jetzt schon wieder mit Heini los? Ständig prügelte er sich, oder er trieb sich herum. Vor ein paar Tagen hatte ihn der Bäcker beim Brotstehlen erwischt. Nur mit vielen guten Worten hatte sie den Mann davon abhalten können, ihren Sohn der Polizei zu melden. Doch die Tracht Prügel, die sie Heini verabreicht hatte, hatte anscheinend überhaupt nichts genutzt.

»Bleib, wo du bist!«, fuhr Magdalena Dasselt ihre kleine Tochter an, die in einer Ecke mit einem Holzstück spielte, und rannte nach draußen. Sie wischte sich eine Haarsträhne aus der schweißnassen Stirn und auch ein paar Tränen aus den Augen. Heini brauchte eine harte Hand. Aber sein Vater war im letzten Kriegsjahr in Italien gefallen. Manchmal wusste sie nicht mehr ein noch aus mit ihm.

Im Hof zwischen den Fachwerkhäusern konnte Magdalena Dasselt Heini nirgends entdecken. Aber als sie aus dem Tor rannte, sah sie ihn auf der Straße. Er lag auf einem anderen Jungen und hieb ihm mit einem Stein gegen den Kopf. Blut tropfte aus einer Wunde.

»Heini!« Ihr entsetzter Schrei ließ ihren Sohn innehalten. Der andere Junge – ein Nachbarskind, o Himmel, seine Mutter beschwerte sich sowieso schon ständig über Heini – rappelte sich auf.

»Mistkerl!« Er spuckte nach Heini, dann rannte er davon. Wenigstens war der Junge nicht schwer verletzt. Aber es würde nicht lange dauern, ehe seine Mutter bei ihr erschien, mit der Polizei drohte und über verrohte Flüchtlingskinder zeterte.

»Bist du völlig verrückt geworden?« Magdalena Dasselt zerrte ihren Sohn am Bund seiner Lederhose hoch und versetzte ihm zwei schallende Ohrfeigen. »Wie kannst du es mir antun, dich so zu benehmen?«

»Der Lutger hat mir etwas stehlen wollen …« Heini schniefte.

»Ach ja?« Magdalena Dasselt schleifte ihn zur Küche. Dort griff sie nach dem Besenstiel, der neben dem rußigen Herd lehnte, und ignorierte ihre kleine Tochter, die nun zu weinen begann.

»Beug dich über den Stuhl!« Sie nahm wahr, dass Heini nach etwas in seiner Hosentasche tastete, und umklammerte sein Handgelenk. »Was hast du da? Her damit.«

»Ich hab's gefunden. Ehrlich! Es gehört mir …« Mit gesenktem Kopf förderte Heini ein längliches Metallstück zutage, in das Buchstaben, ja, ein englischer Name eingraviert waren. Magdalena Dasselt wurde ganz flau im Magen, als sie begriff, was ihr Sohn da in den Händen hielt. War es möglich, dass diese Erkennungsmarke einem der getöteten und im Wald verscharrten Soldaten gehört hatte? Eigentlich musste sie die Polizei verständigen. Aber als Flüchtlinge hatten sie es doch ohnehin schon schwer genug. Bestimmt würden es ihr die Einheimischen übel nehmen, wenn sie sich einmischte.

Köln

»Ich gehe zu Frau Meßner und frage, ob sie vielleicht einen Stoffrest hat, aus dem sich ein Röckchen oder ein Kleidchen für Elli nähen ließe.« Friederikes Mutter lächelte das Mädchen an. Beim Abendessen, das aus Zwieback, Ölsardinen, Gurken und Radieschen bestanden hatte, war Elli wieder stumm geblieben, aber schon eine ganze Weile hatte sie nicht versucht, sich an den Unterarmen zu kratzen. Was Friederike als ein positives Zeichen wertete.

Nachdem Friederike mit Elli das angeschlagene Geschirr gespült hatte, holte sie ihren Zeichenblock aus dem Regal und faltete ihn zweimal in der Mitte. Mit einem Messer fuhr sie die Faltkanten entlang und zertrennte das Blatt Papier vorsichtig. Sie hatte den Zeichenblock vor einigen Tagen gegen eine Tüte Zucker aus dem Paket der Rileys eingetauscht, englische Freunde ihrer Großeltern, die sie regelmäßig über die Organisation *Save Europe now* mit Lebensmitteln versorgten, und sie benutzte den Block nur zu besonderen Anlässen. Das Papier stammte noch aus Vorkriegsbeständen, war wunderbar weiß und fest. Ganz anders als das dünne faserige, das sonst zu bekommen war – wenn überhaupt.

Friederike hatte beschlossen, ein Dutzend Bilder von den Heinzelmännchen und vom Kölner Dom zu zeichnen und sie am nächsten Tag auf dem Schwarzmarkt anzubieten. Vielleicht fanden die Zeichnungen ja Anklang bei britischen Soldaten, und sie konnte sie gegen Zigaretten und Instantkaffee eintauschen. Und dafür wiederum Lebensmittel erhalten.

Rasch skizzierte Friederike ein Heinzelmännchen mit einer großen Zipfelmütze und einer Knollennase und zeigte die Zeichnung Elli, die neben ihr vor der Nissenhütte saß. »Kennst du das Märchen von den Heinzelmännchen?«

»Ja, sie haben den Menschen geholfen.« Elli nickte. »Aber dann wollte eine Schneidersfrau die Heinzelmännchen sehen und hat Erbsen ausgestreut, und die Heinzelmännchen sind darauf ausgerutscht und nie mehr wieder gekommen. Franziska hat mir das Märchen erzählt.« Wie immer, wenn sie von der jungen Frau sprach, war ihre Stimme lebhaft geworden.

Friederike legte den Block und den Stift beiseite. Sie hatte Elli ja noch einmal nach der Pistole fragen wollen, deshalb war sie schließlich zum Kinderheim gegangen. Wegen all der Aufregung und der Sorge um das Essen hatte sie dies ganz vergessen.

»Elli …« Friederike sah das Kind an. »Ich muss das einfach wissen. Hat Franziska wirklich keine Waffe besessen? Bitte, es ist sehr wichtig, dass du mir die Wahrheit sagst.«

»Nein, Franziska hatte keine Waffe.« Elli schüttelte heftig den Kopf.

»Wirklich nicht?«

»Nein!« Ellis Blick wanderte zu der Gartentür, durch die jetzt Friederikes Mutter kam.

»Frau Meßner hat noch einen Rest von einem Baumwollstoff. Morgen gehen wir zu ihr, Elli, damit sie deine Maße nehmen kann. Der Stoff ist hübsch! Blau mit weißen Blümchen. Er wird dir bestimmt gefallen.«

»Das ist schön, dann seid ihr morgen beschäftigt, während ich zum Schwarzmarkt am Chlodwigplatz gehe.« Friederike lächelte.

Elli begann plötzlich, herzzerreißend zu gähnen.

»Zeit, dass du ins Bett kommst.« Friederikes Mutter half ihr auf die Beine und wandte sich Friederike zu. »Zeichne du ruhig weiter. Ich kümmere mich um Elli und mache ihr ein Lager aus Decken.«

Friederike sah den beiden nach, wie sie in die Nissenhütte gingen. Sie glaubte Elli. Aber warum behauptete dann ein Schwarzmarkthändler, Franziska eine Waffe verkauft zu haben? Ob sie sich morgen auf dem Markt am Chlodwigplatz einmal nach diesem Händler umhören sollte?

Nein, das war viel zu gefährlich. Friederike verwarf den Gedanken wieder, so schnell er ihr gekommen war. Sie kannte ja nicht einmal den Namen des Mannes. Auf dem Schwarzmarkt Zeichnungen anzubieten war eine Sache. Sich nach einem Händler zu erkundigen, bei dem man Waffen bekommen konnte, eine ganz andere. Sie würde sehr schnell Kollegen auffallen, die sich in Zivil in der Menge bewegten. Gerade jetzt, da sie Elli sozusagen aus dem Kinderheim entführt hatte, durfte sie kein Risiko eingehen.

8. Kapitel

Köln, Sonntag, 29. Juni 1947

Das mittelalterliche Severinstor stand noch. Die meisten Gebäude um den Chlodwigplatz lagen jedoch in Trümmern. Seltsamerweise hatte ausgerechnet der Schlot einer Brauerei die Bombardierungen überstanden und ragte wie ein schwarzer, breiter Strich in den wolkenlosen Himmel.

Im Schatten eines Baumes verstaute Friederike eine Tüte Reis in ihrem Rucksack. Ihre Zeichnungen hatten tatsächlich großen Zuspruch bei britischen Soldaten gefunden. Für die Zigaretten und den Instantkaffee – die gängigen Tauschwaren – hatte sie außer dem Reis getrocknete Linsen, ein Brot und eine Hartwurst bekommen. Zusammen mit dem Gemüse aus dem Schrebergarten war damit das Essen für die nächsten Tage gesichert.

Der Schwarzmarkt im Süden von Köln zählte zu den größten in der Stadt. Im Laufe des Vormittags hatte ein junger Mann Friederike zu ihrer Verlegenheit ein Kondom angeboten, und eine Frau hatte ihr eine Schreibmaschine offeriert. Hier war nahezu alles zu bekommen. Nylonstrümpfe, Lippenstifte, Fensterglas, Reifen und Medikamente bis hin zu Kunstgegenständen und Geschirr. Entsprechend groß war die Präsenz der Polizei.

Schon am frühen Morgen, kurz nachdem Friederike auf dem Markt angelangt war, hatte sie einen Kollegen in Zivil in dem Gedränge erkannt. Und eben führten uniformierte Beamte einen Mann ab, der mit Fotoapparaten –

wahrscheinlich Diebesgut – gehandelt hatte. Sosehr sie es auch bedauerte, sie konnte sich wirklich nicht nach dem Schwarzmarkthändler erkundigen, der Franziska angeblich eine Waffe verkauft hatte.

»Guten Tag, Fräulein Matthée. Na, erfolgreich Geschäfte gemacht?« Der ältere Nachbar, der den Tabak anbaute, kam auf sie zu. Lauchstangen und das Grün von Möhren ragten aus seinem Rucksack. Vermutlich wollte er Gemüse zum Tausch anbieten.

»Danke, ich kann nicht klagen.« Sie hatte keine Lust auf ein längeres Gespräch mit dem Mann. »Verzeihen Sie, aber ich bin in Eile«, schwindelte sie und blickte angelegentlich auf ihre Armbanduhr. Zu ihrer Überraschung war es noch nicht einmal elf. Plötzlich kam ihr Ilse Röders Verwandte in den Sinn, die den kleinen Jungen betreute und in Düsseldorf lebte.

Verbotenerweise hatte Friederike ihr Notizbuch mitgenommen, falls sie schnell etwas skizzieren wollte. Darin stand die Adresse. Hauptkommissar Heimerzheim und Gesine Langen würden es sicher nicht erfahren, wenn sie die Frau aufsuchte und mit ihr sprach. Und genug Geld für eine Zugfahrkarte hatte sie auch. Friederike traf eine Entscheidung.

»Würden Sie meiner Mutter bitte ausrichten, dass ich nach Düsseldorf fahre?«, sagte sie rasch zu dem Nachbarn. »Es kann spät werden, bis ich nach Hause komme. Sie soll sich bitte keine Sorgen machen.«

Düsseldorf

Auf einer einsamen Litfaßsäule vor dem schwer beschädigten Düsseldorfer Hauptbahnhof klebte ein Plakat, das den amerikanischen Film *Spellbound* ankündigte. Der

Titel weckte eine vage Erinnerung in Friederike. Dann begriff sie schuldbewusst. Sie hatte sich für diesen Abend mit Ludwig Viersen verabredet, um den Film im Kino anzuschauen, und dies ganz vergessen. Nun, für die Fahrt nach Düsseldorf hatte sie nur knapp zwei Stunden benötigt. Vielleicht würde sie ja rechtzeitig zur Kinovorstellung zurück sein.

Die Riemen des Rucksacks schnitten in Friederikes Schultern, Rock und Bluse klebten ihr am Leib. Die Hitze war schier unerträglich. Sie war sehr durstig und, wie immer, hungrig, aber auch zuversichtlich, was ihr Gespräch mit Ilse Röders Cousine betraf. Am Ende des Bahnhofsvorplatzes blieb sie stehen, um sich zu orientieren.

An den Anblick des zerstörten Kölns hatte Friederike sich gewöhnt. Aber in Düsseldorf war sie zum letzten Mal vor dem Krieg gewesen. Die Straßen ringsum waren eine Wüstenei aus Trümmern und Schutt. Das gleißende, harte Sonnenlicht ließ die staubbedeckten, unkrautüberwucherten Ruinen wie riesige, bizarre Pflanzen erscheinen.

Nun nahm Friederike einen Mann mit einem Karren wahr, der Wasser verkaufte. Es war nicht gerade billig, aber sie ließ sich zweimal ein Glas füllen, dann machte sie sich auf den Weg in die Altstadt.

Nach etwa zwanzig Minuten hatte Friederike die Königsallee erreicht. Auch die frühere elegante Geschäftsstraße bot ein Bild der Verwüstung. Von vielen alten Kastanien auf beiden Seiten des Kanals standen nur noch Strünke. Die ehemals exquisiten Geschäfte waren öde Ruinen. Friederike überquerte die Allee und ging weiter in die Richtung, wo sie den Rhein und die Altstadt mit der Kapuzinergasse vermutete. Sie hatte schon fast einen riesigen Trümmerhaufen passiert, als sie begriff, dass hier der Breidenbacher Hof gestanden hatte. In diesem luxuriösen Hotel hatte sie mit ihren Eltern und Großeltern bei Aufenthalten in Düsseldorf logiert.

Doch irgendwie gehörte dies alles zu einem anderen Leben und hatte nichts mehr mit ihr zu tun. Eine junge Frau mit staubigem, müdem Gesicht, die zwei Kinder und einen Stuhl in einem Handkarren hinter sich herzog, kam ihr entgegen. Friederike fragte sie nach der Kapuzinergasse, und die Frau beschrieb ihr den Weg. Zu Friederikes Erleichterung war ihr Ziel nur wenige Straßenecken entfernt.

Auf manche Häuser waren die Nummern mit Kreide gemalt. Friederike entdeckte die Zahl Zehn ganz am Ende der langen Gasse. Von dem schmalen Gebäude fehlte das Dach. Auf dem Sockel stand – neben zwei anderen Namen – Vordemfelde. Die Haustür war notdürftig repariert worden und nicht abgeschlossen. Eine Klingel gab es nicht.

Friederike hatte kaum das Treppenhaus betreten, als sie einen Säugling durchdringend aus einer der oberen Etagen schreien hörte. Sie folgte dem Weinen bis in den zweiten Stock und klopfte an die Wohnungstür.

»Frau Vordemfelde?«

»Die Tür ist nur angelehnt. Kommen Sie herein.«

An einen schmalen Flur schloss sich eine Küche an. Zuerst glaubte Friederike, dass etliche Menschen darin säßen. Doch dann erkannte sie, dass das, was sie für Köpfe gehalten hatte, in Wahrheit Holzmodelle mit Hüten waren. Sie standen überall, auf dem Küchenbuffet, auf einem Regal und der Bank. Auf dem Tisch lagen Stoffe und Bänder und ein kleiner Hut aus Filz. Anscheinend war Eva Vordemfelde Modistin.

In einem Nebenzimmer bettete eine große blonde Frau gerade einen Säugling in einen Wäschekorb, der an dicken Schnüren von Haken an der Decke hing. Die Frau stieß den Wäschekorb sacht an. Sobald er zu schaukeln begann, hörte der Säugling auf zu schreien. Die Frau wartete noch einen Moment, dann kam sie in die Küche und schloss die Tür.

»Frau Vordemfelde?«, vergewisserte sich Friederike noch einmal.

»Ja, die bin ich.«

»Mein Name ist Matthée, ich bin Polizeiassistentin bei der Weiblichen Polizei in Köln.« Sie zeigte Eva Vordemfelde ihren Ausweis.

»Und ich dachte, Sie wären wegen eines Hutes gekommen. Sie sind wegen Ilse hier, nicht wahr?« Eva Vordemfelde griff sich an die Brust. Sie sah ihrer Cousine ähnlich, war jedoch nicht so strahlend schön wie die Ilse Röder, die Friederike auf den Fotografien gesehen hatte, und ein paar Jahre jünger. Trotz des allgegenwärtigen Mangels war sie schlicht, aber elegant gekleidet. Friederike vermutete, dass sie die ärmellose Bluse und den schmalen Rock selbst genäht hatte.

»Ja, die Schwangerschaft Ihrer Cousine hat noch einige Fragen aufgeworfen«, improvisierte Friederike. Glücklicherweise schien Eva Vordemfelde nicht zu wissen, dass sie im Dienst eigentlich Uniform hätte tragen müssen. Wahrscheinlich war sie von ihrer Verwandten zivile Kleidung gewohnt. Die Uniformen hatten ja erst die Briten für alle Polizistinnen außer den Kriminalbeamtinnen eingeführt.

»Frau Dr. Merheim kam vor ein paar Tagen zu mir und hat mir gesagt, dass Ilse tot ist. Dass sie …« – Eva Vordemfelde stockte kurz – »… ermordet wurde. Ich habe es noch gar nicht richtig begriffen. Noch nicht einmal richtig um Ilse weinen konnte ich. Der arme Kleine …« Sie blickte zum Schlafzimmer und biss sich auf die Lippen.

»Bestimmt stehen Sie noch unter Schock. Sie und Ihre Cousine waren sich nahe?«

»Genau genommen war sie meine Cousine zweiten Grades. Aber ja, wir standen uns nahe. Ich habe Ilse sehr gemocht und sie bewundert. Wie sie ihr Leben in die Hand genommen hat nach den Schicksalsschlägen, die ihre Familie getroffen haben. Ich hätte das nicht gekonnt.«

»Aber Sie scheinen doch auch für sich selbst aufzukommen.«

»Mein Zweig der Familie war nie besonders wohlhabend, und ich musste nicht mit der Situation klarkommen, plötzlich aus einem behüteten Nest zu fallen. Nach dem Lyzeum habe ich eine Ausbildung als Modistin absolviert.«

»Ihre Hüte sind sehr schön.« Vor allem einen kleinen dunkelroten, der die Form einer Muschel hatte, fand Friederike ganz entzückend.

»Es ist nett, dass Sie das sagen. Die Ehefrauen von Angehörigen der Militärregierung gehören zu meinen Kundinnen und reiche Düsseldorferinnen. Es finden ja auch wieder Pferderennen in Düsseldorf-Grafenberg statt.«

Auf der Rennbahn war sie einmal mit ihren Großeltern gewesen. Friederike hatte es ganz vergessen. Ein idyllisch in einem Wald gelegenes Gelände mit eleganten Tribünen. Der Champagner, an dem sie hatte nippen dürfen, kitzelnd wie Brause in ihrem Mund, schmeckte aber längst nicht so gut.

»Außer Frau Dr. Merheim und der Polizei weiß doch niemand, dass Ilse ein Kind hatte, oder?« Eva Vordemfelde sah Friederike bedrückt an. »Ich fände es furchtbar, wenn ihr Name in den Schmutz gezogen würde.«

»Es wird ganz sicher nichts nach außen dringen.« Friederike meinte es ehrlich. Dafür würde schon Gesine Langen sorgen. »Hat Ihnen Ihre Cousine denn anvertraut, wer der Vater des Kindes ist?«

»Nein, Ilse hat mir nichts gesagt. Ich bin mir aber sicher, dass sie sehr in den Mann verliebt war.«

»Dieser Ansicht war Frau Dr. Merheim auch.« Ach, warum hatte Ilse Röder nicht wenigstens ihrer Cousine gegenüber offen sein können? »Frau Dr. Merheim hat auch erwähnt, dass Ilse Röder einmal verlobt gewesen sei, die Verlobung dann aber gelöst habe.«

»Ja, es gab da jemanden. Einen Diplomkaufmann, der eine leitende Stellung bei der IG-Farben in Frankfurt innehatte. Die beiden haben sich kennengelernt, als Ilse Freunde besuchte. Sie hat mir Fotos von ihm gezeigt, ein gut aussehender Mann.«

Attraktiv und in der Lage, ihr etwas zu bieten – das schien Ilse Röder bei ihrer Männerwahl wichtig gewesen zu sein, dachte Friederike sarkastisch. Sie ließ sich den Namen nennen – Friedrich Gerhartz – und schrieb ihn auf. »Und warum hat Ihre Cousine die Verlobung gelöst?«

»Es stellte sich heraus, dass der Verlobte einen jüdischen Großvater hatte. Daraufhin verlor er seine Stellung.« Eva Vordemfelde seufzte. »Ich will Ilse nicht verteidigen. Sie konnte sehr hart sein. Aber ich glaube, die Erfahrungen in ihrer Jugend, der frühe Tod des Vaters und dass sie und ihre Mutter vor dem Nichts standen, haben sie einfach sehr geprägt.«

Friederike enthielt sich jeglichen Kommentars, aber ihr Gesicht sprach wohl Bände.

»Es war nicht so, dass es Eva nichts ausgemacht hätte, die Verlobung zu lösen. Und daraufhin hat sie sich als Wehrmachtshelferin gemeldet. Sie wollte noch einmal neu anfangen.«

»Wissen Sie, was aus dem Verlobten wurde?«

»Nein, ich habe keine Ahnung. Ilse hat ihn mir gegenüber nicht mehr erwähnt.«

Friederike versuchte, sich ihre Enttäuschung nicht anmerken zu lassen. Von dem Gespräch mit Eva Vordemfelde hatte sie sich wirklich mehr versprochen. Falls der Verlobte noch am Leben war, hätte er ein Motiv gehabt, sich an Ilse Röder zu rächen. Auch wenn das zugegebenermaßen sehr weit hergeholt war. Friedrike konnte sich Hauptkommissar Heimerzheims sarkastischen Kommentar lebhaft vorstellen. Aber Frankfurt gehörte sowieso zur amerikanischen Besatzungszone, und ohne die Unterstützung von Gesine Langen oder Hauptkommissar Heimerzheim würde sie über den Mann nichts in Erfahrung bringen können.

»Fällt Ihnen vielleicht noch irgendetwas ein, was Sie mir sagen möchten? Eine Person, mit der Ihre Cousine Schwierigkeiten hatte, oder irgendetwas, das in ihrem Leben seltsam war?«

»Nein, ich halte es sowieso für am wahrscheinlichsten, dass die junge Straftäterin, die Ilse von ihrer Arbeit bei der Weiblichen Kriminalpolizei kannte, sie auf dem Gewissen hat.«

»Wie ich schon sagte, wir überprüfen alle Möglichkeiten.« Die Lüge ging Friederike leicht über die Lippen. »Danke, dass Sie sich die Zeit genommen haben, mit mir zu sprechen.«

»Ach, ich würde alles dafür tun, dass der Mord an Ilse aufgeklärt wird! Es ist schon schlimm genug, einem Kind sagen zu müssen, dass die Mutter nicht mehr am Leben ist. Aber dass ich dem Kleinen irgendwann erklären muss, dass seine Mutter brutal umgebracht wurde …« Eva Vordemfeldes Stimme zitterte, und sie brach ab.

»Sie wollen den Jungen also bei sich behalten?«

»Ja, ich würde ihn nicht mehr missen wollen. Ilse hat mir Geld gegeben, das für ungefähr ein Jahr reicht. Und danach werde ich auch irgendwie zurechtkommen. Ich kann ja in der Wohnung arbeiten.«

Zum Glück blieb dem Kind also vermutlich das Heim erspart. »Hat der Kleine denn schon einen Namen?«

»Ilse wollte, dass er Alexander heißt, nach ihrem Vater. In ein paar Tagen werde ich ihn taufen lassen.« Aus Eva Vordemfeldes Lächeln sprach tiefe Zuneigung. »Der Priester, der die Taufe vornimmt, war ein Freund meines verstorbenen Mannes und ist erst kürzlich aus der russischen Kriegsgefangenschaft zurückgekehrt.« Plötzlich verschwand ihr Lächeln und wich einem nachdenklichen, ja fast verstörten Ausdruck.

»Frau Vordemfelde, ist Ihnen doch noch etwas eingefallen?«

»Ach, es ist bestimmt nicht von Bedeutung …«

»Aber etwas beunruhigt Sie doch?«, ließ Friederike nicht locker.

»Eine seltsame Sache gab es tatsächlich in Ilses Leben.«

»Was meinen Sie damit?«

»Es hat sich während ihrer Zeit in Russland ereignet. Und es hat nichts mit dem Mord an ihr zu tun …«

»Sagen Sie mir doch bitte, worum es geht.«

Eva Vordemfelde seufzte. »Während ihrer Zeit als Wehrmachtshelferin hat mir Ilse Fotos geschickt. Von den diversen Lagern und den Unterkünften. Von der Landschaft, von Paul, ihrem Mann … Auf einem Foto waren Leichen zu sehen, die am Boden lagen. ›Eine Strafaktion an Partisanen‹, hat Ilse auf der Rückseite vermerkt. So, als wäre es irgendein Urlaubsfoto.« Eva Vordemfelde schauderte. »Ich fand das so unglaublich kalt und gefühllos.«

Im Schlafzimmer war der Säugling schon wieder aufgewacht und machte sich mit einem Wimmern bemerkbar.

Ein Foto von exekutierten Menschen, einfach so verschickt … Friederike hatte Mühe, es zu glauben. »Haben Sie die Aufnahme denn noch?«

»Nein, ich habe das Foto sofort weggeworfen.« Eva Vordemfelde schüttelte den Kopf. »Ich habe mich davon … beschmutzt gefühlt, und ich habe auch nie mit Ilse darüber gesprochen.«

Noch zwanzig Minuten bis zur Abfahrt ihres Zuges. Wenn er denn überhaupt fuhr. Die Sonne brannte immer noch gnadenlos auf den Bahnhofsvorplatz. Friederike reihte sich in die Schlange ein, die sich vor dem Karren mit dem Wasser gebildet hatte.

Das beschriebene Bild der hingerichteten Menschen hatte sie auf dem ganzen Weg zum Bahnhof verfolgt. Während der letzten beiden Jahre war an die Öffentlichkeit gelangt, dass die SS in den besetzten Ländern willkürliche Exekutionen und Massaker verübt hatte. Friederike glaubte das sofort. Schließlich hatte die SS auch die Aufsicht über die Konzentrationslager innegehabt. Ein weiterer Beleg dafür, wie unmenschlich und grausam das nationalsozialistische Regime und seine Handlanger gewesen waren.

Und wie widerwärtig, dass Ilse Röder dieses Foto verschickt hatte! Als seien die Ermordeten eine Sehenswürdigkeit oder Trophäen ihrer Mörder. Friederike empfand schon lange keinerlei Sympathie mehr für die Tote. Aber nun verspürte sie regelrecht Hass und Abscheu. Eine starke Frau, die Menschen mit ihrem Charme und ihrer Schönheit verzaubern konnte und die doch völlig kalt, herzlos und berechnend gewesen war.

Das Wasser, das der Besitzer des Karrens Friederike nun

reichte, war warm und konnte den schlechten Geschmack in ihrem Mund nicht vertreiben. Bedrückt machte sie sich auf den Weg zum Bahnsteig.

Köln

Ludwig Viersen stand vor dem Kino am Hohenzollernring. Er trug ein weißes Hemd und eine helle Hose, die für seinen mageren Körper viel zu weit waren und ihn wieder etwas ungelenk wirken ließen. Nervös musterte er die Passanten, die auf dem breiten Gehsteig unterwegs waren. Er entspannte sich sichtlich, als er Friederike auf sich zukommen sah, und sein breites Lächeln leuchtete auf.

»Die *Wochenschau* läuft bereits. Ich habe schon befürchtet, dass Sie es sich anders überlegt haben.«

Seine Offenheit entwaffnete sie wieder. »Es tut mir leid, dass ich mich verspätet habe. Ich bin gerade erst aus Düsseldorf gekommen. Der Zug hat ewig gebraucht.«

Ilse Röders Gefühllosigkeit setzte Friederike nach wie vor zu, und sie war nicht in der Stimmung für einen Film. Aber sie hatte Ludwig Viersen nicht enttäuschen wollen.

»Schön, dass Sie es noch rechtzeitig geschafft haben.« Er lachte. »Ich hätte mir den Film wirklich nicht gern allein angesehen.«

Vor der Kasse stand noch eine Schlange. Erst seit Kurzem gab es wieder Kinovorstellungen, und die Menschen waren ausgehungert nach Filmen. Friederike vermutete, dass wahrscheinlich viele junge Frauen unter den Wartenden gern ihren Platz eingenommen hätten. Ludwig Viersen sah wirklich sehr gut aus. Außerdem war er einfach nett und höflich.

»Ist alles in Ordnung mit Ihnen?« Er sah sie unsicher an.

»Ja, ich bin nur ein bisschen müde. Es war ein langer Tag«, wich sie ihm aus.

»Die Karten habe ich schon. Wenn Sie mir Ihren Rucksack geben möchten?«

»Das ist nett von Ihnen.« Dankbar ließ Friederike den schweren Rucksack von ihren Schultern gleiten und reichte ihn dem jungen Mann.

Ein älterer Junge in einem Grüppchen vor dem Kinosaal blickte in Friederikes Richtung. Sie erkannte ihn in demselben Moment wie er sie. Der Junge stieß den neben ihm Stehenden an. Zusammen mit einem Mädchen verließen die beiden eilig den Vorraum.

»Es wirkt ja fast so, als hätten die drei vor Ihnen die Flucht ergriffen.« Ludwig Viersen reichte einer Kontrolleurin die Karten.

»Ja, das sind alte Bekannte. Bestimmt hatten sie keine Karten und wollten sich in den Saal schmuggeln.«

»Sind Sie denn immer im Dienst?«

»Nein, ich hätte die drei gewähren lassen.« Eine Einstellung, die Gesine Langen sicher zutiefst missbilligt hätte.

»Ich finde das nett von Ihnen. Als ich in dem Alter war und am Monatsende kein Taschengeld mehr hatte, habe ich mich hin und wieder auch in Filmvorführungen geschlichen. Einmal wurde ich erwischt, und ein Polizist brachte mich nach Hause. Ich bekam fürchterlichen Ärger mit meinem Vater.«

Mehr Konsequenzen hatte das für ihn, einen Jungen aus gutem, bürgerlichem Hause sicher nicht gehabt. Anders als bei Franziska, die ebenfalls ohne Karten in Filmvorführungen ertappt worden war und für die dies Aktenvermerke und Einträge auf der erkennungsdienstlichen Karteikarte nach sich gezogen hatte.

Eine Platzanweiserin leuchtete mit ihrer Taschenlampe in eine Reihe, in der noch zwei nebeneinanderliegende

Plätze frei waren. Der große Saal war dunkel, nur erhellt von den Schwarz-Weiß-Bildern der *Wochenschau*, die über die Leinwand flackerten. Aufnahmen von Indien, wie Friederike erkannte, wo es zu gewalttätigen Auseinandersetzungen zwischen Hindus und Moslems gekommen war. Sie erinnerte sich, irgendwo gehört oder gelesen zu haben, dass Indien die Unabhängigkeit erhalten sollte. Manchmal fiel es ihr schwer zu glauben, dass es jenseits des zerstörten Deutschlands noch eine andere Welt mit Leid und Tod gab.

Der Abspann der *Wochenschau*. Dann erschienen der Titel *Spellbound* und die deutsche Übersetzung *Ich kämpfe um dich* vor einem stilisierten kahlen Baum auf der Leinwand. Friederike lehnte sich in ihrem Sessel zurück und ließ sich von der erwartungsvollen Atmosphäre nun doch gefangen nehmen. Ja, sie konnte gut verstehen, dass Franziska der Magie des Kinos erlegen war. Und sie war froh, dass sie Ludwig Viersens Einladung angenommen hatte. Es war schön, neben ihm zu sitzen. Sein Blick war gespannt auf die Leinwand gerichtet. Ganz offen und erwartungsvoll wie der eines Kindes, das eine Bescherung erwartet. Wie es wohl wäre, wenn er nach ihrer Hand fassen würde? Wollte sie das überhaupt? Vielleicht … Ganz sicher war sie sich nicht.

Friederike schob sich neben Ludwig Viersen aus dem Kinoeingang. Die Schaukästen mit den Filmplakaten waren schon beleuchtet. Während der Nacht von Samstag auf Sonntag waren die Uhren wieder um eine Stunde zurückgestellt worden. Trotzdem war es noch ziemlich hell, und die Luft war heiß und schwül. Sie blieben auf dem breiten Gehweg stehen.

»Hat Ihnen der Film denn gefallen?« Ludwig Viersen schaute sie fast ein bisschen ängstlich an.

»Ja, sehr!« Friederike suchte nach Worten. »Es war, als ob ich auf einmal freier atmen konnte.«

»Wie meinen Sie das?«

»Ach, all die Schauspieler, die ich, bis auf Ingrid Bergman, noch nie gesehen habe … Und die surrealistische Traumsequenz. So etwas hätte es in einem deutschen Film während des Nationalsozialismus nie gegeben. Dass zwei Psychoanalytiker die Hauptrollen spielen und der Kriminalfall mit Mitteln der Psychoanalyse aufgeklärt wird. Und die englische Sprache … Und Sie? Wie fanden Sie den Film?«

»Ohne die deutschen Untertitel wäre ich ziemlich verloren gewesen. Aber mir hat der Film auch sehr gut gefallen. Ich fand die Kriminalhandlung sehr spannend und die Traumsequenz und überhaupt die Kameraführung sehr beeindruckend. Und die Liebesgeschichte hatte auch etwas …«

»Wie mutig, dass Sie als Mann das zugeben.« Sie musste ihn einfach necken.

»Finden Sie?« Ludwig Viersen sah ihr in die Augen, wandte dann aber rasch den Blick ab.

Ein verlegenes Schweigen breitete sich zwischen ihnen aus.

»Woher können Sie eigentlich so gut Englisch?«

Das hatte Richard Davies sie bei ihrer ersten Begegnung auch gefragt. »Mein Großvater mütterlicherseits war Bankier und hatte Freunde in London. Deshalb habe ich oft mit den Großeltern einen Teil der Ferien in England verbracht. Ich mochte die Sprache und habe zusätzlich zum Unterricht in der Schule auch Privatstunden genommen.«

»In England war ich nie. Zwischen dem Abitur und dem Arbeitsdienst bin ich ein paar Monate durch Italien und Griechenland gereist. Die übliche deutsche Sehnsucht nach dem Süden ...« Er zuckte mit den Schultern. Friederike mochte sein selbstironisches Lächeln.

»Dürfte ich Sie vielleicht noch einladen?« Seine Frage kam sehr schnell, als hätte es ihn Mut gekostet, sie zu stellen. »In der Nähe gibt es ein Lokal, in dem man gegen amerikanisches oder englisches Geld einen guten Wein bekommen soll.«

»Das ist sehr nett von Ihnen, aber ich möchte meine Mutter nicht so lange allein lassen. Sie hat immer so viel Angst um mich.«

»Natürlich, das verstehe ich.« Er versuchte, sich die Enttäuschung nicht anmerken zu lassen.

Aber eigentlich wollte Friederike auch gern noch Zeit mit ihm verbringen, sich mit ihm unterhalten, unbeschwert sein, leben ...

»Hätten Sie vielleicht Lust, mich ein Stück nach Hause zu begleiten?«

»Sehr gern!« Seine Augen leuchteten auf, zeigten ganz unverstellt seine Freude.

Nebeneinander schlenderten sie den Ring entlang. Einige Autos und die unvermeidlichen Militärfahrzeuge mit ihren röhrenden Motoren passierten sie. Etwas wehte silbrig glänzend durch die Luft – ein Stanniolstreifen, wie sie die Alliierten benutzt hatten, um deutsche Radargeräte zu überlisten. Irgendwo in einer Wohnung spielte ein Radio oder ein Grammophon den Ufa-Schlager »Kauf dir einen bunten Luftballon«. Prickelnde, übermütige Lebensfreude pulsierte durch Friederikes Körper.

Ludwig Viersens Hand streifte ihre. Er zog sie hastig fort, als wolle er sich für die unabsichtliche Berührung entschuldigen.

»Kauf dir einen bunten Luftballon, / Nimm ihn fest in deine Hand, / Stell dir vor, er fliegt mit dir davon / In ein fernes Märchenland.« Schon ewig hatte Friederike nicht mehr gesungen. Während Ludwig Viersen in das Lied einstimmte, fasste sie nach seiner Hand und hielt sie fest.

Friederike benötigte einige Momente, bis sich ihre Augen an das Dunkel in der Nissenhütte gewöhnt hatten. Elli schlief auf einem Lager aus Decken. Wie ein Säugling lag das Mädchen mit angezogenen Beinen da. Obwohl die Tür und das Fenster weit offen standen, war es beinahe unerträglich heiß.

»Friederike«, hörte sie ihre Mutter flüstern.

»War mit Elli alles in Ordnung?« Sie setzte sich zu ihrer Mutter auf den Bettrand.

»Sie hat wieder kaum ein Wort gesprochen, aber mir kam es vor, als ob sie sich bei mir ganz wohlfühlte. Und du? Du bist sehr spät aus Düsseldorf zurückgekommen …«

»Ich hatte ganz vergessen, dass ich mit einem Freund von Lores Verlobtem zum Kino verabredet war. Ich habe es gerade noch rechtzeitig zur Vorstellung geschafft. Dieser Freund, er heißt Ludwig Viersen, hat mich danach noch nach Hause begleitet.«

»Wie aufmerksam von ihm.« Schwang da ein Lächeln in der Stimme ihrer Mutter mit?

»Ja, Ludwig Viersen ist sehr nett und höflich.« Irgendwann würde sie ihrer Mutter mehr von ihm erzählen. Um weiteren Fragen vorzubeugen, berührte sie sie an der Schulter. »Schlaf gut!«

»Du auch.«

Friederike schlüpfte aus Rock und Bluse und legte sich in der Unterwäsche auf ihr Bett. Ludwig und sie hatten geredet und geredet und dabei ganz vergessen, nach Straßenbahnen Ausschau zu halten. Irgendwann hatten sie dann vor der Schrebergartensiedlung gestanden. Vor dem Gartentor hatten sie sich zum Abschied geküsst. Was allerdings nicht ihre Beziehung besiegelte. Zumindest von Friederikes Seite aus nicht. Nein, der Kuss war mehr ein Versprechen auf die Zukunft gewesen. Die Zusicherung, dass sie Ludwig sehr mochte und ehrlich schauen wollte, wohin sich ihre Zuneigung entwickelte. Mit einem Gefühl von Leichtigkeit und Freude schlief Friederike ein.

Ein gellender Schrei weckte Friederike, gefolgt von einem klagenden Wimmern. Sie wusste nicht, wo sie war, glaubte sich wieder auf der Flucht. Dann nahm sie die Hitze wahr und begriff, dass sie nicht im Schnee lag, in einer eisigen Winterlandschaft, beschossen von Tieffliegern, sondern in der Nissenhütte, und dass es Elli war, die schrie.

»Mein Gott!« Ihre Mutter hatte sich aufgesetzt, und ihre Stimme klang verstört. Wahrscheinlich wurde auch sie von Erinnerungen heimgesucht.

»Ich kümmere mich um Elli.« Friederike kniete sich neben das Kind und strich ihm über den Arm. »Elli, wach auf! Alles ist gut. Du bist in Sicherheit.« Wieder ein klagender Laut, dann regte sich das Mädchen.

»Komm, lass uns in den Garten gehen.« Friederike half Elli auf die Füße und führte sie nach draußen. Das Kind zitterte am ganzen Leib. Ein Stück von der Nissenhütte entfernt, kniete sich Friederike mit Elli ins Gras und wiegte sie in den Armen. »Es ist gut, es ist alles gut …« Allmählich ließ das Zittern nach.

»Ich hab geträumt. Von den Soldaten …« Elli klammerte sich an Friederike. Sie weinte. In der Ferne wurde der Himmel von Wetterleuchten erhellt.

»Willst du mir von deinem Traum erzählen?«

Das Mädchen schluchzte. Friederike wusste nicht, was sie tun sollte, um es zu beruhigen. Dann fiel ihr ein, was ihr Kindermädchen ihr einmal gesagt hatte, als sie weinend aus einem schlimmen Traum erwacht war und sich nicht hatte beruhigen können. *Erzähl mir deinen Traum, dann nehmen wir ihn und packen ihn in eine Kiste und sperren ihn weg.*

»Elli, ich grabe ein Loch in den Boden, und dahinein legen wir deinen Traum und bedecken ihn mit Erde«, improvisierte sie. »Dann kann er dich nicht mehr quälen.«

Der Boden neben ihnen war noch feucht vom Gießen. Einige Glühwürmchen stoben auf, als Friederike mithilfe des verbogenen Löffels eine Kuhle hineinkratzte. Wieder ein Wetterleuchten. Sie hoffte, dass die Nachbarn sie nicht in der Unterwäsche im Garten sahen.

»So, das Loch ist fertig.« Sie nahm Ellis Hand und legte sie in die Höhlung. »Und nun erzähl mir deinen Traum.« Tatsächlich begann das Kind stockend, die Augen auf den Boden gerichtet, zu sprechen.

Die Bäume färben sich schon bunt. Elli weiß nicht mehr, wie sie in das Dorf am Rand des Birkenwalds und zu Lydia und deren Geschwistern und Mutter gekommen ist. Aber sie mag das Haus mit dem Strohdach, und sie mag Lydia und ihre Familie. Sie sind freundlich zu ihr, und sie geben ihr zu essen, und nachts darf Elli bei Lydia im Bett schlafen. Lydia ist etwas jünger als sie. Sie spielen zusammen oder helfen bei der Hausarbeit und im Garten, oder sie gehen in den Wald. Holz sammeln oder Beeren. So wie jetzt.

Ein Stück entfernt pflückt Lydia Blaubeeren in eine Schüssel. Ihre Lippen sind ganz verfärbt von den Beeren, die sie genascht hat. Ellis Körbchen ist voll. Sie schiebt sich auch einige Beeren in den Mund, genießt die Süße. Sie will zu Lydia schlendern. Aber ein Rascheln im Gras unter einer Birke lässt sie innehalten. Neugierig drückt sie die Halme auseinander. Ein kleiner Vogel hockt dort auf dem Boden. Jetzt öffnet er den Schnabel und piepst jämmerlich. Wahrscheinlich ist er aus dem Nest gefallen.

Behutsam nimmt Elli das Vögelchen in die Hand und hebt es hoch. Unter den Federn kann sie sein Herz wild schlagen spüren.

»Ich tu dir doch nichts«, flüstert sie. Der Vogel braucht Futter und Wasser. Neben dem Bett wird sie ihm ein Nest bauen.

»Ich will den kleinen Vogel auch mal halten.« Lydia steht neben ihr.

»Nein, du machst ihm Angst.« Schützend birgt Elli ihn an ihrer Brust.

»Das ist nicht wahr. Gib ihn mir.« Lydia zerrt an ihrem Arm. Ihre braunen Augen funkeln wütend.

»Geh weg!« Mit der freien Hand versetzt ihr Elli einen Stoß gegen die Brust, so heftig, dass Lydia das Gleichgewicht verliert und rücklings auf den Boden fällt.

»Du bist böse. Ich mag dich nicht mehr.« Lydia bricht in Tränen aus. Sie nimmt ihre Schüssel mit den Beeren und rennt davon.

Endlich ist Elli allein mit dem Vogel. Sie setzt sich mit ihm ins Gras, streichelt sein Gefieder. Es gelingt ihr, eine Fliege zu fangen. Gierig öffnet sich der kleine Schnabel, als sie ihm das Insekt hinhält. Wolkenschatten wandern über das Gras. Der Herzschlag des Vogels wird ruhiger. Er schließt die Augen.

Elli isst gerade ein paar Blaubeeren, als sie in der Ferne ein dumpfes, dröhnendes Geräusch hört, das schnell näher kommt. Sie kennt es – ganz tief in sich drinnen –, auch wenn sie nicht weiß, woher, und es macht ihr Angst. Sie hebt den Korb hoch und läuft zum Dorf. Bei Lydia und ihrer Familie wird sie bestimmt in Sicherheit sein.

Als sie zu der Ansammlung von Häusern kommt, stehen dort am Weiher ein paar Lastwagen. Sie hört Geschrei, Befehle, Weinen und ängstliche Stimmen und versteckt sich hinter einer Hecke. Männer in Uniformen, mit Gewehren in den Händen, treiben die Dorfbewohner zusammen. Sie sieht Lydia. Ihre Mutter hat schützend die Arme um sie und die beiden Geschwister gelegt.

Die Männer in den Uniformen drängen die Frauen, die Kinder und die Alten auf der Wiese direkt vor der Hecke zusammen. Werden die Männer die Dorfbewohner mit den Lastwagen wegbringen? Soll sie schnell zu ihnen rennen, um nicht allein zurückzubleiben? Aber etwas hält Elli davon ab, sich hinter den schützenden Zweigen hervorzuwagen.

Einer der Uniformierten steht abseits, verfolgt das Geschehen. Er hat ein seltsames Gesicht. Es ist irgendwie zweigeteilt. Während Elli ihn noch anstarrt, erteilt er einen Befehl. Die Männer bilden eine Linie, heben die Gewehre. Alle Dorfbewohnern schreien auf – ein Geräusch, das Elli nie vergessen wird. Einige fallen auf die Knie, strecken den Soldaten bittend die Arme entgegen. Sie will wegschauen, kann aber den Blick nicht von Lydia abwenden.

Schüsse peitschen über die Wiese, mischen sich mit den Schreien. Lydia und ihre Schwester fallen getroffen zu Boden. Noch zweimal erteilt der Mann mit dem seltsamen Gesicht den Befehl zum Schießen, bis alle Dorfbewohner im Gras liegen. Nur noch Stöhnen und Wimmern sind zu hören, die sich mit dem Geräusch des Windes im Gras mischen. Einige Männer gehen nun zwischen den Leuten umher und schießen ihnen in die Köpfe.

Dann laufen sie zu den Lastwagen. Die Motoren starten dröhnend, und die Lkws fahren davon. Bald ist es still auf der Wiese. Als Elli sich endlich regen kann, liegt der kleine Vogel tot in ihrer Hand. Mit ihren zur Faust geballten Fingern hat sie ihn zerquetscht.

Erschöpft ließ Elli den Kopf an Friederikes Brust sinken. Immer wieder hatte ihr die Stimme versagt, oder sie hatte eine ganze Weile geweint. Friederike war ratlos, wie sie das Mädchen trösten sollte. Sie hatte auf der Flucht aus Ostpreußen auch Schreckliches erlebt. Aber sie war erwachsen, und sie und ihre Mutter waren zusammen gewesen. Elli war noch ein Kind, und sie hatte, bevor sie Zeugin des Massakers geworden war, bereits ihre Familie verloren.

»Ich möchte Erde darüber tun …« Elli sah Friederike an.

»Was meinst du? Ach ja, natürlich, ich helfe dir dabei.« Sie hatte ganz vergessen, dass sie den schlimmen Traum mit Elli begraben wollte.

»Die Soldaten – haben Sie deutsch oder russisch gesprochen? Erinnerst du dich noch daran?«

»Sie haben so gesprochen wie wir. Deutsch …« Elli ließ Erde in das Loch rieseln.

Dann hatten nicht russische Soldaten das Massaker verübt. Die SS war dafür verantwortlich, hatte Frauen, Kinder und alte Menschen exekutiert. Friederike empfand den gleichen Abscheu wie nach Eva Vordemfeldes Bericht über das Foto.

»Weißt du noch, wo das Dorf war?«

»Cherkessk …«, flüsterte Elli.

»Bei Cherkessk?«, vergewisserte sich Friederike.

»Lydias Mutter hat einmal gesagt, Cherkessk sei nicht weit weg.« Ellis Augen waren auf das Loch gerichtet, das sich mit Erde füllte.

»Und wann …?« Friederike brach ab. Sie durfte das Kind jetzt nicht mit Fragen quälen.

»Die Leute im Dorf haben von einer großen Schlacht geredet, die gerade angefangen hatte. An … an einem Fluss … Dne…«

»Dnepr?«

Elli nickte.

Die Schlacht am Dnepr hatte Ende August 1943 begonnen, erinnerte sich Friederike.

Als das Loch gefüllt war, strich sie mit Elli die Erde glatt. Während sie zurück zur Nissenhütte gingen, fragte sie sich, was das Mädchen wohl mit dem »zweigeteilten Gesicht« eines der Soldaten – wohl ein Offizier – gemeint hatte, der den Befehl zu dem Massaker erteilt hatte. Aber Elli hatte sich gerade beruhigt und gähnte müde. Friederike wollte die entsetzlichen Bilder nicht erneut in ihr wachrufen. Hoffentlich würde sie eine Weile ohne Albträume schlafen können.

9. Kapitel

Köln, Montag, 30. Juni 1947

Sie hatte sich fast eine halbe Stunde verspätet. Friederike hastete die Straße Kattenbug entlang. Ihre Bluse klebte ihr am Leib, obwohl es nach dem fernen Gewitter merklich abgekühlt hatte. Elli hatte sie nach der Rückkehr aus dem Garten schüchtern gefragt, ob sie sich zu ihr ins Bett legen dürfe. Friederike hatte dem verstörten Kind die Bitte nicht abschlagen wollen. Das Mädchen war gleich darauf eingenickt. Und sie ebenfalls. Leider mit der Folge, dass sie völlig verschlafen hatte.

Im Treppenhaus des Polizeipräsidiums stand die Luft. Außer Atem kam Friederike auf dem Flur der Weiblichen Kriminalpolizei an. Sie hatte kaum ihr Büro betreten, als das Telefon auf ihrem Schreibtisch klingelte.

»Polizeiassistentin Matthée«, klang Gesine Langens Stimme barsch an ihr Ohr, »ich möchte Sie sofort in meinem Büro sehen.«

O Gott, sie weiß, dass ich Elli aus dem Kinderheim entführt habe!, durchzuckte es Friederike.

Gesine Langen trug wie üblich eine hochgeschlossene Bluse in einer gedeckten Farbe. Die Hitze schien von ihr abzuperlen. Ihr Gesicht war blass wie immer. Demonstrativ blickte sie auf ihre Armbanduhr.

»Dienstbeginn war vor einer halben Stunde, Polizeiassistentin Matthée. Ich nehme an, es sind wieder einmal Straßenbahnen ausgefallen.«

»Ich … Ja, es tut mir leid.«

»Angesichts der immer noch desolaten Lage des öffentlichen Verkehrs sollten Sie derartige Vorkommnisse bei Ihrer Zeitplanung einkalkulieren.«

Friederike sah zu Boden. »Es wird nicht wieder geschehen, Frau Kriminalkommissarin.«

Warum kam Gesine Langen nicht endlich zur Sache?

Neben sich nahm Friederike eine Bewegung wahr. Hauptkommissar Heimerzheim? War er etwa auch wegen ihres Vergehens gekommen? Sie wandte den Kopf.

Ein großer schlanker Mann in der Sommeruniform der britischen Militärpolizei stand von einem Besuchersessel auf. Ein schmales, gebräuntes Gesicht unter blonden Haaren. Graue Augen, die die Welt meist zurückhaltend und skeptisch betrachteten und in denen manchmal jedoch, ganz unvermittelt, ein Lächeln aufscheinen konnte.

Friederike stockte der Atem. Sie starrte den Offizier fassungslos an. War es wirklich möglich, dass …?

»Lieutenant Davies hat Sie wieder einmal angefordert, Polizeiassistentin Matthée. Und dürfte ich Sie daran erinnern, dass sich die Grußpflicht für die uniformierten Beamtinnen auch auf Offiziere der Besatzungsmächte erstreckt?« Gesine Langens Stimme riss Friederike aus ihrer Erstarrung.

»Lieutenant …« Mechanisch führte sie die Rechte an ihre Uniformmütze.

»Fräulein Matthée.« Davies nickte ihr zu, seine Miene höflich und unverbindlich.

»Wann immer Lieutenant Davies Ihre Unterstützung benötigt, sind Sie von Ihren sonstigen Aufgaben entbunden. Und ich hoffe, dass Sie der Weiblichen Polizei wieder Ehre machen werden.«

»Ich werde mir große Mühe geben.«

»Elli Berneike ist übrigens seit Samstagnachmittag aus dem Kinderheim verschwunden.«

»Tatsächlich? Hoffentlich ist ihr nichts zugestoßen.« Friederike hatte das Gefühl, dass ihre Stimme sehr hoch und dünn klang. »Vielleicht hat sie sich ja auf dem Ruinengelände versteckt.«

»Dort wird nach ihr gesucht.«

Friederike hörte, wie Richard Davies einige Sätze mit Gesine Langen wechselte, war jedoch viel zu durcheinander, um auf den Wortlaut zu achten.

»Fräulein Matthée.« Wieder nickte er ihr zu. Eine Aufforderung zu gehen.

»Frau Kriminalkommissarin …« Ein pflichtschuldiger Gruß zur Vorgesetzten. Dann öffnete Davies die Tür des Büros, und sie folgte ihm zur Treppe.

Vor dem Polizeipräsidium blieben Friederike und Richard Davies stehen. Auf der anderen Straßenseite zogen Arbeiter eine Hauswand hoch. Irgendetwas war wohl schiefgegangen, denn ein Vorarbeiter brüllte wüste Flüche zum Gerüst hinauf.

Davies unter vier Augen mit Lieutenant anzusprechen war unmöglich, Richard und du erschienen Friederike genauso unpassend. Der Vorname und Sie waren aber auch keine Option.

»McLeod sagte mir, dass du den Dienst quittieren würdest, um Medizin zu studieren.« Ja, das Du hörte sich völlig falsch an.

»Seit meiner Rückkehr nach England wusste ich nicht, was ich will und wie mein Leben weitergehen soll. Deshalb habe ich mich auch nicht bei dir gemeldet. Es tut mir leid …«

Du hättest mir von deiner Unsicherheit schreiben, mich einbeziehen können. Friederike sprach den Gedanken nicht aus. Stattdessen sagte sie: »Natürlich, das verstehe ich. Aber du hast dich entschieden, bei der Militärpolizei zu bleiben.«

»Nein, mein Dienst endet in ein paar Monaten. Doch der Militärpolizei fehlen Leute. Lieutenant Gerald Amery, der bisher im Fall der ermordeten britischen Flugzeugbesatzung ermittelt hat, wird nach Indien versetzt. Ich kenne mich hier in der Gegend aus. Man hat mich gefragt, ob ich nicht doch noch einmal ins Rheinland zurückkehren kann, und nach einigem Überlegen habe ich zugesagt.« Davies zuckte mit den Schultern.

Seine Entscheidung hatte also nichts mit ihr zu tun. Hatte sie wirklich etwas anderes erwartet?

»Dir und deiner Mutter geht es gut?«

Ob er das Du genauso unpassend fand wie sie? Friederike straffte sich. »Ja, wir hatten großes Glück und haben in einem Schrebergarten eine Nissenhütte zugewiesen bekommen. Meine Mutter fühlt sich dort wohl. Sie gärtnert gern, und mit den Pflanzen herumzuwerkeln tut ihr wirklich gut. Ich besuche einen Zeichenkurs. Vielleicht entwickelt sich irgendwann einmal eine Bewerbungsmappe für ein Kunststudium daraus. Und ich habe einen Freund …« Das war ihr einfach herausgerutscht.

»Wie schön.« Davies' Stimme klang neutral. Bezog sich das auf alles, was sie erzählt hatte, oder auf die Tatsache, dass es einen Mann in ihrem Leben gab? Friederike konnte seine höfliche Bemerkung nicht deuten.

»McLeod hat mir gesagt, dass du auf der Suche nach einem Offizier der Militärregierung in Düsseldorf bist. Er hat den Mann ausfindig gemacht. Ian Nicols ist sein Name. Nicols war für ein paar Tage im Hauptquartier in Bad Oeynhausen und ist erst gestern zurückgekehrt. Ich muss sowieso nach Düsseldorf fahren, zu einer Dienstbesprechung wegen der ermordeten Royal

Air Force-Besatzung. Danach habe ich Zeit, Nicols zu befragen.«

Warum tust du das?, war Friederike versucht zu fragen. »Danke für deine Hilfe«, sagte sie stattdessen.

»Ein britischer Offizier, der möglicherweise in einen Mordfall involviert ist, fällt auch in das Aufgabengebiet der Militärpolizei.«

Eine klare Grenzziehung. Er befragte Nicols also nicht um ihretwillen. »Kann ich bei der Befragung dabei sein?«

»Ja. Bei der Dienstbesprechung allerdings nicht. Und achte bitte darauf, in der Gegenwart von Dritten die Form zu wahren.«

»Natürlich. Du bist mein Vorgesetzter.«

Davies strebte auf einen Jeep zu, der am Straßenrand stand. Friederike bezweifelte, dass er ihr überhaupt zugehört hatte. Stumm stieg sie nach ihm in das Militärfahrzeug. Sie fühlte sich elend. Warum nur war Davies nicht ganz aus ihrem Leben verschwunden?

Hubbelrath, Gort Barracks

Das Gelände der Gort Barracks in Hubbelrath östlich von Düsseldorf war riesig. Die martialischen Gebäude mit den Sockeln aus groben braunen Steinen konnten ihre Vergangenheit als Wehrmachtsunterkünfte nicht verbergen. Friederike glaubte sich zu erinnern, dass der frühere Name »Flakkaserne« gewesen war.

Zwei Stunden lang wartete sie nun schon auf Davies. Sie hatte versucht, in ihr Notizbuch zu zeichnen, hatte es dann jedoch aufgegeben, denn sie war nicht in der Stimmung dazu. Sie verstand, dass sie bei der Besprechung mit anderen Offizieren nicht dabei sein konnte. Trotzdem fühlte sie sich von Davies abgewiesen und ausgeschlossen.

Während der Fahrt quer durch die Stadt und über den Rhein hatte er ihr Fragen zu dem Mord an Ilse Röder gestellt. Nach den Umständen, Motiven, zu Franziska … Sehr präzise und professionell, so wie er sich auch im Winter verhalten hatte, als sie oft gemeinsam in einem Jeep der Royal Military Police unterwegs gewesen waren. Aber nicht einmal ganz zu Anfang ihrer Zusammenarbeit, als Friederike Davies gegenüber noch sehr unsicher und ängstlich gewesen war, hatte sie sich in seiner Gegenwart so unwohl gefühlt.

Warum hatte er *sie* angefordert und nicht eine Kollegin, wenn er doch so offensichtlich die Distanz zwischen ihnen gewahrt wissen wollte? Weil es am bequemsten war, wieder mit ihr zusammenzuarbeiten? Sie verstand nicht, wie er ohne jede Vorwarnung in Gesine Langens Büro hatte auftauchen können. So, als sei sie ein Hündchen, das man lange vernachlässigen konnte und das seinen Besitzer dann doch wieder schwanzwedelnd und dankbar begrüßte.

Zwei Männer kamen jetzt die Straße zwischen den Kasernen entlang – Davies und ein Sergeant, wie Friederike erkannte, als sie aus dem Schatten traten. Davies bedeutete ihr, ihnen zu folgen. Friederike kletterte aus dem Jeep und ging hinter den beiden Männern her. Wieder kam sie sich überflüssig vor.

Der Sergeant führte sie in einen Flachbau neben einem Turm und dort in ein Büro, wo er sie bat, auf Captain Nicols zu warten. Eine riesige Karte an der Wand zeigte die alliierten Besatzungszonen. Bunte Fähnchen markierten die jeweiligen Militärstandorte. Der übliche Ventilator, auch er ein neues Modell, mühte sich gegen die schwüle Hitze ab. Davies lehnte sich an einen unordentlichen Schreibtisch. Das lärmende Brummen eines Flugzeuges erfüllte die Luft und verklang dann in der Ferne.

Plötzlich bemerkte Friederike, dass Davies' Blick auf ihren Unterarmen ruhte, wo sich die Narben ihrer Selbstverletzung immer noch weißlich von der Haut abhoben. Im Winter hatte sie immer lange Ärmel getragen. Er hatte die Narben noch nie gesehen. Hastig drückte sie die Arme an den Körper und wandte sich ab.

Zu ihrer Erleichterung öffnete sich jetzt die Tür, und ein großer, braun gebrannter, sehr attraktiver Mann mit den Abzeichen eines Captain am Uniformhemd betrat den Raum.

»Captain Nicols.« Davies hob die Hand an die Uniformmütze. »Lieutenant Davies von der Royal Military Police, Miss Matthée von der Weiblichen Polizei in Köln.«

»Habe ich mich etwa einer Geschwindigkeitsübertretung schuldig gemacht?« Nicols lächelte amüsiert. Aber Friederike glaubte, eine gewisse Wachsamkeit in seinen Augen wahrzunehmen. Sein Englisch hatte einen Oxford-Akzent. »Aber nein, dafür hätte sich kein Lieutenant der Special Investigation Branch hierherbemüht. Und warum, um alles in der Welt, Lieutenant, haben Sie eine Angehörige der deutschen Polizei im Schlepptau? Auch wenn sie, zugegeben, sehr hübsch ist.«

»Können wir uns bitte setzen, Sir?«

»Natürlich.« Nicols wies auf einige Sessel mit fadenscheinigem Polster und schartigen Armlehnen, die wahrscheinlich noch von der Wehrmacht stammten. Davies hatte dies nicht gesagt, aber Friederike ging davon aus, dass sie – wie bei ihrer früheren Zusammenarbeit – das Gespräch mitschreiben sollte, und holte ihren Notizblock hervor.

»Kannten Sie eine Frau namens Ilse Röder, Sir?«

»Ja.«

»Wie war Ihre Beziehung zu Ilse Röder?«

»Warum um alles in der Welt stellen Sie mir Fragen zu Ilse, Lieutenant? Was soll das?« Eine ärgerliche Falte erschien auf Nicols' Stirn.

»Beantworten Sie bitte einfach meine Frage.«

»Mein Gott, wir hatten eine Affäre ... Sind Sie jetzt zufrieden?«

»Wie haben Sie sich kennengelernt?«

»Diese Unterhaltung ist doch lächerlich.« Nicols machte Anstalten aufzuspringen.

»Bleiben Sie sitzen, Sir.« Davies' scharfe Stimme war eine unmissverständliche Warnung. »Sie wissen ebenso gut wie ich, dass Sie verpflichtet sind, mir Auskunft zu geben.«

Nicols' Unterkiefer mahlten in nur mühsam beherrschtem Zorn. Doch er ließ sich wieder in den Sessel sinken. »Im Juli 1945 war ich mit meinem Sergeant und einigen Soldaten im Bergischen unterwegs, um geeignetes Gelände für ein Flugfeld zu finden. Auf dem Rückweg nahmen wir eine Abkürzung, gerieten auf einen Feldweg. Plötzlich kam eine Frau, nach Hilfe rufend, auf uns zugerannt. Es war Ilse. Einige Displaced Persons hatten ihren Hof überfallen. Wir konnten das Gesindel festnehmen. Wenn Sie Ilse jemals begegnet sind, Lieutenant, wissen Sie, dass sie sehr schön ist. Ich schlug ihr ein Treffen in Köln vor. Sie sagte gern zu. Eines kam zum anderen ...« Er zuckte nonchalant mit den Schultern.

Nicols' Darstellung, was die Displaced Persons betraf, deckte sich mit dem Bericht des Knechtes Gottfried Büchler, dachte Friederike.

»Sie haben Ilse Röders Dankbarkeit ausgenutzt?«, bemerkte Davies kühl.

»Ihre Bemerkung ist eine Frechheit, Lieutenant. Und das wissen Sie ganz genau. Ohne mir schmeicheln zu wollen – Frauen treffen sich nicht aus Dankbarkeit mit mir.

Außerdem ist Ilse eine Frau, die ganz genau weiß, was sie will. Ich gefiel ihr. Sie hatte Spaß an unseren … Zusammenkünften. Und sie zog ihren Nutzen aus unserer Affäre.«

»Was bedeutet?«

»Deutscher Nippes gegen englische Zigaretten. Sie erwarten jetzt hoffentlich keine Aufstellung der Dinge, die ich von ihr bekommen habe.«

»Sie sprechen von Ihrer Affäre in der Vergangenheit. Wer hat sie beendet? Sie oder Ilse Röder?«

»Ilse.«

»Und wann hat sie die Affäre beendet?«

»Vergangenes Jahr im Mai oder Juni.«

Friederike schrieb die Monate auf. Im August musste Ilse Röder schwanger geworden sein. Ob sie die Affäre wegen des Mannes beendet hatte, den sie – laut Dr. Merheim und ihrer Cousine – wirklich geliebt hatte? Sie hielt es für ziemlich wahrscheinlich.

»Hat Ihnen Ilse Röder einen Grund genannt, weshalb sie einen Schlussstrich unter die angenehme und lukrative Liaison zog?«

Nicols' Augen verengten sich leicht, aber er ließ sich nicht provozieren. »Ich schätze, wegen eines anderen Liebhabers. Vermutlich einer, der ihr mehr zu bieten hatte als ich.«

Davies beugte sich vor. »Wussten Sie, dass Ilse Röder schwanger war?«

»Was? Nein!« Nicols starrte ihn verblüfft an. »Jedenfalls ist das Kind nicht von mir.«

»Weshalb sind Sie sich da so sicher, Sir?«

»Weil wir Kondome benutzt haben, Lieutenant.« Nicols führte eine obszöne Geste aus.

Friederike beugte sich tiefer über ihren Notizblock. Sie wusste natürlich, dass es Kondome gab, hatte bei ihrer

Arbeit als Hilfsschwester im Lazarett auch welche gesehen. Aber sich die Anwendung vorzustellen, bereitete ihr Übelkeit, und sie hatte plötzlich das Gefühl, in dem überhitzten Raum nicht mehr atmen zu können. Sah Davies sie an? Ahnte er, wie es ihr ging? Nur keine Schwäche vor ihm zeigen …

»Noch einmal, Lieutenant – ich möchte jetzt endlich wissen, warum Sie mir diese Fragen stellen. Sie sagten, Ilse *war* schwanger. Hat sie das Kind abgetrieben und wurde dabei erwischt?«

»Ilse Röder wurde am 18. Juni brutal ermordet, Sir.«

»Wie bitte?« Nicols sah Davies entgeistert an. Er stieß ein nervöses Lachen aus, als er begriff. »Um Himmels willen … Sie glauben doch nicht ernsthaft, dass ich Ilses Mörder bin?«

Ein Militärfahrzeug fuhr an dem Gebäude entlang. Das auf dem Metall reflektierende Sonnenlicht fiel für Sekunden stechend durch die Ritzen in den Jalousien. Auf Friederike wirkte Nicols' Überraschung nicht gespielt. Andererseits war er es als Offizier gewohnt, kaltblütig auf bedrohliche Situationen zu reagieren.

»Nun ja … Wie Sie selbst zugaben, war Ilse Röder eine sehr schöne Frau. Sie hatte sich von Ihnen getrennt. Wegen eines anderen. Ein verletztes Ego und Eifersucht sind starke Motive für einen Mord.«

Dieses Mal ließ Davies' Provokation Nicols nicht unberührt. »Machen Sie sich nicht lächerlich, Mann!«, brüllte er. »Ich verbitte mir diesen Ton!«

»Sir …« Davies wirkte gänzlich ungerührt.

Nicols schüttelte den Kopf, wie um sich von seiner Wut zu befreien. Seine Stimme war kühl und beherrscht, als er schließlich wieder das Wort ergriff. »Ich mochte Ilse. Sie war eine Augenweide und sehr charmant. Und obendrein gut im Bett. Aber ich war definitiv nicht rasend in sie verliebt. Und ich hatte während unserer Affäre auch andere Frauen.«

»Tatsächlich? Könnten Sie mir bitte Namen nennen?«

»Lassen Sie mich überlegen … Karin, nein Käthe Hildebrand und Anna Faber.« Nicols lachte trocken auf. »Als ich mit Karin in einem Hotel in Düsseldorf war, tauchten Ihre Leute auf, eine Razzia. Sie wissen ja, wie das ist, Lieutenant. Bei einem Offizier gelten andere Maßstäbe als bei den Mannschaftsdienstgraden, und sie ließen mich und Karin in Ruhe. Aber wahrscheinlich können sich die Kerle noch an den Vorfall erinnern. Karins Brüste waren sehr beeindruckend.«

Sexuelle Kontakte zwischen britischen Armeeangehörigen und deutschen Frauen waren verboten. Friederikes Wangen brannten. Mit gesenktem Kopf notierte sie die Namen. Warum konnte sie Nicols' Anzüglichkeiten nicht einfach an sich abprallen lassen?

»Haben Sie eine Ahnung, wer Ihren Platz bei Ilse Röder eingenommen hat, Sir?«

»Nein, überhaupt keine.« Nicols schlug die Beine übereinander. »Ich schätze, Lieutenant, Sie möchten nun auch noch mein Alibi für den Mordtag wissen?«

»Haben Sie denn eines, Sir?«

»Ich war am 18. Juni den ganzen Tag in Düsseldorf und habe am Abend an einem Dinner teilgenommen, das der Gouverneur der Rheinprovinz, William Asbury, veranstaltet hat.«

»Danke, Sir. Ich werde das überprüfen.«

»Damit wären wir beide wohl fertig, Lieutenant.« Nicols stand auf.

Der Ring aus rotem Bakelit … Friederike hatte ganz vergessen, Davies davon zu erzählen. »Haben Sie Ilse Röder einen Ring aus rotem Bakelit geschenkt, Sir?«, fragte sie, ohne zu überlegen.

»Meine Liebe« – Nicols wandte sich ihr zu –, »Sie sind zwar, wie ich schon erwähnte, sehr hübsch und Ihr Englisch ist gut, sofern ich das nach dem einen Satz beurteilen kann. Aber ich werde nun wirklich keine Fragen einer deutschen Polizistin beantworten.«

»Dann stelle ich diese Frage. Haben Sie Ilse Röder einen solchen Ring geschenkt, Sir?«, wiederholte Davies gelassen.

»Ja, das habe ich, Lieutenant.« Er lächelte.

»Der Ring wurde im Abfall gefunden. Ilse Röder hat ihn wahrscheinlich weggeworfen.« Friederike wandte sich wieder direkt an Nicols. Sollte er sie doch ruhig abschätzig behandeln. Sie wollte sich nicht mehr von ihm verunsichern lassen.

»Tatsächlich? Nun, der Ring war nicht teuer.« Nicols zuckte mit den Schultern. »Trotzdem ist es schade, denn er hat hinreißend an Ilses Hand ausgesehen. Ihnen, *Fräulein*, würde er wahrscheinlich auch gut stehen.«

Friederike hasste sich dafür, dass sie noch tiefer errötete.

Hoch über den Kasernen beschrieb ein Militärflugzeug eine Kurve. Es beschleunigte und raste dann davon. Friederike spürte eine jähe Sehnsucht, schwerelos und vogelgleich über die Erde hinwegjagen zu können. Davies' Blick folgte ebenfalls der Maschine, während er den Jeep startete.

Ob er sich als Junge gewünscht hatte, Pilot zu werden, und ob er gern für die Royal Air Force geflogen wäre? Sie konnte sich nicht vorstellen, dass die britische Armee Deutsche als Piloten bei der Luftwaffe akzeptiert hatte. Auch wenn Davies als jüdischer Jugendlicher, der mit einem Kindertransport nach Großbritannien gekommen war, allen Grund gehabt hatte, seine alte Heimat zu hassen. Er hatte bei den Pioneers gegen Deutschland und die Nationalsozialisten gekämpft und war dann zur Royal Military Police gewechselt.

Die Gebäude der Kaserne glitten an ihnen vorbei. Friederike wurde auf dem unebenen Asphalt durchgeschüttelt, dann passierten sie das Tor und hatten die Straße erreicht.

Friederike hielt Davies' Schweigen nicht länger aus. »Was hältst du denn von Captain Nicols?«

»Ich finde, er ist ein arroganter Widerling. Aber ich kann mir nicht vorstellen, dass er zu tiefen, leidenschaftlichen Gefühlen fähig ist und einen Mord aus Eifersucht begeht.«

»Das sehe ich genauso. Und ich gebe ihm recht, dass Ilse Röder die Beziehung zu ihm wahrscheinlich wegen eines anderen beendet hat.«

»Diesem Mann ist Röder vermutlich im Mai oder Juni des letzten Jahres begegnet.«

»Nicols wird sich über dich beschweren, oder?«

»Bestimmt. Aber Mannings schätzt mich, und er kann Typen wie ihn nicht ausstehen.«

Mannings war schon im Winter Davies' Vorgesetzter gewesen, wie Friederike sich erinnerte. »Glaubst du denn auch, dass ich mich in etwas verrannt habe, wie Hauptkommissar Heimerzheim und Kriminalkommissarin Langen annehmen?« Auf der Fahrt nach Düsseldorf hatte sie es noch nicht gewagt, diese Frage zu stellen.

»Ich halte es zumindest nicht für ausgeschlossen, dass Franziska Wagner unschuldig ist. Nach allem, was du mir erzählt hast. Und du hast eine gute Intuition.«

Früher hätte Friederike sich über das Lob gefreut. »Ich bin dir wirklich sehr dankbar.«

»Betrachte es als einen Beitrag der englischen Militärregierung zur Wiederherstellung von Recht und Ordnung.« Er sagte es ohne Lächeln und ohne Ironie. Wieder eine klare Grenzziehung.

Bei dem sonnigen Wetter im offenen Jeep zu fahren war angenehm. Im Winter hatte Friederike, trotz des Verdecks und der Militärdecke, in die sie sich wickeln konnte, oft jämmerlich gefroren. Sie hätte nicht geglaubt, dass sie sich jemals nach dieser Zeit zurücksehnen würde.

Köln

Auf dem Ring passierten sie eine staubige Straßenbahn, die die Gleise entlangkroch. Seit seiner spröden Bemerkung über die Militärregierung und die Gerechtigkeit hatte Davies geschwiegen. Auch im Winter war er öfter für längere Zeit in Schweigen verfallen – McLeod hatte recht, sehr gesprächig war er nicht. Seit Friederike Davies besser kennengelernt hatte, hatte sie sich nicht mehr daran gestört. Jetzt aber empfand sie die Stille als beklemmend, und sie war froh, als Davies den Jeep vor der Stadtkommandantur parkte.

Seine Hände ruhten auf dem Lenkrad. Er blickte zu dem Brunnen, der wieder seine Fontäne in die Luft sprühte. Einige Kinder hatten sich in das Becken gewagt und bespritzten sich mit Wasser.

Im Winter hatte sie sich mit Davies meist in der Stadtkommandantur getroffen. »Soll ich morgen hierherkommen?«, fragte Friederike deshalb und wollte sich endlich verabschieden.

»Komm mit in die Kantine.«

»Ich habe keinen Hunger.«

»Das glaube ich dir nicht.« Er sah sie ruhig an. »Ich weiß doch, wie schlecht die Ernährungslage in Deutschland immer noch ist. Los, komm schon mit. Ich habe etwas Dienstliches mit dir zu besprechen.« Sein Tonfall war schärfer geworden.

Widerstrebend folgte Friederike ihm zum Eingang, wo die beiden Wachen vor ihm salutierten und sie einließen.

Nur wenige Tische in der Kantine waren mit Angehörigen der Militärregierung besetzt. Davies steuerte auf einen abseits gelegenen vor einem Fenster zu. Es duftete nach gebratenem Fleisch, Soße, Kartoffeln und Gemüse. Friederikes Magen zog sich vor Verlangen zusammen. So musste sich ein Hund fühlen, der einen riesigen, köstlichen Knochen erschnupperte.

»Möchtest du etwas Bestimmtes?«

»Nein.« Sie schüttelte standhaft den Kopf.

»Ich hole uns etwas.«

Während Davies zur Theke ging, setzte Friederike sich. Die Tischdecken waren neu. Der Boden glänzte blank. Sie fühlte neugierige Blicke auf sich ruhen – eine deutsche Polizistin gehörte sicher nicht zu den häufigen Gästen –, was ihr Unwohlsein noch verstärkte. Sie wandte den Kopf ab. Wie sollte sie nur die weitere Zusammenarbeit mit Davies durchstehen?

Sie blickte auf, als er ein Tablett auf den Tisch stellte, mit mehreren Sandwiches und zwei großen Gläsern Orangensaft.

»Danke.« Sie verachtete sich für die Gier, mit der sie nach einem Sandwich griff. Dafür, dass sie sich zwingen musste, es nicht mit wenigen Bissen hinunterzuschlingen. Trotzdem hatte sie es nur zu schnell vertilgt. Davies schien wieder einmal in Gedanken versunken. Eine Erinnerung blitzte in ihr auf. Ein schäbiges, ungeheiztes Lokal an einer tief verschneiten Straße. Teller mit einem undefinierbaren Inhalt. Dort hatte sie ihn gefragt, ob er ein deutscher Jude sei.

Immer noch hungrig, aber ohne Appetit griff sie nach einem weiteren Sandwich.

Davies legte seines, das er noch nicht einmal zur Hälfte gegessen hatte, auf dem Teller ab. »Du weißt doch etwas über das Verschwinden dieses Mädchens … Elli Berneike.«

Die Feststellung traf Friederike völlig unvermittelt. Sie verschluckte sich fast an einem Bissen. »Wie kommst du darauf?«

»Als deine Vorgesetzte ihr Verschwinden erwähnte, hast du schuldbewusst gewirkt. Und dann, als du sagtest, wahrscheinlich sei das Kind auf das Ruinengrundstück zurückgekehrt, klang deine Stimme irgendwie höher als sonst.«

Er war wirklich ein sehr guter Beobachter. Sollte sie ihm die Wahrheit sagen? »Ich habe sie mit nach Hause in die Schrebergartensiedlung genommen«, sagte sie rasch und ohne noch länger darüber nachzudenken.

»Du hast das Kind also gewissermaßen entführt?«

Der schiere Unglaube in Davies' Stimme machte Friederike wieder klar, dass sie etwas Unverzeihliches getan hatte. »Ich konnte Elli einfach nicht in dem Kinderheim lassen! Sie stammt aus einer deutschen Siedlung am Schwarzen Meer. Ich habe keine Ahnung, wie sie ins Rheinland gelangt ist. Aber sie hat Furchtbares erlebt. Sie hat Albträume von einem Massaker, das sie mit angesehen hat. Die Nonnen in dem Heim haben sie bestraft, weil sie zwanghaft ihre Arme aufgekratzt hat, haben sie an einem Stuhl festgebunden …«

Einige Männer an einem Tisch in der Nähe der Theke brachen in dröhnendes Gelächter aus.

»Das Mädchen hat also seine Arme aufgekratzt, so wie du.« Davies' Blick wanderte zu Friederikes vernarbter Haut.

Wieder zog Friederike die Arme schützend an sich. »Ja. Aber ich tue das nicht mehr … Irgendwann im Januar, während der Mordermittlung, hat es aufgehört. Ich hatte nicht mehr das Bedürfnis danach. Aber vorher konnte ich es nicht kontrollieren.« Davies wusste, dass sie nach der Flucht aus Ostpreußen vergewaltigt worden war. Und nun kannte er auch dieses Geheimnis. Friederike fühlte sich bloßgestellt und gedemütigt und schützte sich mit Zorn. »Was willst du jetzt tun? Mich Kriminalkommissarin Langen melden? Wolltest du deshalb dienstlich mit mir sprechen?«

»Sei nicht albern.« Sein Tonfall war barsch. »Natürlich melde ich dich nicht.«

Friederikes Geduld war zu Ende. »Warum bist du wirklich nach Deutschland gekommen, Richard? Es war doch nicht nur aus Pflichtgefühl!«

»Nein, das stimmt.« Er nahm das Glas mit dem Orangensaft in die Hand und hob es hoch, stellte es dann jedoch wieder auf dem Tisch ab. Das Kondenswasser hinterließ einen Ring aus Feuchtigkeit auf der Decke. »Ich hatte das Gefühl, wenn ich nicht zurückkomme, laufe ich vor den nationalsozialistischen Schergen und ihren Helfershelfern davon.«

Friederike wartete. War dies die ganze Wahrheit?

Davies lehnte sich auf seinem Stuhl zurück und sah sie an. Sein Lächeln, resigniert und irgendwie auch scheu, war wie das Eingeständnis einer Niederlage nach einem langen Kampf. »Ich wollte dich wiedersehen. Du bedeutest mir sehr viel. Verzeih, dass ich so abweisend war und den Vorgesetzten hervorgekehrt habe. Ich war einfach unsicher dir gegenüber …«

Friederike verstand. Davies sagte nicht, dass er sich im Winter in sie verliebt hatte, vielmehr war dies das Angebot einer Freundschaft oder vielleicht auch die Bitte darum. Mehr wollte oder konnte er – zumindest jetzt – nicht geben. Und sie wusste auch nicht, ob sie mehr als dies wollte. Sie hatte Angst, abermals enttäuscht zu werden. Ihr Verhältnis war so kompliziert … Und da war Ludwig Viersen, für den sie viel empfand. Aber eine Freundschaft war ein sicheres Terrain, auf dem Davies und sie sich begegnen konnten. Ihr wurde leichter ums Herz.

»Nimmst du es mir übel, dass ich zurückgekommen bin, nachdem ich mich so lange nicht bei dir gemeldet habe?«

»Nein, jetzt nicht mehr.« Friederike schüttelte den Kopf. »Ich bin froh, dass du hier bist.«

»Ich bin auch froh. Und nun iss schon auf.« Sein Lächeln war warm und herzlich, und Friederike erwiderte es ohne Vorbehalt.

Richard Davies blickte von den Unterlagen auf, die ihm in Düsseldorf übergeben worden waren. Es ging auf elf Uhr zu. Vor einer Weile schon hatte er die Schreibtischlampe eingeschaltet. Ein Nachtfalter flatterte träge durch das offen stehende Fenster und um das Licht. Davies zündete sich eine Zigarette an. Wie nicht anders zu erwarten, waren Lieutenant Amery und sein Team in den Dörfern rund um den Fundort der ermordeten britischen Flugzeugbesatzung auf eine Mauer des Schweigens gestoßen.

Ermittlungen in ländlichen Gebieten gestalteten sich oft schwierig, da ein Geflecht aus wechselseitigen Abhängigkeiten bestand. Auch zwei Jahre nach dem Ende des Krieges mussten Menschen, die bereit waren, bei den Militärbehörden auszusagen, mit sozialer Ächtung rechnen. Manchmal gaben anonyme Denunzianten, die noch alte Rechnungen offen hatten, nützliche Hinweise. Aber dies waren Zufälle. Nein, es musste ihm gelingen, die schwachen Stellen in dem sozialen Geflecht ausfindig zu machen und Druck auf die Leute auszuüben.

Einer der drei Offiziere, mit denen er sich die von der britischen Militärregierung requirierte großbürgerliche Gründerzeitwohnung teilte, ging ins Bad. Gleich darauf hörte Davies die Dusche rauschen. Von den meisten Häusern auf der anderen Straßenseite standen nur noch die unteren Stockwerke. Dort und in den Kellerbehausungen brannten vereinzelte Lichter. Eine sechsköpfige deutsche Familie hatte sich auf einem flachen Stück Dach – wohl einmal der Estrich eines Zimmers – schlafen gelegt.

Davies' Mitleid hielt sich in Grenzen, denn die Familie war am Leben. In dem stuckverzierten Treppenhaus stand der Name Fringsheim neben seiner Wohnungstür. Wenn er sie passierte, fragte er sich oft, ob in dieser und in den anderen Wohnungen vor den arischen deutschen Mietern wohl Juden gelebt hatten. Und wenn ja, ob sie rechtzeitig hatten emigrieren können oder ob sie in die Todeslager deportiert worden waren.

Es setzte ihm zu, wieder in Deutschland zu sein, viel mehr als bei seinem letzten Aufenthalt. Damals war er härter gewesen. Dass sein innerlicher Panzer Risse bekommen hatte, hing auch mit Friederike zusammen.

Ja, er liebte sie. Falls er daran noch Zweifel gehabt hatte, hatten die sich verflüchtigt, als Friederike abgehetzt und zerknirscht und wunderschön ins Büro ihrer Vorgesetzten getreten war. Er war brennend eifersüchtig auf ihren Freund. Es war leider nur zu verständlich, dass sie sich in einen anderen Mann verliebt hatte. Schließlich hatte er, Davies, sich entgegen seinem Versprechen wochenlang nicht bei ihr gemeldet.

Aber wenn er sich selbst gegenüber ehrlich war … Davies drückte die Zigarette in einem Aschenbecher aus. Trotz seiner Eifersucht war er irgendwie auch fast erleichtert, dass es so gekommen war. Denn nun musste er sich nicht der Frage stellen, ob er nicht doch das Wagnis einer Liebesbeziehung mit Friederike – einer Deutschen – eingehen sollte.

10. Kapitel

Bergisches Land, bei Altenberg, Dienstag, 1. Juli 1947

Sie fuhren durch ein lang gezogenes Tal an einem kleinen Fluss entlang. Auf einer Weide hatten sich Kühe im Schatten eines Baumes ins Gras gelegt. Bis auf ihre Ohren und die Schwänze, mit denen sie nach den Fliegen schlugen, wirkten sie völlig reglos. Am Ende des Tales stand eine imposante gotische Kirche mit einem einzelnen Turm, die – zumindest aus der Ferne – unzerstört wirkte.

Vor der Begegnung mit Davies am Morgen in der Stadtkommandantur war Friederike ein bisschen ängstlich gewesen, hatte sich gefragt, ob es ihnen tatsächlich gelingen würde, freundschaftlich miteinander umzugehen. McLeod hatte sich auch im Raum aufgehalten, deshalb hatten sie die Form gewahrt und sich mit Lieutenant und Miss Mattheé angesprochen. Aber schon da hatte Friederike gespürt, dass Davies seine abweisende Haltung ihr gegenüber aufgegeben hatte.

Während der Fahrt über den Rhein und durch die staubigen Vororte von Köln hatte er ihr erläutert, wie er während der nächsten Tage bei seiner Suche nach den Mördern der britischen Flugzeugbesatzung vorgehen wollte. So hatte Davies es auch im Winter oft gehalten, und Friederike hatte den Umstand, ganz selbstverständlich mit einbezogen zu werden, sehr vermisst.

Ihr erstes Ziel an diesem Morgen war ein gewisser Major Karl-Maria Dabringhausen. Wegen seines militärischen Ranges eine Respektsperson und ein Mann, der sicher wusste, was im Bergischen vor sich ging.

Jetzt lenkte Davies das Gespräch auf Ilse Röder. »Als Kriminalkommissarin hat sie doch sicher auch für andere junge Frauen eine Einweisung in das Polizeiliche Jugendschutzlager beantragt.« Davies sah Friederike kurz an, ehe er sich wieder auf die Straße konzentrierte. »Könnte nicht auch eine von ihnen sie aus Rache umgebracht haben?«

»Außer für Franziska hat Ilse Röder noch für vier andere junge Mädchen eine Einweisung beantragt, das geht aus den erkennungsdienstlichen Karteikarten hervor. Ich habe diese Mädchen inzwischen überprüft. In Köln ist keins gemeldet. Vielleicht haben sie das Lager nicht überlebt, oder sie sind nicht mehr in die Stadt zurückgekehrt. Und ich glaube auch nicht, dass eins von ihnen für Ilse Röders Tod verantwortlich ist.«

»Warum nicht?«

»Ich habe ja mit Annemie Jessen gesprochen. Die Zeit im Lager hat sie gebrochen. Rache zu nehmen setzt viel innerliche Stärke voraus. Ich finde es schon außergewöhnlich, dass Franziska noch so viel Hass und Wut in sich hat.«

Nach der Flucht aus Ostpreußen war sie selbst völlig passiv gewesen, hatte sich vom Leben hin und her werfen lassen. Jede Kraft, gegen ihr Schicksal aufzubegehren, hatte ihr gefehlt.

»Gibt es noch jemanden, der einen Grund gehabt hätte, sich an der Röder zu rächen?«

»Das ist wahrscheinlich ziemlich weit hergeholt, aber … Ilse Röder wollte einen Mann namens Friedrich Gerhartz heiraten. Einen Diplomkaufmann, der in leitender Position für die IG-Farben in Frankfurt arbeitete. Gerhartz wurde jedoch wegen eines jüdischen Großvaters entlassen, woraufhin Ilse Röder die Verlobung löste. Ihre Cousine weiß nicht, was aus dem Mann geworden ist.«

»Ich höre mich nach ihm um. Ich kenne da jemanden bei den Amerikanern in Frankfurt.«

»Bringst du dich nicht in Schwierigkeiten, wenn du mir hilfst?«

»Das nimmt ja nicht viel Zeit in Anspruch.« Davies verlangsamte die Geschwindigkeit und steuerte den Jeep vorsichtig durch ein großes Loch, ehe er abbog und eine kurvenreiche Straße den Hügel hinauffuhr.

Sein Deutsch, fiel Friederike plötzlich auf, hatte einen weniger starken Akzent als früher. Ob er sich in seiner Muttersprache wieder wohler fühlte? Oder vielleicht war der starke Akzent auch ein Schutz gegen sein Geburtsland und die Menschen hier gewesen.

»Ilse Röder hat, laut ihrer Cousine, für ihren Sohn den Namen Alexander ausgesucht. Nach ihrem Vater. Schade, sonst wäre der Name vielleicht ein Hinweis auf ihren Geliebten gewesen.«

»Alexander … Der größenwahnsinnige griechische König. Nicht gerade ein gutes Omen für ein Kind.« Davies schüttelte den Kopf.

»Ich mag den Namen auch nicht.« Friederike lehnte sich in dem Beifahrersitz zurück. Ihre Gedanken wanderten wieder zu Franziska. »Ich verstehe einfach nicht, warum mich Kriminalkommissarin Gerwing über die Zustände in dem Polizeilichen Jugendschutzlager belogen hat. Von Gesine Langen hätte ich nichts anderes erwartet. Für sie ist die Weibliche Kriminalpolizei über jeden Zweifel erhaben. Wahrscheinlich bedauert sie es sowieso, dass die Polizei jetzt gegenüber Kindern und Jugendlichen nicht mehr so streng durchgreifen kann wie zur Zeit des Nationalsozialismus. Aber Ida Gerwing ist viel liberaler und großzügiger. Sie war, als die Lager eingerichtet wurden, auch gar nicht bei der Polizei, hat also keine Unterbringung dort zu verantworten.«

»Offensichtlich schätzt deine Vorgesetzte ihren Dienst, sonst wäre sie ja nicht zur Weiblichen Kriminalpolizei zurückgekehrt. Wenn sie die menschenverachtenden Zustände in den Lagern für wahr halten würde, müsste sie sich mit ihrer Arbeit auseinandersetzen. Und es sind ja immer noch Kolleginnen tätig, die Einweisungen beantragt haben. Das Verhältnis zu ihnen würde sich wahrscheinlich schwierig gestalten.«

Davies' Antwort klang klar und einleuchtend. Doch war es wirklich so einfach? Friederike konnte sich damit nicht zufriedengeben. »Aber reicht das denn als Erklärung aus?«

»Menschen neigen dazu, das für wahr zu halten, was sie für wahr halten wollen.« Er zuckte mit den Schultern. »Und das Bürgertum, dazu gehören Polizeibeamte ja auch, hat eine große Angst vor dem Asozialen. Ich meine vor dem, was die Nationalsozialisten dazu erklärten. Unangepasstes und von der Norm abweichendes Verhalten, Armut, Sucht. Elende Lebensverhältnisse … Alles, was das eigene wohlgeordnete Leben in Frage stellt.« Eine Bitterkeit schwang plötzlich in Davies' Stimme mit.

Sein Vater war Arzt gewesen, seine Mutter eine talentierte Musikerin. Er war in einer bürgerlichen Familie aufgewachsen. Hatten seine Eltern diese Normen hinterfragt? Oder zweifelte er sie aufgrund seines Lebenswegs an? Wie so oft, wenn es um seine Familie ging, wagte Friederike nicht nachzufragen.

»Nimm bitte die Karte und schau nach, wo die Abzweigung nach Hilgen ist. Diese kleinen Straßen sind das reinste Labyrinth.« Davies wies auf eine Straßenkarte auf dem Armaturenbrett. Er hatte sich wieder gefangen.

Erleichtert kam Friederike der Bitte nach und faltete die Straßenkarte auseinander.

Die Straße, nun ein breiter, ungeteerter Weg, führte durch einen Wald und endete dann vor einem zweiflügeligen Gutshaus. Friederike revidierte gleich darauf ihren ersten Eindruck: Eigentlich war das stattliche Gebäude mit den hellen Mauern ein Herrenhaus. Lange Fensterreihen durchzogen die beiden Stockwerke, und eine Freitreppe führte zum Portal hinauf, über dem ein Wappen prangte. Ein blondes Mädchen mit einem kirschförmigen Mund und hohen Wangenknochen ritt auf einen Stall zu und blickte erschrocken zu dem Jeep. Ein Besuch der britischen Militärpolizei verhieß oft nichts Gutes.

Friederike schob den Gedanken beiseite, wie sehr das Anwesen dem Gut ihrer Familie bei Gumbinnen ähnelte und dass das Leben des jungen Mädchens wahrscheinlich ihrem eigenen frühen, wohlbehüteten Dasein glich, und folgte Davies zum Portal. Als ihnen ein ältliches Hausmädchen mit einem Häubchen auf dem Kopf öffnete, fühlte sie sich vollends in eine andere Zeit versetzt.

Davies sagte knapp, dass er Major Dabringhausen zu sprechen wünsche. Eingeschüchtert geleitete das Hausmädchen sie durch die getäfelte Halle und in eine Bibliothek, wo es sie bat zu warten.

Ein weitläufiger Raum mit Fenstertüren, der jetzt, am Vormittag, noch im Schatten lag. Später würden bestimmt die Vorhänge zugezogen werden, um die Bücher in den deckenhohen Regalen vor dem Sonnenlicht zu schützen. Perserteppiche auf dem Boden, die etwas abgetreten waren. Landschaften in Öl an den Wänden. Dazwischen eine Lücke, wo die Tapete heller war. Wahrscheinlich hatte die Familie ein Gemälde verkauft oder eingetauscht, um in diesen schwierigen Zeiten über die Runden zu kommen. Zwei Ledersofas, die einander gegenüberstanden. Eine Büste des athenischen Staatsmannes Perikles auf dem Kaminsims. Wieder fühlte sich

Friederike in ihr verlorenes Zuhause versetzt. Nur hatten dort die Büsten von Sokrates und Platon die griechische Antike repräsentiert.

Eine Frau und ein Mädchen überquerten jetzt den Rasen jenseits der Terrasse. Beide hatten haselnussbraunes Haar. Aber ansonsten war die Ähnlichkeit mit der hübschen Reiterin unverkennbar. Vermutlich die Mutter und die Schwester.

Davies stand vor einem Regal und musterte die Buchrücken mit den goldgeprägten Aufschriften mit unergründlicher Miene. Goethes gesammelte Werke, wie Friederike jetzt sah. Schiller, Hölderlin. Geistesheroen des deutschen Bürger- und Großbürgertums. Doch viele der Verehrer hatten die braune Herrschaft bejaht, wenn nicht gar freudig begrüßt.

Er drehte sich abrupt um, als jetzt die Tür geöffnet wurde und ein hochgewachsener Mann die Bibliothek betrat. Dessen Haar war von der Sonne ausgebleicht und so hell, dass es fast weiß wirkte. Graue Augen neben einer Adlernase musterten sie forschend. Er trug zu seinem karierten Hemd keine Krawatte. Seine derben Stiefel und die geflickte Hose waren staubbedeckt. Dennoch war dies ganz unverkennbar der Gutsherr. Seine Ausstrahlung war selbstsicher – ein Mann, der es gewohnt war, dass andere ihm gehorchten. Friederike schätzte ihn auf Mitte vierzig. Er war nicht im herkömmlichen Sinne gut aussehend, aber sein markantes Gesicht war sehr interessant und fesselnd.

»Major Dabringhausen, nehme ich an?« Davies stellte sich und Friederike vor.

»Lassen Sie uns doch Platz nehmen, Lieutenant.« Dabringhausen wies auf die Ledersofas. Lächelnd wandte er sich Friederike zu. »Matthée ... Ist das nicht ein hugenottischer Name?«

»Ja, die Vorfahren meines Vaters waren französische Protestanten, die sich in Ostpreußen niederließen.«

»Viele Hugenotten haben es zu Reichtum und Ansehen gebracht und dem Land zu Wohlstand verholfen.« Dabringhausens Worten war zu entnehmen, dass er Friederike zu einer dieser Familien zählte, obwohl er es nicht direkt aussprach. Wieder einmal hatten die geheimen Chiffren des Großbürgertums gegriffen.

Das Dienstmädchen erschien und stellte ein Tablett auf den Tisch. Nachdem es die drei Gläser aus einem Krug mit Wasser gefüllt hatte, zog es sich wieder zurück. Friederikes Mund war nach der Fahrt in dem Jeep ganz trocken. Sie wollte nach einem Glas greifen, bremste sich aber gerade noch rechtzeitig. Sie konnte nicht eher trinken als ihr Vorgesetzter. Also holte sie ihren Notizblock hervor.

»Wie Sie wahrscheinlich schon vermutet haben, Major, bin ich wegen der im November '44 ermordeten britischen Jagdbomber hier.«

»Eine schockierende Sache. Ich hätte nicht gedacht, dass die Menschen hier in der Gegend dazu imstande wären, Kriegsgefangene umzubringen.«

»Wissen Sie etwas über die Morde?«

»Sie können versichert sein, Lieutenant, wenn ich etwas wüsste, hätte ich dies umgehend den Besatzungsbehörden gemeldet. Darauf gebe ich Ihnen mein Ehrenwort. Ich war Offizier bei der Wehrmacht, und ich toleriere keine Kriegsverbrechen.«

Ihr Vater, der 1944 in Russland gefallen war, und ihr Bruder Hans hätten genauso reagiert. Ehre, Tapferkeit, Mut und Ritterlichkeit waren ihnen selbstverständlich gewesen.

»Sie sind eine einflussreiche Persönlichkeit und eine Respektsperson als Gutsherr und als ehemaliger Offizier. Ich kann mir nicht vorstellen, dass Ihnen keine Gerüchte über die Mörder zu Ohren gekommen sind. Trotz Ihres Ehrenworts …« Davies' Stimme klang sehr kühl.

»Wenn ich im November '44 hier gewesen wäre, ja, dann hätte ich vielleicht etwas darüber gehört. Möglicherweise auch noch direkt nach der Kapitulation.« Dabringhausen schien Davies' Bemerkung nicht als Provokation aufzufassen. Er reagierte ganz sachlich. »Aber ich kämpfte in jenem Herbst in der Normandie. Im Dezember geriet ich dann in amerikanische Kriegsgefangenschaft. Entlassen wurde ich vor etwa einem Jahr. Die Menschen wollen vergessen. Sie begraben das Vergangene in sich.«

»In Deutschland wird viel zu viel vergessen.«

»Ist das nicht manchmal die einzige Möglichkeit, weiterzuleben?«

»Meiner Ansicht nach ist zu vergessen die einzige Möglichkeit, um *bequem* weiterleben zu können.« Davies' Tonfall war immer noch sehr kühl, aber Friederike konnte seinen unterdrückten Zorn spüren. Sie senkte ihren Kopf über das Notizbuch.

»Ich verstehe, dass Sie es so sehen.« Dabringhausen machte eine entschuldigende Handbewegung.

»Tatsächlich?« Davies schwieg, schien sich zur Ruhe zu zwingen, und kam dann wieder auf das eigentliche Thema zurück. »Auch wenn Sie keine Gerüchte gehört haben, Major, haben Sie sich doch sicher Gedanken über die Mörder gemacht. Wer, denken Sie, könnte die Flugzeugbesatzung umgebracht haben?«

»Kurz vor Ende des Krieges wurden bei Lindlar Fremdarbeiter ermordet.«

»Das weiß ich.« Davies nickte.

»Fanatische Nationalsozialisten sollen die Männer umgebracht haben. Ich vermute, dass solche Kerle auch für die Morde an Ihren Landsleuten verantwortlich sind.« Der Tonfall des Majors war verächtlich. Auch in Friederikes Familie hatte man die Anhänger des Nationalsozialismus als ungebildet und brutal verachtet. Ein Pöbel, mit dem man nichts zu tun haben wollte.

»Militärpolizisten werden die Leute auf Ihrem Gut befragen.«

»Selbstverständlich. Sie haben meine Unterstützung, Lieutenant. Ich werde das Personal und die Landarbeiter anweisen, vorbehaltlos mit der Militärpolizei zu kooperieren.«

»Danke, Major.« Davies erhob sich, und Friederike tat es ihm gleich. Auch Dabringhausen stand auf. »Der gewaltsame Tod im Kampf und auf dem Schlachtfeld ist eine Sache. Ich hätte gehofft, dass es jetzt, im Frieden, damit vorbei wäre. Aber nun holt uns der Tod durch den Mord an Ihren Landsleuten ein, und nur wenige Kilometer entfernt wurde die arme Frau Röder umgebracht ...« Er schüttelte bedauernd den Kopf.

»Kannten Sie Frau Röder denn, Herr Major?« Friederike stockte verlegen. »Ich war in der Mordnacht mit der Kriminalpolizei auf dem Gut«, fügte sie hastig als Erklärung für ihre Einmischung hinzu. »Deshalb beschäftigt mich der Mord immer noch.«

»Das kann ich verstehen, Sie Ärmste. Nach allem, was ich gehört habe, muss Frau Röder schlimm zugerichtet gewesen sein. Ich kannte sie nur vom Sehen. Eine ausnehmend schöne Frau. Meine Gattin hatte gelegentlich gesellschaftlichen Kontakt zu ihr.«

»Waren die beiden denn befreundet?«

Dabringhausen schien sich an Friederikes Frage nicht zu stören und sie als Konversation unter gesellschaftlich Gleichrangigen zu betrachten. Er öffnete ihnen die Tür der Bibliothek.

»Befreundet, nein. Wie ich schon sagte, sie verkehrten bei gesellschaftlichen Anlässen miteinander. Wohltätigkeitsveranstaltungen und dergleichen. Natürlich hat meine Frau der Mord an Frau Röder trotzdem sehr getroffen. Die Täterin soll ja gefasst worden sein, habe ich gehört. Eine junge Herumtreiberin?«

»Ja, wahrscheinlich ist sie die Mörderin«, log Friederike.

Dabringhausen begleitete sie bis zur Eingangstür. Davies verabschiedete sich höflich, aber knapp von ihm. Er konnte den Major anscheinend wirklich nicht leiden, und Friederike, die Dabringhausen sympathisch gefunden hatte, fühlte sich ein bisschen befangen. Sie war immer noch sehr durstig. War es nicht in manchen Kulturkreisen so, dass man im Haus eines Feindes nichts aß und trank? Hatte Davies deshalb das Wasser verschmäht? Schweigend überquerten sie den Hof.

Das Pferd, auf dem die junge Frau vorhin geritten war, stand nun festgebunden im Schatten neben der Stalltür. Friederike konnte nicht einfach daran vorbeigehen. Sie blieb stehen und streichelte den Hals des Tieres – eine Stute, wie sie jetzt sah. Warm und vertraut fühlte sich der Pferdleib unter ihrer Hand an. Die Stute schnaubte entspannt. Sie bewegte den Kopf, und ihr weiches Maul glitt über Friederikes Hand.

»Meine Schöne …« Das Gut und die Villa in Königsberg vermisste sie inzwischen nicht mehr sehr. Aber sie wäre so gern wieder einmal geritten. Reiten bedeutete Freiheit. Bei einem schnellen Galopp, dem Sprung über ein Hindernis gab es nur noch die Gegenwart.

Davies hatte ihr stumm zugesehen. »Das ist deine Welt, nicht wahr?« Die plötzliche Schroffheit in seiner Stimme verblüffte Friederike.

»Ja, zumindest war sie es.«

»Und du glaubst an diesen Wehrmachts-Ehrbegriff.

Wie Offiziers-Ehrenwort und Ritterlichkeit und diese ganzen Mythen.«

»Denkst du denn, dass Dabringhausen dich angelogen hat?«

»Nicht, was die ermordeten britischen Soldaten betrifft. Aber auf sein Ehrenwort gebe ich nichts. Hohe Offiziere wie er waren doch tief in das nationalsozialistische System verstrickt.«

»Aber die Offiziere und Soldaten der Wehrmacht hatten doch nichts mit den Konzentrationslagern und den Massenmorden zu tun. Sie haben keine Massaker an Zivilisten begangen, anders als die SS. Sicher, sie waren verblendet, haben für ein verbrecherisches Regime gekämpft. Aber sie haben versucht, anständig zu bleiben. So wie mein Vater und mein Bruder …«

»Du machst dir etwas vor. Die Wehrmacht war alles andere als anständig.«

»Da täuschst du dich.«

Davies schien zornig etwas erwidern zu wollen. Die Frau jedoch, die aus dem Portal des Gutshauses kam und auf sie zueilte, ließ ihn innehalten. Etwas atemlos blieb sie bei ihnen stehen. Nun erkannte Friederike an dem haselnussbraunen Haar die Frau wieder, die sie vorhin im Garten gesehen hatte.

»Dabringhausen, ich bin die Frau des Majors«, stellte sie sich vor und rieb sich nervös über die Arme. »Ach, Lieutenant, mein Mann hat mir gesagt, dass Fräulein Matthée in der Mordnacht auf dem Röder'schen Gut war. Ich muss Fräulein Matthée einfach fragen: Hat Frau Röder denn gelitten?« Ihr Gesicht war blass und erschrocken. Wenn die Reiterin und die junge Frau, mit der sie im Garten gewesen war, ihre Töchter waren, musste sie mindestens Ende dreißig sein, doch sie wirkte jünger.

Litt man, wenn einem Kugeln das Gesicht zerschmetterten, oder starb man schnell, ohne Schmerzen erdulden zu müssen? Friederike hoffte Letzteres. »Frau Röder hat bestimmt nicht gelitten.«

»Gott sei Dank! Wenigstens sind ihr Schmerzen erspart geblieben. Ich habe Frau Röder sehr bewundert. Ihr Mann wird in Russland vermisst. Und sie hat es geschafft, den Hof durch diese schwierigen Zeiten zu bringen.«

»Haben Sie Frau Röder gut gekannt?« Friederike musste es einfach fragen, auch wenn sie die Antwort schon wusste. Aber vielleicht war von Frau Dabringhausen ja doch etwas zu erfahren, irgendein Anhaltspunkt, eine flüchtige Beobachtung, die half, Franziska zu entlasten.

»Nein, das kann ich nicht sagen. Wir sind uns gelegentlich bei Dorffesten oder örtlichen Parteiveranstaltungen begegnet. Als Frau eines Wehrmachtsoffiziers musste ich daran teilnehmen.« Frau Dabringhausen warf Davies, der schweigend zuhörte, einen entschuldigenden Blick zu, als sei es ihr mittlerweile peinlich, Aktionen der NSDAP beigewohnt zu haben. »Und bei diesen Gelegenheiten haben wir ein paar Sätze gewechselt.«

»Wann haben Sie Frau Röder denn das letzte Mal gesehen?« Friederike hoffte, dass sie sich höflich und interessiert anhörte und nicht wie eine Polizistin.

»Das letzte Mal gesehen habe ich Frau Röder … Warten Sie …« Frau Dabringhausen runzelte nachdenklich die Stirn. »Etwa zwei Wochen vor ihrem Tod. Zusammen mit anderen Frauen haben wir eine Speisung für Kinder von Flüchtlingen und anderen mittellosen Familien organisiert. Frau Röder war so voller Energie und Leben, und sie hat einen so glücklichen Eindruck gemacht! Ich schäme mich jetzt, es zu sagen. Aber ich habe mich damals kurz gefragt, ob sie sich nicht vielleicht verliebt hatte.«

Bensberg

Auf der Baustelle am Rand von Bensberg herrschte reger Betrieb. Arbeiter mit nackten, sonnenverbrannten Oberkörpern luden Backsteine von einem Pferdefuhrwerk, andere mischten Zement in einer Metallwanne mit Wasser an. Ein zerbeulter Bagger grub dröhnend seine Schaufel in das Erdreich. Die üblichen neugierigen und ablehnenden Blicke streiften Davies, während er und Friederike über das Gelände gingen.

»Wo finde ich Herrn Langenfeld?« Davies wandte sich an einen Bauarbeiter, der einen Sack Zement auf dem Rücken trug.

»Dort …« Der drahtige Mann wies auf einen Unterstand aus Dachlatten und Zeltplanen. Sein Atem roch nach Bier.

Der Bauunternehmer Jörg Langenfeld war der fünfte auf Davies' Liste. Nach Dabringhausen hatte er den Bürgermeister von Bensberg, den Pfarrer sowie einen Bäckermeister und einen Gemischtwarenhändler aufgesucht. Alle hatten wortreich beteuert, wie schockiert sie über den Mord an den britischen Kampffliegern seien. Darüber gewusst hatte angeblich niemand etwas.

Ob Davies deshalb ärgerlich war? Irgendein unterschwelliger Zorn beschäftigte ihn, das spürte Friederike genau. Oder hing es noch mit ihrem kurzen Disput über die Wehrmacht zusammen? Es gab so viele Themen zwischen ihnen, die wie ein Minenfeld waren.

Davies schob die Zeltplane vor dem Unterstand beiseite. »Herr Langenfeld?«

»Was gibt's denn jetzt schon wieder?« Ein korpulenter Mann blickte gereizt von einer Bauzeichnung hoch. Zu seiner ausgebeulten Arbeitshose trug er ein fleckiges Unterhemd, aus dessen Ausschnitt dichtes Brusthaar quoll.

Eine Schiebermütze saß schief auf seinem Schädel. Seine Haltung veränderte sich sofort, als er den Militärpolizisten erkannte, wurde defensiv und wachsam. Er stand von dem Hocker auf.

»Ja, ich bin Jörg Langenfeld. Entschuldigen Sie bitte, ich dachte, irgendein Arbeiter wollte was von mir. Herr Langenfeld dies, Herr Langenfeld das … Man denkt fast, die hätten noch nie auf 'nem Bau gearbeitet. Na ja, viele sind Flüchtlinge aus dem Osten.« Er grinste um Verständnis heischend.

Davies stellte sich und Friederike vor und nahm dann unaufgefordert auf einer improvisierten Bank Platz.

»Herr Langenfeld, Sie haben bestimmt gehört, dass kürzlich die Leichen einer britischen Jagdbomberbesatzung hier in der Gegend gefunden wurden.«

»Ja, natürlich, das ist in aller Munde.«

»Was können Sie mir über die Morde sagen?«

»Den Mord? Was … Ich … nichts. Wie kommen Sie darauf, dass ich irgendetwas darüber weiß, Herr Leutnant?« Langenfeld starrte Davies entsetzt an.

»Nun, durch Ihr Unternehmen haben Sie viele Kontakte. Sie kommen herum, reden mit den Leuten. Laut Ihrer Entnazifizierungsakte waren Sie wegen gesundheitlicher Beschwerden vom Wehrdienst freigestellt. Ich nehme eher an, Sie haben es irgendwie geschafft, sich vor der Einberufung zu drücken. Wie auch immer … Jedenfalls waren Sie im Herbst 1944, als die Morde geschahen, hier.«

»Aber ich habe wirklich keine Ahnung!« Langenfeld nahm die halbvolle Bierflasche nervös in die Hand, stellte sie dann jedoch wieder hin. Offensichtlich kam er zu dem Schluss, dass es nicht angemessen war, in Gegenwart eines britischen Lieutenants und Vertreters der Militärregierung Bier zu trinken.

»Sie sind 1933 in die NSDAP eingetreten, hatten verschiedene Posten in der Partei inne.« Davies zählte sie auf. »Es war sehr großzügig von der Militärregierung, Sie Ihr Unternehmen weiter betreiben zu lassen. Aber das könnte sich ändern …«

»Ich bin doch nur wegen meines Betriebs in die Partei eingetreten und hab die Posten übernommen! Für mich war das wie die Mitgliedschaft im Fußball- oder im Gesangsverein. Ich war nie ein überzeugter Nazi.« Schweiß hatte sich auf Langenfelds Stirn gebildet.

»Ich werde Ihre Geschäftsbücher überprüfen lassen. Ich bin sicher, es finden sich Unregelmäßigkeiten, was die Baumaterialien betrifft.« Davies' Stimme klang ungerührt.

»Lieber Gott …« Langenfeld hob flehend die Hände. »In diesen Tagen kann man nicht bauen, wenn man nicht hin und wieder Material vom Schwarzmarkt bezieht. Das wissen Sie doch auch.«

»Nein, das weiß ich nicht.«

Langenfeld blickte zu Friederike, als wolle er sie um Unterstützung bitten, dann wieder zu Davies. »Herr Leutnant, ich schwöre, ich kann Ihnen nichts über den Mord an den Briten sagen.«

»Nun gut, wie Sie wollen.« Davies stand auf, und Friederike folgte seinem Beispiel. »Dann werden Militärpolizisten Ihren Betrieb überprüfen.«

Langenfeld sank in sich zusammen und schüttelte schwerfällig den Kopf. Mit den Händen fuhr er sich über das Gesicht.

»Nun ja, es gibt ein Gerücht … Ich hab keine Ahnung, ob es wahr ist.«

»Nämlich?« Davies blieb stehen.

»Der frühere Ortsgruppenleiter von Bergisch Gladbach, Karl-Heinz Schmitz, ein Anwalt, soll mit den Morden zu tun haben. Aber um Himmels willen, sagen Sie bloß niemandem, dass Sie das von mir haben! Jedenfalls wurde er auch verdächtigt, an der Ermordung der Fremdarbeiter in Lindlar beteiligt gewesen zu sein.«

Der Bagger dröhnte. »Ein Gerücht nur, aber besser als nichts«, hörte Friederike Davies sagen.

»Du wirst diesen ehemaligen Ortsgruppenleiter also vernehmen?«

»Ja, natürlich. Vielleicht ist an dem Gerede ja etwas Wahres dran. Ich hatte den Mann ohnehin auf meiner Liste, denn kurz nach der Kapitulation wurde er von unseren Leuten wegen der Ermordung der Fremdarbeiter vernommen. Aber ihm konnte nichts nachgewiesen werden. Ich möchte, dass du zu der Anwaltskanzlei gehst und Schmitz sagst, du kämst im Auftrag deines Mannes. Erzähl ihm, er bräuchte in einer Rechtssache dringend eine Beratung, und du möchtest einen Termin ausmachen. Irgend so etwas … Ich möchte sichergehen, dass ich ihn auch tatsächlich antreffe. Er soll nicht vorgewarnt sein.«

Sie hatten den Jeep fast erreicht, als Friederike eine Frau auf der anderen Straßenseite bemerkte, die in einem geöffneten Hoftor stand und zu ihnen herübersah. Davies setzte sich hinter das Lenkrad. »Friederike?«

Die Frau blickte noch einmal in ihre Richtung, drehte sich dann aber zögernd um.

»Richard, ich bin gleich wieder hier.« Friederike lief über die Straße und zu der Frau, die eben das Hoftor hinter sich zuziehen wollte. Sie trug ein schürzenartiges graues Kleid und machte einen erschöpften Eindruck.

»Entschuldigen Sie …« Jetzt hatte Friederike die Frau eingeholt. »Wollten Sie uns vielleicht etwas sagen?«

»Nein.«

»Wirklich nicht?«

Die Frau schwieg und blickte unsicher die Straße entlang. »Ich habe gehört, dass in einem Wald in der Nähe ermordete britische Soldaten gefunden wurden.« Sie seufzte. »Und dass die Briten deshalb ermitteln. Der Jeep und der Offizier, mit dem Sie unterwegs sind, sind doch britisch …«

»Ich helfe einem Lieutenant der Royal Military Police.«

»Ich heiße Magdalena Dasselt. Mein Sohn Heini hat das hier gefunden.« Die Frau zeigte Friederike ein längliches Metallstück mit abgerundeten Ecken.

Davies, der zu ihnen getreten war, sog scharf den Atem ein. »Wir müssen mit Ihrem Sohn sprechen«, sagte er dann. Seine Stimme klang sehr ruhig, doch Friederike spürte, wie aufgewühlt er war. Geoffrey Steele stand auf der Plakette. Der Name eines der ermordeten Soldaten.

Die Küche glich vielen, die Friederike in den letzten Jahren gesehen hatte. Ein enger Raum, der auch als Schlafplatz diente. Neben einem alten Sofa standen zwei Kinderbetten. Die Wand über dem Herd war voller Ruß. Ein vielleicht drei Jahre altes Mädchen hockte auf dem Boden und wiegte einen Holzlöffel, um den ein Stück Stoff gebunden war, wie eine Puppe in den Armen. Als Friederike es anlächelte, blickte es zur Seite. Der Junge am Tisch war sieben oder acht Jahre älter. Er hatte den Kopf in die Hände gestützt und starrte auf eine Schiefertafel. Mit der nackten Ferse trat er gegen ein Stuhlbein. Die Spannung zwischen Mutter und Sohn war fast mit den Händen zu greifen.

»Du bist also Heini?«

Der Junge stand auf, als Richard Davies ihn ansprach. Seine bockige Miene wurde angesichts der englischen Militäruniform ängstlich.

»Weißt du, was das ist?« Davies zeigte ihm das Metallstück.

»Die Erkennungsmarke eines Soldaten.«

»Ja, sie hat einem englischen Piloten gehört. Deine Mutter hat gesagt, dass du sie gefunden hast.«

Heini nickte stumm.

»Immer treibt er sich herum und –«

»Wo genau hast du die Erkennungsmarke gefunden?«, unterbrach Davies Frau Dasselt. »Du bekommst keinen Ärger, wenn du mir die Wahrheit sagst. Aber du bekommst richtig großen Ärger, wenn du mir etwas verschweigst.«

»Ich hab sie in der Nähe vom Hof der Röders gefunden.«

Davies wechselte einen überraschten Blick mit Friederike. »Was hattest du denn dort zu suchen?«

Heini blickte auf die Schiefertafel und fuhr sich mit der Hand über die Nase. »Auf dem Hof ist doch der Mord geschehen … Das fand ich spannend.«

»Heini!« Frau Dasselt machte eine Bewegung, als wolle sie ihren Sohn ohrfeigen, und Friederike trat rasch zwischen sie und den Jungen.

»Wann genau warst du dort?«

»Am Montag letzter Woche.«

»Weißt du, wie die Erkennungsmarke dorthin gelangt ist?«

»Nein, ich hab sie im Gras schimmern gesehen und hab sie aufgehoben.«

»Sie war also ganz blank? Du hast sie nicht poliert?«

»Nein.«

»Hast du die Marke schon vorher bei jemandem gesehen?«

»Nein, wirklich nicht, ich schwör's!« Heini schüttelte heftig den Kopf. Es gab keinen Grund anzunehmen, dass der Junge log.

»Hast du dich denn *vor* Montag letzter Woche schon

einmal in der Nähe des Hofes aufgehalten?«, fragte Friederike.

Heini schüttelte wieder den Kopf.

»Das wäre ja auch noch schöner!« Frau Dasselt erhob anklagend die Stimme. Friederike legte ihr besänftigend die Hand auf den Arm. »Heini, fällt dir sonst noch irgendetwas ein, das du uns sagen möchtest?«

Der Junge duckte sich.

»Heini?«, hakte Davies scharf nach.

»In der Nähe des Hofes soll nachts ein Ungeheuer umgehen …«

»Wie kommst du denn darauf?«

Der Junge blickte von Davies zu seiner Mutter. »Ich hab das in der Schule gehört«, sagte er leise.

Köln

Elli Berneike stach die Nadel mit dem Reihfaden in den Stoff und führte sorgfältig einen Stich auf der weiß gestrichelten Linie aus. Dann noch einen und noch einen. Immer der Kreidelinie entlang.

»Nur nicht zu fest ziehen«, hatte ihr Frau Meßner erklärt. »Sonst reißt der Faden. Und ich mag es nicht, wenn die Fäden zu kurz sind.« Frau Meßner wickelte die benutzten Fäden immer auf Pappkärtchen, um sie wiederzuverwenden, und bewahrte sie zusammen mit Knöpfen und Nähgarn in der Schublade ihrer Nähmaschine auf.

Elli mochte Frau Meßner, die freundlich und geduldig war. Sie mochte das gleichmäßige Geräusch, wenn die ältere Frau mit dem grauen Haarknoten das Fußpedal der Nähmaschine betätigte, das Surren des Lederriemens und das Tock-Tock, wenn sich die Nadel in den Stoff hob und senkte. Und sie liebte es, ihr zu helfen oder mit den Stoffresten zu spielen. Meistens waren es graue Stoffe von Soldatenuniformen, die auf dem Tisch der Schrebergartenhütte neu zugeschnitten und zu Jacken und Röcken umgearbeitet wurden. Aber manchmal war auch ein bunter, weicher Stoff dabei. So einen zu berühren war, wie gestreichelt zu werden.

»Das hast du gut gemacht.« Frau Meßner beugte sich über den Jackenärmel, dessen Naht Elli mit Stichen zusammengeheftet hatte, und lächelte sie an. »Und nun geh nach Hause. Frau Matthée wartet bestimmt schon auf dich. Morgen werden wir vielleicht eine Bluse nähen.« Sie wies auf einen zarten, mit kleinen Veilchen und Rosen bedruckten Stoff, den vor ein paar Tagen eine Kundin gebracht hatte.

Mit dem Bild der Blümchen vor Augen verließ Elli die Hütte. Bis zum Grundstück der Matthées war es nicht weit. Worüber sie froh war, denn die anderen Kinder machten ihr Angst. Erleichtert, keinem von ihnen begegnet zu sein, schlüpfte sie kurz darauf in den Garten. Die Tür der Nissenhütte war verschlossen. Anscheinend war Frau Matthée von ihrer Arbeit im Krankenhaus noch nicht zurückgekehrt. Ob sie das Unkraut aus den Beeten rupfen sollte?

Doch Elli spürte plötzlich, dass sie durstig war. In der Nissenhütte gab es bestimmt noch einen Krug mit Wasser. Sie holte den Schlüssel aus dem Versteck unter dem Fenster und schloss die Tür auf. Stickige Wärme wallte ihr entgegen. Aber ja, der Krug stand auf dem Tisch und war noch bis zur Hälfte gefüllt.

Elli hatte sich eben Wasser in ein Marmeladenglas gegossen, als ihr Blick durch die geöffnete Tür in den Garten fiel. Zwischen den Büschen bewegte sich etwas. Sie erschrak. Hatte sich da etwa eines der Kinder versteckt?

Nein, dort stand ein Mann, einen Hut tief ins Gesicht gezogen. Ganz offensichtlich beobachtete er sie. Und nun teilten sich die Zweige. Kam der Mann zur Hütte? Wollte er sie holen? Elli begann zu zittern. Das Marmeladenglas fiel ihr aus der Hand und zerschellte auf dem Boden.

Bergisch Gladbach

»Wahrscheinlich hat sich in der Fantasie der Kinder Ilse Röders Mörder in ein Ungeheuer verwandelt, das nachts den Hof heimsucht.« Davies blickte noch einmal zu dem Haus. Frau Dasselts Schelten war bis zum Jeep zu hören. Friederike empfand unwillkürlich Mitleid mit ihr und ihrem Sohn.

»Ich war so froh, dass Steeles Erkennungsmarke aufgetaucht ist! Aber dass der Junge sie auf dem Röder'schen Hof entdeckt hat, hilft uns überhaupt nicht weiter.« Er gab sich keine Mühe, seine Frustration zu verbergen.

»Könnte sie dort nicht seit dem November 1944 gelegen haben?«

»Dann hätte der Junge sie kaum im Gras schimmern gesehen. Nein, ich vermute, ein anderes Kind, das auch von dem Mordschauplatz fasziniert war, hat die Erkennungsmarke dort verloren.«

Ja, wahrscheinlich hatte ein Kind sie mit sich herumgetragen. Einem Erwachsenen wäre klar gewesen, dass es gefährlich war, die Erkennungsmarke zu besitzen.

»Wäre es dann nicht vielleicht lohnenswert, nach diesem Kind zu suchen?«

»Das würde nun wirklich der sprichwörtlichen Suche nach der Nadel im Heuhaufen gleichen.« Davies lächelte sein seltenes Lächeln, das Friederike wie immer berührte.

»Nein, lass uns zu diesem Schmitz fahren. Vielleicht ist an dem Gerücht, dass er in die Ermordung der Soldaten involviert ist, ja doch etwas dran.«

Karl-Heinz Schmitz wohnte am Rand von Bergisch Gladbach, in einem Straßenzug, der von den Bombenabwürfen weitgehend verschont geblieben war. Einfamilienhäuser standen in den Gärten zwischen Gemüsebeeten und Obstbäumen. Ein Mann hackte in einer Einfahrt Holz, sah jedoch nicht zu ihnen.

Friederike legte die Krawatte und die Uniformmütze ab und öffnete den obersten Knopf ihrer weißen Bluse, um für eine Zivilistin gehalten zu werden. Dann sprang sie aus dem Jeep. Davies sah ihr nach, wie sie zu der Weggabelung ging. Eine zierliche junge Frau, deren dunkles Haar beim Gehen im Nacken wippte. Wie immer bewegte sie sich anmutig, was ihr wahrscheinlich gar nicht bewusst war. Nun war sie aus seinem Gesichtsfeld verschwunden.

Als Friederike wenig später zurückkehrte, die Wangen vom Laufen und von der Hitze gerötet, wirkte sie aufgeregt.

»Schmitz ist zu Hause?«

»Nein, seine Frau sagte, dass er morgen Vormittag anzutreffen ist. Als Bezahlung bevorzugt er übrigens Whisky oder englische und amerikanische Zigaretten.« Friederike lachte. »Was für einen ehemaligen Ortsgruppenleiter ja ziemlich unpatriotisch ist.«

»Aber irgendetwas beschäftigt dich doch?«

»Mir ist auf dem Weg zum Haus etwas eingefallen. Nach dem Gespräch mit Franziska im Gefängnis habe ich mir Notizen gemacht …« Friederike öffnete ihr Notizbuch und blätterte darin, die Stirn vor Konzentration gerunzelt. »Hier hab ich es. Franziska hat erwähnt, dass sie auf dem Hof der Röders ein paarmal einen Jungen gesehen hat, der Gemüse gestohlen hat. Könnte er nicht die Erkennungsmarke verloren haben?«

»Er – oder irgendein anderes Kind.« Davies vermochte Friederikes Enthusiasmus nicht zu teilen.

»Aber würde es sich denn nicht lohnen, Franziska noch einmal nach diesem Jungen zu fragen? Vielleicht kann sie ihn ja beschreiben. Was, wenn er die Erkennungsmarke wirklich im November '44 gefunden hat? Oder vielleicht weiß er ja etwas über Kinder, die sich nach dem Mord an Ilse Röder auf dem Hof herumgetrieben haben und die die Erkennungsmarke verloren haben könnten.«

Davies wirkte noch immer skeptisch. »Gut, ich glaube zwar nicht, dass uns dieser Junge weiterbringt. Aber ich sorge dafür, dass du mit der Wagner sprechen darfst.«

Und vielleicht, wenn dieser Junge öfter auf dem Hof war, weiß er ja auch etwas über den Mord an Ilse Röder, dachte Friederike, während sie in Richtung des zerstörten Ortskerns fuhren. Aber das erwähnte sie Davies gegenüber lieber nicht. Bestimmt würde er sie nicht ernst nehmen.

Köln

Die Wachen vor der Stadtkommandantur erkannten Friederike und ließen sie passieren. Nach ihrer Rückkehr aus dem Bergischen hatte Davies sie zu dem Gefängnis begleitet, und auf seine Intervention hin hatte sie sofort mit der jungen Frau sprechen dürfen.

Davies telefonierte auf Englisch in seinem Büro. Er nickte ihr zu und bedeutete ihr, auf einem Stuhl Platz zu nehmen.

Wie schon am Morgen lagen Akten und andere Unterlagen auf seinem Schreibtisch. Aber es gab nichts Persönliches. Ob Davies in seinem Zimmer oder seiner Wohnung Dinge hatte, die ihm viel bedeuteten? Besaß er so etwas überhaupt?

»Und, hast du etwas Wichtiges von der Wagner erfahren?« Davies hatte das Telefonat beendet und sah sie forschend an. Friederike fühlte sich ertappt.

»Ach, ich weiß nicht recht …« Tatsächlich war sie von der Begegnung mit der jungen Frau immer noch verwirrt. »Was den Jungen betrifft, war Franziska nicht sehr hilfreich. Sie hat ihn als etwa zehn bis zwölf Jahre alt, blond und sehr dünn beschrieben.«

»Das dürfte auf ziemlich viele Jungen zutreffen.« Davies' Stimme klang trocken. »Aber das war nicht alles?«

»Franziska war viel klarer als bei unserer letzten Begegnung, nicht so sediert von dem Brom. Sie hat mir wieder gesagt, dass sie sich in der Nähe des Hofes beobachtet gefühlt hat und dass sie auch das Gefühl hatte, jemand würde ihr folgen.«

»Und das hat sie nicht davon abgehalten, Ilse Röder zu erpressen?«

»Sie war sich nicht sicher, sie hat die Person ja nie gesehen. Und sie wollte für Elli und sich unbedingt ein Zuhause schaffen.«

Davies wirkte nicht überzeugt.

»Franziska hat auch gesagt, es sei ihr vorgekommen, als habe jemand den Keller, in dem sie mit Elli hauste, durchsucht.«

»Vielleicht wollte ja eines der Kinder oder einer der Jugendlichen, die sich auch in der Ruine aufhielten, Franziska bestehlen.«

»Das mag sein. Aber laut Franziska war sie eigentlich erst für den 20. Juni mit Ilse Röder auf dem Hof verabredet. Drei Tage vorher hat sie jedoch eine Nachricht in dem Keller vorgefunden, dass die Röder die Dollars schon habe und dass sie am nächsten Abend zu dem Hof kommen solle.«

»Du wünschst dir, dass die junge Frau unschuldig ist, nicht wahr?«, fragte Davies ruhig.

»Ja, schon … Franziska hat so viel Schlimmes erlebt.« Warum durchschaute er sie immer so schnell? »Aber für mich hört sich das auf jeden Fall so an, als habe jemand Franziska an dem 18. Juni zu dem Hof gelockt, um sie mit dem Mord zu belasten. Mit ihrem polizeilichen Sündenregister ist Franziska nun einmal der ideale Sündenbock.«

»Und wie sollte der Mörder von ihrer Vergangenheit erfahren haben?«

Davies hatte recht mit seinem Einwand. Friederike wünschte sich jedoch, er würde ihre Theorie nicht so gelassen und präzise hinterfragen. »Vielleicht hat er sich ja in der Ruine nach Franziska umgehört. Außerdem … Als ich vor ein paar Tagen im Bergischen unterwegs war, um mit der Krankenschwester, die Ilse Röder bei der Geburt geholfen hat, und Frau Dr. Merheim zu sprechen, hatte ich auch das Gefühl, dass mich jemand beobachtet.«

»Aber wie könnte der Mörder davon Kenntnis gehabt haben, dass du im Bergischen unterwegs warst?«

»Vielleicht hat er mich ja zufällig gesehen. Ach, Richard, ich glaube einfach nicht, dass mich Franziska angelogen hat.«

»Ich sage ja auch gar nicht, dass sie bewusst lügt. Gut möglich, dass sie psychisch krank ist und sich das alles eingebildet hat. Sie hat ja auch in dem Lager schon Brom bekommen. Ich bin da kein Experte, aber mein Vater hielt Brom immer für sehr gefährlich. Es kann zu Psychosen und Bewusstseinstrübungen führen.« Davies brach ab, als habe er seinen Vater unabsichtlich erwähnt, und sein Gesichtsausdruck wurde verschlossen und irgendwie verloren.

Friederike war versucht, ihn zu berühren. Aber Schritte und Stimmen draußen auf dem Flur hielten sie davon ab. »Hauptkommissar Heimerzheim hat mich einmal gefragt, ob ich Groschenromane lesen würde.« Sie wollte Davies wieder aus seinen Erinnerungen zurück in die Gegenwart holen.

»Das würde ich nicht vermuten. Aber du hast eine lebhafte Fantasie, was für einen Ermittler gar nicht schlecht ist.« Er lächelte schwach, hatte sich wieder gefangen. »Ich habe nachgedacht. Vielleicht würde es sich ja doch lohnen, nach dem Kind zu suchen, das die Erkennungsmarke auf dem Röder'schen Hof verloren hat. Was würdest du davon halten, dich zusammen mit ein paar Kolleginnen in den Schulen in und rund um Odenthal umzuhören?«

»Das tue ich gern. Aber ich bin mir nicht sicher, ob das Kind nicht zu viel Angst hat, sich zu melden.«

»Einen Versuch ist es wert. Vielleicht lockt ja auch eine Belohnung, einige Kilogramm Zucker oder Mehl oder Milchpulver, das Kind aus der Reserve.« Davies stand auf. »Ich muss noch einmal in meine Wohnung in Bayenthal, aber ich setze dich vorher bei der Schrebergartensiedlung ab.«

»Ich begleite dich zu eurem Grundstück.« Richard Davies parkte den Jeep vor der Parzelle. Wie jeden Abend wurden in der Schrebergartensiedlung die Gärten gewässert, und Essensgerüche hingen schwer in der feuchtwarmen Luft.

Davies beugte sich hinter den Fahrersitz und förderte ein Paket zutage. »Ich dachte, du und deine Mutter seid bestimmt auf Lebensmittel angewiesen. Jetzt, da ihr zu dritt seid. Für Elli kannst du ja keine Lebensmittelkarten beantragen.« Ein Lächeln schien in seinen Augen auf.

»Danke, das ist wirklich nett von dir.« Friederike hatte

schon mit dem Gedanken gespielt, Davies um Nahrungsmittel zu bitten. Als Angehöriger der britischen Armee konnte er mit Gutscheinen in deren Läden einkaufen. Doch sie hatte sich dagegen entschieden, weil sie ihn nicht in ihr unüberlegtes und ungesetzliches Handeln hineinziehen wollte. Nun jedoch, da Davies die Lebensmittel von sich aus mitgebracht hatte, konnte sie das Geschenk einfach nicht ablehnen.

Friederike öffnete das Gartentor. Mutter wird sich freuen, Davies kennenzulernen, dachte sie.

Ihre Mutter hatte noch keine Gelegenheit gehabt, ihm dafür zu danken, dass er ihr im Winter einen Platz in dem britischen Militärhospital in Wuppertal verschafft hatte. Was ihr wahrscheinlich das Leben gerettet hatte. Sie wusste nur, dass Friederike und Davies zusammenarbeiteten. Deshalb konnte sie der Begegnung der beiden unbefangen entgegensehen.

Die Tür der Nissenhütte stand offen, also waren ihre Mutter und Elli zu Hause. Gefolgt von Davies betrat Friederike den gewölbten, niedrigen Raum, in dem noch die Wärme des Tages hing.

»Mutter? Elli?« Waren sie etwa draußen, hinter der Hütte? Glas knirschte unter Friederikes Füßen, und sie blickte irritiert auf den Boden. Scherben lagen vor dem Tisch.

»Friederike …« Davies berührte sie am Arm. Vor dem Bett ihrer Mutter lag ein einzelner Kinderschuh. Solche Schuhe trug Elli.

Davies hatte sich schon gebückt und spähte unter das Bett. Sein Gesichtsausdruck veränderte sich, wurde wachsam und besorgt. Friederike kniete sich neben ihn. Unter dem Bett lag das Mädchen.

»Elli!« Was um Gottes willen war hier geschehen? Panik erfasste Friederike, und sie fürchtete, das Kind sei vielleicht nicht mehr am Leben. Vorsichtig zog Davies das Mädchen unter dem Bett hervor.

Tränen der Erleichterung schossen Friederike in die Augen, als Elli ein Wimmern ausstieß. Das Mädchen lebte. Sie half ihr, sich aufzusetzen.

»Was ist denn geschehen? Was hat dich denn so erschreckt?« Davies hockte sich vor das Mädchen.

Ellis Blick irrte zu Friederike. Offensichtlich machte ihr der fremde Mann Angst.

»Es ist alles gut. Du musst dich nicht fürchten, der Mann ist nett zu uns.« Friederike half Elli, sich aufzusetzen, und nahm sie tröstend in den Arm. »Komm, sag mir, warum du dich unter dem Bett versteckt hast.«

»Da war ein Mann. Im Garten, hinter den Büschen.«

»Hat er die Hütte beobachtet?«

»Ja!«

Davies schaute zur Tür und machte Friederike ein Zeichen. Sie verstand. »Wo hat sich der Mann denn versteckt?« Sie ging mit Elli nach draußen.

Elli hob die Hand und wies auf einen etwa zwei Meter hohen Haselnussstrauch.

Davies stand auf und verließ die Hütte. Kurz tauchte er noch hinter den Büschen auf. Dann war er nicht mehr zu sehen.

»Kannst du den Mann denn beschreiben?«

»Er hatte einen Hut auf.«

»Mehr hast du nicht von ihm gesehen?«

»Nein.«

Friederike hatte eigentlich auch nichts anderes vermutet. Wahrscheinlich war Elli sofort in Panik geraten und unter das Bett gekrochen. Der Wind spielte mit den Zweigen und Ästen der Büsche, ließ im Zusammenwirken mit der Sonne schattenhafte Umrisse entstehen und wieder verschwinden. Für einen Moment glaubte Friederike wider besseres Wissen, jemand ihr Unbekanntes zwischen dem Blattwerk zu sehen. Womöglich hatte sich Elli, so ängstlich und seelisch verletzt, wie sie war, den Eindringling auch nur eingebildet.

Nach einigen Minuten kehrte Davies zurück. »Das Gras auf der Rückseite der Sträucher ist niedergetrampelt«, sagte er. »Und einige Zweige sind abgebrochen. Dort hat sich wirklich jemand versteckt. Wurde denn etwas gestohlen?«

»Ich glaube, nicht. Alles ist noch an seinem Platz, und es wurde nichts durchwühlt.«

»Ist der Mann denn in die Hütte gekommen, Elli?«, fragte Friederike behutsam.

»Ich weiß nicht …«

»Du hattest die Augen geschlossen?«

Elli nickte stumm.

»Hast du Schritte in der Hütte gehört?«

»Nein.«

»Wahrscheinlich hat sich ein Dieb durch das Kind gestört gefühlt.« Davies blickte wieder zu den Büschen.

»Ja, wahrscheinlich.« Es kam immer wieder einmal vor, dass in die Hütten eingebrochen oder Gemüse aus den Gärten gestohlen wurde.

»Ich sage unseren Streifen Bescheid, dass sie heute Nacht an der Schrebergartensiedlung vorbeifahren.« Davies legte Friederike leicht die Hand auf die Schulter.

»Oh, das wäre gut. Danke …« Warum nur musste sie sich plötzlich wünschen, dass er sie in den Arm nahm?

»Fräulein Matthée …« Eine durchdringende Stimme schreckte Friederike auf. Am Gartentor stand eine rundliche, ältere Frau, die neugierig von Davies zu Friederike blickte.

»Das ist Frau Zimmer, eine der schlimmsten Klatschbasen in der Gartensiedlung«, flüsterte Friederike alarmiert und rückte hastig von Davies ab. »Am besten gehst du jetzt.«

Während Davies den Garten durchquerte und der Nachbarin knapp zunickte, fühlte sie immer noch seine Berührung auf ihrer Schulter.

»Sieh mal Elli, Orangensaft!« Friederike nahm den Saft aus Davies' Paket und stellte ihn in das Regal, zu den anderen Dosen mit Schinken, Corned Beef und Zunge. »Hast du schon einmal Orangensaft getrunken?«

»Ich weiß nicht.«

»Wir machen die Dose später auf.«

Elli lächelte ihr schüchternes Lächeln und widmete sich wieder der Aufgabe, die in Papier verpackten Lebensmittel in dem großen, rostigen Kochtopf zu verstauen, der als Schutz vor Ratten und Mäusen diente. Zucker, Tee, Milchpulver, Zwieback, Haferflocken, Ei-Ersatz, Nudeln, Kaffee und Schokolade. Davies war mehr als großzügig gewesen. Normalerweise hätte Friederike sich sehr über all die Köstlichkeiten gefreut, aber sie war nicht bei der Sache.

Die Nachbarin hatte ihr nicht nur den neuesten Klatsch berichten wollen. Sie hatte ihr auch erzählt, dass sie vor ein paar Tagen einen Mann gesehen hatte, der den Garten beobachtete. Möglicherweise ein Dieb, der das Grundstück auskundschaftete, ehe er heute wiedergekommen war?

Friederike musste jedoch wieder daran denken, dass Franziska ihr erzählt hatte, jemand habe den Keller in der Ruine durchwühlt. Was, wenn das wirklich stimmte? Wenn dies Ilse Röders Mörder gewesen war, der nun fürchtete, das Kind könnte ihn in der Industrieruine gesehen haben und ihn wiedererkennen? Hatte der Mann, von dem die Nachbarin sprach, etwa nach Elli gesucht?

Friederike schüttelte den Kopf. Nein, das war absurd. Wenn der Mann tatsächlich auf der Suche nach Elli gewesen wäre, hätte er sie ganz sicher unter dem Bett entdeckt. Und überhaupt, wie hätte er wissen sollen, dass sie nun in der Schrebergartensiedlung lebte? Sie musste aufhören, sich in Hirngespinsten zu verlieren.

11. Kapitel

Köln, Mittwoch, 2. Juli 1947

Die Flurfenster in der britischen Stadtkommandantur standen weit offen. Es war angenehm kühl. Am Morgen kurz nach sieben hatte Richard Davies auf seinem Schreibtisch die Nachricht vorgefunden, dass er sich bei Captain Mannings melden sollte.

Der Captain hatte höchst unmilitärisch die Füße auf den Schreibtisch gelegt. Sein Uniformhemd war am Kragen aufgeknöpft und die Krawatte gelockert.

»Sir, Sie wollten mich sprechen?«

»So ist es, nun lassen Sie das militärische Grüßen sein und setzen Sie sich, Lieutenant.« Mannings vollführte eine ungeduldige Handbewegung. Er war ein großer, schlanker Mann in den Vierzigern. Mit seinem schmalen Schnurrbart wirkte er ein bisschen wie der Verführer in einem Boulevard-Theaterstück. Doch Davies schätzte seine unkonventionelle Art und seinen scharfen Verstand sehr.

»Dieser verdammte Staub! Er ist einfach überall. Ich frage mich wirklich, was unser Reinigungspersonal so treibt.« Mannings wischte Schmutzpartikel von der Schreibtischplatte und stellte dann seine Füße auf den Boden. »Sie erwähnten mir gegenüber gestern einen gewissen Karl-Heinz Schmitz, der, Gerüchten zufolge, an der Ermordung unserer Leute beteiligt gewesen sein soll.«

»Ja, Sir.« Davies hatte dem Captain am Vorabend über seine Ermittlungen berichtet.

»Nun, vielleicht ist es ja mehr als ein Gerücht.« Der

Captain reichte Davies ein faseriges Blatt Papier. *Karl-Heinz Schmitz aus Bergisch Gladbach ist schuld am Tod der britischen Soldaten*, war mit Druckbuchstaben darauf geschrieben.

»Das anonyme Schreiben wurde in einem Umschlag gestern am späten Abend bei den Wachen vor der Kommandantur abgegeben. Der Überbringer hat es am Kölner Hauptbahnhof ausgehändigt bekommen mit der Bitte, es gegen Bezahlung in der Stadtkommandantur abzugeben.«

»Mit Verlaub, Sir, es erscheint mir doch merkwürdig, dass mir gestern Schmitz als möglicher Verdächtiger genannt wird, und einige Stunden später trifft diese anonyme Nachricht in der Stadtkommandantur ein.«

»Entweder unser Schreiber kennt die Wahrheit und will sein Gewissen erleichtern. Oder irgendwer hat eine Rechnung mit diesem Schmitz zu begleichen und hat ihn deshalb fälschlich denunziert. Schmitz' Name ist ja im Zusammenhang mit der Ermordung der Displaced Persons kurz vor Kriegsende bekannt, auch wenn ihm eine Beteiligung an der Tat nie nachgewiesen werden konnte. Er war Ortsgruppenleiter der NSDAP und hat deshalb ein paar Wochen nach der Kapitulation im Gefängnis gesessen. So jemanden mit dem Mord an unseren Soldaten zu belasten liegt nahe. Finden Sie raus, ob Schmitz wirklich damit zu tun hat oder nicht.«

»In Ordnung, Sir. Haben sich die Wachen, bei denen der anonyme Brief abgegeben wurde, denn den Namen des Überbringers notiert?«

»Glücklicherweise, ja.« Mannings reichte Davies ein Blatt Papier mit einem Namen und einer Adresse in Braunsfeld.

»Ich werde den Mann heute noch aufsuchen.«

»Gut, gut. Ein paar Minuten bevor Sie gekommen

sind, habe ich den Anruf einer Kriminalbeamtin namens Langen erhalten. Ihr Englisch war ganz passabel, aber sie hatte eine Stimme und einen Tonfall wie ein *Feldwebel*« – Mannings benutzte den deutschen Ausdruck – »auf einem Kasernenhof. Sie beteuerte, dass sie *natürlich* und *selbstverständlich* die Arbeit der Besatzungsbehörden unterstützen möchte, aber *leider*, *leider* außer Miss Matthée nur eine weitere Beamtin zur Befragung in den Schulen abstellen könne.«

»Das müsste reichen, Sir.«

»Ich hoffe, dass uns Geoffrey Steeles Erkennungsmarke weiterhilft. Holen Sie die Polizistinnen im Polizeipräsidium ab und geben Sie mir Bescheid, wenn Sie mehr Personal brauchen. Dann nehme ich den Kampf mit dieser Furie auf. Wie hieß noch einmal der Kerl, der in der Sage den Drachen getötet hat und der ein Held in einer Wagner-Oper ist?«

»Siegfried, Sir.«

»Jetzt, da Sie es sagen ...« Mannings schwenkte einen Brieföffner, als sei er ein Schwert, und begann laut und falsch den *Walkürenritt* vor sich hinzupfeifen. »Viel Erfolg, Lieutenant«, sagte er zwischendurch.

Kriminalkommissarin Gesine Langens Büro war wieder penibel aufgeräumt. Bauklötze und Bücher lagen und standen in Reih und Glied, und die Puppen saßen aufrecht im Regal und blickten starr geradeaus.

»Die Befragungen in den Schulen werden hoffentlich bald zu einem Ergebnis führen, Lieutenant«, wandte sich Gesine Langen nach einer höflichen, aber kühlen Begrüßung an Davies. Friederike hatte sie mit einem knappen Nicken bedacht. »Die Weibliche Polizei ist ohnehin unterbesetzt. Ich kann meine beiden Beamtinnen nicht sehr lange entbehren.«

»Sie können versichert sein, Frau Kriminalkommissarin, dass der Royal Military Police sehr daran gelegen ist, die Morde an unseren Leuten so schnell wie möglich aufzuklären.« Davies antwortete gelassen, aber die Zurechtweisung war unüberhörbar. Gesine Langen nahm sie unbewegt hin. »Dann werde ich jetzt Polizeiassistentin Wicherts holen.«

Die Kriminalkommissarin verließ das Büro. Ihre Absätze klapperten den Flur entlang.

»War bei euch im Schrebergarten heute Nacht alles in Ordnung?« Davies wandte sich Friederike zu, die sehr aufrecht dastand und wie immer in Gegenwart ihrer Vorgesetzten ein bisschen nervös wirkte. Obwohl die Patrouille der Royal Military Police das Areal rund um die Siedlung in ihre Runde einbezogen hatte, hatte er sich Sorgen um sie, ihre Mutter und das kleine Mädchen gemacht.

»Niemand hat uns behelligt. Aber eine Nachbarin hat erzählt, dass sie vor ein paar Tagen einen Mann gesehen hat, der unser Grundstück beobachtete.«

»Einer unserer Sergeants kann ganz gut Deutsch. Ich werde ihn bitten, sich bei euren Nachbarn umzuhören. Vielleicht hat ja noch jemand diesen Mann bemerkt.«

»Ich bin dir sehr dankbar.« Wie oft hatte sie das in den letzten Tagen eigentlich schon zu Davies gesagt? Aber anders als zu Beginn ihres Wiedersehens machte es Friederike jetzt nichts mehr aus, ihm dankbar zu sein.

»Was hältst du von der Kollegin, mit der du die Befragung durchführen sollst?«

»Helga Wicherts ist ein bisschen unsicher und ängstlich.«

»Wird sie sich denn gegenüber den Kindern durchsetzen können?« Eine gewisse Schärfe schwang in Davies' Stimme mit. Hier sprach der Vorgesetzte, der eine Aufgabe effektiv erledigt wissen wollte, nicht der Freund, und Friederike wünschte sich, sie hätte sich geschickter ausgedrückt.

»Helga wird ihre Sache bestimmt gut machen. Sie braucht einfach jemanden, der an sie glaubt und ihr eine Chance gibt.«

So, wie du mir im Winter vertraut und an mich geglaubt hast, hätte Friederike gern hinzugefügt. Aber in dem Moment kehrte Gesine Langen in Begleitung der Kollegin ins Büro zurück, und Friederike setzte hastig eine neutrale Miene auf.

Bergisch Gladbach

Davies hatte Friederike und ihre Kollegin am Schulhaus von Voiswinkel abgesetzt. Dann war er nach Bergisch Gladbach weitergefahren.

Karl-Heinz Schmitz' Heim war ein schmuckes Einfamilienhaus mit grünen Fensterläden und einem weit heruntergezogenen, leicht gewölbten Dach. Der niedrige Anbau schien später hinzugefügt worden zu sein. Er beherbergte wohl das Büro des Anwalts, denn ein Schild neben dem separaten Eingang wies auf die Kanzlei hin. In einer Garage, über der ein alter Birnbaum seine Äste ausbreitete, stand ein blank geputzter VW Käfer.

Das Anwesen wies keinerlei Bombenschäden auf. Davies erachtete es als eine bittere Ironie, dass ausgerechnet wieder einmal das Heim eines überzeugten Nationalsozialisten den Krieg heil überstanden hatte. Schon öfter hatte er das erlebt. So als hätte sich das Böse mit seinen Gefolgsleuten verbündet und ihnen gegen Tod und Zerstörung beigestanden.

Davies wies einen der vier Militärpolizisten, mit denen

er sich außer Sichtweise des Hauses getroffen hatte, an, den separaten Eingang zu bewachen. Mit den anderen ging er zur Haustür. Auf sein Klingeln hin öffnete ihm eine Frau, die ein blau-weiß gestreiftes Sommerkleid und eine schmale Armbanduhr trug. Ihre Augen weiteten sich erschrocken, als sie die Uniformen der Besatzer sah.

»Karl-Heinz!«, rief sie schrill.

Ein rundlicher Mann Mitte fünfzig erschien in der Diele. Er war hemdsärmelig und schlüpfte hastig in ein Jackett.

»Herr Schmitz?«

»Der bin ich.«

»Ich habe einen Durchsuchungsbefehl für Ihr Haus.« Davies zeigte ihm das Schreiben des Militärrichters. »Treten Sie zurück.«

»Aber … auf welcher Grundlage denn?« Schmitz plusterte sich auf. »Das können Sie doch nicht machen!«

Davies ignorierte sein Zetern und wandte sich an einen breitschultrigen Corporal. »Behalten Sie Mr und Mrs Schmitz im Auge.« Den anderen beiden Militärpolizisten befahl er, das obere Stockwerk und den Anbau zu durchsuchen. Er selbst öffnete die nächstgelegene Tür, die von der Diele abging. Eine gut ausgestattete Küche mit Geranien vor den Fenstern und einer Durchreiche in ein Esszimmer. Hier würde er eher nichts Belastendes finden und sie sich später vornehmen. In der Diele ließ sich Schmitz über die »Willkür der Besatzer« aus.

Das Wohnzimmer hatte eine Blümchentapete. Es roch schwach und süßlich nach Bohnerwachs. Über dem grünen Samtsofa hing das kitschige Gemälde einer Rheinlandschaft. Ein glänzend polierter Vitrinenschrank präsentierte das gute Geschirr. In den Schubladen wurden Silberbesteck, gestärkte Tischwäsche und Fotoalben aufbewahrt. Davies blätterte sie rasch durch. Auf vielen

Seiten fehlten Bilder. Wahrscheinlich solche, die Schmitz in seiner Funktion als Ortsgruppenleiter der NSDAP zeigten.

Ein Bücherregal enthielt Unterhaltungsliteratur. Diverse Bände von Karl May. Auch Gustav Freytag und Hermann Löns waren vertreten. Andere Autoren sagten Davies nichts. Aber die Buchtitel waren heimattümelnd. Er hatte eben die Bücher auf einer Regalreihe durchgeblättert, als der rothaarige Waliser, den er mit der Durchsuchung des Anbaus beauftragt hatte, ins Wohnzimmer kam.

»Ich habe etwas gefunden, das Sie sich ansehen sollten, Sir«, sagte er.

Davies folgte ihm in das Büro. Der Inhalt des Schreibtischs und einiger Aktenschränke lag verstreut auf dem Boden. Der Waliser war bei seiner Durchsuchung nicht gerade zimperlich gewesen. Aber Davies hatte ihm das auch nicht aufgetragen.

»Dort, Sir …« Der Waliser deutete auf eine offen stehende Schreibtischschublade.

Davies beugte sich vor. Auf einigen Fotos von spärlich bekleideten und nackten Frauen lag eine Pistole.

»Eine ziemlich ungewöhnliche Kombination, wenn Sie mir die Bemerkung gestatten, Sir«, hörte er den Waliser grinsend sagen. »Schweinkram und ’ne Knarre.«

Vorsichtig hob Davies die Waffe hoch und betrachtete sie. Eine Walther P38, Kaliber neun Millimeter. Mit einer Pistole des gleichen Kalibers war, laut dem Obduktionsbericht, die Flugzeugbesatzung getötet worden.

Köln

»Und, hat dieser Schmitz ein Geständnis abgelegt?« Captain Mannings blickte Davies über seinen Schreibtisch hinweg missmutig an. Die Jalousie vor einem der Fenster war nicht ganz geschlossen. Der Himmel war grau, und Wind fuhr in die Baumkronen vor dem Gebäude.

»Leider nein, Sir.« Davies schüttelte den Kopf. »›Ich habe nichts mit dem Mord an der britischen Flugzeugbesatzung zu tun. Das ist nicht meine Waffe. Jemand muss sie mir untergeschoben haben.‹ Das hat Schmitz über Stunden wie ein Mantra wiederholt.«

»Glauben Sie ihm denn?«

»Ich weiß nicht, Sir. Als ich Schmitz die Waffe in seinem Haus zeigte, wirkte er aufrichtig entsetzt. Und während des Verhörs schien er öfter den Tränen nahe.« Tatsächlich war Schmitz' herrisches Wesen, sobald ihm klar geworden war, dass man ihn des Mordes an den britischen Soldaten verdächtigte, wie weggeblasen gewesen, und er hatte sich in ein zitterndes Nervenbündel verwandelt. Was Davies' Abscheu eher noch gesteigert hatte. »Der anonyme Brief kam mir ohnehin seltsam vor. Vielleicht hat jemand Schmitz die Waffe tatsächlich untergeschoben.«

»Hm … Gab es irgendwelche Einbruchsspuren am Haus?«

»Nein, aber die Tür, die vom Garten in Schmitz' Büro führt, war mit einem Dietrich bestimmt leicht zu öffnen.«

»Nehmen Sie sich morgen noch einmal die Männer vor, die an der Ermordung der Displaced Persons beteiligt gewesen sein sollen, und setzen Sie sie unter Druck. Möglicherweise weiß jemand von ihnen doch etwas.«

»Ja, Sir.«

Mannings stand auf, und Davies folgte seinem Beispiel.

»Ich bin zu einem Dinner mit Offizieren der Militärregierung nach Düsseldorf eingeladen.«

Womit Mannings' schlechte Laune erklärt war. Er hasste offizielle Anlässe wie diese.

»Ein gewisser Captain Nicols hat sich übrigens über Sie beschwert.« Der Captain warf Davies einen Blick von der Seite zu.

»Das habe ich befürchtet, Sir.«

»Nun, ich habe die Beschwerde zur Kenntnis genommen und sie ordentlich abgeheftet.« Mannings grinste und wirkte plötzlich fast fröhlich.

Friederike war erschöpft und niedergeschlagen, und anders als an anderen Abenden störte sie die Kakophonie an Geräuschen in der Schrebergartensiedlung. Ein Ehepaar stritt miteinander, Kinder schrien, Hühner gackerten, und irgendwo meckerte eine Ziege.

Die Befragungen in Voiswinkel und Romaney waren vergeblich gewesen. Viele Schüler hatten sich gemeldet und behauptet zu wissen, welches Kind die Erkennungsmarke besessen hatte. Doch bei allen hatte dies einer näheren Überprüfung nicht standgehalten. Manche Schüler hatten zu weinen begonnen, als sie und die Kollegin ihnen sagen mussten, dass ihre Auskunft ihnen nicht weitergeholfen hatte und sie keine Lebensmittel erhalten würden. Friederike war sich hilflos und grausam vorgekommen.

Vom Gartentor aus bot sich Friederike ein unerwarteter Anblick. Ihre Mutter und Elli saßen vor der Hütte im Gras. Beide waren in ein Buch vertieft. Elli blickte auf, als Friederike näher kam.

»Frau Matthée hat mir ein Buch mitgebracht!«

War dies das erste Mal, dass das Mädchen von sich aus das Wort an sie richtete? Friederikes Stimmung besserte sich.

»Ich war heute Nachmittag in der Bibliothek des britischen Kulturinstituts.« Ihre Mutter lächelte sie an. »Auf dem Tisch findest du dein Essen, und ein Brief ist für dich gekommen.«

Neben einer Schüssel mit Salat und zwei Brotscheiben lag ein an sie adressierter Umschlag. Neugierig riss Friederike das Kuvert auf. Eine Karte von Ludwig Viersen mit der Bitte, ob sie sich vielleicht in den nächsten Tagen einmal treffen könnten. Er vermisse sie.

Mit einem Lächeln legte Friederike die Karte auf die Seite des Regals, die ihr gehörte. Während der letzten Tage hatte sie kaum an Ludwig gedacht, aber sie freute sich darauf, ihn zu sehen.

Mit dem Essen ging sie nach draußen und ignorierte den interessierten Blick ihrer Mutter, die wahrscheinlich gern gewusst hätte, von wem der Brief war.

»Was liest du denn, Elli?« Friederike setzte sich ins Gras und brach ein Stück von der Brotscheibe ab.

»Emil und die Detektive!«

Hans hatte den Band einmal zu Weihnachten geschenkt bekommen. Friederike hatte die Geschichte, wie etliche seiner Bücher, ebenfalls gelesen und sie sehr gemocht. Gewiss erinnerte sich auch ihre Mutter daran, wie der Bruder völlig in dem Buch versunken gewesen war. Friederike schloss die Augen. Sie sah vor sich, wie Hans in dem großen Wohnzimmer vor dem Weihnachtsbaum gelegen hatte, das Buch aufgeschlagen vor sich, und wie sich die Emotionen beim Lesen auf seinem Gesicht widergespiegelt hatten.

Auch als er älter geworden war, hatte sie immer gewusst, ob er gerade eine spannende oder eine lustige Szene las. Ach, sie wollte ihn wiedersehen! Mit ihm lachen, ihm alles, was sie beschäftigte, erzählen, Musik hören, aufregende Dinge erleben … Ganz bestimmt würde sie es spüren, wenn Hans tot war. Nein, ihr Gefühl sagte ihr, dass er noch lebte.

Diese Zuversicht erfüllte Friederike auch später noch, während sie im Garten saß und zeichnete.

Irgendwann begann Elli zu gähnen.

»Komm, es ist Schlafenszeit.« Friederike ging mit ihr in die Hütte. Nachdem Elli sich ausgezogen und gewaschen hatte, kniete sie sich wie jeden Abend neben ihr Lager aus Decken. Sie bekreuzigte sich, schloss die Augen, und ihre Lippen formten ein stummes Gebet. Die katholische Tradition, ein Kreuz zu schlagen, war Friederike fremd, und sie hatte als Kind vor dem Schlafen nie gebetet. Aber sie war berührt von dem Ritual. Elli wirkte ganz andächtig und in sich gekehrt, und Friederike konnte sich nicht vorstellen, dass sie den Brauch in einem Kinderheim gelernt hatte. Wahrscheinlich war dies eine letzte Verbindung zu ihren verstorbenen Eltern und zu ihrer Heimat.

Nun schlug Elli noch einmal das Kreuzzeichen, und Friederike erwartete, dass sie sich auf die Decken kuscheln würde. Doch das Mädchen blieb knien und sah sie an.

»Es tut mir leid. Ich habe Sie angelogen …« Sie sprach so leise, dass Friederike sie kaum verstehen konnte.

»Wie meinst du das?«

»Ich hatte so große Angst, als der Mann gestern im Garten war! Ich dachte, ich muss sterben. Und Lügen ist doch eine Sünde. Meine Großmutter hat mir erzählt, dass jeder Mensch einen Schutzengel hat. Für jede gute Tat macht der Engel einen goldenen Strich in seinem Buch und für jede böse einen schwarzen. Und Menschen mit ganz vielen schwarzen Strichen kommen in die Hölle.«

Warum nur war Religion so oft mit Furcht besetzt? »Ja, aber es gibt schlimme Lügen und solche, die nicht so schwerwiegend sind. Notlügen zum Beispiel sind nicht so schlimm.«

Elli starrte auf die grobe Wolldecke. Ihre Augen füllten sich mit Tränen. »Franziska hatte eine Waffe. Ich habe einmal gesehen, wie sie die versteckt hat.«

Draußen im Garten goss ihre Mutter die Pflanzen. Friederike hörte, wie der Wasserstrahl auf Blätter und Boden traf. Sie wollte nicht glauben, was Elli gesagt hatte.

»Elli, bist du dir ganz sicher? Du täuschst dich nicht?«

»Franziska hat mir gesagt, ich dürfe niemandem von der Waffe erzählen. Dafür könnte sie eingesperrt werden. Ich hab es ihr versprochen.« Ellis Fingernägel bohrten sich in ihre Handflächen, und sie wiegte sich vor und zurück.

»Schon gut, ich verstehe, dass du dein Versprechen halten wolltest.« Friederike bog Ellis Hände auseinander und hielt sie fest. Sie versuchte, sich ihren Zorn und ihre Enttäuschung nicht anmerken zu lassen. Franziska hatte sie also doch die ganze Zeit angelogen und sie benutzt. Für die junge Frau hatte sie ihre Anstellung bei der Weiblichen Polizei riskiert. Gut möglich, dass Heimerzheim und Gesine Langen recht hatten und Franziska eine Mörderin war. Friederike fühlte sich elend.

Richard Davies parkte den Jeep am Rand einer Straße in Köln-Braunsfeld. Er hasste es, wenn er bei einem Fall im Dunkeln tappte. Wenn – zumindest scheinbar – nichts einen Sinn ergab. Aber dass er im Fall der ermordeten britischen Jagdbomberbesatzung nicht weiterkam, setzte ihm besonders zu. Wie er hatten die drei Männer gegen Nazi-Deutschland gekämpft, aber sie hatten nicht überlebt. Ihr Tod war brutal und entwürdigend gewesen, und er wollte die Verantwortlichen unbedingt finden und vor Gericht bringen.

Während der vergangenen Stunden hatte Davies das Verhör mit dem früheren Ortsgruppenleiter Schmitz fortgesetzt. Jedoch ohne Ergebnis. Deshalb hatte er beschlossen, den Mann aufzusuchen, der am vergangenen Abend den anonymen Brief bei den Wachen der Stadtkommandantur abgegeben hatte. Vielleicht brachte ihn ja das irgendwie weiter.

Martin Bergrath wohnte in einem Gebäude im Bauhausstil. Inmitten der gründerzeitlichen Häuser wirkte es ein bisschen wie von einem anderen Planeten. Richard Davies wunderte sich nicht, als ein Schild neben der Eingangstür Bergrath als Architekten auswies.

»Ja, bitte?« Ein gedrungener Mann mit kantigem Schädel öffnete ihm.

»Herr Bergrath?«

Er nickte, während sein Gesicht die übliche Sorge angesichts der Uniform von Davies spiegelte.

»Ich habe nur ein paar Fragen zu dem Mann, der Ihnen gestern im Kölner Hauptbahnhof den Brief übergeben hat.«

»Natürlich, kommen Sie doch herein.« Bergrath führte ihn in ein Büro im Erdgeschoss, in dem ein großes Reißbrett und drei Arbeitstische standen. Auf einem lagen einige Skizzenbücher mit architektonischen Zeichnungen.

Bergrath fing Davies' Blick auf. »Zu bauen gäbe es mehr als genug, aber es fehlt ja an allen Ecken und Enden an Material. Deshalb beschränke ich mich im Moment die meiste Zeit darauf, Gebäude auf dem Papier zu entwerfen.« Er brach ab. »Es tut mir leid, ich wollte nicht anklagend klingen.«

»Schon gut. Wie genau wurde Ihnen denn der Brief im Hauptbahnhof übergeben?«

»Ein Mann sprach mich an. Er sagte, er komme aus Koblenz und müsse dringend einen Zug ins Ruhrgebiet erreichen. Deshalb habe er keine Zeit, den Brief selbst zur Stadtkommandantur zu bringen. Das erschien mir plausibel. Man muss ja immer froh sein, wenn überhaupt ein Zug fährt, und kann es sich nicht leisten, einen zu verpassen.«

»Wie sah der Mann denn aus?«

»Dunkelhaarig und kräftig. Wie jemand, der körperliche Arbeit gewohnt ist.«

»Und sein Alter?«

Bergrath dachte nach. »Um die fünfzig, würde ich schätzen. War denn mit dem Brief etwas nicht in Ordnung?«

Davies ignorierte die Frage. »Hat der Mann Sie für Ihr Entgegenkommen bezahlt?«

»Er hat mir zwei amerikanische Dollar gegeben. Das erschien mir sehr großzügig.«

»Sie hätten das Geld auch einfach nehmen können, ohne den Brief abzuliefern.«

»Die Moral hat in Deutschland seit '33 sehr gelitten. Aber ich versuche doch, mich anständig zu verhalten.« Bergrath zuckte mit den Schultern. »Mit dem Brief war also irgendetwas faul, oder?«

»Vielleicht.«

»Da Sie das andeuten …« Bergrath seufzte. »Als ich den Brief abgegeben habe, hatte ich irgendwie ein komisches Gefühl. So, als ob mir jemand gefolgt wäre.«

»Haben Sie irgendjemanden gesehen?«

»Nein, obwohl ich mich ein paarmal umgedreht habe. Seit ich als Soldat im Krieg war, bin ich wachsam, und ich vertraue auf meine Intuition.«

»Das kann ich verstehen.« Davies bedankte sich für die Informationen und verabschiedete sich.

Im Jeep zündete er sich nachdenklich eine Zigarette an und betrachtete den sich verdunkelnden Himmel über den Ruinen. Ja, während des Krieges hatte auch er gelernt, auf seine Intuition zu achten. Was ihm einige

Male das Leben gerettet hatte. Er hielt es für ziemlich wahrscheinlich, dass dem Architekten tatsächlich jemand gefolgt war. Jemand, der genau wissen wollte, ob der anonyme Brief tatsächlich in der Stadtkommandantur abgegeben worden war.

Davies kam in den Sinn, dass auch Franziska Wagner und Friederike sich verfolgt und beobachtet gefühlt hatten. Falls die Wagner nicht gelogen und Friederike sich dies nicht nur eingebildet hatte. Aber der Mann, der die Nissenhütte beobachtet hatte, war real.

Den ganzen Tag lang hatte Davies Friederike nicht gesehen, und er machte sich Sorgen um sie. Er startete den Jeep. Die Schrebergartensiedlung war nur ein kleiner Umweg zur Wohnung in Bayenthal.

Friederike starrte vor sich hin. Im Gras zu ihren Füßen krabbelte eine Ameise auf einem Grashalm herum. Das winzige Wesen war in der tiefen Dämmerung kaum noch zu erkennen. Ihre Mutter war müde gewesen und hatte sich früh schlafen gelegt. So hatte sie zu Friederikes Erleichterung nichts von ihrer Enttäuschung wahrgenommen.

Ihr war ganz übel vor Scham. Franziska Wagner hatte sie manipuliert, und sie war so dumm gewesen, darauf hereinzufallen. Wie stolz sie auf ihre gute Menschenkenntnis und ihr Gespür als Polizistin gewesen war! Ach, Gesine Langen hatte recht. Sie war viel zu sehr von sich selbst überzeugt, und ihr fehlte jede Eignung zur Polizistin.

»Friederike …«

Sie schreckte auf. Davies war in den Garten gekommen. Er setzte sich neben sie und legte ihr den Arm um die Schultern. »Was ist denn los? Du wirkst sehr mitgenommen. Hat sich etwa dieser Fremde wieder blicken lassen?

Für einen Moment wünschte sich Friederike, sich einfach an Davies festhalten zu können.

»Jetzt sag schon.« Er rüttelte sie aufmunternd und zärtlich.

»Elli hat mir gestanden, dass Franziska eine Waffe besaß.« Noch immer fiel es Friederike schwer, dies zu glauben. »Franziska hat mich die ganze Zeit belogen, und ich war so dumm, auf sie hereinzufallen. Du hattest ja so recht mit deinen Zweifeln.« Selbst in Friederikes Ohren klang ihre Stimme hoch und dünn, und sie war nahe daran, in Tränen auszubrechen.

Davies dachte kurz nach, dann half er ihr auf die Füße. »Komm mit.«

»Was hast du vor?« Verwirrt sah Friederike ihn an.

»Mit dir zusammen zum Gefängnis fahren und mit der Wagner sprechen.«

»Aber es ist fast schon zehn! Und du hast genug zu tun.«

»Die Uhrzeit dürfte keine Schwierigkeit bereiten.« Davies lächelte ein wenig. »Du hast mir so viel von der Wagner erzählt – ich möchte mir einfach selbst ein Bild von ihr machen.«

In der Verhörzelle verbreitete eine Glühbirne ein weißliches Licht. Der Himmel vor dem vergitterten Fenster oben in der Wand wirkte dunkel. Trotz der späten Stunde hatte ihnen Davies' Uniform sofort Einlass verschafft. Das düstere Gebäude setzte Friederike wieder zu, und sie war froh, Davies an ihrer Seite zu haben. Ihm war äußerlich nichts anzumerken, aber sie war überzeugt, dass auch ihn dieser Ort, an dem die Gestapo eine Schreckensherrschaft geführt hatte, nicht unberührt ließ. Bestimmt wusste er von den Hinrichtungen während der Jahre des Nationalsozialismus und von den Häftlingen, die noch in den letzten Kriegsmonaten im Innenhof ermordet und verscharrt worden waren.

»Was ist denn?« Er wandte sich ihr zu.

»Ach, nichts ...« Friederike war gar nicht bewusst gewesen, dass sie Davies angesehen hatte. Sie war erleichtert, als jetzt Schritte auf dem Korridor erklangen und gleich darauf die Tür der Verhörzelle geöffnet wurde.

Zwei Wärterinnen führten Franziska zwischen sich. Die junge Frau roch wieder sehr nach Schweiß. Ihr Gesicht war aufgequollen, und ihr mittlerweile etwas nachgewachsenes Haar bildete groteske Büschel auf ihrem Schädel. Friederike verhärtete ihr Herz gegen den eigentlich mitleiderregenden Anblick.

»Lassen Sie uns allein!«

Auf Davies' Befehl zogen sich die Wärterinnen zurück.

»Ich hab schon geschlafen. Warum werd ich mitten in der Nacht aus der Zelle geholt?« Franziskas Tonfall war weinerlich und schleppend.

»Franziska, das ist Lieutenant Davies von der Royal Military Police. Wir haben einige Fragen an dich.«

»Aber ich hab doch schon alles gesagt.« Die junge Frau kaute an ihrer Unterlippe. Ihr Blick irrte zwischen Friederike und Davies hin und her.

»Das glaube ich nicht.« Davies beugte sich vor. »Laut Elli Berneike hast du, entgegen all deinen gegenteiligen Beteuerungen, eine Waffe besessen.«

»Das stimmt nicht! Elli würd so etwas nie behaupten.« Triumph schien in Franziskas Augen auf.

»Das sagst du, weil du dem Kind das Versprechen abgenommen hast, wegen der Waffe zu lügen.«

»Nein!«

»Lass diese Spielchen!« Davies' Stimme klang schneidend.

»Ich will zurück in meine Zelle.«

Friederike spürte plötzlich den Impuls, die junge Frau zu ohrfeigen. »Franziska, Elli lebt jetzt bei meiner Mutter und mir. Gestern hat sie einen Mann auf unserem Grundstück gesehen und sich zu Tode erschreckt. Sie hatte Angst, sterben zu müssen und wegen der Lüge über Ihre Waffe in die Hölle zu kommen. Sie wissen doch, wie labil Elli ist. Wenn Ihnen an dem Kind wirklich etwas liegt, sagen Sie uns endlich die Wahrheit.«

»Elli geht es gut?«

»Ja. Sie hat sich wieder gefangen. Es ist ihr sehr schwergefallen, das Versprechen zu brechen, das sie Ihnen gegeben hat. Sie liebt Sie wirklich sehr.«

Die junge Frau ließ den Kopf auf die Brust sinken.

Davies fasste Franziska unter dem Kinn und zwang sie, ihn anzusehen. »Los, ich will die Wahrheit wissen.«

Franziska öffnete den Mund. Friederike dachte schon, sie würde Davies anspucken. Doch sie murmelte etwas vor sich hin. »Franziska, so sprechen Sie doch mit uns«, bat sie.

»Ja, ich hatte eine Waffe.«

»Du hast sie von einem Schwarzmarkthändler gekauft?«

»Nein!« Plötzlich weinte Franziska. »Nach der Heimkehr aus dem Lager hab ich sie einem Soldaten im Bunker am Kölner Hauptbahnhof geklaut.«

Friederike wechselte einen Blick mit Davies.

»Und mit dieser Waffe hast du Ilse Röder getötet.« Wieder klang Davies' Stimme hart.

»Nein … Ein paar Tage vor dem Mord an der Röder hat sie jemand aus dem Keller der Ruine gestohlen. Ich hab Ihnen doch gesagt, ich hatte das Gefühl, jemand beobachtet und verfolgt mich und der Keller wurde durchwühlt.« Franziska sah Friederike flehend an. »Bei Ellis Leben – ich schwöre, dass ich die Wahrheit sage.« Tränen mischten sich mit Spucke, die ihr aus dem Mund rann.

»Was für eine Waffe hast du besessen?«, wollte Davies wissen.

»Die hatte ein S auf dem Knauf, mein Vater hatte als Soldat auch so eine.« Franziska schluchzte heftig.

Trotz allem Zorn ging Friederike der jämmerliche Zustand der jungen Frau nahe. »Warum haben Sie mir das mit der Waffe denn nicht früher gestanden?«

»Mir hätte doch wieder niemand geglaubt!« Franziskas Schluchzen wurde zu einem Weinkrampf.

Im Gefängnisflur wartete Friederike mit Davies, dass man sie zum Ausgang bringen würde. Franziska hatte nur noch hemmungslos geweint und sich nicht mehr beruhigt. Schließlich hatten sie das Wachpersonal verständigt, und die junge Frau war wieder in ihre Zelle gebracht worden. Irgendwo in dem Gebäude hämmerte jemand gegen eine Metalltür und schrie. Wenn sie doch nur endlich draußen wären!

»Ich weiß einfach nicht, was ich von Franziska halten soll.« Friederike versuchte, ihre wachsende Beklemmung zu ignorieren. Ihre Gefühle schwankten zwischen Mitleid und dem Ärger, belogen worden zu sein. »Laut dem Obduktionsbericht wurde Ilse Röder mit einer Waffe Kaliber 7,65 getötet. Weißt du, was für ein Kaliber eine Sauer 38H hat?« Diese Waffen trugen das charakteristische S auf dem Knauf.

»Kaliber 7,65.«

»Dann hat Franziska schon wieder gelogen.«

»Das ist nicht gesagt. Das mit dem gleichen Kaliber kann Zufall sein.«

»Ach, das glaube ich nicht.« Friederike war einfach zu sehr enttäuscht.

»Sehr sympathisch ist mir Franziska nicht. Und ich bin mir auch nicht sicher, ob man ihr vertrauen kann.

Aber ich finde es schon verständlich, dass sie dir die Waffe verschwiegen hat. Bei ihrer Geschichte hat sie ja allen Grund, der Polizei zu misstrauen. Sie wusste ja, dass du das Heimerzheim sofort hättest melden müssen.«

»Trotzdem …«

»Heimerzheim hätte ihr die Geschichte, dass ihr die Waffe ausgerechnet ein paar Tage vor dem Mord gestohlen wurde, ganz sicher nicht geglaubt und ein Gericht ebenfalls nicht.« Davies zuckte mit den Schultern. »Es hört sich ja auch wirklich nach einer billigen Ausrede an. Nein, damit hätte sie nur sich selbst belastet.«

»Aber jetzt werden wir nie mit Sicherheit wissen, ob Franziska wieder gelogen hat. Und allmählich ist es mir auch egal.«

»Nun, eine Möglichkeit gibt es doch, die Wahrheit zu erfahren: indem wir mit dem Schwarzmarkthändler sprechen, der ihr laut Heimerzheim die Waffe verkauft hat.«

»Aber ich habe keine Ahnung, wer das ist.«

»Das ließe sich bestimmt herausbekommen. Soll ich Heimerzheim nach dem Schwarzmarkthändler fragen, oder ist es dir lieber, wenn ich McLeod bitte, es zu tun? Wegen Schwarzmarktdelikten hat er ja öfter Kontakt zur deutschen Polizei.«

»McLeod wäre besser. Wahrscheinlich hat es sich herumgesprochen, dass ich mit dir zusammenarbeite. Wenn du dich nach einem Schwarzmarkthändler erkundigst, der Franziska Wagner eine Waffe verkauft hat, könnte Heimerzheim vermuten, dass das auf mich zurückgeht. Ich war ihm gegenüber wegen Franziska ja sehr hartnäckig. Bestimmt würde er das Gesine Langen melden.«

»Gut, dann bitte ich McLeod.« Davies nickte.

Friederike lächelte ihn an, und für einen Augenblick hatte sie die bedrückende Umgebung fast vergessen.

»Aber ich möchte nicht, dass du, weil du mir hilfst, in Schwierigkeiten mit dem Captain gerätst.«

»Ich werde Mannings informieren –« Davies brach ab. Am Ende des Korridors schloss ein Wärter die Gittertür auf und kam auf sie zu.

Wegen einer Straßenbaustelle hatte Richard Davies den Jeep vor der nahen Stadtkommandantur geparkt. In dem früheren Gestapo-Gefängnis gewesen zu sein hatte ihn völlig aufgewühlt, und es hatte ihn seine ganze Selbstbeherrschung gekostet, nicht zu zittern, als sich die Türen hinter ihm und Friederike schlossen. Sein Hemd war schweißnass, ihm war übel, und trotz der lauen Sommernacht fror er.

Die beiden älteren Männer, die ihm und Friederike entgegenkamen … Waren sie bei der Gestapo gewesen? Hatten sie Häftlinge gefoltert und umgebracht? Und die Frau mit dem Kopftuch, die einen Handkarren hinter sich herzog … Hatte sie Juden denunziert? Davies fühlte sich schutzlos und verletzlich, und er war froh über seine Uniform. Seine Hand legte sich auf das Holster mit der Dienstwaffe.

Drei Betrunkene traten aus einem Hauseingang. Schon aus einigen Metern Entfernung konnte Davies den Bierdunst riechen.

»Besatzungsflittchen«, zischte einer der Männer Friederike im Vorbeigehen zu. Davies wirbelte herum.

»Richard!« Friederike fasste ihn am Arm. Eine jähe, mörderische Wut wallte in ihm auf, die die Angst und das Gefühl, ausgeliefert zu sein, auslöschte. Trotz ihres alkoholisierten Zustands bemerkten die Männer, dass er nur zu gern gewalttätig geworden wäre, und torkelten weiter.

»Richard«, wiederholte Friederike eindringlich. Ihre

Stimme und ihr Arm unter seinem waren sein Anker. Sie hielten ihn davon ab, den Männern nachzustürzen.

In der Stadtkommandantur waren noch einige Fenster erleuchtet. Die beiden Wachposten vor dem Eingang salutierten vor Davies, und er erwiderte den Gruß.

»Ich fahre dich nach Hause.« Davies wies auf den Jeep am Straßenrand.

»Das ist sehr nett.« Friederike war dankbar, nicht auf eine Straßenbahn warten zu müssen, die, wenn überhaupt, um diese Uhrzeit nur sehr selten fuhr.

Mittlerweile war es ganz dunkel. Auf dem Ring waren nur wenige Passanten unterwegs. Aus einem Lokal in der Nähe der Aachener Straße – wohl ein britischer Club – tönte Tanzmusik.

»Mein Vater hat Leute wie Franziska unentgeldlich behandelt«, sagte Davies unvermittelt, den Blick auf die Straße gerichtet. »Menschen aus schwierigen Verhältnissen, denen das Leben übel mitgespielt hat. Er würde wünschen, dass ich die Wahrheit über Franziskas Waffe herausfinde.«

»Das verstehe ich.« Friederike begriff es als Geschenk, dass er ihr etwas von seinem Vater erzählte.

Noch kurz zuvor hatte Friederike das Gefühl gehabt, Davies sei meilenweit von ihr entfernt. Sie hatte die Anspannung in seinem Gesicht, die Schweißflecken auf seinem Hemd wahrgenommen und es wieder einmal nicht gewagt, ihn zu fragen, was ihn bewegte. Auch wenn sie ahnte, dass ihn der Aufenthalt in dem Gefängnis verstört hatte. Dann die Begegnung mit den Betrunkenen … Davies' Wut hatte sie erschreckt. Doch nun war er wieder er selbst. In einvernehmlichem Schweigen fuhren sie weiter. Sie hatten Zollstock fast erreicht, als Davies sie ansah.

»Hast du Lust, noch einen Abstecher zum Rhein zu machen? Ich würde dir gern etwas zeigen.«

»Ja, ich bin noch nicht müde«, erwiderte Friederike überrascht.

Davies bahnte sich im Schein einer Taschenlampe den Weg durch ein Wäldchen ganz im Süden von Köln. Die Wurzeln der kleinstämmigen Bäume wuchsen teilweise aus dem Erdboden, bildeten bizarre Formen, und Friederike fühlte sich unwillkürlich an Fotografien von fernen Mangrovensümpfen erinnert. So zielstrebig, wie er sich bewegte, war er gewiss vor nicht allzu langer Zeit schon einmal hier gewesen.

Jetzt breitete sich der Fluss vor ihnen aus. Ein dunkles Band unter dem Nachthimmel. Davies setzte sich auf den Kiesstrand, und Friederike ließ sich neben ihm nieder. Auf der anderen Rheinseite brannten einzelne Feuer. Wahrscheinlich lebten dort Menschen in Notquartieren. Der Wind wehte Stimmen über das Wasser. Sie verklangen wieder. Bis auf das leise Geräusch der Strömung war es dann ganz still.

»Ich war hier gelegentlich als Kind.« Davies zündete sich eine Zigarette an. »Ich bin furchtbar gern geschwommen, aber das Strandbad in Rodenkirchen war für Juden gesperrt. An heißen Sommertagen bin ich manchmal von Klettenberg bis hierhergelaufen. Nachdem ich einmal in der Straßenbahn verprügelt wurde, habe ich mich nicht mehr getraut, sie zu benutzen. Ich habe mir eine abgelegene Bucht gesucht und mich ins Wasser gelegt und die Augen geschlossen – auch in der Nähe des Ufers habe ich den Sog der Strömung gespürt. Ich habe mir vorgestellt, dass ich kilometerweit schwimmen würde, und habe mich frei gefühlt.«

Es war das erste Mal, dass Davies ihr einen Ort aus seiner Vergangenheit zeigte. Noch dazu einen, der ihm viel bedeutete. Die Vorstellung, wie er sich in einer einsamen

Bucht von der Brutalität und den Einschränkungen seines Alltags wegträumte, berührte Friederike tief und machte sie traurig.

»Hattest du … in England wieder Gelegenheit zu schwimmen?« Schon im selben Moment kam ihr die Frage sehr ungeschickt vor. Doch Davies schien sich nicht daran zu stören.

»Meine Pflegeeltern machten im Sommer immer Urlaub am Meer. Sie hatten nichts dagegen, wenn ich den ganzen Tag im Wasser war.« Er legte sich auf die Seite und sah Friederike an. Seine Augen und die glimmende Zigarette bildeten helle Punkte in der Dunkelheit. »Und du? Schwimmst du gern?« Ein Lächeln schwang in seiner Stimme mit.

»Ich bin oft in der Ostsee geschwommen. Und im Schwimmbad in Königsberg. Und auch wenn ich mit meinem Bruder segeln war.« Friederike legte sich neben Davies.

»Dein Bruder wird immer noch vermisst?«

»Ja. Meine Mutter und ich wissen nichts von ihm.« Im Winter hatte Friederike Hans ein paarmal gegenüber Davies erwähnt. Aber bisher hatte er noch nie nach ihm gefragt. Ebenso wenig wie nach ihrem Vater, der im Sommer 1944 in Russland gefallen war.

»Ich bin einmal im Schwimmbad in Königsberg vom Zehn-Meter-Turm gesprungen. Alle konnten das kaum glauben. Nur Hans hat sich nicht darüber gewundert.«

»Mich wundert das auch nicht.«

Machte Davies sich über sie lustig? Er hatte die Zigarette zu Ende geraucht und warf die Kippe fort. Das glimmende Ende beschrieb einen Bogen, ehe es im Rhein verschwand.

Wie eine Sternschnuppe …

»Liest du eigentlich noch *Treasure Island*?«

»Ich habe das Buch noch. Aber ich habe schon lange nicht mehr darin gelesen. Während der Flucht und im Lager Friedland und dann in Köln war es irgendwie mein Halt. Aber ich brauche das nicht mehr.«

Treasure Island … Sie hatte es Hans von ihrem letzten Urlaub mit den Großeltern aus England mitgebracht und dann im Januar 1945 aus Königsberg gerettet. Davies hatte ihr daraus vorgelesen, als sie eine Nacht in Friederikes Zimmer in der Kölner Südstadt verbracht hatten. Verstört von einem Überfall, hatten sie die Gegenwart des anderen gesucht. *The coracle, as I had ample reason to know before I was done with her – was a very safe boat for a person of my height and weight …*

Sie wusste noch genau, welche Stelle er gelesen hatte. Sie hatten sich geküsst und waren dann, sich in den Armen haltend, eingeschlafen. Ob Davies jetzt auch daran dachte?

Er beugte sich zu ihr. Sie konnte seinen Atem auf ihrem Gesicht spüren. Er berührte ihre Wange, strich ihr Haar zurück. Die Sterne über ihm wirkten riesig und sehr nah, und die Milchstraße war ganz deutlich zu erkennen.

Sich an ihm festhalten … Sich mit ihm ins All fallen lassen …

Der Lichtstrahl einer Taschenlampe glitt grell und blendend über die Kiesbank. Eine barsche Stimme wollte auf Englisch wissen, wer sich da am Ufer herumtreibe. Davies sprang auf. Die Taschenlampe erfasste seine Uniform und senkte sich dann. Blinzelnd erkannte Friederike zwei Militärpolizisten. Davies sprach jetzt mit ihnen. Offensichtlich hatte der Jeep vor dem Wäldchen ihre Aufmerksamkeit erregt, und sie hatten nach dem Rechten sehen wollen.

»Nichts für ungut, Sir.« Die beiden Soldaten salutierten und entfernten sich. Der Zauber des Moments war verflogen.

»Ich bringe dich nach Hause.« Davies wandte sich zu Friederike um. Seine Stimme klang neutral. »Danke, dass du mitgekommen bist.«

»Ich war gern mit dir hier«, erwiderte sie ebenso gefasst.

12. Kapitel

Köln, Donnerstag, 3. Juli 1947

Richard Davies hatte einen schlechten Geschmack im Mund. Die Folge einer Vernehmung. Den ganzen Vormittag über hatte er einen der Männer befragt, die mit Karl-Heinz Schmitz im Verdacht standen, kurz vor Kriegsende an der Ermordung der Displaced Persons beteiligt gewesen zu sein. Der Sechzigjährige, ein ehemals glühender Nationalsozialist, hatte wortreich beteuert, sich vom Saulus zum Paulus gewandelt zu haben. Er sei zu gutgläubig gewesen, habe den Lügen von Hitler und Konsorten geglaubt. Doch nach der Kapitulation habe er begriffen, wie verbrecherisch das Regime gewesen sei. Und nein, mit der Ermordung der britischen Soldaten habe er natürlich nichts zu tun.

Davies blickte von seinen Notizen auf, als Timothy McLeod sich am Schreibtisch ihm gegenüber niederließ. »Der Name des Schwarzmarkthändlers, nach dem du suchst, ist Willy Thorgau. Ich denke, ich habe dem Hauptkommissar glaubhaft geschildert, warum ich an einem Schwarzmarkthändler interessiert bin, der einer jungen deutschen Herumtreiberin eine Waffe verkauft hat.« McLeod wirkte sehr zufrieden mit sich.

»Vielleicht solltest du Romane schreiben«, erwiderte Davies trocken. Diese Frotzeleien gehörten zu ihrer Freundschaft. Er konnte sich gut vorstellen, dass McLeod Heimerzheim eine sehr fantasievolle und doch auch logische Geschichte präsentiert hatte.

»Jedenfalls, vielen Dank. Willy Thorgau …« Nachdenklich wiederholte er den Namen. »Mit dem hatte ich, soviel ich weiß, nie zu tun.« Während seines letzten Einsatzes in Köln war Davies oft mit Schwarzmarktdelikten befasst gewesen.

»Das ist auch kein Wunder. Thorgau wurde erst im Februar aus amerikanischer Kriegsgefangenschaft entlassen. Meines Wissens ist er in erster Linie Kunsthändler und betreibt den Schwarzmarkthandel eher nebenher. Lässt sich mit Naturalien und Zigaretten für Kunstgegenstände bezahlen und nutzt die übliche Schwarzmarktwährung seinerseits als Zahlungsmittel beim Ankauf. Angeblich stammen die Kunstobjekte nicht immer aus einwandfreien Quellen. Aber das ist in erster Linie ein Problem der deutschen Polizei, nicht unseres.« Timothy McLeod zuckte mit den Schultern. »Ich finde es ja ziemlich seltsam, dass Deutsche in Zeiten wie diesen Kunst kaufen. Aber es gibt immer noch genug Reiche, und so billig kriegen sie den Kram nie wieder. Außerdem zählen auch unsere Leute zu Thorgaus Kunden. Offiziere, die mal eben ein Schnäppchen machen wollen.«

»Dann werde ich einmal mit diesem Thorgau sprechen.« Davies hatte das Gefühl, im Moment keine weitere Vernehmung eines scheinbar bekehrten ehemaligen Nazis mehr zu ertragen.

»Er wohnt in Bergisch Gladbach.« McLeod reichte ihm einen Notizzettel. »Den Tipp, dass Thorgau der jungen Herumtreiberin die Waffe verkauft hat, hatte der Hauptkommissar übrigens von einem seiner Spitzel, einer Prostituierten. Sie steht auch auf dem Zettel.«

»Heimerzheim hat dir freiwillig einen Spitzel genannt?« Davies konnte es kaum glauben.

»Na ja, ich hab ein bisschen nachgebohrt und ihm meine Hilfe versprochen, falls er demnächst einmal eine

Razzia durchführen muss.« McLeod winkte bescheiden ab.

Manchmal war der Freund wirklich erstaunlich.

Große Teile des Daches fehlten. Reste von Stuck an den Wänden kündeten von einem ehemals großbürgerlichen Haus. In der dritten Etage steckte ein Pappschild mit dem Namen Willy Thorgau an der Wohnungstür.

Richard Davies klopfte. »Herr Thorgau, Militärpolizei, machen Sie auf!«

Ein leises Geräusch, als ob jemand durch den Türspion blickte. Eine Diele knarrte. Wer auch immer in der Wohnung war, schlich sich davon.

»Herr Thorgau, wenn Sie nicht auf der Stelle öffnen, verschaffe ich mir gewaltsam Einlass.«

Stille auf der anderen Seite der Tür. Dann wurde ein Riegel zurückgeschoben, und ein Schlüssel drehte sich im Schloss.

»Was wollen Sie von mir? Ich hab mir gegenüber den Briten nichts zuschulden kommen lassen.« Ein kleiner Mann stand vor Davies. Schätzungsweise war er Anfang fünfzig. Sein Schnurrbart wirkte irgendwie zu breit für sein rundes Gesicht, und sein herausfordernder Tonfall passte nicht zu seiner defensiven Körperhaltung. Hinter ihm beschien die Sonne einen riesigen, vergoldeten barocken Spiegel und diverse Engel- und Marienfiguren.

Davies ging an Thorgau vorbei. Auch das Wohnzimmer hatte Ähnlichkeit mit einem Museum. Überall – auf dem Sofa, auf Tischen und Sesseln – lagen und standen Kunstgegenstände. Absurderweise hing ein intensiver Duft nach Kaffee und gebratenem Speck in der Luft.

»Herr Thorgau, laut Hauptkommissar Heimerzheim haben Sie einer jungen Herumtreiberin namens Franziska Wagner eine Waffe verkauft.«

»Ja, das stimmt.«

»Was haben Sie dafür von ihr bekommen?«

»Ich hab das doch alles schon gestanden, zu Protokoll gegeben und unterschrieben!« Thorgau hob die Hände. »Einen Fotoapparat, Zigaretten, und sie hat's mir besorgt.«

»Mit Kunstgegenständen und Waffen zu handeln ist aber eine eigenartige Kombination.«

»Na und?« Thorgau schnaubte. »Von irgendwas muss man ja in Zeiten wie diesen leben. Dass die Polizei das einfach nicht begreifen kann.«

»Lassen Sie uns drinnen weiterreden.« Davies ging an ihm vorbei und betrat eine Küche. Auf dem Tisch stand eine Pfanne mit Speck und Rühreiern, die Quelle des Duftes.

»Sie leben nicht gerade schlecht.«

»Ich habe Verwandte auf dem Land.«

»Ach ja …«

»Haben Sie was dagegen, wenn ich weiteresse?«

»Allerdings.« Davies setzte sich an den Tisch, und Thorgau bugsierte die Pfanne sichtlich widerstrebend auf den Herd.

Davies holte einen Briefumschlag aus seiner Aktentasche und legte sechs Schwarz-Weiß-Fotos vor Thorgau. Eines der Fotos zeigte Franziska Wagner, auch die anderen fünf stammten aus der erkennungsdienstlichen Kartei der Weiblichen Kriminalpolizei – junge Frauen, die ebenfalls als »Asoziale« galten. Friederike hatte die Fotografien am Morgen zur Stadtkommandantur gebracht.

Davies sah Thorgau an. »Nun, welche der Frauen ist Franziska Wagner?«

»Soll das hier so was wie 'ne Gegenüberstellung werden?«

»Zeigen Sie mir einfach die junge Frau.«

Thorgau beugte sich vor und musterte die Bilder. Sein

Finger schwebte über Franziska, wanderte dann weiter und deutete schließlich auf eine Frau mit schmalem Gesicht und dunklen Locken.

»Sie sind sich ganz sicher?«

»Ja.«

»Das ist nicht Franziska Wagner.«

»Na ja … Im Schuppen war's dunkel. Mir war einfach wichtig, es richtig gut besorgt zu kriegen. Da hab ich nicht so genau hingeschaut.« Thorgau zuckte mit den Schultern.

»Soll ich Ihnen sagen, wie es meiner Meinung nach zu Ihrem Geständnis gegenüber Hauptkommissar Heimerzheim kam?« Vorsichtig sammelte Davies die Fotografien wieder ein und ließ sie in den Umschlag gleiten. Plötzlich hatte er das irrationale Gefühl, die jungen Frauen schützen zu müssen. »Heimerzheim wusste, dass Sie gelegentlich mit Hehlerware handeln. Er bot Ihnen an, auf eine Anzeige zu verzichten, wenn Sie Ihrerseits zugaben, Franziska Wagner die Waffe verkauft zu haben.«

Thorgau kaute auf seiner Unterlippe und warf Davies einen bösen Blick zu. »Wenn Sie das alles so gut wissen, weshalb haben Sie sich dann hierherbemüht?«

»Weil ich Gewissheit haben wollte, ob Ihre Aussage stimmt und Sie Franziska Wagner tatsächlich eine Waffe verkauft haben. Aber Sie haben gelogen.«

»Na ja, hätte ich eine Anzeige wegen Hehlerei riskieren sollen?« Thorgau hob die Hände.

Davies' Blick wanderte in den Flur. Die Kunstgegenstände darin hätten wirklich jedem Museumsraum zur Ehre gereicht. Einen Gegenstand hatte er zuerst für eine kleine Schrankuhr gehalten. Aber jetzt sah er, dass es eine Büste aus Holz war. Ein lächelndes Frauengesicht unter vergoldeten Haaren. Unwillkürlich sog er den Atem ein.

»Gefällt Ihnen die Reliquienbüste?« Thorgau hatte seinen Blick bemerkt. »Ich mach Ihnen einen fairen Preis. Also … Das soll kein Bestechungsversuch sein«, fügte er hastig hinzu.

»Ich bin nicht interessiert«, erwiderte Davies knapp. »Sie führen doch ganz sicher Buch über Ihre Kunden. Diese Aufstellung hätte ich gern.«

»Schon mal was von Geschäftsgeheimnis gehört? Außerdem lass ich mir von meinen Kunden nicht den Ausweis zeigen. Ich bin ja kein Amt.«

»Nun holen Sie mir schon das Verzeichnis.«

Thorgau trottete ins Wohnzimmer. Kurz darauf kehrte er mit einem dicken Notizbuch zurück und bedachte Davies mit einem gereizten Blick. »Wie gesagt, ich übernehme keine Gewähr für die Angaben.«

Im Treppenhaus atmete Davies tief durch. Einmal hatte er als Junge zusammen mit seinem Großvater die Kirche St. Ursula besucht. Die Reliquienknochen an den Wänden und die hölzernen Büsten – sie hatten ihn irgendwie an die Köpfe von Enthaupteten erinnert – hatten ihm wohlige Angstschauer den Rücken hinuntergejagt.

Er hasste es, wenn ihn jäh Erinnerungen überfielen, weil er sich dann immer schutzlos fühlte. Und was hatte er sich eigentlich dabei gedacht, Friederike mit ans Rheinufer zu nehmen? Ja, er hatte sich danach gesehnt, ihr etwas von sich zu zeigen. Er hatte ihr nahe sein wollen. Aber das war egoistisch gewesen. Sie hatte ihr Leben und ihren Freund. Er musste sie in Ruhe lassen.

Inmitten der Trümmer des Eigelstein-Viertels versuchte sich Davies zu orientieren. Ein großes Backsteingebäude schien die Bombardierungen ohne äußerlich sichtbare Schäden überstanden zu haben – eine Brauerei, der Aufschrift auf der Vorderseite nach zu schließen. Tatsächlich hing ein malziger Geruch in der Luft. Die Prostituierte, die als Heimerzheims Spitzel tätig war, nannte sich Nanette und lebte in der Nähe von St. Ursula, nun nur noch eine leere Mauerhülle, der Turm ohne Haube.

Jemand hatte ganz offensichtlich ein Interesse daran gehabt, Franziska Wagner mit einer Waffe zu belasten. Und Richard Davies wollte wissen, wer dies gewesen war.

»Aufmachen, Militärpolizei!« Davies klopfte vernehmlich an Nanettes Wohnungstür.

»Ja, ich komme ja schon.« Die Wohnungstür wurde aufgerissen. Dahinter erschien eine große, dunkelhaarige Frau in einem Morgenrock und mit einem dünnen Schal um den Hals. Sie war um die vierzig Jahre alt und hatte ein schönes Gesicht mit ausdrucksvollen Augen. In ihrer Entnazifizierungsakte hatte gestanden, dass sie Mitte der Dreißigerjahre einige Monate wegen Unzucht inhaftiert gewesen war.

Ärgerlich musterte sie Davies. »So ein Radau!«

»Lassen Sie mich bitte hinein.«

Die Prostituierte wies in ein Wohnzimmer, das mit Möbeln vollgestellt war. Davies nahm auf dem Sofa Platz. Nanette ließ sich in einem Sessel nieder. Ihr Morgenrock war verrutscht und entblößte üppige Brüste und einen nackten Oberschenkel. Wie seltsam, dass sie diesen Seidenschal um den Hals trug.

»Ich dachte, die Zeiten, dass die Polizei einfach auftauchen und sich Einlass in Wohnungen verschaffen kann, wären vorbei.« Nanette nahm eine Zigarette aus einem silbernen Etui und zündete sie sich an. Auf ihrem Unterarm befand sich eine Brandwunde.

»Sie haben Hauptkommissar Heimerzheim gegenüber angegeben, der Schwarzmarkthändler Willy Thorgau habe einer jungen Herumtreiberin eine Pistole verkauft.«

»Richtig.« Nanette nickte.

»Und wie kamen Sie an die Information über Thorgau und das Schwarzmarktgeschäft mit der Herumtreiberin?«

»Ein Kumpel von Thorgau ist ein häufiger ... Kunde von mir. Thorgau hat's ihm erzählt, als er besoffen war. Der Kunde ist sehr redselig, prahlt gern mit dem, was er so alles weiß.« Nanette zuckte mit den Schultern.

»Und der Name jenes Kunden?«

Nanette sog an der Zigarette und stieß dann eine Rauchwolke aus. »Tut mir leid, das ist Geschäftsgeheimnis.«

»Irgendwie habe ich den Eindruck, dass es diesen Kunden gar nicht gibt.«

»Wie gesagt, das ist Geschäftsgeheimnis.« Sie sah ihn ausdruckslos an. Aber unter ihrer scheinbaren Gleichgültigkeit glaubte Davies Angst zu spüren.

»Wie ist es denn zu der Brandwunde auf Ihrem Unterarm gekommen?«, fragte er ruhig.

»Hab mich an heißem Dampf verbrüht.«

»Tragen Sie in der Wohnung immer einen Schal?«

»Ich hab Halsschmerzen.« Sie fasste an ihren Hals, als wolle sie ihn schützen. Ihr Atem ging unwillkürlich schneller.

»Halsschmerzen ...« Davies beugte sich rasch vor und zog den Schal fort. Nanette keuchte auf, als die rote, sichelförmige Narbe auf ihrer Haut sichtbar wurde.

»Wer hat Ihnen das angetan, Nanette?«

»Ich sag nichts ...«

»War das jener angebliche Kunde, der Ihnen den Hinweis auf Thorgau gab?«

Nanette blickte Davies stumm an.

»Wegen Ihres Hinweises wird wahrscheinlich eine junge Frau des Mordes angeklagt und auch verurteilt werden. Sie waren Mitte der Dreißigerjahre doch selbst ein paar Monate im Gefängnis ...«

Nanette drückte die Zigarette aus und schüttelte eine neue aus der Packung. Ihre Hände zitterten so heftig, dass ihr das Streichholz zu Boden fiel.

»Lassen Sie mich Ihnen helfen.« Davies gab ihr Feuer. Nanette rauchte schweigend, nahm tiefe Züge. Davies wartete, ließ ihr Zeit.

Schritte näherten sich der Wohnung. Ein Mann rief Nanettes Namen und klopfte an die Eingangstür. Als sie nicht reagierte, fluchte er und ging wieder.

»Auf gar keinen Fall geb ich ein schriftliches Geständnis ab.« Ganz unvermittelt begann Nanette zu sprechen.

»Das verlange ich auch nicht.«

»Letzte Woche, in der Nacht von Dienstag auf Mittwoch, bin ich zur Toilette gegangen. Es war nach zwölf. Als ich wieder in die Wohnung kam, war das Licht an der Decke aus. Ich dachte, die Birne ist hin. Aber dann hat mich ein Mann von hinten gepackt. Er hat mir den Mund zugehalten, und ich hab ein Messer an meiner Kehle gespürt.« Nanette stieß den Atem aus, es klang wie ein Seufzen. »Dann hat er mir den Hals aufgeritzt. Er hat 'nen Auftrag für mich, hat er gesagt. Ich soll Hauptkommissar Heimerzheim mitteilen, der Schwarzmarkthändler Willy Thorgau habe einem jungen Ding mit 'nem langen Sündenregister bei der Polizei eine Pistole verkauft.«

»Franziska Wagner«, warf Davies ein.

»Ja, ich musste ihren und Thorgaus Namen ein paarmal wiederholen. Ich dachte, jetzt ist es vorbei, und er lässt mich in Ruhe. Aber dann hat mir der Kerl auch noch den Arm verbrannt. Als Warnung. Wenn ich Heimerzheim nicht informieren würde, würd man mir die Wohnung anzünden. Und dafür sorgen, dass ich lebendig verbrenne. Ich war mir sicher, dass der Kerl seine Drohung wahr macht. Ich kann sonst nirgendwohin ... Und ich hab nicht die Nazis und den Krieg überlebt, um jetzt hier elendig zu verrecken.« Nanette seufzte wieder.

»Und so haben Sie Heimerzheim die Namen genannt.« Davies nickte nachdenklich. »Ist Ihnen an dem Mann irgendetwas aufgefallen?«

»Ich hab ihn ja nicht gesehen. Es war dunkel, und er hat mich von hinten gepackt. Ich schätze mal, er war größer als ich. Und er war wirklich stark.«

»Sprach er mit irgendeinem Dialekt?«

»Nee, er hat nur geflüstert.« Nanette schauderte. »Mir wird immer noch ganz anders, wenn ich daran denke.«

Bergisches Land, bei Bensberg

Die laue Sommernacht hatte bereits warmes Wetter angekündigt, und in dem Schulraum war es inzwischen heiß und stickig. Auch die offen stehenden Fenster brachten keine Linderung. Ach, wenn sie doch nur endlich ein Kind fänden, das etwas über die Erkennungsmarke von Geoffrey Steele wusste, und ihre Suche in den Schulen zu Ende wäre! Friederike hasste diese Aufgabe immer mehr. Auch heute waren ihre Kollegin Helga Wicherts und sie wieder nicht weitergekommen. Nach einem erfolglosen Vormittag in Obersteeg hatte sie ein Kollege nach Immekeppel gefahren. Etwa zwei Dutzend Kinder warteten hier noch darauf, befragt zu werden.

»Hier, nimm das Bonbon.« Friederike lächelte einem Zweitklässler mit einer schlecht verheilten Narbe auf der Stirn aufmunternd zu. Seine Geschichte zu der Erkennungsmarke war sehr fantasievoll, aber leider unwahr gewesen, denn er hatte nicht gewusst, welcher Name darauf eingraviert war. Friederike versuchte, seine traurigen Augen zu ignorieren, und schob sich aus der Schulbank.

Nach dem stundenlangen beengten Sitzen fühlte sie sich wie gerädert. Am Wasserhahn neben der Tafel füllte sie ihre Flasche und trank einige Schlucke. Helga unterhielt sich mit einem dünnen, sommersprossigen Mädchen, machte sich konzentriert Notizen.

Friederikes Gedanken wanderten zu der vergangenen Nacht. Ob Davies und sie sich geküsst hätten, wenn die beiden Militärpolizisten nicht am Rheinufer aufgetaucht wären? Wahrscheinlich ... In dem Moment, als Davies sich zu ihr beugte, hatte sie sich nichts sehnlicher gewünscht. Aber jetzt war sie eigentlich froh, dass es nicht dazu gekommen war. Es hätte ihr ohnehin schon kompliziertes Verhältnis noch schwieriger gemacht. Ja, sie liebte Davies. Aber sie glaubte einfach nicht daran, dass sie eine gemeinsame Zukunft hatten. Spätestens nach Ablauf seiner Dienstzeit würde er erneut nach England zurückkehren. Und dann gab es auch noch Ludwig, den sie wahrscheinlich nie so tief lieben würde wie Davies, der ihr aber viel bedeutete. Mit ihm war alles ganz einfach, und er würde sie bestimmt nicht enttäuschen.

»Friederike!« Helga, die ihren Platz in der Schulbank verlassen hatte, stand vor ihr. Wie hatte sie sich nur während des Dienstes so in ihren Gedanken verlieren können!

»Was ist denn?«, fragte sie schuldbewusst.

»Diese Leni ...« Helga deutete zu dem sommersprossigen Mädchen. »Sie kennt ein Kind, das die Erkennungsmarke einmal besessen hat.«

»Weshalb nimmst du das an?«

»Leni wusste, dass der Vorname Geoffrey auf der Erkennungsmarke steht. Sie fand den Namen so seltsam, deshalb hat sie ihn sich gemerkt.« Helga blickte sie stolz an. »Ein Klassenkamerad, Arthur Caune, hat ihr die Erkennungsmarke vor ein paar Wochen unter dem Siegel der Verschwiegenheit gezeigt. Er wollte sie damit wohl beeindrucken.«

»Wer von den Kindern ist Arthur?«

»Seit ein paar Tagen war der Junge nicht in der Schule.« Helga schüttelte den Kopf. »Er ist krank. Aber er wohnt ganz in der Nähe.«

Ob Arthur Caune wohl die Erkennungsmarke bei dem Röder'schen Hof verloren hatte? Friederike war plötzlich ganz aufgeregt.

Friederike stand von einer Bank vor der Schule auf, als Davies den Jeep am Straßenrand stoppte. Von einem Telefon im Pfarrhaus aus hatte sie in der Stadtkommandantur angerufen und ihn gleich erreicht. Davies gab ihr die Hand, um ihr in den Jeep zu helfen, und Friederike ließ sich neben ihm nieder.

»Ich habe übrigens auch Neuigkeiten.« Er sah sie kurz an – sein Lächeln ließ entgegen all ihren Vorsätzen ihr Herz schneller schlagen – und überholte dann ein Pferdefuhrwerk, das die sonnige Dorfstraße entlangzockelte. »Jemand hat versucht, Franziska Wagner mit einer Waffe zu belasten.« Er berichtete Friederike, was er von dem Schwarzmarkthändler und von Nanette erfahren hatte.

»Aber das bedeutet doch, dass Franziska höchstwahrscheinlich unschuldig ist! Denn wer außer Ilse Röders Mörder sollte Nanette gequält und bedroht haben, damit sie Hauptkommissar Heimerzheim eine Lüge erzählt?«

»Das sehe ich genauso. Aber es wird nicht reichen, um Franziska freizubekommen.« Davies erstickte Friederikes Hoffnung im Keim. »Nanette hat mir gegenüber unmissverständlich klargemacht, dass sie nichts von dem, was sie mir erzählt hat, zu Protokoll geben wird. Außerdem wurde Franziska nun einmal mit der Mordwaffe in der Hand am Tatort angetroffen. Sie hat auf den Knecht geschossen, der sie ertappt hat. Und sie hatte ein starkes Motiv. Ganz zu schweigen davon, dass sie selbst zugegeben hat, Ilse Röder erpresst zu haben.«

»Ich hätte nicht gedacht, dass Heimerzheim diesen Schwarzmarkthändler zu einem Geständnis nötigen würde.« Trotz allem hatte Friederike den knorrigen Hauptkommissar gemocht.

»Ich glaube, du beurteilst Heimerzheim zu streng. Er war davon überzeugt, dass Franziska den Mord begangen hat. Dann bekommt er von Nanette diesen Hinweis auf die Waffe, den er für wahr hält. Er will seinen Fall abschließen und setzt den Schwarzmarkthändler unter Druck. Wenn man zu sehr von der Schuld eines Verdächtigen überzeugt ist, kann so etwas leider recht schnell geschehen.«

»Wer auch immer Nanette bedroht und gequält hat, muss gewusst haben, dass sie als Spitzel für den Hauptkommissar tätig ist. Denkst du, dass dieser Mann, denn ganz bestimmt war es ja ein Mann, irgendwie Kontakte zur Polizei hat?«

»Das ist gut möglich.« Davies nickte.

»Wirst du Heimerzheim sagen, dass der Schwarzmarkthändler ein falsches Geständnis abgelegt hat?« Friederike hatte dabei ein mulmiges Gefühl.

»Ja. Er muss den Fall noch einmal neu aufgreifen. Ich werde versuchen, deine Rolle bei dem allen möglichst herunterzuspielen, damit du keine Schwierigkeiten bekommst.« Davies warf ihr einen Blick von der Seite zu. Er lächelte sie wieder an, und seine Stimme war warm und voller Zuneigung.

»Das wäre gut.« Du liebes bisschen, regte sich da gerade ein ganzer Schwarm Schmetterlinge in ihrem Bauch? »Meinst du, du könntest etwas tun, um Franziskas Haftbedingungen zu erleichtern?«, fragte sie rasch, um ihre Verlegenheit zu überspielen.

»Ich werde es versuchen.«

Eine Wegbiegung noch, dann tauchte Arthur Caunes Heim am Rand eines Weilers zwischen den Wiesen auf.

Eine rotgetigerte Katze rannte davon, als Davies die Gartentür öffnete. Sie kletterte den Stamm einer riesigen Linde hinauf und hockte sich dann maunzend auf einen Ast. Unter dem Baum wirkte das einstöckige Fachwerkhaus geradezu winzig, wie eine Puppenstube. Geflickte Wäschestücke flatterten auf einer Leine. Einige Reihen Kartoffeln und Rüben verkümmerten im Schatten der Linde. Überall lagen Blüten.

Auf Davies' Klopfen hin öffnete ihnen eine schmale Frau Ende dreißig, die die Haare unordentlich um den Kopf gesteckt hatte. Ihre Kittelschürze war viel zu groß für sie.

»Frau Caune?«

»Ja.« Ihre Augen weiteten sich bestürzt, als sie die Uniform der Besatzer erkannte.

»Wir müssen mit Arthur sprechen. Keine Sorge, er hat nichts angestellt, aber er kann uns möglicherweise bei einer Mordermittlung weiterhelfen«, sagte Davies freundlich und stellte sich und Friederike vor.

»Eine Mordermittlung?« Die Frau wirkte nun noch verstörter. »Seit ein paar Tagen ist Arthur krank. Er hat Fieber. Und schreit im Schlaf …«

»Es wird nicht lange dauern.«

Frau Caune wich zurück und gab den Weg in eine Küche frei, die offensichtlich das ganze Erdgeschoss einnahm. Auf dem Herd köchelten Zuckerrüben vor sich hin. Der süßliche Geruch legte sich schwer auf Friederikes Lunge.

»Arthur ist oben, in seinem Bett.« Frau Caune deutete auf eine schmale Holztreppe ohne Geländer.

Auf Davies' Nicken hin stieg Friederike vor ihm die Stufen hinauf. Eine Tür führte in einen Verschlag. Drei Betten standen unter den Dachziegeln. Die Luke im Giebel war weit geöffnet, trotzdem war es sehr warm. In einem Bett lag ein Junge und schlief. Wahrscheinlich teilten sich Frau Caune und die Töchter die anderen beiden Betten.

»Hallo, Arthur ...« Friederike beugte sich vor und berührte den Jungen an der Schulter. Er fühlte sich fiebrig an. Davies hatte ihr aufgetragen, das Gespräch mit dem Kind zu führen. »Wir haben nur ein paar Fragen an dich, du musst dich nicht fürchten«, sagte sie rasch, als Arthur die Augen aufschlug. »Ich arbeite für die Weibliche Polizei, und Lieutenant Davies ist von der Royal Military Police. Kannst du dich aufsetzen?« Sie half ihm dabei. »Arthur, wir wissen, dass du die Erkennungsmarke eines britischen Soldaten bei dir getragen hast.« Friederike und Davies setzten sich auf das Bett gegenüber.

Der Junge starrte sie ängstlich an.

»Weshalb hast du die Erkennungsmarke denn an dich genommen?«

Arthur blieb stumm.

»Hat sie dich an die eines Verwandten erinnert?«, versuchte Friederike, ihm eine Brücke zu bauen.

»Mein Vater hatte auch so was.« Arthur senkte den Kopf.

»Ich kann gut verstehen, dass du sie deshalb an dich genommen hast. Bestimmt vermisst du deinen Vater sehr.«

»Er ist in Afrika gefallen.« Arthur strich über die Bettdecke.

»Das tut mir sehr leid.« Friederike wartete einen Moment lang.

»Erinnerst du dich daran, wo du die Marke gefunden hast?«

»Auf dem Hof von Herrn Dietrichs, bei Voiswinkel. Hinter der Scheune. Meine Mutter hat manchmal für ihn geputzt und gewaschen, als seine Schwester noch nicht dort gewohnt hat.«

»Und wann hast du sie gefunden?«

»In der Woche nach Allerheiligen 1944 …«

»Bist du dir da ganz sicher?«

»Kurz vorher kam die Nachricht, dass mein Vater in Afrika geblieben ist.«

Davies bewegte sich jäh. Am 4. November 1944 war der Jagdbomber nicht von seinem Einsatz über Solingen zurückgekehrt. Der Junge schien die Erkennungsmarke tatsächlich um den Zeitpunkt herum gefunden zu haben, als die britischen Soldaten ermordet worden waren.

»Du musst sehr traurig gewesen sein.«

Arthur nickte nur.

»Weißt du, wie die Erkennungsmarke auf den Hof von Herrn Dietrichs gekommen ist?«

»Nein.« Arthur sah Friederike aus großen Augen an.

»Hast du damals vielleicht Männer in fremden Soldatenuniformen auf dem Hof gesehen?«

»Nein, auch das nicht.«

Friederike hielt Arthurs Erstaunen für echt.

»Kommt dir vielleicht irgendetwas in den Sinn, worüber du dich damals gewundert hast? Oder hat sich jemand merkwürdig verhalten?« Friederike war sich nicht sicher, ob das Erinnerungsvermögen des Kindes sich über einen so langen Zeitraum auf solche Details erstreckte. Aber sie wollte nichts unversucht lassen.

»Nein«, erwiderte Arthur denn auch zum wiederholten Male.

»Und dann hast du die Erkennungsmarke zweieinhalb Jahre mit dir herumgetragen?«, tastete sie sich weiter vor.

»Manchmal hab ich sie auch unter einer losen Diele

versteckt. Aber ich hab sie immer eingesteckt, wenn ich vor etwas Angst hatte.«

»Wie an dem Abend, als du auf dem Hof der Röders warst?« Friederike wagte einen Schuss ins Blaue.

Der Junge nickte wieder.

»Und da hast du die Marke dann verloren.«

»Ja.«

Friederike wechselte einen raschen Blick mit Davies.

»Und weshalb hattest du Angst?«

»Ich … ich hab Gemüse gestohlen. In unserem Garten wächst doch kaum etwas.« Arthur blickte auf die Wolldecke. »Der Hofhund war scharf, vor dem hatte ich Angst.«

»Du warst also öfter dort.« Sie wussten dies schon von Franziska, aber Friederike wollte es noch einmal von Arthur hören.

»Drei- oder viermal … Meine Mutter weiß nichts davon. Ich kenne den Hof, weil sie dort früher auch manchmal ausgeholfen hat.«

»Wie auf dem Hof von Herrn Dietrichs.«

»Ja, genauso.«

»Du hast eben gesagt, der Hofhund *war* scharf.« Davies beugte sich vor. »Gab es denn keinen Hofhund mehr, als du das letzte Mal dort warst?«

Friederike war gar nicht aufgefallen, dass Arthur die Vergangenheitsform benutzt hatte.

»Doch. Er hat mich gewittert, als ich im Garten war. Ich konnte gerade noch auf einen Apfelbaum klettern.« Arthurs Stimme war ganz leise geworden, und er zitterte plötzlich.

»Was ist dann geschehen?«, fragte Davies ruhig. Ein Windstoß wehte eine ganze Anzahl Lindenblüten durch die Luke. Sie fielen auf die Betten und auf die rohen Bodenbretter.

»Da war jemand. Ein Mann … Er hat dem Hund zu fressen gegeben.«

»Der Hund kannte den Mann also?«

Arthur sah Davies an. »Ja, er hat ihn begrüßt und mit dem Schwanz gewedelt. Aber mit dem Fressen war etwas nicht in Ordnung, glaube ich. Der Hund hat ganz furchtbar gejault und sich gewälzt. Dann war er auf einmal tot.«

Also war es definitiv nicht Franziska gewesen, die den Hofhund vergiftet hatte. Ein weiterer Beweis, dass die junge Frau unschuldig war?

»Kannst du den Mann beschreiben?« Gespannt wartete sie auf die Antwort des Jungen.

Wieder begann Arthur heftig zu zittern. »Der Mann … Er war ein Ungeheuer!«

»Was meinst du denn damit?« Friederike legte ihm den Arm um die Schultern.

»Sein Gesicht war böse. Eine Fratze … Ich hab ihn noch mal bei Bensberg gesehen, letzte Woche.« Der Junge schluchzte auf. »Das Ungeheuer wird mich finden und mich auch töten!«

Friederike und Davies warteten, bis Arthur sich wieder beruhigt hatte, dann stiegen sie die schmale Treppe hinunter.

Frau Caune blickte ihnen besorgt entgegen. »Was ist denn mit Arthur? Konnte er Ihnen weiterhelfen?«

»Ja, sehr sogar«, erwiderte Friederike freundlich. »Sie haben vorhin gesagt, dass Arthur Albträume hat. Auf dem Röder'schen Hof hat er einen Mann beobachtet, der einen Hund vergiftet hat. Dieser Mann hatte ein irgendwie entstelltes Gesicht. Wahrscheinlich rühren Arthurs Albträume daher.«

»Mein Junge hat gesehen, wie jemand einen Hund vergiftet hat?« Frau Caune blickte Friederike und Davies fassungslos an. »Was hat Arthur denn überhaupt auf dem Hof zu suchen? Ich hab früher mal dort gearbeitet. Aber das ist schon länger her.«

»Er wollte Gemüse stehlen, um Ihnen zu helfen.«

»Was … Um Gottes willen! Wie konnte er das nur tun?« Frau Caune ließ sich auf einen Stuhl sinken. Tränen schimmerten in ihren Augen. »Wenn sein Vater noch lebte, wäre Arthur niemals auf diese Idee gekommen.« Davies und Friederike setzten sich zu ihr an den Tisch, und Friederike holte ihr Notizbuch hervor.

»Der Junge wollte Ihnen und seinen Schwestern doch nur beistehen«, sagte sie sanft. »Bitte, Sie dürfen Arthur nicht böse sein.«

»Ach, manchmal weiß ich mit den Kindern nicht mehr aus noch ein!«

Diese Klage war Friederike von vielen alleinstehenden Müttern nur zu vertraut. »Arthur hat gesagt, dass Sie im November '44 auf dem Hof eines Bauern namens Joseph Dietrichs gearbeitet haben«, versuchte sie, das Gespräch auf die Ermittlung zu lenken.

»Ja, bis zum Sommer 1945 war ich ein paarmal in der Woche dort. Dann kam Dietrichs' verwitwete Schwester auf den Hof und hat ihm den Haushalt geführt.«

»Sie haben bestimmt von den Leichen der ermordeten britischen Soldaten gehört, die bei Voiswinkel entdeckt wurden«, schaltete sich Davies ein. »Einer dieser Männer hieß Geoffrey Steele. Arthur hat seine Erkennungsmarke bei Dietrichs' Scheune gefunden und sie an sich genommen.«

»Um Himmels willen …« Frau Caune schlug die Hände vor den Mund.

»Die Erkennungsmarke hat Arthur an seinen verstorbenen Vater erinnert«, sagte Davies besänftigend. »Können Sie sich erinnern, ob Ihnen um den 4. November 1944 irgendetwas Verdächtiges auf Dietrichs' Hof aufgefallen ist?«

Frau Caune dachte für einen Moment nach, dann verneinte sie. Ihr Schrecken wirkte echt.

»Hat sich Dietrichs vielleicht anders verhalten als sonst? War er irgendwie besorgt oder beunruhigt?«

»Wenn Sie so fragen ...« Frau Caune zögerte, ehe sie fortfuhr: »Herr Dietrichs war damals niedergeschlagen und reizbar. Aber das hatte bestimmt nichts mit den britischen Soldaten zu tun.«

»Weshalb sind Sie sich da so sicher?«

»Ich mag diesen Tratsch ja nicht ...« Frau Caune zögerte. »Aber vermutlich war Dietrichs wegen Frau Röder so niedergedrückt.«

»Die beiden kannten sich?« Perplex ließ Friederike ihren Stift sinken.

»Ja, Dietrichs war '44 oft auf dem Hof und hat mitgeholfen. Es gab ja dort zum Ende des Krieges keinen Knecht mehr.« Frau Caune seufzte. »Die Mägde waren überzeugt, dass Dietrichs in die Herrin verliebt war. Ende Oktober haben sie mir erzählt, dass es einen Streit zwischen Frau Röder und Dietrichs gab. Ich weiß das noch so genau, weil ich am Abend die Nachricht erhalten habe, dass mein Mann gefallen ist.« Sie senkte den Kopf und fuhr sich über die Augen. Gleich darauf hatte sie sich wieder gefasst und sah Friederike und Davies an. »Frau Röder hat Dietrichs bestimmt klargemacht, dass bei ihr nichts zu holen war. Sie war ja eine anständige Frau.«

»Ilse Röder eine anständige Frau, von wegen!«, sagte Friederike sarkastisch. Es verblüffte sie immer wieder, dass andere Menschen diese Frau mit einem Heiligenschein sahen. »Vielleicht hatte sie mit diesem Dietrichs ja doch eine Affäre. Egal, was die Mägde sagen.«

Sie und Davies gingen mittlerweile zum Jeep zurück, der am Rand der schmalen Straße stand. Ein warmer Wind peitschte das Gras auf den Wiesen und drückte das Getreide in Wellen zu Boden.

»Vielleicht. Jedenfalls wissen wir jetzt, wo das Gerücht von dem Ungeheuer, das auf dem Röder'schen Hof umgeht, seinen Ursprung hat.« Davies lächelte.

»Trotzdem verstehe ich nicht, was es mit dem bösen, fratzenhaften Gesicht auf sich haben soll.« Friederike machte einen großen Schritt über ein Schlagloch. »Ob der Mann eine Maske getragen hat?«

»Das kommt mir recht weit hergeholt vor. Möglicherweise ist sein Gesicht ja von einer Verletzung entstellt.« Davies setzte sich hinter das Lenkrad, und Friederike nahm auf dem Beifahrersitz Platz. Er wandte sich ihr zu, während er das Militärfahrzeug startete. »Da der Junge die Erkennungsmarke hinter Dietrichs' Scheune gefunden hat, kann es gut sein, dass dieser Bauer irgendetwas über den Tod der Flugzeugbesatzung weiß. Ich fahre mit ein paar Militärpolizisten zu seinem Hof und bringe ihn zum Verhör in die Stadtkommandantur. Vorher setze ich dich aber bei dem Röder'schen Hof ab. Sprich mit den Leuten von dem Gut und bring in Erfahrung, ob Dietrichs tatsächlich in Frau Röder verliebt war und es diesen Streit zwischen den beiden gab.«

»Ich bin gespannt, was die Knechte und Mägde mir erzählen werden.« Ob Dietrichs vielleicht der geheimnisvolle Mörder aus Eifersucht gewesen war? Oder ging jetzt schon wieder ihre Fantasie mit ihr durch?

Bergisches Land, bei Voiswinkel

Ein Hofhund riss an seiner Kette und bellte sich die Seele aus dem Leib. Dietrichs' Hof lag abgelegen. Hinter einem Wäldchen war die Ruine eines Kirchturms zu sehen. Nur weiter unten an der Straße stand noch ein kleines Haus. Etwa drei Kilometer waren es von hier bis zu der Stelle, wo der Jagdbomber abgestürzt war. In vier Kilometern Entfernung waren die Leichen gefunden worden. Ein geeigneter Ort, um die Flugzeugbesatzung ohne verräterische Zeugen gefangen zu halten oder auch zu töten, dachte Richard Davies.

Er bedeutete den beiden Militärpolizisten, die er von Bergisch Gladbach aus angefordert hatte, ihm zu dem Wohnhaus zu folgen. Doch in dem Moment öffnete sich die Stalltür, und ein großer, kräftiger Mann in Arbeitskleidung, einen Milcheimer in der Hand, trat heraus. Er stockte kurz, als er die Militärpolizei sah, ging dann jedoch weiter. Sein Gesichtsausdruck wurde irgendwie leer. »Kuno, ruhig!«, rief er dem Hofhund zu. Dieser ließ sich hechelnd auf den Boden fallen.

»Herr Dietrichs?« Davies trat zu ihm.

»Der bin ich.«

»Ich ermittle im Fall der ermordeten britischen Jagdbomberbesatzung. Sie werden mich zur Stadtkommandantur begleiten.«

Der Bauer nickte und stellte den Milcheimer auf den Boden. Die beiden Militärpolizisten traten vor, nahmen ihn in die Mitte. Widerstandslos ließ sich Dietrichs zu den Militärfahrzeugen führen.

Es ist fast, als hätte er uns erwartet, dachte Davies.

13. Kapitel

Köln

Friederike lief in Richtung der Schrebergartensiedlung. Sie war immer noch ganz aufgeregt, fast ein bisschen euphorisch. Zwei Mägde hatte sie auf dem Röder'schen Hof angetroffen. Beide hatten bestätigt, dass Joseph Dietrichs in Ilse Röder verliebt gewesen war. Und beide hatten auch von einem Streit zwischen ihm und Ilse Röder Ende Oktober 1944 berichtet. Die Frauen hatten die Auseinandersetzung nur von Ferne gehört und nicht verstanden, worum es ging. Aber sie vermuteten, dass Dietrichs zudringlich geworden sei und »die Herrin« ihn zurechtgewiesen habe. Danach sei er dann einige Monate lang nicht mehr auf den Hof gekommen. Erst gegen Kriegsende habe er sich wieder blicken lassen und mit angepackt, wenn es nötig war. Er schien, so die Frauen, akzeptiert zu haben, dass die Herrin ihn mochte, dass sich ihre Gefühle für ihn darin aber auch schon erschöpften. Ganz zu schweigen davon, dass sie nun einmal eine ehrbare, verheiratete Frau gewesen war.

Ihr erster Weg vom Hauptbahnhof in Köln aus hatte Friederike zur Stadtkommandantur geführt. Davies war in einem Verhör und nicht zu sprechen gewesen. Aber sie hatte ihm eine Nachricht über die Aussagen der beiden Mägde hinterlassen.

Was, wenn Dietrichs auf irgendeine Weise von der außerehelichen Schwangerschaft und der Geburt des Kindes erfahren hatte? Wenn ihm klargeworden war, dass die ach so tugendhafte Frau Röder gar nicht so edel und rein gewesen war und sich einem anderen Mann hingegeben hatte? Eifersucht war ein starkes Motiv. Und die vier Schüsse, die in Ilse Röders Gesicht abgefeuert worden waren, deuteten ja auf einen Mord aus Leidenschaft hin.

Friederike grüßte den Nachbarn, der wie immer in der Abenddämmerung seine inzwischen üppig sprießenden Tabakpflanzen wässerte. Dann hatte sie ihr Grundstück erreicht. Sie öffnete die Gartentür und betrat die Parzelle. Erst nach einigen Schritten sah sie den Mann, der im Schatten vor der Nissenhütte saß.

Instinktiv wich Friederike zurück. Der Mann stand auf. Er trug eine Augenklappe, und sein Gesicht war entstellt. Aber etwas daran, wie er sich bewegte, wie er den Kopf leicht schief hielt, ließ sie den Atem anhalten.

Es war nicht möglich … Und doch …

»Hans!«, rief sie. »Hans!« Friederike stürzte auf ihn zu, lachte und weinte. Sie breitete die Arme aus, fiel ihm um den Hals, wollte ihn für immer festhalten.

»Du lebst, du lebst wirklich …« Die Stimme versagte ihr.

»Schwesterchen …« Ihr Bruder zog sie an sich. Auch seine Stimme zitterte. Eine Weile hielten sie einander fest. Es gab also doch Wunder. Noch nie war Friederike so glücklich gewesen.

Vorsichtig machte Hans sich von ihr los. Erst jetzt registrierte Friederike das ganze Ausmaß seiner Verletzung. Die rechte Hälfte des Gesichts war völlig entstellt. Narben durchzogen seine Haut, und von seiner Oberlippe fehlte ein Stück, sodass die Zähne dahinter freilagen. Ihr Herz zog sich vor Mitleid zusammen, und sie berührte seine Wange. »Mein Gott, wie ist das geschehen?«, flüsterte sie.

»Es tut mir leid. Ich weiß, ich bin kein schöner Anblick.« Die linke, unverletzte Hälfte seines Mundes verzog sich zu einem bedauernden Lächeln. »Ich hoffe, ich habe dich nicht zu sehr erschreckt.«

»Mir ist es völlig egal, wie du aussiehst. Ich bin einfach nur glücklich, dass du lebst!« Friederike zog ihren Bruder neben sich ins Gras. »Mutter und ich haben im Frühjahr ’44 erfahren, dass du vermisst wirst. Was ist geschehen? Warst du in russischer Gefangenschaft? Und wie hast du uns gefunden?« Es gab so viel, was sie wissen wollte. Das letzte Mal hatte sie Hans bei einem kurzen Heimaturlaub im Mai 1943 gesehen.

»Ich hatte Glück und bin mit den letzten Truppen aus Russland herausgekommen und in Hamburg gestrandet.« Hans’ Stimme war vertraut und doch auch anders als früher. Irgendwie rauer und ein bisschen heiser.

»Und deine Verletzung?«

»Ein brennender Panzer.« Er zuckte mit den Schultern.

»Wann war das, um Himmels willen?«

»Bald nach meinem letzten Heimaturlaub.«

»Ein Jahr bevor wir erfuhren, dass du vermisst wirst … Warum hast du uns denn nicht mitgeteilt, dass du verletzt warst? In deinen Briefen hast du geschrieben, dass es dir gut gehe …« Wenige Zeilen, wie Friederike sich jetzt erinnerte. Schon damals hatte sie gefürchtet, dass der Bruder vieles verschwieg, und hatte dies der Zensur angelastet. Die Soldaten wussten ja, dass die Feldpost geöffnet werden konnte. Aber sie hätte niemals gedacht, dass Hans eine schwere Verwundung verheimlichen würde.

»Ich wollte euch nicht damit behelligen. Es war etwas, womit ich allein fertig werden musste.« Hans nahm eine Zigarette aus einer Packung und zündete sie an. Das Licht der Streichholzflamme fiel auf sein Gesicht. Im Spiel von Helligkeit und Schatten wirkten die ungleichen Hälften für einen Moment wie ein aus Stein gehauenes Kunstwerk, das die Schrecken des Krieges symbolisieren sollte. Aber dies war kein Kunstwerk. Es war Hans' Antlitz.

Friederike schluckte hart. »Wir hätten doch von der Wehrmacht informiert werden müssen, dass du im Lazarett liegst.«

»Ich kannte jemanden, der dafür sorgte, dass es nicht weitergegeben wurde.«

»Ach, Hans ...« Friederike drückte seine Hand. Diese Verletzung hätte eigentlich Dienstunfähigkeit bedeutet. Er musste dafür gekämpft haben, weiter dienen zu dürfen. Wie fremd er ihr manchmal bei seinem letzten Heimaturlaub erschienen war! Sein oft abwesender Blick hatte ihr Angst gemacht.

Einige Momente lang rauchte Hans schweigend. »Ich habe über das evangelische Hilfswerk erfahren, dass du mit Mutter in Köln lebst«, sagte er dann. »Seid ihr noch rechtzeitig aus Ostpreußen fortgekommen?«

»Nein, erst im Januar '45.« Friederike wich Hans' Blick aus. Sie wollte jetzt nicht über die Flucht sprechen. »Wir haben dann über ein Jahr im Lager Friedland gelebt. Ich habe mich auf eine Stelle bei der Weiblichen Polizei in Köln beworben, so kamen wir dort endlich weg ...«

»Du eine Polizistin? Wer hätte das gedacht! Macht dir die Arbeit Freude?«

»Mittlerweile ja.«

»Du hast schon immer viele unterschiedliche Seiten gehabt.« Hans nahm wieder einen tiefen Zug. »Malst du noch?«

»Ja, irgendwann möchte ich mich an einer Kunstakademie bewerben.«

»Das ist schön.«

»Und du? Wie hast du die Zeit seit Kriegsende verbracht?«

»Ich habe auf einem Gestüt im Süden von Hamburg gearbeitet. Pferde gezüchtet und zugeritten. Das hat mir Freude gemacht.«

Hans hatte Pferde immer geliebt und wunderbar mit ihnen umgehen können. Wenigstens das war ihm von seinem alten Leben geblieben.

»Wie lange bist du denn schon in Köln?«

»Ach, schon eine Weile.«

»Du bist nicht sofort zu uns gekommen?« Friederike war überrascht.

»Nein …«

»Aber warum denn nicht?«

Hans betrachtete eine Eidechse, die über die Erde am Rand eines Beetes huschte, und blieb stumm. Aus irgendeinem Grund schien er ihre Frage nicht beantworten zu wollen. Friederike wurde immer verwirrter. »Wo bist du überhaupt in Köln untergekommen?« Es war nicht einfach, in der zerstörten Stadt einen Schlafplatz zu finden, geschweige denn ein Zimmer.

»Bei gutem Wetter habe ich oft draußen oder in einer Ruine übernachtet. Seit meiner Soldatenzeit macht mir das nichts mehr aus.« Hans zuckte mit den Schultern. »Und für ein paar Tage bin ich auch bei einem Freund meines Burschen untergekommen. Einem Bauern auf der anderen Rheinseite.«

»Du hättest doch hier leben können!«

Hans blickte auf seine Hände. »Mutter wirkt sehr zerbrechlich. Sie war früher so schön …«

»Dann hast du also doch schon mit ihr gesprochen?« Friederike verstand gar nichts mehr.

Hans schüttelte den Kopf. »Nein, das habe ich nicht.«

»Aber woher weißt du dann, wie Mutter aussieht?«

»Ich habe euch ein paar Tage lang beobachtet.« Die linke Seite seines Mundes verzog sich wieder zu einem resignierten Lächeln. »Ich hatte plötzlich Angst, euch so, wie ich jetzt aussehe, unter die Augen zu treten.«

»Aber das ist doch Unsinn. Mutter wird überglücklich sein, dass du am Leben bist! Genauso wie ich. Nur das ist wichtig.«

»Mutter wird bald von ihrer Arbeit im Krankenhaus zurückkommen. Ich sollte gehen …«

»Du weißt, dass sie im Krankenhaus arbeitet?«

Hans sog noch einmal an seiner Zigarette und drückte sie dann im Gras aus. »Ja, ich bin ihr einige Male gefolgt. Und dir auch …«

Friederike starrte ihn an. »Als ich im Bergischen unterwegs war, hatte ich das Gefühl, dass mich jemand beobachtet. Warst *du* das?«

»Ja. Ich war am Morgen hier, wie auch schon an anderen Tagen. Ich bin dir zum Hauptbahnhof gefolgt. Am Fahrkartenschalter habe ich gehört, wie du ein Ticket nach Bergisch Gladbach gelöst hast. Ich bin mit dir in den Zug gestiegen. Am Bahnhof von Bergisch Gladbach hatte ich ein bisschen Mühe, dich in der Menge zu finden, aber schließlich habe ich dich entdeckt. Und dann bin ich einfach in einigem Abstand hinter dir hergelaufen.«

»Aber warum …?«

»Ich wollte dir nahe sein.«

Seine Antwort und die Traurigkeit in seiner Stimme schnürten Friederike die Kehle zu. »Hans, Mutter und ich werden dich immer lieben. Bitte, du musst dich Mutter zeigen! Und zwar bald.«

Hans stand auf. Er legte ihr die Hände auf die Schultern. »Gib mir Zeit. Kennst du den Biergarten in der Nähe der Kirche in Zollstock?«

»Vom Vorbeigehen.«

»Ich werde morgen Abend gegen acht dort sein. Aber

bitte komm allein. Versprich es mir!« Seine Stimme war drängend.

»Ich unterstütze einen Lieutenant der britischen Militärpolizei bei Ermittlungen in einem Mordfall. Ich weiß nicht, ob ich es bis acht schaffe.«

»Das macht nichts. Übermorgen bin ich auch wieder dort. Und am Abend danach …«

Hans umarmte sie. Friederike schlang ihre Arme um seinen Hals, hatte plötzlich Angst, dass sie ihn nicht wiedersehen würde.

»Ich muss jetzt wirklich gehen.« Hans schob sie sanft von sich weg. »Weißt du noch? *›I take up my pen in the year of grace 17 – …‹«*

»›… and go back to the time when my father kept the Admiral Benbow Inn …‹« Friederike führte den Satz weiter und zwang sich zu einem Lächeln.

Sie sah Hans nach, wie er durch den Garten ging. Er griff nach einem Fahrrad, das am Zaun lehnte, und schob es den holprigen, von Schlaglöchern durchsetzten Weg entlang. Dann war er aus ihrem Blickfeld verschwunden, als wäre er nie bei ihr gewesen.

»Und, wie steht es mit Dietrichs?« In der Stadtkommandantur sah Captain Mannings Richard Davies fragend an.

»Einen Schritt bin ich weitergekommen, Sir. Ich habe mittlerweile noch einmal mit dem Architekten gesprochen, dem der anonyme Brief am Kölner Hauptbahnhof übergeben wurde.«

Mannings hatte ihn aus dem Verhörraum gerufen. Sie standen im von Lampen erhellten Flur. Eine Straßenbahn kam mit kreischenden Bremsen auf dem Ring zum Stehen. Das Geräusch hallte zwischen den Ruinen wider.

»Jenes Schreiben, in dem dieser ehemalige Ortsgruppenleiter beschuldigt wurde, an der Ermordung unserer Jungs beteiligt gewesen zu sein.« Mannings nickte.

»Ich habe dem Architekten, Herrn Bergrath, ein Foto von Dietrichs gezeigt. Er hat ihn als den Mann erkannt, der ihm den Brief übergeben hat.«

»Nun, das ist doch etwas! Und hat Dietrichs eine Erklärung für diesen Brief? Oder dafür, wie die Erkennungsmarke hinter seine Scheune gelangt ist?«

»Leider nein, Sir. Dietrichs hat bisher kein einziges Wort gesprochen, nur stumm vor sich hingestarrt.« Die weinerlichen Beteuerungen des ehemaligen Ortsgruppenleiters Schmitz, am Tod der britischen Soldaten unschuldig zu sein, waren Davies im Rückblick fast noch lieber gewesen als Dietrichs' versteinerte Miene und undurchdringliches Schweigen.

»Dietrichs bietet überhaupt keine Erklärung an?«

»Nein. Aber ich hatte irgendwie den Eindruck, dass er fast erleichtert war, als wir ihn zum Verhör holten.«

»Und warum, verdammt noch mal, redet er dann nicht?«

»Vielleicht würde er ja sprechen, wenn es nur um ihn ginge. Aber an der Ermordung unserer Soldaten waren ja sicher mehrere Männer beteiligt.«

Unsere Soldaten … Davies hatte keine Ahnung, ob Mannings wusste, dass er deutscher Herkunft und kein Brite war. Der Captain hatte jedenfalls nie eine entsprechende Andeutung gemacht. Aber selbst wenn Mannings es wusste, war es ihm vermutlich gleichgültig.

»Was ist uns bisher über Dietrichs bekannt?«

»Jahrgang 1905, ledig, kein Parteimitglied, 1941 nach Russland eingezogen.«

»Wer hat den Hof denn in der Zeit weitergeführt?«

»Ein dienstunfähiger Knecht. Bei den Bombenangriffen auf Engelskirchen kam er ums Leben. Im Sommer

’44 wurde Dietrichs dann wegen einer Granatsplitter-Verwundung am Rücken aus der Wehrmacht entlassen.«

»Wie wollen Sie jetzt weiter vorgehen?«

»Ich habe Dietrichs’ Schwester zum Verhör abholen lassen. Sie führt ihm seit Kriegsende den Haushalt.«

»Gut, gut.« Mannings tätschelte Davies’ Schulter. »Sie halten mich auf dem Laufenden.«

Leichter Zigarettenrauch hing noch in der Luft, und der Stummel lag im Gras. Ohne dies hätte Friederike fast geglaubt, von Hans nur geträumt zu haben. Ja, sie freute sich über alle Maßen, dass er den Krieg überlebt hatte – wobei Freude ein nur unzureichendes Wort für ihre Gefühle war. Aber sie fand es völlig unwirklich, dass sie eben noch mit ihm vor der Nissenhütte gesessen hatte.

»Fräulein Matthée, ist Ihre Mutter da?« Frau Meßner stand mit Elli vor der Gartentür. »Ich wollte sie fragen, ob sie morgen Nachmittag zum Nähen kommt.«

»Nein, sie ist noch nicht hier, aber ich richte es ihr aus. Sie meldet sich bestimmt bei Ihnen.« Friederike wechselte noch ein paar Worte mit der älteren Frau über das Wetter und über einen Händler in Sürth, bei dem man tatsächlich gute, gebrauchte Schuhe bekommen sollte, dann wünschte sie ihr einen schönen Abend und ging mit Elli zur Nissenhütte.

»Elli, hast du bei Frau Meßner etwas gegessen?«

»Ja, es gab Kartoffeln und Möhren und Leberwurst.« Elli flüsterte, ohne Friederike anzusehen, offenbar wieder einmal von etwas eingeschüchtert.

Die Leberwurst war, vermutete Friederike, die übliche Paste aus Haferflocken, Zwiebeln und Brotbröseln. »Dann wasch dich jetzt bitte«, sagte sie freundlich. »Wenn du magst, lese ich dir später noch etwas vor.«

Sie zündete die Karbidlampe in der Nissenhütte an, bestrich zwei Scheiben Brot mit Margarine und setzte sich damit und einem Stück Käse – ihre Mutter hatte tatsächlich richtigen Käse auf ihre Lebensmittelkarten bekommen – in den Garten. Während sie langsam und sorgfältig kaute und zuhörte, wie Elli Wasser aus einem Krug in die Waschschüssel goss, wanderten ihre Gedanken wieder zu Hans.

Er war ein sehr hübscher Junge gewesen und später ein ausnehmend attraktiver junger Mann. Alle ihre Freundinnen hatten für ihn geschwärmt. Natürlich konnte sie verstehen, wie schwer es sein musste, mit einer solchen Entstellung zu leben. Aber sie begriff immer noch nicht, dass Hans dies seiner Familie verschwiegen hatte. Im Frühjahr 1943 hatte ihr Vater noch gelebt. Dass der Bruder nicht wenigstens ihn eingeweiht hatte, wenn er schon glaubte, die Mutter und die Schwester schützen zu müssen ... Und wie seltsam, dass er so lange gebraucht hatte, bis er sich hatte überwinden können, wenigstens ihr – Friederike – gegenüberzutreten! Sie hatten sich immer so nahegestanden. Aber was wusste sie schon, wie es wirklich in seiner Seele aussah?

Als sie wieder in die Nissenhütte ging, hatte Elli sich schon auf den Decken zusammengerollt. Friederike nahm *Emil und die Detektive* aus dem Regal und setzte sich neben sie auf den Boden.

»Wie weit bist du denn in dem Buch gekommen?«

»Bis zur Stelle, als Emil den Gustav trifft.«

»Ich habe den Film einmal in Berlin im Kino gesehen.« Obwohl Kästners Bücher verboten gewesen waren, war die Verfilmung von *Emil und die Detektive* 1936 noch im Kino gezeigt worden. Zusammen mit Hans hatte sie die Vorstellung besucht. »Warst du schon mal im Kino?«

»Nein, aber Franziska hat mir davon erzählt. Fräulein Matthée ...« Elli richtete sich plötzlich auf und schmiegte sich an sie, als wolle sie bei ihr Schutz suchen. Ihre Stimme war so leise, dass Friederike Mühe hatte, sie zu verstehen. »Haben Sie den bösen Mann gesehen?«

»Wen meinst du denn damit?«

»Den Mann mit dem geteilten Gesicht! Ich bin ihm vorhin mit Frau Meßner auf dem Weg begegnet … Er ist der Mann aus meinem Traum!«

Hans, begriff Friederike, das Mädchen sprach von Hans. »Elli, du irrst dich!«

Elli sah sie wie erstarrt an.

»Du verwechselst ihn mit jemandem, der eine furchtbare Gesichtsverletzung hat. Ich kenne den Mann, dem du begegnet bist, schon lange. Er ist ein guter Mensch.«

Die Gartentür klappte, ihre Mutter würde gleich bei ihnen sein. Friederike fasste das Kind an den Schultern. »Elli, versprich mir, dass du meiner Mutter nichts von dem Mann sagst. Du würdest sie damit sehr aufregen.«

Elli nickte stumm, ihr kleines Gesicht immer noch panisch.

»Haben Sie Neuigkeiten für mich?« Captain Mannings blickte Richard Davies erwartungsvoll entgegen. Seine Beine hatte er wieder einmal auf den Schreibtisch gelegt. Aus dem Glas neben einer aufgeschlagenen Akte roch es nach Whisky.

»Ich hatte Sie ja darüber informiert, dass ich mich wegen einer ermordeten Gutsbesitzerin namens Ilse Röder umhören wollte, Sir …«

»Ja, und? Was hat das mit Dietrichs zu tun?« Mannings bedeutete ihm ungeduldig weiterzusprechen.

»Allem Anschein nach war Dietrichs in diese Frau verliebt, und sie hat ihn abgewiesen. Ich habe inzwischen mit Dietrichs' Schwester gesprochen. Anders als ihr Bruder war sie sehr redselig. Über die Erkennungsmarke, die hinter der Scheune gefunden wurde, wusste sie nichts. Und auch sonst konnte sie mir nichts über die Ermordung der Soldaten mitteilen. Da sie erst seit Kriegsende auf dem Hof lebt, glaube ich ihr. Dann habe ich sie zu Ilse Röder befragt. Für den Abend, an dem Frau Röder umgebracht wurde, konnte die Schwester Dietrichs kein Alibi geben.«

»Sie halten es für möglich, dass Dietrichs diese Röder aus Eifersucht umgebracht hat?«

»Er hatte ein Motiv, Sir. Und er hat bisher kein Alibi. Ja, solange mir keine gegenteiligen Beweise vorliegen, halte ich es für denkbar, dass Dietrichs Ilse Röder ermordet hat.«

»Informieren Sie die deutsche Polizei darüber.«

»Das hatte ich ohnehin vor, Sir.«

Davies war gespannt, wie sich sein Gespräch mit Hauptkommissar Heimerzheim entwickeln würde. Schließlich waren diesem einige schwere Fehler bei seiner Ermittlung unterlaufen.

»Es ist inzwischen fast Mitternacht.« Mannings gähnte und erhob sich von dem Schreibtischstuhl. »Ich gehe jetzt nach Hause. Und Sie sollten das auch tun, Lieutenant. Ich habe Dietrichs ja vorhin kurz in der Verhörzelle gesehen. Ein einfacher, unscheinbarer Mann. Ich könnte mir schon vorstellen, dass er sich rasend in eine schöne Frau verliebt hat. Denn sind nicht die unerreichbarsten Frauen immer die verlockendsten?«

Ja, dachte Davies, als er kurz darauf in sein Büro zurückging. Es sprach wirklich einiges dafür, dass Dietrichs Ilse Röders Mörder war.

14. Kapitel

Köln, Freitag, 4. Juli 1947

Die Sonne stach Friederike ins Gesicht, als sie am Friesenplatz aus der Straßenbahn stieg. Sie sollte sich mit Davies wieder in der Stadtkommandantur treffen. Obwohl noch nicht einmal acht Uhr, war es schon heiß. Die Ruinen stanken durchdringend nach Ruß, und der allgegenwärtige Staub ließ ihre Augen tränen.

Elli hatte sich getäuscht. Hans war nicht der Mann, der das Massaker in dem russischen Dorf befehligt hatte. Schon der bloße Gedanke, er könne so etwas tun, war völlig absurd. Nicht wenige Soldaten hatten furchtbare Gesichtsverletzungen erlitten und waren für immer gezeichnet. Bei ihrem nächsten Treffen mit Hans würde sich alles aufklären.

Trotzdem hatte es lange gedauert, bis Friederike schließlich eingeschlafen war, und gegen Morgen war Elli dann wieder schreiend aus ihrem Albtraum erwacht und hatte sie und ihre Mutter geweckt. Wegen des Schlafmangels fühlte sie sich jetzt wie gerädert.

Vor der Stadtkommandantur sah Friederike jetzt Davies, der am Jeep lehnte und rauchte. Er schien über etwas nachzudenken, sein Gesichtsausdruck war konzentriert. Nein, sie konnte ihm nichts von Hans erzählen. Es stand sowieso zwischen ihnen, dass ihr Vater und ihr Bruder in der Wehrmacht gekämpft hatten. Dass Hans trotz seiner schweren Verwundung weiterhin in der Armee geblieben war und so dazu beigetragen hatte, ein verbrecherisches

Regime an der Macht zu halten – dafür hatte Davies wahrscheinlich nur Abscheu übrig.

»Friederike!« Er hatte sie gesehen. Sein Lächeln tat ihr weh, und es fiel ihr schwer, es zu erwidern. Er bemerkte ihr Zögern.

»Ich habe schlecht geschlafen«, sagte sie hastig.

Davies trat den Zigarettenstummel aus und half ihr in den Jeep. »Ich komme übrigens gerade von einem Gespräch mit Hauptkommissar Heimerzheim«, sagte er dann.

»Oh, tatsächlich? Wie hat er reagiert?« Friederike hatte ein etwas flaues Gefühl im Magen.

»Ich denke, ich konnte dich weitgehend heraushalten. Ich habe Heimerzheim mitgeteilt, dass ich im Zuge meiner Ermittlungen zu den ermordeten britischen Soldaten auf den Mordfall Röder gestoßen bin. Was ja in gewisser Weise auch stimmt …« Davies lächelte schwach. Er startete den Jeep und blickte Friederike kurz an, ehe er sich zwischen einem weiteren Militärfahrzeug und einem verbeulten Lastkraftwagen in den Verkehr auf dem Kaiser-Wilhelm-Ring einfädelte. »Zuerst war Heimerzheim über meine Einmischung alles andere als begeistert. Aber als ich ihn damit konfrontierte, dass er einem falschen Hinweis auf Franziskas Waffe aufgesessen ist, war er aufrichtig bestürzt. Was für ihn spricht. Ich habe Heimerzheim über Dietrichs und dessen nicht erwiderte Liebe zu Ilse Röder informiert, und er will mit den Mordermittlungen noch einmal von Neuem beginnen.«

»Gott sei Dank!«

»Heimerzheim hat noch einmal unterstrichen, dass seiner Meinung nach immer noch sehr vieles auf Franziska Wagner als Täterin hindeutet. Aber ich glaube, er wird sich trotzdem bemühen, unvoreingenommen zu sein. Außerdem werde ich ein Auge auf seine Ermittlungen haben.«

Friederike war froh darüber. »Hat Dietrichs sich denn inzwischen zu Ilse Röder geäußert?«

»Nein, er hat weiter geschwiegen, genauso wie auf all meine Fragen zu den ermordeten britischen Soldaten. Allerdings hat er, als ich den Namen Ilse Röder zum ersten Mal erwähnte, den Kopf gehoben und mich angesehen.«

»Schuldbewusst?«

Davies wiegte nachdenklich den Kopf. »Vielleicht schuldbewusst, vielleicht auch einfach nur traurig. Es war nur ein Moment, dann ist sein Gesicht wieder versteinert.«

»Ist Dietrichs' Gesicht eigentlich entstellt?«

»Nein, er kann nicht der Mann sein, der den Hofhund vergiftet und Arthur Caune fast zu Tode erschreckt hat.« Davies schüttelte den Kopf. »Aber vielleicht hast du ja recht, und er hat doch eine Maske getragen. Möglicherweise hatte er auch einen Komplizen. Vorausgesetzt natürlich, dass er tatsächlich der Täter ist.«

Sie hatten jetzt den Rhein erreicht, und Davies lenkte den Jeep auf die Brücke. Am anderen Ufer lag Mülheim mit der Industrieruine, in der Franziska und Elli gehaust hatten. Ach, wenn doch nur mit Joseph Dietrichs Ilses Mörder gefunden wäre und Franziska endlich freikäme! Friederike hoffte es so sehr.

Bergisches Land, bei Voiswinkel

Das Haus an der Straße zu Joseph Dietrichs' Hof war ganz mit Schieferplatten verkleidet und lag im Schatten eines Hügels. Was in Friederike die Assoziation weckte, es habe sich vorsorglich eine Mütze übergestülpt, um gegen kalte Wintertage geschützt zu sein. Da auf Davies' Klopfen niemand reagierte, gingen sie um das Gebäude herum. Dahinter lag ein Garten. Wäsche hing auf einer Leine zum Trocknen, und auf einem rostigen Metalltisch schrubbte eine Frau ein Kleidungsstück aus Drillich auf einem Waschbrett.

»Das kann ja wohl nicht wahr sein …« Die Frau ließ Waschbrett und Kleidungsstück in den Bottich sinken. Sie stemmte die kräftigen Arme in die Hüften und funkelte Davies erbost an. »Könnt ihr Engländer meine Tochter nicht endlich in Ruhe lassen? Nur weil sie ein Bürschlein von euch geküsst hat, ist sie noch lange keine Hure. Eine Schande, dass sie sich einer gynäkologischen Untersuchung unterziehen musste! Der junge Kerl kann froh sein, dass sie sich überhaupt mit ihm abgegeben hat.«

»Ich fürchte, hier liegt ein Missverständnis vor«, schaltete sich Friederike ein, da Davies völlig perplex war. »Wir sind wegen der ermordeten britischen Flugzeugbesatzung hier, die in der Nähe gefunden wurde. Ihr Name ist …?« Sie holte ihr Notizbuch hervor.

»Michels. Ja, von dem Leichenfund hab ich gehört …«

»Der Jagdbomber kehrte am 4. November 1944 nicht von seinem Einsatz zurück. Ist Ihnen in den Tagen danach etwas Verdächtiges auf Herrn Dietrichs' Hof aufgefallen?« Davies hatte sich wieder gefasst.

»Nee.«

»Wirklich nicht? Es ist schon lange her, aber bitte versuchen Sie, sich zu erinnern.«

»Nee, mir ist wirklich nichts aufgefallen. Und mir konnte auch überhaupt nichts auffallen, da ich erst seit letztem Sommer hier lebe.« Frau Michels begann wieder, das Kleidungsstück zu schrubben. Schaum spritzte um ihre Arme. »Es ist das Haus von meinem zweiten Mann. Bevor wir hierherzogen, hatte er es vermietet. In Frankfurt hab ich ihn kennengelernt. Da komm ich ursprünglich her. Manchmal wünsch ich mir, wir wären dort geblieben.

Die Amis lassen die Bevölkerung nicht verhungern, und sie sind auch keine Moralapostel wie ihr Engländer.«

»Könnten Sie mir die Namen der früheren Mieter nennen? Und mir sagen, wo sie jetzt wohnen?« Friederike fand es ratsam, die Fragen zu stellen, da Davies in seiner britischen Uniform für Frau Michels offensichtlich ein rotes Tuch darstellte.

»Kaufmann und Hodler. Die sind nach Bensberg gezogen. Aber fragen Sie mich nicht, wohin. Mein Mann wüsste das wahrscheinlich, aber er ist bei der Arbeit.«

»Ist Ihnen in den letzten Tagen noch irgendetwas Ungewöhnliches in Bezug auf Herrn Dietrichs aufgefallen?«

»Nee«, kam es wieder wie aus der Pistole geschossen.

»Danke für den Hinweis auf die früheren Mieter.« Friederike wandte sich mit Davies zum Gehen. Sie hatten schon fast die Hausecke erreicht, als ihnen die Frau hinterherrief: »He, warten Sie mal!«

Davies drehte sich zu ihr um.

»Vor ein paar Tagen konnte ich nicht schlafen. Es war so heiß. Gegen drei bin ich aufgestanden und hab mich mit einer Zigarette auf die Treppe vorm Haus gesetzt. Da kam der Dietrichs auf dem Rad aus Richtung Bergisch Gladbach die Straße entlang.«

»Ja, und?« Eine gewisse Ungeduld schwang in Davies' Stimme mit.

»Ich unterhalte mich häufig mit seiner Schwester. Anders als der Bruder ist sie eine umgängliche Person. Laut seiner Schwester geht der Dietrichs immer mit den Hühnern ins Bett. Das ist keiner, der eine Nacht im Wirtshaus verbringt. Deshalb hab ich mich gewundert, ihn so spät noch zu sehen.«

»In welcher Nacht war das?«

»Diese Woche, von Dienstag auf Mittwoch.«

Friederike wartete, bis Davies und sie außer Hörweite waren. »Das war nach dem Tag, als dir dieser Bauunternehmer den ehemaligen Ortsgruppenleiter von Bergisch Gladbach als möglichen Verdächtigen nannte, nicht wahr?«, fragte sie.

»Ja, und am Abend hat Dietrichs den anonymen Brief, mit dem Schmitz denunziert wurde, am Kölner Hauptbahnhof einem Mann übergeben.« Davies nickte. »Vielleicht hat Dietrichs die Waffe in dieser Nacht ja in Schmitz' Arbeitszimmer versteckt in der Hoffnung, dass sie bei einer Hausdurchsuchung gefunden würde. Aber jetzt lass uns zum Einwohnermeldeamt von Bergisch Gladbach fahren.« Er strebte eilig auf den Jeep zu.

Bensberg

Der Bensberger Stadtteil Herkenrath lag auf einem Hügel. Ein Baum beschattete ein Marien-Andachtsbild am Wegesrand. Als Friederike mit Davies aus dem Wagen stieg, bot sich ihr ein weiter Blick auf Köln und die Rheinebene. Trotz des Hitzedunstes war der Dom deutlich zu erkennen. Friederike erschien es immer noch eigentümlich, auf welch große Entfernungen das mächtige Bauwerk zu sehen war.

»Das ist das Haus, wo die Kaufmanns wohnen.« Davies wies auf ein Gebäude, in dessen Fassade vom Dach bis zum ersten Stock eine breite Lücke klaffte. Von der Straße aus gab es keinen Eingang, deshalb öffnete Davies das Hoftor. Im Schatten vor einer Bretterwand saß eine Frau und schnitt Bohnen in eine Emailleschüssel. Ein Kopftuch bedeckte ihre Haare vollständig, was ihr Gesicht irgendwie streng und verschlossen wirken ließ.

»Frau Kaufmann?« Davies stellte sich und Friederike

vor, dann begann er: »Sie haben im November 1944 an der Straße unterhalb von Joseph Dietrichs' Hof gewohnt.«

»Ja, das stimmt.« Frau Kaufmann unterbrach ihre Arbeit. Sie hatte einen norddeutschen Akzent, was Friederike vermuten ließ, dass sie und ihre Kinder Evakuierte oder Flüchtlinge waren.

»Ist Ihnen in den Tagen nach der Bombardierung von Solingen am 4. November 1944 etwas aufgefallen? Haben Sie vielleicht Männer in britischen Uniformen gesehen oder irgendetwas Auffälliges gehört?«

Frau Kaufmann legte die Hand auf die Brust und nestelte an einem Knopf ihrer Kittelschürze. »Nein. Ich habe nichts bemerkt.«

War ihre Antwort nicht etwas zu schnell erfolgt? Friederike stutzte.

»Sind Sie sich ganz sicher?«, hakte Davies nach. Auch ihm schien dies aufgefallen zu sein.

»Nein, da war nichts!«

»Wir würden gern mit Ihren Kindern sprechen.«

»Die sind in der Schule, und die älteste Tochter ist auch bei der Arbeit.«

»Dann kommen wir später wieder.«

Mit einem stummen Nicken quittierte Frau Kaufmann das Unabänderliche.

Friederike und Davies hatten das Hoftor schon erreicht, als hinter ihnen die Schüssel scheppernd zu Boden fiel. Sie drehten sich um. Frau Kaufmann hielt ihren Daumen umklammert. Blut tropfte aus einer Schnittwunde.

»Frau Kaufmann, warum plötzlich so nervös? Sie verschweigen uns doch etwas.« Davies' Stimme klang scharf.

»Nein, das tue ich nicht …«

Die Haustür flog auf. Eine junge Frau, die die dunklen Haare zu einem Kranz geflochten hatte, kam auf den Hof gestürmt. »Mutter, ich werde nicht länger den Mund halten! Ich kann das nicht mehr!«

»Ach, Anna, das ändert doch sowieso nichts.« Frau Kaufmanns Tonfall war flehend.

Davies blickte zwischen den beiden Frauen hin und her. Das Gesicht der Tochter war entschlossen und hitzig. Das der Mutter ängstlich und abwehrend.

»Wir unterhalten uns drinnen weiter«, sagte er bestimmt.

Über einem Regal mit Töpfen und Geschirr hing eine Postkarte, die den Hamburger Michel zeigte. Wahrscheinlich stammten Frau Kaufmann und ihre Kinder aus der Hansestadt oder dem Umland. Anna räumte einen Blechteller und Besteck vom Tisch und stellte sie in die Spüle.

»Du darfst nicht zu spät aus der Mittagspause in den Betrieb kommen«, raunte Frau Kaufmann ihr zu.

»Schon gut, Mutter.«

Sie setzten sich an den Tisch. Der Wind blähte die ausgewaschenen Gardinen. Anna saß sehr aufrecht und hielt die Hände gefaltet, sah Davies ernst an.

»Anna, was möchten Sie uns sagen?«, half er der jungen Frau, einen Anfang zu finden.

»Herr Dietrichs hat uns gelegentlich Milch gegeben«, begann sie zu erzählen. »Ohne Lebensmittelmarken dafür zu verlangen. Zwei Tage nach dem Bombenangriff auf Solingen hat mich meine Mutter zu seinem Hof geschickt. Ich hatte irgendwie den Eindruck, dass er nicht sehr erfreut war, mich zu sehen, und ich dachte, wahrscheinlich werden wir ihm allmählich lästig. Aber er hatte gerade gemolken, und ich bekam einen Liter Milch von ihm.«

Frau Kaufmann schwieg mit gesenktem Kopf, hatte ihren Widerstand aufgegeben. Anna strich mit den

Fingern über die rissige Wachstuchdecke, als ob es ihr schwerfiele, weiterzusprechen. »Zu Hause habe ich dann festgestellt, dass ich meine Geldbörse verloren hatte. Die Lebensmittelmarken für eine ganze Woche waren darin. Während ich auf Herrn Dietrichs in der Küche gewartet hatte, hatte ich meine Jacke ausgezogen. Vielleicht war da ja meine Geldbörse aus der Tasche gefallen, dachte ich. Obwohl es sehr stürmisch war und geregnet hat, bin ich noch einmal zu dem Hof gegangen. Das Haus und der Stall waren dunkel, aber in der Scheune brannte Licht. Der eine Türflügel stand einen Spaltbreit offen. Ich wollte ihn gerade aufziehen und nach Herrn Dietrichs rufen, als ich sah, dass drei Soldaten auf dem Scheunenboden knieten. Einer stöhnte, als ob er große Schmerzen hätte. Herr Dietrichs und einige andere Männer bildeten einen Kreis um sie …« Anna stockte.

»Haben Sie außer Herrn Dietrichs einen der Männer erkannt?«, fragte Davies nach einer Pause.

»Nein, ich habe nur auf die Soldaten gestarrt. Dann … dann begannen Herr Dietrichs und die anderen Männer mit Schaufeln und Spaten auf die Soldaten einzuprügeln.« Annas Stimme war nur noch ein Flüstern. Sie hob die Hände an die Ohren, als wollte sie Schreie ausblenden. »Ich habe mich umgedreht und bin weggerannt …«

Auch Friederike glaubte plötzlich, die Schreie und das Brechen der Knochen zu hören, und ihr wurde ganz schlecht.

Davies hatte noch einige Nachfragen, dann verabschiedeten sie sich. Friederike fühlte sich immer noch elend, als sie nach draußen gingen. »Also war Joseph Dietrichs an der Ermordung der britischen Soldaten beteiligt«, sagte sie leise.

»Ja, *ein* Täter steht nun immerhin fest.« Kein Triumph schwang in Davies' Stimme mit, eher eine nüchterne

Befriedigung. »Aber die anderen Männer sind noch auf freiem Fuß.« Davies' Gesicht wirkte hart und ließ keinen Zweifel daran, dass er alles daransetzen würde, die übrigen Verantwortlichen zu finden.

Köln

Gegen acht passierte Friederike das Zentrum von Zollstock. Das vor Kurzem errichtete Gotteshaus war ein Provisorium und hatte ein Wellblechdach. Friederike bog in eine Straße ein, wo nur wenige der im schlichten Stil der Zwanzigerjahre erbauten Häuser der Arbeitersiedlung nicht in Trümmern lagen.

Ihre Gedanken wanderten zu den ermordeten jungen Männern. Hans war aus dem Krieg zurückgekehrt. Aber für die Familien dieser drei Soldaten gab es kein glückliches Ende.

Auf der Rückfahrt nach Köln hatten Davies und sie nur wenig miteinander gesprochen. Das Schicksal der jungen Männer war ihnen nahegegangen.

Kurz darauf erreichte Friederike den Biergarten. Ein Radio dudelte einen Ufa-Schlager. An der Theke lehnte eine Tafel mit den Getränken, die Auswahl umfasste Bier, Wasser und Limonade. Die Tische unter den Kastanienbäumen waren gut besetzt. Kaum einer der Gäste hatte etwas zu essen vor sich. Aber wahrscheinlich war es einfach der Wunsch, an einem heißen Sommerabend in einer Wirtschaft zu sitzen und so etwas wie Normalität zu erleben, der die Menschen hierhergeführt hatte.

Friederike entdeckte Hans im hinteren, leereren Teil. Er hatte ein Bierglas vor sich stehen.

»Also hast du es doch geschafft.« Er lächelte sie an. »Was soll ich dir holen?«

Friederike war versucht zu sagen, dass sie sich ihr Getränk selbst besorgen würde. Sie wollte Hans vor den Blicken der Gäste schützen. Aber er hätte sie sofort durchschaut, und er konnte sich ja auch nicht vor der Welt verstecken.

»Eine Limonade.«

Sie blickte ihm nach, als er zur Theke ging. Ja, er lebte. Seine Entstellung war nicht wichtig. Jetzt, da sie Hans wiedersah, kam ihr der Gedanke, er könne der Mann sein, der in dem russischen Dorf das Massaker angeordnet habe, noch absurder vor.

Als Hans zurückkehrte, streiften ihn Blicke und glitten, peinlich berührt und erschrocken, schnell wieder von ihm fort. Er ignorierte die anderen Gäste und stellte die Limonade vor Friederike. Für sich selbst hatte er ein weiteres Bier gekauft.

»Danke.« Sie trank einen Schluck: Wasser, das eine Spur süß und nach Zitrone schmeckte. Im Radio sang Hans Albers »Auf der Reeperbahn nachts um halb eins …«.

»Ich kann diese Ufa-Lieder nicht mehr hören.« Hans verzog das Gesicht. »Die aufgesetzte Fröhlichkeit und der verlogene Kitsch. Weißt du noch, als ich die Jazzplatten aus Berlin mitgebracht hatte? Ich bin mittlerweile süchtig nach dieser Musik.«

»Ja, wir hatten Freunde eingeladen und haben getanzt.«

Friederike hätte sich am liebsten den ganzen Abend in Erinnerungen verloren. Wollte gemeinsame Momente heraufbeschwören. Hans nahe sein. Sollte sie wirklich diesen abwegigen Verdacht äußern? Aber dann würde sich alles klären, und es war ein für alle Mal aus der Welt.

Friederike stellte das Glas ab. »Hans, weshalb bist du eigentlich bei der Wehrmacht geblieben, obwohl du wegen deiner schweren Verletzungen als dienstunfähig hättest entlassen werden können?«

Hans schwieg, schien sich in sich zurückzuziehen. »Es war am einfachsten, weiter zu dienen«, sagte er schließlich.

»Wie meinst du das?«

»Ich musste mich nicht damit auseinandersetzen, als Monster weiterzuleben. Unter den Soldaten zählte meine Verletzung nicht. Sie haben mich als Vorgesetzten und Kameraden geachtet. Und für Deutschland weiterzukämpfen gab meinem Leben einen Sinn.«

»Du hast für Hitler und die Nationalsozialisten gekämpft.« Unwillkürlich hatte Friederikes Stimme einen scharfen Ton angenommen.

»Damals habe ich das nicht so gesehen. Ich war so verblendet, bis kurz vor der Kapitulation noch an den Endsieg zu glauben. In Hamburg habe ich das erste Mal von den Konzentrationslagern erfahren.«

Entsprach das der Wahrheit? War Hans irregeleitet gewesen und nun geläutert? Für seinen Dienst bei der Wehrmacht hatte er bitter bezahlt, war für sein ganzes weiteres Leben gezeichnet. Sie konnte alles auf sich beruhen lassen. Aber wenn sie jetzt nicht weiterfragte, würde sie es nie mehr tun.

»Hans, bei Mutter und mir lebt ein Mädchen …«

»Ich weiß. Es tut mir sehr leid, dass ich die Kleine vor ein paar Tagen erschreckt habe. Ich wollte das nicht.«

»Elli stammt von Schwarzmeer-Deutschen ab. Auf der Flucht vor der Roten Armee verlor sie ihre Mutter. Eine russische Familie nahm sie auf.« Die Stationen von Ellis Schicksal waren wie ein Halteseil, an dem sich Friederike entlangbewegte.

»Die arme Kleine!« Hans klang teilnehmend.

»Im Spätsommer oder Frühherbst '43 musste Elli mit ansehen, wie deutsche Soldaten die Dorfbewohner und auch die Familie, die ihr Schutz gewährt hatte, erschossen. Alte Menschen, Frauen und Kinder. Das Massaker ereignete sich in der Gegend von Cherkessk.«

Hans hörte ihr schweigend zu. In seiner zerstörten Gesichtshälfte regte sich nichts. Der Ausdruck der linken erschien ihr jedoch plötzlich wachsam und auf der Hut. Janus, der Gott mit den zwei Gesichtern, schoss Friederike durch den Sinn. Widersprüchlich … Eine Person mit zwei Seiten. Zwei Seelen? Der Bruder, den sie kannte, und der, der ihr nach den letzten Jahren doch völlig fremd war. Wie sollte sie nur den Mut aufbringen weiterzusprechen?

»Der Offizier, der das Massaker befehligte … Ein Mann mit einem entstellten Gesicht, eine Hälfte heil, die andere von Verletzungen gezeichnet. Elli ist überzeugt, dass du das warst. Sie hat dich gestern Abend gesehen, als du weggegangen bist.« Jetzt hatte sie das Undenkbare gesagt. Hans würde ihren Verdacht widerlegen.

Er trank hastig von dem Bier, wischte sich den Schaum vom Mund. »Ich war nie in der Gegend von Cherkessk.«

Stille breitete sich zwischen ihnen aus. Sie konnte seine Worte glauben. Aber sie hatten schon als Kinder immer gewusst, wenn der andere nicht die Wahrheit sagte. »Du lügst«, hörte Friederike sich sagen.

»Du hast keine Ahnung, was Krieg bedeutet, wie es ist, wenn Kameraden neben dir sterben, von Maschinengewehrsalven und Bomben zerrissen werden. Wenn plötzlich, wie aus dem Nichts, dein Zug von Partisanen beschossen wird. Ich war der Einzige von der Panzerbesatzung, der so einen Angriff überlebt hat.« Hans sprach nun schnell und abgehackt, als ob er unter einem großen seelischen Druck stünde.

»Ich habe während der Flucht Tieffliegerangriffe erlebt … Auch ich habe Menschen sterben sehen.«

»Was willst du tun? Mich dem britischen Offizier melden, mit dem du zusammenarbeitest? Ihm sagen, ich verdächtige meinen Bruder, ein Massaker angeordnet zu haben?« Hans' Tonfall war bitter.

»Sag mir, dass du das Massaker nicht angeordnet hast. Sag es …« Friederike brach die Stimme.

Hans öffnete die Lippen, aber er blieb stumm.

»Du hast es also befehligt.« Dies alles musste ein böser Traum sein. Es war nicht real. Konnte einfach nicht sein.

»Ja, ich muss dich melden.« Friederike hörte sich dies wie aus großer Entfernung sagen.

»Die Briten pflegen Kriegsverbrecher zu hängen. Würdest du das wirklich wollen? Dass ich an einem Galgen ende?« Hans' Ton war sehr ruhig.

Ihr Bruder, hingerichtet an einem Galgen. Einen ehrlosen Tod erleidend. Nein, das war unvorstellbar. Bis in letzter Konsequenz hatte sich Friederike gar nicht ausgemalt, was es bedeuten würde, Davies von Hans' Verbrechen zu unterrichten.

»Hat dir denn jemand den Befehl zu den Erschießungen erteilt?« Sie suchte verzweifelt nach einem Ausweg. »Vielleicht würdest du ja milder beurteilt …«

»Offiziere ab dem Rang eines Leutnants hatten das Recht, Hinrichtungen anzuordnen.«

Hans war Leutnant gewesen. Friederike wünschte sich, er würde sagen, er habe von einem ranghöheren Offizier den Befehl erhalten. Aber er tat es nicht. Er saß einfach schweigend da.

»Hans …« Friederike suchte nach Worten. »Du kannst doch nicht einfach so mit dieser Schuld weiterleben. Ohne sie zu sühnen.«

Für einen Moment trug sein Gesicht einen gequälten Ausdruck. »Wer sagt dir denn, dass ich nichts bereue?«

»Dann stell dich den Briten! Vater hätte das auch gewollt.«

»Vater?« Hans lachte höhnisch auf. »Für ihn wäre vor

allem wichtig gewesen, dass unser Name nicht befleckt wird. Er hätte höchstwahrscheinlich erwartet, dass ich mir eine Kugel in den Kopf jage. Ehre und Vaterland … Er hat diese ganzen Lügen geglaubt.«

»Hast du schon einmal daran gedacht, dir das Leben zu nehmen?« Friederike flüsterte nur.

»Ja, aber ich war zu feige dazu. Und außerdem … Wem hätte mein Tod etwas genützt?«

»Hans, ich möchte, dass du lebst. Trotz allem, was du getan hast, bleibst du mein Bruder.«

»Wirst du mich den Briten melden?«

»Ich weiß es nicht …«

Hans nickte nachdenklich, beinahe, als würde er in sich hineinhorchen. Dann stand er auf und ging, ohne Friederike noch einmal anzusehen, zwischen den Tischen davon.

Bergisches Land, bei Voiswinkel

Richard Davies stieg vor Joseph Dietrichs' Wohnhaus aus dem Jeep. Hinter ihm stoppte ein weiteres Militärfahrzeug mit vier Polizisten. Davies hatte den Bauern damit konfrontiert, dass es eine Zeugin für den Mord an den britischen Soldaten in seiner Scheune gab und dass seine – Dietrichs' – Beteiligung unzweifelhaft feststand. Auch dazu hatte Dietrichs geschwiegen.

Auf Davies' Klopfen an der Haustür erfolgte keine Reaktion, deshalb drückte er die Klinke hinunter. Ein Flur mit gefliestem Boden tat sich vor ihm auf. Eine der Türen, die von dem Flur abgingen, war nur angelehnt. Er stieß sie auf und blickte in eine Küche.

Dietrichs' Schwester Waltraud Burger saß am Tisch, vor sich Kartoffeln und Steckrüben. Manche teilweise geschält, andere gar nicht. Als hätte sie den Überblick über das Gemüse verloren. Ihr Gesicht war vom Weinen verquollen.

»Frau Burger, es tut mir leid. Aber ich muss das Haus und die anderen Gebäude durchsuchen lassen«, wandte sich Davies an sie.

»Ja, natürlich.« Dietrichs' Schwester sah Davies hoffnungsvoll an. »Hat sich denn mittlerweile etwas gefunden, das meinen Bruder entlastet?«

»Leider nein.«

»Aber der Joseph ist ganz bestimmt kein Mörder ...« Waltraud Burger begann wieder zu weinen. »Er hat weder etwas mit dem Tod der britischen Soldaten noch mit dem der armen Frau Röder zu tun.«

Warum nur machten sich die Menschen immer so viele Illusionen über Personen, die ihnen nahestanden?

»Frau Burger, ich werde dafür sorgen, dass die Soldaten pfleglich mit Ihren Sachen umgehen.« Davies nickte ihr zu und wollte nach draußen gehen, um die Militärpolizisten ins Haus zu lassen. Eine Idee ließ ihn jedoch innehalten. »Besitzt Ihr Bruder vielleicht eine Karnevalsmaske?«

»Der Joseph, eine Karnevalsmaske?« Waltraud Burgers Miene spiegelte tiefes Unverständnis. »Der hat's überhaupt nicht mit dem Karneval. Der geht doch noch nicht einmal am Rosenmontag zum Zug.«

»Spielt Ihr Bruder manchmal Theater?«

»Nein!« Waltraud Burger sah Davies an, als sei er verrückt geworden. »Im Männerchor singen und alle paar Wochen mal Karten spielen, sonst unternimmt der Joseph nichts.«

»Danke.« Davies nickte, dann ging er nach draußen und verteilte die Aufgaben unter den Militärpolizisten. Anschließend bat er Frau Burger, ihm das Schlafzimmer ihres Bruders zu zeigen.

Der spartanische Raum lag im Obergeschoss. Das wenige Mobiliar bestand aus dunklem, massivem Holz und wirkte, als sei es schon seit einigen Generationen im Besitz der Familie.

Der Schrank enthielt einige Arbeitshemden und -hosen sowie einen Sonntagsanzug, zwei gute Leinenhemden und Schuhe. Davies rechnete damit, im Nachttisch auf pornografische Fotos zu stoßen. Doch unter einem billigen Kriminalroman lag nur ein Zeitungsausschnitt. Davies faltete ihn auseinander. Ein Artikel lobte die Arbeit des Winterhilfswerks. Auf dem dazugehörigen Foto war eine Frau abgebildet, die sich besonders hervorgetan hatte. Ilse Röder. Selbst auf dem mittlerweile vergilbten Bild war zu erkennen, wie ausnehmend schön sie war. Der Artikel datierte vom Dezember 1944. Trotz des Streits mit der Röder zwei Monate vorher hatte Dietrichs ihn ausgeschnitten und aufgehoben. Er schien wirklich nie von ihr losgekommen zu sein.

Davies legte den Artikel beiseite und nahm sich dann den Waschtisch vor. Schlafanzüge, häufig geflickte Unterwäsche und Socken sowie Taschentücher füllten die Schubladen. In der untersten stieß Davies auf einen Karton. Als er ihn öffnete, blickten ihm die Glubschaugen einer Gasmaske entgegen.

Eine Gasmaske ... Nachdenklich nahm Davies das unförmige Ding aus dem Karton. Er konnte sich gut vorstellen, dass sich die riesigen Glasaugen und der Luftfilter in der Abenddämmerung für ein Kind in ein fratzenhaftes Gesicht verwandelten.

Köln

Friederike führte den Bleistift über das Blatt Papier. Sie hatte sich vor die Nissenhütte gesetzt. Drinnen sprachen ihre Mutter und Elli miteinander, räumten irgendetwas herum. Sie hörte sie gedämpft, wie hinter einer dicken Wand. Das Gartentor war ein Rechteck, die Büsche hatten ovale Grundformen, die Blumen waren Kreise … Sich darauf konzentrieren, nur den Stift bewegen, Linien und Schraffuren ziehen, nicht nachdenken. Sonst würde alles um sie herum in Stücke zerbrechen.

Aber Hans ließ sich nicht aus ihrem Kopf verbannen. Sie hörte seine bittere Stimme, sah sein zerstörtes Gesicht vor sich. Trotz des milden Abends war es Friederike eiskalt. Der Bruder, den sie gekannt und geliebt hatte, war freundlich und warmherzig gewesen. Er hätte noch nicht einmal ein Tier verletzt. Es war einfach unvorstellbar, dass er den Befehl gegeben haben sollte, unschuldige Menschen, ja Kinder zu töten.

Und doch … Wieder und wieder ging Friederike in Gedanken ihr Gespräch durch. Hans' anfängliche Lüge. Dann das Eingestehen seiner Schuld, ohne sie wirklich mit Worten zu benennen. Jetzt verstand sie auch, weshalb es ihm so schwergefallen war, ihr unter die Augen zu treten. Die Entstellung war nicht der wahre Grund gewesen. Seine Schuld hatte ihn gehindert.

Ein stummes Schluchzen schüttelte Friederike. Sie musste Davies vom Verbrechen ihres Bruders unterrichten. Aber dann würde Hans gehängt werden. Also konnte sie es Davies nicht sagen. Sie konnte es einfach nicht …

Friederike nahm eine Bewegung neben sich wahr. Ein unterdrückter, erschrockener Aufschrei, dann ergoss sich Wasser über ihre Zeichnung und den Block. Elli lag vor ihr im Gras. Sie war, einen Krug in der Hand, gestolpert und hingefallen.

»Mein Gott, kannst du nicht aufpassen, du dummes Ding!« Eine jähe Wut stieg in Friederike auf. Ohne Elli hätte sie nichts von Hans' Abgründen erfahren. Sie sprang auf, hob die Hand, verspürte den Wunsch, Elli zu schlagen, sie dafür zu bestrafen, dass sie das Bild von ihrem Bruder zerstört hatte.

»Friederike!« Ihre Mutter fiel ihr in den Arm. »Was ist denn in dich gefahren?« Schon lange hatte Friederike sie nicht mehr so zornig erlebt. »Du solltest dich schämen! Wie kannst du Elli so anschreien?« Sie half dem Kind auf die Füße, redete beruhigend auf es ein und führte es nach drinnen.

Am ganzen Leib zitternd ließ sich Friederike ins Gras sinken. Nach einer Weile ging auch sie in die Nissenhütte. Elli hatte sich schon auf dem Deckenlager zusammengerollt, aber sie war noch wach.

Friederike ging neben ihr in die Hocke. »Elli, es tut mir so leid! Es lag nicht an dir, dass ich dich angeschrien habe. Ich war wegen etwas anderem traurig und ganz verstört.«

Sie wollte das Mädchen tröstend berühren. Doch Elli wich vor ihr zurück, als hätte sie Angst, geschlagen zu werden.

Friederike schloss die Augen. Wenn sie doch nur die letzten Stunden für immer aus ihrem Bewusstsein verbannen könnte.

15. Kapitel

Köln, Samstag, 5. Juli 1947

Erschöpft stieg Friederike die Treppe in der Stadtkommandantur hinauf. Ihre Beine waren bleischwer. Sie hatte überlegt, sich krankzumelden. Aber dann hätte sie nur ständig über Hans nachgegrübelt. Und das hätte sie nicht ertragen.

»Hallo, Friederike.« Davies saß hinter seinem Schreibtisch und lächelte sie an. Sofort wünschte sie, sie wäre doch zu Hause geblieben. Wie sollte sie nur, mit dem Wissen um Hans' Verbrechen, die nächsten Stunden mit Davies verbringen?

Sein Blick wurde besorgt. »Geht es dir nicht gut? Du bist ganz grau im Gesicht.«

»Ich glaube, ich habe etwas Schlechtes gegessen«, schwindelte sie.

»Du hättest nicht zur Arbeit kommen sollen.«

»Es geht mir bestimmt bald wieder besser.« Friederike ließ sich auf einen Stuhl sinken.

»Vielleicht hilft das ja …« Davies reichte ihr eine Tasse mit schwarzem Tee.

Friederike nippte daran. Er war heiß und süß. »Hat Dietrichs denn den Mord an den britischen Soldaten gestanden?«, fragte sie, um von den Gedanken an Hans wegzukommen.

»Nein, aber bei der Durchsuchung von seinem Schlafzimmer bin ich auf etwas Interessantes gestoßen. Eine Gasmaske. Dietrichs könnte sie getragen haben, als er den

Hofhund vergiftete. Er ist auf dem Hof ja gut bekannt. Arthur Caune könnte sie in der Abenddämmerung für ein fratzenhaftes Gesicht gehalten haben. Und die Knechte und Mägde wären darüber sicher auch erschrocken. Was Dietrichs Zeit verschafft hätte, das Weite zu suchen.«

»Ja, Gasmasken sind sehr gruselig.« In einer Abstellkammer auf dem Gut bei Gumbinnen hatten Hans und sie einmal welche entdeckt, sie angezogen und sich dann durch die Korridore gejagt. Sechs oder acht Jahre alt waren sie damals gewesen. Für einen Moment war die Erinnerung an den Bruder ganz rein und unbelastet. Aber nun holte sein unausgesprochenes Geständnis sie wieder ein.

»Friederike, was ist denn?« Davies beugte sich zu ihr.

Ihr Gesicht hatte wohl ihr Entsetzen gespiegelt.

»Lieutenant …« Ein Mann in Militäruniform, der einen schmalen Schnurrbart hatte, trat ins Büro. Dies musste Captain Mannings sein. »Sie haben Besuch.« Er wies auf eine schmale, ältere Frau, die einen Sonntagshut trug und deren Augen verweint waren.

»Frau Burger, was führt Sie denn hierher?« Davies bot ihr einen Stuhl an. Wie aus einer großen Distanz verfolgte Friederike, dass die Frau sich setzte und der Captain das Büro verließ. Abermals war ihr eiskalt. Nur die Tasse in ihren Händen wärmte ein bisschen.

»Gestern, nachdem Sie und die anderen Soldaten fort waren, kam unser Viehhändler auf den Hof. Er hat mir erzählt, dass er an jenem Abend, als Frau Röder ermordet wurde, so gegen halb acht bei uns vorbeigeschaut hat. Er und Joseph hatten etwas wegen einer Kuh zu bereden, die mein Bruder gekauft hatte. Sie gibt wohl nicht genug Milch. Ich war an dem Abend ja in der Kirche, die Blumen erneuern. Jedenfalls traf der Viehhändler Joseph im Haus an und blieb etwa eine Stunde lang.« Waltraud Burger blickte Davies hoffnungsvoll an. »Bitte, Herr Leutnant, Sie müssen mit dem Viehhändler sprechen!«

Davies suchte Friederikes Blick. Selbst benommen, wie sie war, begriff sie, dass, wenn der Viehhändler dies bestätigte, Dietrichs ein Alibi für den Mord an Ilse Röder hatte.

»Und da ist noch etwas, Herr Leutnant. Ich war die letzten Tage ganz durcheinander. Da hatte ich das ganz vergessen …« Frau Burger seufzte. »Auf dem Hof sind immer wieder einmal ehemalige Soldaten vorbeigekommen. Mein Bruder hat sie in der Scheune auf dem Feld schlafen lassen und ihnen Essen gegeben. Er war da sehr großzügig. Mitte Juni, um die Zeit herum, als die arme Frau Röder getötet wurde, hat auch ein Soldat in der Feldscheune übernachtet. Ein ehemaliger Offizier sogar. Er ist ein paar Tage auf dem Hof geblieben. Mein Bruder ist abends öfter zu ihm gegangen. Sie haben wohl Kriegserlebnisse ausgetauscht. Ich dachte, vielleicht kann ja auch dieser Offizier bestätigen, dass Joseph nichts mit dem Mord an Frau Röder zu tun hat.«

»Aber jetzt hält sich der Mann nicht mehr auf dem Hof auf?«, vergewisserte sich Davies.

»Nein, vor einer guten Woche ist er weggegangen.«

»Kennen Sie denn seinen Namen?«

»Den Vornamen hab ich nie gehört. Der Nachname klang irgendwie ausländisch. Aber ich komm nicht mehr drauf, wie er gelautet hat.« Frau Burger schüttelte bedauernd den Kopf. »Jedenfalls ist dieser Offizier ein ganz armer Kerl. So höflich und kultiviert. Aber er hat ein Auge verloren, und seine rechte Gesichtshälfte ist von Brandwunden ganz entstellt. Ich sollte so etwas wahrscheinlich nicht sagen. Aber er sah aus wie ein Ungeheuer.«

Hans … Hans hatte auf Dietrichs' Hof übernachtet. War er etwa der Mann mit dem fratzenhaften Gesicht, der

Arthur Caune fast zu Tode erschreckt hatte? Und nicht Dietrichs? Aber dies würde ja bedeuten, dass Hans in den Mord an Ilse Röder involviert war …

Die Tasse glitt Friederike aus der Hand und zerschellte auf dem Boden. Sie hörte Davies ihren Namen rufen. Dann wurde ihr schwarz vor Augen.

Als Friederike die Lider hob, lag sie auf dem Boden, und Davies hielt sie im Arm.

»Es tut mir so leid«, flüsterte sie.

»Das ist doch Unsinn, du musst dich nicht entschuldigen.« Seine Stimme war rau, sein Blick ruhte erschrocken und zärtlich auf ihr. Frau Burger war nicht mehr im Raum. Irgendwo sprach jemand schnell und laut auf Englisch. Friederike wäre gern noch länger an Davies geschmiegt liegen geblieben. Aber sie fühlte sich ihm gegenüber schuldig.

»Ich muss ins Bergische fahren. Ein Sergeant bringt dich nach Hause.«

»Das ist wirklich nicht nötig.« Sie richtete sich hastig auf.

»Natürlich ist es nötig.« Davies half ihr auf die Füße und geleitete sie, den Arm um sie gelegt, die Treppe hinunter.

War Hans wirklich der Mann mit dem fratzenhaften Gesicht, der Arthur Caune so erschreckt hatte? Aber ihr Bruder kannte Ilse Röder doch überhaupt nicht. Das ergab doch gar keinen Sinn!

Vor der Stadtkommandantur schloss Friederike geblendet die Augen. Der brandige Gestank von überallher ließ sie würgen.

»Wenn es irgendwie geht, schaue ich heute Abend nach dir.« Die Sorge in Davies' Augen bereitete Friederike weitere Gewissensqualen.

»Kommen Sie, Miss.« Der Sergeant, ein älterer Mann

mit einer freundlichen Bassstimme, half ihr in einen Jeep. »So, bald sind Sie zu Hause. Ein Tag im Bett, dann sind Sie bestimmt wieder auf den Beinen.«

Das Motorengeräusch des Jeeps dröhnte in Friederikes Ohren. Hans hatte ein Massaker befehligt. Aber er war nicht auch noch Ilse Röders Mörder. Nein, diese Tat konnte er nicht begangen haben. Aber ... Ilse Röders Cousine hatte von einer Fotografie erzählt, auf der die Opfer eines Massakers zu sehen gewesen waren. War es möglich, dass sich Ilse Röder auch bei Cherkessk aufgehalten hatte? Dass sie und Hans sich dort begegnet waren?

»Ach, bitte ...« Friederike wandte sich an den Sergeant. »Würden Sie mich zum Hauptbahnhof fahren? Dort in der Nähe gibt es einen Arzt, den ich gern aufsuchen möchte.«

Bergisches Land

Richard Davies lenkte den Jeep vom Hof des Viehhändlers. Dessen Aussage war plausibel gewesen, und es gab keinen Grund anzunehmen, dass er log. Joseph Dietrichs hatte also für den Zeitpunkt, an dem Ilse Röder ermordet worden war, ein Alibi.

Dietrichs' Gut lag nur etwa zehn Minuten Fahrzeit entfernt. Davies hatte sich von dem Viehhändler den Weg zu der Feldscheune beschreiben lassen. Er parkte den Jeep am Rand der schmalen Straße, folgte dann einem Pfad durch die Wiesen und durch ein Wäldchen. Die Scheune, die den entstellten Offizier beherbergt hatte, lag am Rand eines Weizenfeldes. Jenseits eines weiteren Feldes und einer Baumreihe sah Davies den eigentlichen Hof und die Nebengebäude.

Vor der Feldscheune befand sich eine Feuerstelle, darin einige verkohlte Zweige und eine halb verkohlte Zigarettenschachtel. Davies bückte sich und hob die Schachtel auf. Chesterfield, eine amerikanische Marke und auf dem Schwarzmarkt sehr teuer.

Die Scheune war leer, bis auf ein paar alte Decken und Hüllen aus Sackleinwand. Vielleicht hatten sie ja dem Offizier als Schlafstatt gedient.

Wieder draußen, hockte sich Davies am Rand der Feuerstelle auf den Boden und zündete sich eine Zigarette an. Hier hatte der deutsche Offizier mit dem entstellten Gesicht sicher auch gesessen und geraucht.

Das Motiv Eifersucht von Dietrichs für den Mord an Ilse Röder war stimmig gewesen. Aber wenn Davies sich selbst gegenüber ehrlich war, musste er eingestehen, dass der raffinierte Plan, Franziska Wagner mit dem Mord an Ilse Röder zu belasten, eigentlich nicht zu dem Mann passte, der stumm und in sich gekehrt in der Verhörzelle hockte.

Was den Mord an den britischen Soldaten betraf, hatte Dietrichs den anonymen Brief am Kölner Hauptbahnhof übergeben und möglicherweise auch die Waffe in dem Arbeitszimmer des ehemaligen Ortsgruppenleiters versteckt. Aber Davies hatte seine Zweifel, ob Dietrichs die Idee dazu gehabt hatte.

Dem ehemaligen Ortsgruppenleiter war sehr wahrscheinlich eine Waffe untergeschoben worden. Und jemand hatte Franziska Wagner unbedingt mit einer Waffe belasten wollen.

War es möglich, dass es zwischen dem Mord an den britischen Soldaten und dem Mord an Ilse Röder eine Verbindung gab? Und dass der Schlüssel dazu in dem ehemaligen Offizier mit dem schrecklich entstellten Gesicht lag?

Wer bist du?, dachte Davies, während er seinen Zigarettenstummel in der Feuerstelle ausdrückte und dann aufstand.

Düsseldorf

Das Schreien eines Säuglings weckte Friederike. Sie war auf dem Treppenabsatz vor Eva Vordemfeldes Wohnung eingeschlafen. Nachdem der Sergeant sie vor dem Kölner Hauptbahnhof abgesetzt hatte, war Friederike zur Fahrkartenausgabe geeilt und hatte ein Ticket nach Düsseldorf erstanden.

Die Zeiger ihrer Armbanduhr standen auf drei. Zwei Stunden hatte sie auf Ilse Röders Cousine gewartet. Auch die Zugfahrt hatte schon ewig gedauert. Sie fühlte sich völlig steif und zerschlagen.

»Fräulein Matthée!« Eva Vordemfelde war, den Jungen auf den Armen, um eine Treppenkehre gebogen. »Hat sich mittlerweile geklärt, wer Ilses Mörder ist? Oder sind Sie wegen etwas anderem hier?«

»Es haben sich noch Fragen ergeben.«

»Ich muss nur schnell den Jungen wickeln.« Eva Vordemfelde trug einen prall gefüllten Rucksack auf dem Rücken. Offensichtlich hatte sie für Lebensmittel angestanden.

Friederike verfolgte, wie sie ein Handtuch auf den Küchentisch breitete, den Jungen darauflegte, die volle Windel – ein Stück aus einem Laken oder einem Bettbezug – entfernte, diese in einen Blecheimer mit einem Deckel warf und dann den Säugling säuberte. Sie war fast erleichtert, dass sich ihr so noch etwas Aufschub bot.

»Ich bin so froh, dass ich von Ilse altes Bettzeug bekommen habe!« Eva Vordemfelde blickte Friederike über die Schulter an. »Windeln sind schwer zu bekommen.«

»Ja …«

»Was möchten Sie denn nun wissen?« Der frisch gewickelte Säugling hatte zu weinen aufgehört und lag jetzt still auf einer Decke.

»Wo hat sich Ihre Cousine eigentlich während ihrer Zeit als Wehrmachtshelferin in Russland aufgehalten? Wissen Sie das? Vor allem der Zeitraum vom Herbst 1943 wäre wichtig.«

»Sie war eine Zeit lang in der Nähe von Odessa und dann … Warten Sie. Da müsste ich nachsehen. Ich habe noch Briefe von Ilse.«

Eva Vordemfelde eilte in das Nebenzimmer. Als würde der Kleine ihre Abwesenheit spüren, begann er zu greinen.

»Es ist alles gut …« Friederike nahm ihn vorsichtig hoch, und er beruhigte sich wieder. Ja, es war wirklich jetzt schon eine Ähnlichkeit mit seiner schönen Mutter zu erahnen. Ob er wohl auch seinem Vater glich?

»Hier habe ich die Briefe.« Eva Vordemfelde kehrte wieder in die Küche zurück. Sie blätterte darin und legte sie auf den Tisch. »Im Herbst '43 war Ilse in der Gegend von Minsk. Bald darauf hat sie Paul Röder geheiratet und ist nach Deutschland zurückgekehrt.«

Friederike vergegenwärtigte sich die Karte von Russland. Während des Krieges hatte sie akribisch verfolgt, wo sich der Vater und Hans mit ihren Einheiten befanden. Minsk war über fünfhundert Kilometer vom Schwarzen Meer entfernt.

Einige Fotografien waren aus den beschriebenen Briefbögen und den Umschlägen geglitten. Ein Holzturm, bestückt mit Wegweisern nach Berlin, Danzig und Hamburg. Zu jeder Stadt war die Entfernung in Kilometern angegeben. Eine Kirche mit einem Zwiebelturm hinter einer Brücke. Lagerbaracken. Eine Gruppe von Soldaten. Dazwischen Ilse Röder. Friederike erkannte den Mann neben ihr – Paul Röder. Und der Leutnant am Rand der Gruppe …

Friederike beugte sich vor, hoffte, sie hätte sich getäuscht. Doch der Offizier war Hans. Hans, der mit einem unverletzten Gesicht in die Kamera lachte.

Köln

Friederike spürte den warmen Wind auf ihrem Gesicht. Ein Lastwagen voller Bauschutt fuhr den Kaiser-Wilhelm-Ring entlang und wirbelte eine besonders große Staubwolke auf.

Sie würde jetzt das letzte Stück der Straße bis zur Stadtkommandantur gehen. Sie würde den Wachposten ihren Namen nennen, dann die Treppe hinaufsteigen und Davies aufsuchen. Sie würde ihm sagen, dass Elli in ihrem Bruder Hans den Offizier erkannt hatte, der ein Massaker an einer Dorfbevölkerung in Russland befohlen hatte, und dass ihr Bruder und Ilse Röder sich gekannt hatten. Sie musste das jetzt tun …

Auf dem Weg zum Düsseldorfer Hauptbahnhof, beim Warten auf einen Anschluss nach Köln, und dann im Zug, in eine Ecke eines Abteils gezwängt, hatte sie sich immer wieder die Fotografie vergegenwärtigt. Hatte sich Hans in die schöne Frau verliebt? Hatte er später gehofft, an eine Affäre anknüpfen zu können, und sie deshalb auf dem Hof aufgesucht? Bestimmt hatte sich Ilse Röder von seiner Entstellung abgestoßen gefühlt … Sie war kein Mensch gewesen, der darüber hinweggesehen hätte. Hatte Hans sie deshalb umgebracht oder weil sie etwas über das Massaker gewusst hatte? Mit dem Gefühl, wie durch Treibsand zu waten, ging Friederike los. Sie hatte die Stadtkommandantur fast erreicht, als Timothy McLeod aus dem Portal kam.

»Miss Matthée, es ist wie immer eine Freude, Sie zu sehen.« Er blieb vor ihr stehen. Seine Mütze saß schief auf seinem Kopf, und seine Augen blickten sie freundlich an. »Falls Sie zu Davies möchten … Er ist nicht in seinem Büro. Er hat gesagt, dass er sich später am Abend noch einmal blicken lassen wird. Ich kann ihm aber auch etwas ausrichten.«

»Das ist sehr nett.«, erwiderte Friederike hastig. »Aber, nein, ich komme später wieder.«

Captain Mannings lebte in einer von den Briten requirierten Villa im Stadtteil Junkersdorf. Als Richard Davies auf das Anwesen zuging, mähte ein älterer Herr im Vorgarten gerade den Rasen. Er hatte eine kultivierte Ausstrahlung, und Davies vermutete, dass es sich bei ihm um den Besitzer handelte, einen ehemaligen Bankdirektor, der wegen seiner Mitgliedschaft in der NSDAP seinen Posten verloren hatte und nun mit seiner Ehefrau im Keller wohnte. Auf Davies' Frage hin sagte der ältere Herr, dass sich »der Herr Oberst« im Garten hinter dem Haus befinde.

Den Tag hatte Davies damit verbracht, mit Freunden und Bekannten von Joseph Dietrichs zu sprechen, war dabei jedoch nicht weitergekommen. Niemand hatte etwas zu dem Mord an den britischen Soldaten gewusst – oder wissen wollen –, und keiner hatte irgendwelche Angaben zu dem ominösen ehemaligen Offizier mit den schweren Gesichtsverletzungen machen können.

Ein mit Steinplatten ausgelegter Weg führte an Büschen entlang zum hinteren Teil des Grundstücks. Dort erstreckte sich eine weitläufige Rasenfläche vor Davies.

Das Wasser eines Swimmingpools reflektierte das Sonnenlicht. Auf der Terrasse standen einige Liegestühle unter einem großen Sonnenschirm. Von Mannings war nichts zu sehen.

Davies wollte schon die Stufen zu der Terrasse hinaufgehen und sein Glück im Haus versuchen – eine Fenstertür stand offen –, als er ein Plätschern aus dem Schwimmbecken hörte. Captain Mannings stieg völlig nackt aus dem Wasser.

»Sir …« Davies hob die Hand an die Uniformmütze und konzentrierte seinen Blick auf einen imaginären Punkt am Ende des Gartens.

»Wo habe ich denn das verdammte Badetuch hingelegt?«

Aus den Augenwinkeln verfolgte Davies, wie der Captain sich am Beckenrand bückte und ein Handtuch um seine Hüften schlang. Er musste an eine eisig kalte, in seiner Erinnerung seltsam irreale Januarnacht denken, als er Mannings schon einmal in der Villa aufgesucht hatte. Damals hatte der Captain ein in Nordengland gelegenes römisches Fort maßstabgerecht aus kleinen Tonbausteinen und Holz nachgebaut. Während Davies ihm dabei zusah, hatte Mannings seine Sorge geäußert, ob es den Briten wohl wirklich gelingen würde, die Demokratie in Deutschland zu verankern.

»Kommen Sie mit, Lieutenant.« Der Captain marschierte zu den Liegestühlen auf der Terrasse. Er ließ sich in einem nieder, streckte seine dünnen, bleichen Beine aus und bedeutete Davies, sich ebenfalls zu setzen. »Einen Gin Tonic oder etwas anderes? Auch wenn Sie noch im Dienst sind, müssen Sie es wegen mir nicht so genau nehmen. Nein? Na gut.« Mannings nahm ein Behältnis aus einem Eiskühler und füllte sich ein Glas mit dem nach Gin und Ingwer riechenden Getränk. Er nippte daran, seufzte zufrieden und ließ seinen Blick über den

Garten schweifen. »Ich fürchte, ich wirke ein bisschen wie ein Kolonialherr, aber ich muss zugeben, dass ich den Swimmingpool wirklich genieße. Wobei ihn die Besitzer der Villa auch benutzen. Nun, Sie sind gewiss nicht gekommen, um meinen nicht gerade gestählten Körper zu bewundern. Also, was gibt's denn, Lieutenant?«

»Ich bräuchte eine Aufstellung der wehrfähigen Männer aus Voiswinkel und Umgebung, die im November 1944 wegen Krankheit oder weil sie Heimaturlaub hatten zu Hause waren, Sir. Es ist natürlich auch möglich, dass Mitglieder des Volkssturms daran beteiligt waren, unsere Leute zu töten. Aber irgendetwas sagt mir, dass nicht Dietrichs die Entscheidung getroffen hat. Ich vermute, dass die Initiative dazu von einem Parteifunktionär ausging oder von einem ranghöheren Soldaten. Einem Unteroffizier oder Offizier …«

»Und wie wollen Sie an eine solche Aufstellung gelangen? Ein Großteil der Wehrmachtsakten ist in Berlin und Potsdam verbrannt.« Mannings verscheuchte eine Fliege von seinem Glas.

»Haus-zu-Haus-Befragungen, Sir. Und dann gibt es noch die Krankentagebücher der Wehrmacht. Die sind ab 1942 recht gut erhalten. Anders als die aus den Jahren vorher, die nach Schlesien ausgelagert wurden und verlorengingen. Darin sind ja unter anderem normale Heimaturlaube und Urlaube aus Krankheitsgründen verzeichnet.«

»Ja, ich weiß von den Krankentagebüchern. Was für ein Glück für uns, dass sie nicht den Sowjets in die Hände gefallen sind.« Mannings grinste. »Wahrscheinlich wären die nicht sehr kooperativ. Ich setze mich mit dem Hauptquartier in Verbindung. Die sollen alles Erforderliche in die Wege leiten. Da es um Morde an unseren Soldaten geht, handeln sie hoffentlich schneller als gewohnt.«

»Und ich möchte zusätzlich die deutsche Polizei einschalten. Die Military Police wird mit der Haus-zu-Haus-Befragung ausgelastet sein. In Dietrichs' Feldscheune hat ein ehemaliger Offizier gehaust, dessen Gesicht schwer entstellt ist. Ich vermute inzwischen, dass *er* für den Mord an Ilse Röder verantwortlich ist und nicht Dietrichs. Vielleicht gibt es auch eine Verbindung von diesem Mann zu dem Mord an unseren Leuten.« Die deutsche Polizei sollte nach einem Landstreicher suchen. Den würden die Leute sicher eher verraten als einen ehemaligen Offizier.

»Ich leite das in die Wege.« Mannings nickte zustimmend. »Ich kenne den Polizeipräsidenten. Er ist umgänglicher als dieser *Feldwebel* Langen.«

Wenn sie Davies doch nur angetroffen hätte! Wenn sie es hinter sich hätte, ihm von Hans zu erzählen! Friederike wusste nicht, wie sie die Kraft aufbringen sollte, an diesem Abend noch einmal zur Stadtkommandantur zurückzukehren.

»Kind!«

Sie blickte hoch, ihre Mutter kam auf dem Weg zwischen den Schrebergärten auf sie zugerannt und umklammerte nun ihren Arm. Sie wirkte völlig aufgelöst. »Endlich bist du nach Hause gekommen. Ich mache mir solche Sorgen!«

»Was ist denn geschehen?«

»Elli ist verschwunden. Ich habe sie mit ins Krankenhaus genommen, da ich sie nicht allein lassen wollte. Und dann, als ich die Küche einmal verlassen musste, war sie plötzlich nicht mehr da. Ich habe schon überall nach ihr gesucht!«

Bestimmt war das Mädchen weggelaufen, da sie, Friederike, es am Vorabend angeschrien und fast geschlagen hatte …

»Hast du schon die Polizei verständigt?«

»Nein, ich wollte zuerst mit dir sprechen.«

»Warum denn?«

»Ach, Friederike, ich habe doch bemerkt, dass nicht alles mit rechten Dingen zuging, als du Elli aus dem Kinderheim zu uns gebracht hast.« Ihre Mutter schüttelte ungeduldig den Kopf. »Du hast nie Lebensmittelmarken für sie beantragt. Und du hast auch nie erklärt, warum Elli nicht zur Schule geht. Wo mag sie nur hingelaufen sein? Sie ist doch noch immer so verstört …«

Es gab einen Ort, an dem sich Elli sicher gefühlt hatte. Vielleicht war sie ja dorthin zurückgekehrt. »Ich glaube, ich weiß, wo ich nach Elli suchen muss.« Friederike drehte sich um und rannte in Richtung Straßenbahn.

Hans Matthée beobachtete den Eingang zu den Kellern der Ruine. Vor einer Weile war Elli dort hinein verschwunden.

Er hatte seine Mutter noch einmal von Ferne sehen wollen, ehe er für immer jede Verbindung zu seinem früheren Leben kappte. Zu dem Menschen, der er einmal gewesen war. In dem Schrebergarten war die Mutter nicht gewesen. Deshalb war er zu dem Krankenhaus gegangen, in dem sie öfter arbeitete, und hatte dort in der Nähe der Küche gewartet.

Doch nicht sie war aus der Tür gekommen. Das Mädchen Elli war herausgerannt, die einzige Zeugin des grauenhaften Befehls, den er erteilt hatte. Er war ihr durch die Stadt und auf einer Brücke über den Rhein gefolgt, als ob ein unsichtbares Kraftfeld von dem Kind ausginge. Weiter und immer weiter bis zu der Industrieruine.

Wenn das Mädchen nicht mehr lebt, kann niemand mehr beweisen, dass du ein Mörder bist, meldete sich eine Stimme in seinem Kopf. Erst leise, dann immer eindringlicher. Hans Matthée stöhnte auf. Ein Kind töten. Aus nächster Nähe. Mit seinen eigenen Händen. Würde er das wirklich über sich bringen?

»Und, Davies, war der Captain in Junkersdorf?« Timothy McLeod reckte sich in seinem Schreibtischstuhl und gähnte.

»Ja, er war gerade nackt baden im Swimmingpool im Garten der Villa.« Davies fand die Situation immer noch absurd.

»War wahrscheinlich kein sehr schöner Anblick.« McLeod grinste, wurde aber gleich darauf ernst. »Fräulein Matthée war zweimal hier und wollte dich sprechen. Auf mich hat sie beide Male ziemlich aufgelöst gewirkt.«

Aber Friederike war es doch am Morgen so schlecht gegangen? Es musste etwas Schwerwiegendes geschehen sein, sonst hätte sie sich bestimmt nicht noch mal auf den Weg in die Kölner Innenstadt gemacht.

»Beim ersten Mal habe ich Fräulein Matthée draußen vor dem Gebäude getroffen.« McLeod redete schon weiter. »Sie wollte mir aber nicht sagen, weshalb sie gekommen war. Und vor einer knappen Stunde dann ist sie wegen eines kleinen Mädchens, Elli, gekommen. Es ist verschwunden, und Fräulein Matthée sucht nach ihm auf einem Ruinengrundstück in Mülheim. Die Straße hat sie aufgeschrieben.« McLeod reichte Davies den Notizzettel.

»Falls mich jemand sucht: Ich fahre dorthin!« Davies eilte schon aus dem Büro.

Die Ruine, in der Franziska Wagner mit Elli gehaust hatte – Davies hatte ein ungutes Gefühl, und er wünschte sich, Friederike hätte auf ihn gewartet.

Der Himmel war noch hell, aber die Ruinen warfen schon lange Schatten. Die schwülwarme Luft verstärkte den brandigen Gestank, und Friederike fiel es schwer zu atmen. Sie schlug den Weg zum Kellereingang ein. Wenn Elli etwas zugestoßen war, würde sie sich das nie verzeihen.

Die Kellertreppe lag im Dunkeln, und Friederike wünschte sich, sie hätte eine Taschenlampe besessen. Vorsichtig tastete sie sich die glitschigen Stufen hinunter. In den Gang unten fiel etwas Licht durch Fensteröffnungen und Löcher in der Decke.

»Elli?« Friederikes Stimme hallte von den Wänden wider. Hatte sie irgendwo Schritte gehört, oder bildete sie sich das nur ein? Und wenn, dann streiften wahrscheinlich nur Kinder in den Kellern herum. Nur nicht die Nerven verlieren … Nun erreichte sie die Abzweigung, wo sie Elli damals gesehen hatte.

»Elli?«, rief sie wieder. »Wenn du hier unten bist, komm bitte zu mir. Meine Mutter und ich machen uns große Sorgen um dich!«

Keine Antwort, nichts regte sich in dem Gang. Hatte sie sich geirrt, und Elli hatte doch nicht hier unten Zuflucht gesucht? Friederike kam bei dem Keller an, wo sie das Kind unter den Decken gefunden hatte. Sie ging hinein und stolperte über etwas Weiches. Ein großer Hund – Hasso. Weshalb bellte er denn nicht?

Friederike bückte sich und berührte das Tier. Ihre Hand griff in etwas Klebriges. Sie schluckte hart, begriff endgültig. Und dort hinter dem Hund lag eine kleine Gestalt am Boden.

Nein!, schrie Friederike stumm, nein … Sie kniete sich neben das Kind. Blut quoll aus einer Wunde in Ellis Brust.

»Elli!« Das Mädchen regte sich nicht, aber die Haut fühlte sich noch warm an, und Friederike glaubte, einen ganz schwachen Puls zu fühlen. Sie presste ihre Hände auf die Brustwunde. »Elli, ich bin bei dir. Du darfst nicht sterben … Franziska freut sich darauf, dich zu sehen!« Worte drängten aus ihrem Mund. Sie weinte.

Im nächsten Moment blendete sie eine Taschenlampe. Friederike zuckte zusammen. Was, wenn der Mann, der Elli dies angetan hatte, zurückgekommen war?

»Mein Gott, Friederike …« Davies' Stimme. Gleich darauf kauerte er sich neben sie. »Im Jeep ist ein Verbandskasten. Hol du ihn, ich bleibe so lange bei dem Mädchen.« Ihre Hände berührten sich, als Davies nun seine auf die Wunde presste. Friederike fühlte sich ganz schwach vor Erleichterung.

Sie rannte aus dem Keller und nach draußen. Wer hatte das Elli nur angetan?

Als sie den Jeep erreicht hatte, tastete sie unter dem Fahrersitz nach dem Verbandskasten. Ein Gedanke durchfuhr sie, so schrecklich, dass er sie für einen Moment fast lähmte.

Hans … Sie hatte ihrem Bruder gesagt, dass Elli das Massaker beobachtet und ihn wiedererkannt hatte. War er etwa Elli vom Krankenhaus hierhergefolgt? Hatte er versucht, das Kind zu töten?

Grelles Neonlicht erhellte den Krankenhausflur, ließ alle Gesichter bleich und verhärmt wirken. Ein älterer Mann saß vornübergebeugt auf einer der langen Bänke, hielt den Arm gegen den Bauch gepresst und stöhnte. Zwei Sanitäter brachten einen Verletzten von draußen herein. Der Verband um sein Bein war rot verfärbt. Wie in Agonie warf er den Kopf von einer Seite zur anderen, die Augen weit aufgerissen.

Rot gefärbt war auch der Verband um Ellis Brust gewesen, als Davies das Kind aus dem Jeep gehoben und in das Hospital getragen hatte. Erschöpft verfolgte Friederike, wie der Zeiger der Uhr an der Wand eine Minute weiterrückte. Eine gute halbe Stunde war nun schon vergangen, seit sie Elli den Ärzten übergeben hatten, und immer noch wussten sie nicht, wie es dem Kind ging. Vielleicht war sie gar nicht mehr am Leben. Friederike presste die Hand gegen den Mund, unterdrückte ein Schluchzen.

»He …« Davies legte den Arm um sie. Er sagte nicht, dass Elli es bestimmt schaffen, dass alles gut werden würde. Einen billigen Trost hätte Friederike auch nicht ertragen. Sie wussten beide nur zu gut, dass *nicht* alles gut wurde. Sie war so froh, dass er bei ihr war, und wünschte sich gleichzeitig doch ganz weit fort von ihm.

»Weshalb ist Elli denn weggelaufen und hat sich in der Ruine versteckt? Ist etwa dieser Mann wieder in der Schrebergartensiedlung aufgetaucht?« Davies sah sie an, hatte immer noch den Arm um sie gelegt.

Die ganze Zeit hatte Friederike diese Frage gefürchtet. »Nein, das heißt –« Sie brach ab. Ein Arzt mit einem müden Gesicht kam auf sie zu.

»Lieutenant, Fräulein Matthée …«

Friederike starrte ihn nur an.

»Was ist mit dem Kind?«, hörte sie Davies fragen.

»Der Stich in die Brust hat die Lunge zum Glück knapp verfehlt. Aber das Mädchen hat viel Blut verloren. Es erhält eine Transfusion. Man wird sehen … Mehr kann ich im Moment nicht sagen.« Mit einem Nicken verabschiedete sich der Arzt und eilte weiter.

Friederike schluchzte auf.

»Du kannst hier nichts tun. Ich bringe dich nach Hause.«

»Nein, ich warte, bis die Bluttransfusion abgeschlossen ist.« Sie hatte Elli schon einmal im Stich gelassen. Sie würde es nicht wieder tun.

»Ich komme später noch einmal vorbei. Ich muss mich in ein paar Akten vertiefen.«

Davies drückte ihre Hand. Eine zärtliche, freundschaftliche Berührung, die Friederike neue Gewissenspein bereitete. Sie wollte ihm endlich alles beichten. Aber Davies hatte sich schon weggedreht und strebte dem Ausgang zu.

Hatte Hans wirklich versucht, ein kleines Mädchen zu erstechen? Etwas in Friederike weigerte sich, dies zu glauben. Aber was wusste sie schon, wozu er mittlerweile fähig war?

»Fräulein?«

Friederike blickte auf. Der Arzt mit dem müden Gesicht stand vor ihr. Die Zeiger der Wanduhr waren zwei Stunden weitergerückt. »Die Bluttransfusion ist beendet. Das Mädchen ist bewusstlos, aber sein Zustand ist vorerst stabil. Morgen operieren wir dann die Stichwunde.«

»Kann ich zu Elli?«

»Ja, sie liegt dort vorn in dem Zimmer.« Der Arzt wies auf eine Tür.

Eine Art Paravent trennte Ellis Bett von anderen ab. Unter der Decke erschien sie sehr winzig und zerbrechlich. Ein dicker Verband bedeckte ihren linken Unterarm. Die Ringe unter ihren Augen wirkten im Kontrast zu der bleichen Haut fast schwarz. Ihre Nasenflügel blähten sich bei jedem Atemzug, als ob ihr das Luftholen Schmerzen bereitete.

»Ach, Elli …« Friederike streichelte ihre Hand, während sie mit den Tränen kämpfte. Da nahm sie eine Bewegung neben sich wahr.

Davies war ins Zimmer getreten. Friederike war froh, dass er noch einmal gekommen und bei ihr war, und wieder wünschte sie ihn gleichzeitig weit weg.

»Der Arzt hat mir gesagt, wo ich dich finde.« Er betrachtete Elli, für einen Moment wurde sein Gesicht ganz weich. »Sie scheint es zu schaffen. Tapferes kleines Mädchen. Aber bitte, komm jetzt mit.« Wie selbstverständlich legte er Friederike wieder den Arm um die Schultern.

»Richard …« Sie machte sich von ihm los. Sie konnte es nicht länger aufschieben. »Ich … ich muss dir etwas sagen. Lass uns draußen reden.«

Sie standen vor dem Eingang. Eine Ambulanz fuhr vor. Das Blaulicht warf flackernde Lichtkegel über die Fassade. Feuchtigkeit lag in der Luft und kündigte baldigen Regen an. Wie sollte sie nur beginnen?

»Was ist denn?« Davies' besorgte, mitfühlende Stimme setzte Friederike noch mehr zu. Ihr Mund war ganz trocken.

»Es ist meine Schuld, dass Elli weggelaufen ist und dass sie überfallen wurde.«

»Aber das ist doch Unsinn! Das bildest du dir nur ein.«

Friederike schüttelte den Kopf. »Mein Bruder hat in unserem Garten auf mich gewartet. Vor zwei Tagen … Er hat den Krieg überlebt und meine Mutter und mich über das evangelische Hilfswerk gefunden.«

»Das ist doch wunderbar! Warum hast du mir denn noch nicht davon erzählt?«

»Weil … Hans hat es, trotz einer schweren Verwundung, abgelehnt, sich dienstunfähig erklären zu lassen. Ich dachte, du könntest das nicht verstehen und würdest ihn verachten. Und dann …« Jetzt kam das Schlimmste. »Hans' rechte Gesichtshälfte ist von Brandwunden entstellt. Auf der Flucht vom Schwarzen Meer wurde Elli von einer russischen Familie aufgenommen. Sie hat mit angesehen, wie deutsche Soldaten ein Massaker an der Dorfbevölkerung verübten. Der Offizier, der die Erschießungen anordnete, hatte ein entstelltes Gesicht … Elli hat geglaubt, in meinem Bruder jenen Offizier zu erkennen.

Und … Ich habe dann mit Hans gesprochen. Ich bin überzeugt, dass er etwas Schreckliches getan hat. Dass er tatsächlich jener Offizier war …«

»Und das weißt du seit wann?« Davies' Tonfall war sehr ruhig. Zu ruhig.

»Seit gestern Abend. Ich wollte es dir erzählen. Aber ich konnte es einfach nicht. Es tut mir leid …«

»Dein Bruder hat ein Kriegsverbrechen begangen, und du hast ihn gedeckt?«

»Richard, ich dachte jahrelang, Hans sei tot!«

»Was hast du mir noch verschwiegen?«

»Mein Bruder war jener Offizier, der bei Joseph Dietrichs Unterschlupf gefunden hat, und er und Ilse Röder haben sich gekannt.« Friederike nahm die Fotografien und die Briefe aus ihrer Handtasche und reichte sie Davies. »Ich schwöre, nachdem ich aus Düsseldorf zurückgekommen bin, wollte ich mit dir sprechen. Dir alles sagen. Aber du warst nicht in deinem Büro.«

Davies' Miene war ganz starr geworden und machte Friederike Angst.

Friederike wischte sich den Regen aus dem Gesicht. Allmählich wurde es hell. Ein kühler, grauer, nasser Morgen. In manchen Hütten in der Schrebergartensiedlung brannte schon Licht, und Rauch hing in der Luft. So früh fuhren noch keine Straßenbahnen, und sie war den ganzen Weg vom Drei-Königen-Hospital in Mülheim bis nach Zollstock gelaufen.

Sie hatte es für eine Redensart gehalten, dass einem Menschen das Herz brechen konnten. Aber genau das war ihr widerfahren.

Es wäre viel leichter zu ertragen gewesen, wenn Davies zornig geworden wäre und sie angeschrien hätte. Aber er hatte ihr – immer noch mit dieser sehr ruhigen Stimme, das Gesicht ganz reglos und maskenhaft – stattdessen Fragen gestellt. Ob sie wisse, wo sich ihr Bruder aufhalte? Wo er und Ilse Röder sich in Russland begegnet seien? Wo das Massaker stattgefunden habe, das er befehligte?

Friederike hatte die Fragen, so gut sie konnte, beantwortet.

Nein, ich habe keine Ahnung, wo Hans ist. Ich schwöre, ich würde es dir sagen, wenn ich es wüsste. Laut der Aufschrift auf der Rückseite der Fotografie sind sich Hans und Ilse Röder im Frühjahr 1943 bei Minsk begegnet. Das Massaker muss im Spätsommer oder im frühen Herbst 1943 in der Gegend von Cherkessk stattgefunden haben. Nach dem Krieg hat Hans in Hamburg auf einem Gestüt gearbeitet.

Am schlimmsten war es gewesen, Hans' entstelltes Gesicht zu beschreiben. Die Brandwunden, die Augenklappe.

Männer wie dein Bruder haben Hunderttausende, wenn nicht Millionen jüdische Männer, Frauen und Kinder in den russischen Wäldern zusammengetrieben, erschossen und erschlagen, und du unterrichtest mich nicht von dem Massaker?

Davies hatte sie angesehen, als sei sie eine völlig Fremde für ihn. Verlogen, feige und verabscheuungswürdig.

Richard, ich wollte nicht …

Er hatte ihr Flehen nicht beachtet. *Du hast einen Kriegsverbrecher gedeckt und ihn vor der Festnahme geschützt. Und auch Ilse Röders Mörder hast du höchstwahrscheinlich geholfen zu entkommen. Ich halte deinen Bruder für den Täter.*

Sie hatte gesagt, dass sie es natürlich verstehen würde, wenn er – Davies – sie Kriminalkommissarin Langen melden würde. Er hatte den Kopf geschüttelt. »Nein, ich werde dich nicht melden. Aber ich will dich nicht wiedersehen.« Mit diesen Worten hatte er sie stehen lassen.

In der Nissenhütte brannte eine Karbidlampe. Ihre Mutter saß am Tisch. Ihre geröteten Augen zeugten von der durchwachten Nacht. Sie sprang auf und sah Friederike erschrocken an.

»Friederike! Um Gottes willen, wie siehst du denn aus? Du bist ja ganz nass. Hast du Elli gefunden?«

»Sie wurde überfallen und liegt im Krankenhaus. Es ist nicht sicher, dass sie überleben wird …« Ein Weinkrampf schüttelte Friederike.

»Schsch, komm her.« Ihre Mutter breitete die Arme aus, und Friederike klammerte sich an ihr fest. Auf gar keinen Fall konnte sie ihr gestehen, dass Hans Elli beinahe getötet hatte. Sie ertrug es ja selbst kaum.

Richard Davies schlug die Hände vor das Gesicht. Er hatte getan, was getan werden musste. Eine Sache nach der anderen. Sein bewährtes Mittel, um nicht zusammenzubrechen. Er war zur Stadtkommandantur gefahren, hatte Streifen der Militärpolizei instruiert, nach Hans Matthée zu suchen. Er hatte Captain Mannings angerufen und ihn darüber informiert, dass ein mutmaßlicher Kriegsverbrecher flüchtig war, der zudem wahrscheinlich in den Mord an der Gutsbesitzerin Ilse Röder involviert war und ein Kind überfallen und fast getötet hatte. Er hatte mit anderen Militärpolizisten die Industrieruine in Mülheim aufgesucht, hatte mit ihnen im Taschenlampenschein Kinder und Jugendliche aus den Kellerlöchern zusammengetrieben und so erfahren, dass ein Mann, auf den Hans Matthées Beschreibung zutraf, auf dem Gelände der Ruine gesehen worden war.

Und nun saß er in seinem Zimmer in Bayenthal. Er hatte die Fotografie, die Hans Matthée mit Ilse Röder zeigte, so lange angestarrt, dass er sie in allen Einzelheiten, auch mit geschlossenen Augen, vor sich sah.

Friederikes Bruder … Schön wie sie … Ihr männliches Ebenbild …

Hans Matthée lachte auf dem Foto, wie auch die anderen Soldaten und Ilse Röder. Hatten sie irgendein harmloses Vergnügen genossen? Einen Film angesehen, einer Musikdarbietung gelauscht? Oder amüsierten sie sich darüber, dass sie Juden und russische *Untermenschen* in einem Wald zusammengetrieben und erschossen hatten?

Wahrscheinlich hätte er Hans Matthée festnehmen können, wenn Friederike nicht versucht hätte, ihn zu schützen. Sie war nicht anders als all die Deutschen, die die Verbrechen des Nationalsozialismus nicht wahrhaben wollten und sich auf die Seite der Täter stellten. Davies schmeckte Galle in seinem Mund. Wie hatte er nur hoffen können, dass eine gemeinsame Zukunft für sie beide möglich war?

In einer Ruine am Stadtrand von Köln rollte sich Hans Matthée auf dem Boden zusammen. Regen tropfte durch das schadhafte Dach, doch er nahm ihn kaum wahr. Er hatte gesehen, wie der britische Offizier, begleitet von Friederike, das Mädchen zu dem Jeep getragen hatte. Offensichtlich hatte es noch gelebt. In einem Bach hatte er seine Hände gewaschen. Aber er spürte immer noch das Blut des Kindes daran kleben. Sehr warm hatte es sich angefühlt, und der Körper vor ihm auf dem Kellerboden sehr fragil. So leicht für immer auszulöschen. Zum ersten Mal seit Langem empfand er so etwas wie einen inneren Frieden.

16. Kapitel

Bergisches Land, Sonntag, 6. Juli 1947

Sprühregen fiel, überzog die Wiesen und Felder mit einem Grauschleier. Die Hügel des Bergischen Landes waren von Feuchtigkeit verhangen. Trotz des kühlen Wetters schwitzte Richard Davies am Steuer des Jeeps. Eine Angestellte der Militärverwaltung, die sich aufs Fotografieren verstand, hatte Hans Matthées Gesicht vergrößert und Abzüge davon hergestellt. Sie waren an Militärpolizisten in Köln und Umgebung verteilt worden. Einen der Abzüge hatte Davies dabei. Er wollte ihn Arthur Caune zeigen. Vielleicht erkannte der Junge ja darauf den Mann wieder, den er in der Abenddämmerung bei dem Röder'schen Hof und dann später in der Nähe von Bensberg gesehen hatte.

Die Vergrößerung hatte die Ähnlichkeit zwischen Hans und Friederike Matthée noch einmal hervorgehoben. Das dunkle Haar, die ausdrucksvollen Augen und hohen Wangenknochen, nur waren die des Bruders natürlich markanter. Aber auch in Hans Matthées Gesicht hatte Davies Empfindsamkeit zu lesen geglaubt. Wobei die nationalsozialistischen Mörder ja durchaus sensibel sein konnten. Etwa, wenn es um das Wohl von Tieren ging …

Am Morgen hatte Davies mit einem Kollegen von der Militärpolizei in Hamburg telefoniert und ihn gebeten, Informationen über Hans Matthée einzuholen. Er war gespannt zu erfahren, wann Matthée die Hansestadt verlassen hatte.

Ein Einspänner näherte sich auf der anderen Fahrbahnseite. Der Mann auf dem Bock hob grüßend die Hand. Nun zog er an den Zügeln, und das Pferd blieb neben dem Jeep stehen. Jetzt erst erkannte Davies unter dem breitkrempigen Hut und dem hochgeschlagenen Kragen der Jacke Major Dabringhausen.

Der Gutsherr zurück vom sonntäglichen Kirchgang. Nein, er mochte den Major wirklich nicht.

»Lieutenant, ich habe gehört, dass Sie nach einem Landstreicher suchen lassen. Meine Tochter Edda hat vor ein paar Tagen einen Mann in der Nähe des Gutes gesehen. Sein Gesicht war entstellt, und er wirkte, als hätte er ein paar Nächte im Freien geschlafen. Sie hat sich sehr erschrocken. Vielleicht ist das ja der Kerl? Wenn Sie mit ihr sprechen möchten, Sie ist zu Hause …«

»Danke, dass Sie mich informiert haben. Ich komme später bei Ihnen vorbei.« Dabringhausen schien es ihm nicht zu verübeln, dass sich Militärpolizisten bei den Bediensteten und Nachbarn nach seinem Verbleib im November 1944 umgehört hatten. Davies wollte den Jeep wieder starten, doch Dabringhausen machte keine Anstalten weiterzufahren.

»Dieser Landstreicher steht im Verdacht, Ilse Röder umgebracht zu haben. So hat man mir gesagt.«

»Woher haben Sie diese Information?«

»Nun, ich habe meine Beziehungen, und ich habe ein paar Fragen gestellt.«

Natürlich … Ein Major und Gutsbesitzer kannte die entsprechenden Leute bei der Polizei. Daran hatten auch der Zusammenbruch der Wehrmacht und die Kapitulation nichts geändert. Davies verwünschte die alten Seilschaften.

»Ich kann Ihnen zu einer laufenden Ermittlung keine Auskunft geben.«

»Mein Gott, Lieutenant, der Landstreicher hat sich auf

meinem Gut herumgetrieben! Denken Sie an meine Frau und die beiden Töchter. Ich muss wissen, ob ein Mörder frei herumläuft, damit ich sie schützen kann. Ich bitte Sie als Ehemann und Vater, mir die Wahrheit zu sagen.«

Dabringhausens Sorge berührte Davies, und er gab nach. »Ja, der Landstreicher wird verdächtigt, Ilse Röder umgebracht zu haben.«

»Danke, Lieutenant.« Dabringhausen neigte höflich den Kopf. Ein Mann fuhr auf einem Motorrad an ihnen vorbei. Das Knattern des Motors machte eine Fortführung des Gesprächs unmöglich. Der Major wartete, bis der Lärm verklungen war. »Laut der üblichen, ländlichen Gerüchteküche wurde Joseph Dietrichs wegen der Morde an der britischen Flugzeugbesatzung festgenommen.«

»Herr Major …« Davies gab sich keine Mühe, seinen Ärger zu verbergen.

Dabringhausen hob entschuldigend die Hände. »Verzeihen Sie. Ich will nicht in Sie dringen. Ich möchte nur sagen, dass ich Dietrichs als wortkarg und verschlossen, aber als eine ehrliche Haut kennengelernt habe. Ich kann mir nicht vorstellen, dass er etwas mit den Morden zu tun hat.«

Davies sparte sich die Antwort, dass, seiner Erfahrung nach, Menschen zu allem fähig waren.

In dem winzigen Haus der Caunes drängten sich drei kleine Mädchen in eine Ecke und beäugten Davies mit einer Mischung aus Faszination und Schrecken.

»Raus mit euch!« Frau Caune scheuchte sie aus der Küche. Dann wandte sie sich an ihren Sohn, der neben der Treppe stand und wirkte, als ob er am liebsten ganz woanders wäre. »Arthur, du musst dem Herrn Leutnant helfen.«

Richard Davies wünschte sich unwillkürlich, Friederike

wäre bei ihm. Er war sich oft unsicher, wie er Kindern gegenüber das Eis brechen sollte. Er hatte keine Geschwister, und Freundschaften zu Gleichaltrigen aufzubauen war – wegen seiner jüdischen Herkunft und der damit verbundenen Einschränkungen und Diskriminierungen – schwierig gewesen. Er hatte sich an seine Einsamkeit gewöhnt, und später dann, in Großbritannien, war er lieber für sich geblieben.

»Arthur, ist das der Mann, der dich so erschreckt hat?« Davies zeigte dem Jungen die Fotografie von Hans Matthée und verdeckte die rechte Gesichtshälfte mit der Hand. »Die Seite seines Gesichts, auf der meine Hand liegt, ist von Brandwunden entstellt, und über dem Auge trägt der Mann eine Klappe.«

»Ich weiß nicht …«

»Versuch bitte, dich zu erinnern.«

»Ich weiß es wirklich nicht.«

Der Junge schien den Tränen nahe. Es hatte keinen Sinn, noch mehr in ihn zu dringen.

»Es ist gut, du kannst gehen.« Davies nickte ihm zu, und Arthur rannte nach draußen.

»Er hat immer noch Albträume.« Frau Caune blickte Davies entschuldigend an.

»Hat Arthur Ihnen gegenüber noch irgendetwas erwähnt? Etwas im Zusammenhang mit Joseph Dietrichs oder jenem Mann mit dem fratzenhaften Gesicht? Auch wenn es Ihnen belanglos vorkommen sollte, sagen Sie es mir bitte.«

»Nein, da war nichts. Außer …«

»Ja?«

»Arthur hat etwas gemalt. In ein Märchenbuch. Wir haben ja sonst kein Papier. Wenn Sie es sehen möchten …« Frau Caune nahm das Buch von der Küchenbank und schlug es auf.

Ein Gesicht mit riesengroßen schwarzen Augenhöhlen blickte Davies entgegen. Aus dem Mund ragten spitze Zähne. Wahrscheinlich hatte sich in Arthurs Erinnerung die Augenklappe in die leeren Augenhöhlen verwandelt. Also war er doch nicht umsonst hierhergekommen.

Etwa eine Viertelstunde später erreichte Davies das Gut der Familie Dabringhausen. Als er auf dem Vorplatz aus dem Jeep stieg, stand der Major mit einem Knecht neben der Scheune und begutachtete etwas am Boden. Er richtete noch einige Worte an den Knecht, kam dann zu Davies und ging mit ihm zum Haus.

»Wildschweinspuren … Gestern hat sich eines der Viecher am Gartenzaun zu schaffen gemacht. Zeit, auf die Jagd zu gehen. Jagen Sie, Lieutenant?«

»Nein, das tue ich nicht.« Es gab kaum etwas, das Davies weniger gereizt hätte.

»Ich sehe Ihnen an, dass Sie dem nichts abgewinnen können.« Dabringhausen lachte. »Nun, ich jage für mein Leben gern. Wobei ich das Aufspüren des Wildes, das Anschleichen und Warten eigentlich für reizvoller halte als den Fangschuss.«

Die Halle des Gutshauses war düster an diesem regnerischen Tag. »Edda müsste in der Küche sein.« Dabringhausen begleitete Davies einen Flur entlang. An der Wand hingen antike Theatermasken. Manche davon grotesk überzeichnete Gesichter. Davies musste an die Perikles-Büste im Wohnzimmer denken. Wie typisch, dass der Major, wie so viele Wehrmachtsoffiziere, das klassische Altertum verehrte.

Am Ende des Ganges öffnete Dabringhausen eine Tür. Ein großer Raum mit gekacheltem Boden erstreckte sich vor ihnen. Es duftete nach Bohnenkaffee. Eine kräftige Frau machte sich an einem Herd zu schaffen, wahrscheinlich die Köchin. Ein hübsches junges Mädchen – die Reiterin, die er und Friederike bei ihrem letzten Besuch auf dem Hof gesehen hatten – goss Wasser durch einen Filter in eine Kanne.

»Lieutenant, das ist meine Tochter Edda. Edda, Lieutenant Davies.« Dabringhausen legte der jungen Frau kurz den Arm um die Schultern und verabschiedete sich mit einem Nicken von Davies.

Ein wenig schüchtern reichte Edda Davies die Hand. »Kann ich Ihnen eine Tasse Kaffee anbieten, Lieutenant? Er müsste gleich fertig sein.«

»Danke, nein.«

»Wir haben genug. Sie müssen nicht aus Höflichkeit ablehnen. O Gott, was rede ich da –« Sie brach ab und errötete. »Ein entfernter Verwandter ist amerikanischer Offizier und in Wiesbaden stationiert. Von ihm bekommen wir Lebensmittel.«

Ihre Verlegenheit rührte Davies. »Gut, ich nehme gern eine Tasse.« Tatsächlich hatte er an diesem Tag noch nichts gegessen und getrunken.

Edda Dabringhausen nahm eine Porzellantasse von einem Tablett mit Geschirr. Sie goss ihm ein und stellte Milch und Zucker dazu. »Der Zucker stammt auch von unserem Verwandten. Er ist so hilfsbereit …«

Der heiße, süße Kaffee tat Davies gut, und er fühlte sich gleich weniger erschöpft und ausgelaugt.

»Es ist sehr nett, dass Sie extra hergekommen sind.«

»Nun, ich leite eine Ermittlung …« Davies holte die Fotografie von Hans Matthée aus seiner Aktentasche und legte sie auf den Tisch. Wie auch bei Arthur Caune verdeckte er die rechte Gesichtshälfte mit seiner Hand.

Mit großen Augen starrte Edda das Bild an. »Das ist der Landstreicher.«

»Sind Sie sich sicher?«

»Ja, ich war vorgestern bei unserer unteren Koppel. Am Gatter stand ein Mann und hat eines der Pferde gestreichelt. Er schien gut mit Pferden umgehen zu können. Deshalb hatte ich keine Angst vor ihm. Auch wenn das natürlich Unsinn ist. Und der Mann sah gut aus. Also sein Gesicht im Profil. Die eine Hälfte …« Edda Dabringhausen errötete wieder ein bisschen. »Aber dann hat er mich bemerkt und sich zu mir umgedreht, und ich habe sein ganzes Gesicht gesehen und …« Sie schauderte.

»Haben Sie den Mann angesprochen?«

»Nein, ich bin weggelaufen. Ich war so erschrocken!«

»Ist er Ihnen gefolgt?«

»Ich glaube, nicht.« Edda Dabringhausen zögerte. »Vater hat gesagt, dass der Landstreicher wahrscheinlich Frau Röder umgebracht hat und dass meine Mutter, meine Schwester und ich uns nicht vom Haus entfernen sollen, ehe er gefasst ist. Stimmt es denn, dass der Mann ein Mörder ist?«

»Wahrscheinlich, ja.«

Edda Dabringhausen begann am ganzen Leib zu zittern. »Und dabei habe ich Mitleid mit ihm gehabt.«

Köln, Montag, 7. Juli 1947

Inmitten einer Traube von Menschen schob sich Friederike über den Steg des Fähranlegers am Mülheimer Rheinufer. Schwarze Pfützen am Straßenrand kündeten vom Regen des Vortags. Doch nun schien wieder die Sonne, und obwohl es noch nicht einmal acht war, entwickelte sie schon eine beträchtliche Kraft. Da und dort dampften die nassen Fassaden und verbreiteten einen stechenden Geruch.

Ihr Dienst begann erst um zehn. Vorher wollte sie unbedingt noch nach Elli sehen. Gestern war sie schon einmal im Krankenhaus gewesen. Doch Elli war operiert worden, und man hatte ihr gesagt, dass sie das Kind erst am nächsten Tag besuchen dürfe.

Irgendwie hatte Friederike den Sonntag überstanden, hatte versucht, sich ins Zeichnen zu flüchten, um sich abzulenken. Aber sie hatte nur Kritzeleien zustande gebracht.

An der Pforte des Krankenhauses verschaffte Friederikes Ausweis ihr Einlass. Die knapp bemessene Besuchszeit für die Angehörigen war ja erst am Nachmittag. Der bärbeißige Mann hinter der Scheibe verwies sie an die Oberschwester der Station. Die würde ihr sagen, in welchem Zimmer Elli lag.

Als Friederike in den gekachelten Flur einbog, sah sie einen Militärpolizisten breitbeinig auf einem Stuhl neben einer Tür sitzen. Davies musste ihn dazu abgestellt haben, Ellis Zimmer zu bewachen. Ohne große Hoffnung zeigte Friederike auch ihm ihren Ausweis. Doch der Soldat nickte nur und ließ sie ein. Also hatte Davies wenigstens nicht verboten, dass sie Elli sehen durfte.

In dem Bett, das eigentlich für einen Erwachsenen gedacht war, wirkte das Mädchen wieder sehr winzig und zerbrechlich. Elli war am Leben … Friederike wagte es erst jetzt, dies so richtig zu glauben.

»Elli.« Sie streichelte ihre Hand.

Die Lider des Kindes flatterten. »Fräulein Matthée …«

»Ja, ich bin hier.«

Elli öffnete die Augen, blickte sie an. Ihre Stimme war so leise, dass Friederike sich vorbeugen musste, um sie zu verstehen. »Da war ein Mann im Keller der Ruine. Mit einem Messer … Hasso hat ihn angegriffen.«

»Ja, ich weiß. Der Mann aus deinem Albtraum.«

»Nein! Nicht der Mann aus meinem Traum … Nicht der Mann vom Weg zwischen den Gärten.«

»Wie kommst du darauf?«

»Der Mann im Keller … Sein Gesicht war ganz.«

Friederike verstand das nicht und fragte nach.

»Es war nicht zweigeteilt wie das des Offiziers … Es war heil!«

»Vorsicht, Fräulein!« Friederike wäre fast gegen einen Metallwagen voll Essensgeschirr gelaufen, den eine Krankenschwester vor sich herschob. Sie hatte erneut nachgefragt, hatte sich unbedingt vergewissern wollen. Zweimal hatte Elli es wiederholt, ehe sie wieder eingeschlafen war – der Mann, der sie in der Ruine überfallen hatte, war nicht der Mann mit dem entstellten Gesicht aus ihrem Albtraum gewesen. War nicht Hans gewesen …

Friederike fühlte sich ganz schwach. Sie hatte von Anfang an nicht glauben können, dass Hans imstande sei, ein kleines Mädchen zu erstechen. Hatte ihr Gefühl sie nicht getrogen? Sie musste mit Davies sprechen.

Auf dem Flur vor Davies' Büro hörte Friederike Timothy McLeod telefonieren. Vielleicht hatte sie ja Glück, und Davies war nicht anwesend. Dann konnte sie McLeod bitten, ihm auszurichten, dass Elli in dem Mann, der sie überfallen hatte, nicht Hans erkannt hatte.

Doch Davies saß an seinem Schreibtisch und las in einer Akte. Er blickte auf, als sie das Büro betrat. Seine Miene, die eben noch konzentriert gewesen war, wurde ausdruckslos und starr, als habe er ein Visier heruntergelassen. Friederikes Herz sank. Nein, er hatte ihr nicht verziehen.

McLeod winkte ihr lächelnd zu. Möglicherweise konnte sie ja Davies schnell in seiner Gegenwart informieren und dann wieder gehen.

»Lieutenant …« Friederike hob die Hand an die Uniformmütze.

»Miss Matthée«, grüßte er barsch zurück und stand auf. »Kommen Sie mit.« Beklommen folgte ihm Friederike in ein benachbartes Büro, in dem sich gerade niemand aufhielt.

»Weshalb bist du hier?« Sein schroffes Du war fast noch schlimmer als die sachliche Frage.

»Ich war bei Elli im Krankenhaus. Sie ist aus der Bewusstlosigkeit erwacht. Sie hat den Mann, der sie überfallen hat, kurz gesehen, konnte ihn zwar nicht beschreiben, aber sie ist sich sicher, dass es nicht der Mann mit dem *zweigeteilten Gesicht* war, der das Massaker befehligt hat. Also nicht Hans …«

»Elli kann sich getäuscht haben. Vielleicht trügt der Schock ja ihre Erinnerung.«

»Aber wäre es denn nicht wahrscheinlicher, dass Elli in ihrer Panik die Schreckensgestalt aus ihrem Albtraum zu sehen geglaubt hätte – anstatt von einem ganz anderen Mann zu erzählen?«

»Ich halte nichts von diesem Psychologisieren.« Davies schüttelte ungeduldig den Kopf.

»Aber was ist, wenn Elli sich nicht getäuscht hat? Wenn es nicht Hans war, der sie überfallen hat? Dann wird der Täter unbehelligt weiterleben und auf die nächste Gelegenheit warten, sie zu ermorden.«

»Wer, außer deinem Bruder, sollte ein Interesse daran haben, Elli zu töten?«

»Du hast doch einmal gesagt, Nanette wurde von einem Mann bedroht und gequält, der wusste, dass sie Hauptkommissar Heimerzheims Spitzel ist. Jemand mit Kontakten zur Polizei. Heimerzheim hat die Ermittlungen im Mordfall Ilse Röder wiederaufgenommen. Bestimmt hat dieser Mann davon erfahren. Er hatte Franziska Wagner ausspioniert, ihre Waffe gestohlen … und vermutlich hatte Elli ihn dabei in der Ruine gesehen. Wenn dieser Mann nun unter Verdacht gerät, und Elli erkennt ihn wieder, würde ihm das sehr schaden.«

»Das erscheint mir weit hergeholt.«

»Der Mann, der Ilse Röder getötet hat, hat so viel Mühe darauf verwendet, Franziska mit dem Mord zu belasten. Warum sollte er ein kleines, wehrloses Mädchen leben lassen, das ihm gefährlich werden kann?«

»Für mich sind dein Bruder und Ilse Röders Mörder ein und dieselbe Person.«

»Aber –«

Davies schnitt Friederike mit einer Handbewegung das Wort ab. »Ein Mann mit einem entstellten Gesicht hat den Hofhund des Röder'schen Gutes am 16. Juni vergiftet. Von einem Kollegen von der Royal Military Police in Hamburg weiß ich, dass dein Bruder Anfang Juni das letzte Mal auf dem Gestüt im Süden der Stadt gesehen wurde, wo er als Pferdeknecht gearbeitet hat. Er und Ilse Röder haben sich aus Russland gekannt. Sie war eine ausnehmend schöne Frau. Ich vermute, dass dein Bruder in sie verliebt war. Bestimmt wusste er, dass sie in der Nähe von Bergisch Gladbach lebte. Er sucht sie auf. Mit seiner Entstellung hat er keine Chancen bei ihr. Sie weist ihn ab …«

»Wie du schon sagtest, es ist nur eine Vermutung, dass Hans in Ilse Röder verliebt war. Sicher ist das nicht.« Sonst hatte Friederike immer gern mit Davies Thesen über Fälle aufgestellt und verschiedene Möglichkeiten durchgespielt. Aber jetzt war es einfach nur schrecklich.

»Dein Bruder muss unter seiner Entstellung sehr leiden. Er war ja einmal ein sehr attraktiver Mann.« Davies ließ sich nicht beirren, sprach mit dieser kühlen und emotionslosen Stimme weiter. »Ilse Röders Reaktion muss ihn tief getroffen haben. Sie macht ihm endgültig klar, was für ein Monster aus ihm geworden ist … Vielleicht bedrängt er sie ja, lässt nicht locker. Sie weiß etwas von dem Massaker, droht ihn anzuzeigen, wenn er sie nicht endlich in Ruhe lässt. Womit er ein weiteres Motiv hatte, sie umzubringen.«

»Es ist doch gar nicht erwiesen, dass Ilse Röder Kenntnis von dem Massaker hatte! Und überhaupt finde ich es sehr weit herholt, dass sie Hans damit unter Druck gesetzt haben könnte.« Friederikes Herz klopfte wie wild. »Und ja, ich weiß, es spricht vieles gegen ihn. Aber bei dem Mord an Ilse Röder sind wir nicht allen Spuren nachgegangen. Was ist mit ihrem früheren Verlobten? Und wir haben auch nie herausgefunden, wer der Vater ihres Kindes ist.« Friederike wünschte sich, sie hätte nicht von *wir* gesprochen. Es war ihr einfach herausgerutscht. »Es hätten doch auch noch andere Männer ein Motiv gehabt, Ilse Röder umzubringen.«

»Ich habe von den Amerikanern erfahren, dass ihr ehemaliger Verlobter Friedrich Gerhartz im Frühjahr 1946 bei einem Motorradunfall ums Leben kam. Er kommt als Mörder also nicht in Betracht.« Vielleicht meinte Davies das gar nicht sarkastisch. Aber für Friederike hörte es sich so an, und es tat ihr weh.

»Und der Vater des Jungen?«

»Noch einmal: Dein Bruder und Ilse Röder haben sich aus Russland gekannt. Alles deutet auf ihn als Täter hin.«

Was sie auch einwandte, es prallte an Davies ab. Sie konnte ihn einfach nicht erreichen. War er der Mann, in dessen Armen sie einmal eingeschlafen war?

»Hast du eigentlich Franziska gefragt, ob sie Hans jemals in der Ruine gesehen hat?«

»Es ist gut möglich, dass er sie ausspioniert hat, ohne dass sie ihn bemerkt hat.«

»Ich halte das für ziemlich unwahrscheinlich. Mit seinem entstellten Gesicht fällt er auf. Du willst, dass Hans der Täter ist, nicht wahr? Du verhältst dich wie Heimerzheim gegenüber Franziska. Wenn du Hans nicht verdächtigen würdest, an einem Massaker beteiligt gewesen zu sein, würdest du dich nicht so auf ihn versteifen.« Hatte sie das Davies gerade wirklich vorgeworfen? Friederike schwieg erschrocken.

»Geh jetzt!«

Die Kälte und Verachtung in seiner Stimme trafen Friederike wie ein Schlag ins Gesicht. Sie drehte sich um und rannte aus dem Büro.

Timothy McLeod telefonierte immer noch, als Davies in das Büro zurückkehrte, sah ihn jedoch fragend an. Sicher hatte er die angespannte Stimmung zwischen ihm und Friederike wahrgenommen. Er musste auch erfahren haben, dass nach einem ehemaligen deutschen Offizier namens Matthée gefahndet wurde. Der Nachname war sehr ungewöhnlich. McLeod wäre ein schlechter Ermittler gewesen, wenn er nicht die Verbindung zu Friederike hergestellt hätte. Er hatte ihn jedoch nicht darauf angesprochen.

Davies griff nach einer Akte und gab vor, sich darin zu vertiefen, um jeden Gesprächsversuch seitens des Freundes und Kollegen zu unterbinden. McLeod beendete das Telefonat und blickte zu ihm herüber. Der Freund zögerte, stand jedoch auf und verließ das Büro. Hatte Friederike recht, und er vernachlässigte wichtige Spuren, weil er ihren Bruder als Hauptverdächtigen sehen wollte? Nein, das stimmte nicht. Alles deutete auf Hans Matthée als Ilse Röders Mörder hin.

Friederike wich einer der vielen Pfützen in der Straße Kattenbug aus. Davies würde ihr also nicht verzeihen, dass sie Hans nicht sofort angezeigt hatte. Sie konnte verstehen, dass er zornig und enttäuscht über sie war. Und auch, dass er sich von ihr verraten fühlte. Aber sie hatte nicht erwartet, dass er so völlig unversöhnlich reagieren würde. Ja, dass er sie zu hassen schien. Sie hatte ihren Bruder verloren und nun auch noch den Mann, den sie liebte.

Ein Teil von Friederike konstatierte dies ganz nüchtern. Sie würde jetzt ihren Dienst im Polizeipräsidium antreten und diesen Tag irgendwie überstehen. Und dann den nächsten. Und wieder den nächsten. So, wie sie so viele Tage seit dem Januar 1945 überstanden hatte.

»Friederike!« Ein Mann rief ihren Namen. Sie drehte sich um. Die Stimme war nicht die von Davies. Dennoch hatte sie wider besseres Wissen gehofft, er sei ihr nachgekommen. Doch der blonde, schlaksige Mann, der vor dem Polizeipräsidium von einem Fahrrad stieg und nun auf sie zukam, war Ludwig.

Friederike starrte ihn an. »Was tust du denn hier?«

»Ich habe mir Sorgen um dich gemacht und wollte bei deiner Dienststelle nach dir fragen.«

Auch Davies hatte sich einmal Sorgen um sie gemacht …

»Du hast unsere Verabredung gestern ganz vergessen, nicht wahr?« Ludwig legte ihr die Hände auf die Schultern. »Nimm es mir nicht übel, aber du siehst furchtbar aus.«

»Ich … Es tut mir leid. Ich habe das Gefühl, dass mein Leben gerade in Stücke bricht …«

»Was ist denn geschehen?«

»Das kann ich dir nicht sagen. Zumindest im Moment nicht.« Ludwig von Davies und ihrem Bruder zu erzählen, würde sie nicht über sich bringen.

»Kann ich dir irgendwie helfen?«

»Ich glaube, nicht.« Friederike schüttelte den Kopf.

»Ich melde mich bei dir, wenn ich wieder mit meinem Leben zurechtkomme. Ich verspreche es.«

»Wann immer du mich brauchst, ich bin für dich da.« Ludwigs Blick war warm und innig, und Friederike fühlte sich berührt.

»Das ist sehr großzügig von dir.«

Ein Kollege trat aus dem Eingang und blickte neugierig zu ihnen. Erst jetzt wurde Friederike bewusst, dass sie und Ludwig sehr nahe beieinanderstanden. Sie mochte sich nicht vorstellen, wie Gesine Langen reagieren würde, wenn sie davon erfuhr.

»Danke für dein Verständnis.« Friederike drückte Ludwigs Hand und eilte die Treppe hinauf.

Das vertraute Büro mit Lores Postkarte auf dem Schreibtisch und den Spielsachen und den Bilderbüchern im Regal versprach Sicherheit. Friederike wurde ruhiger. Sie hatte eben ihre Handtasche abgestellt und nachgesehen, ob eine Kollegin ihr Notizen hinterlassen hatte, als Ida Gerwing zur Tür hereinkam. Friederike stand auf und grüßte.

»Schön, dass Sie wieder bei uns sind, Fräulein Matthée«, sagte die Kriminalkommissarin freundlich. »Lieutenant Davies hat uns mitgeteilt, dass seine Ermittlungen so weit abgeschlossen sind und er Ihre Hilfe nicht mehr benötigt.«

»Nein, der Lieutenant braucht mich nicht mehr …«

»Haben Sie denn schon erfahren, dass die kleine Berneike schwer verletzt auf dem Ruinengrundstück gefunden wurde?«

»Ein Kollege hat es mir gesagt«, schwindelte Friederike. Davies hatte also auch über ihren Anteil an Ellis Flucht aus dem Kinderheim und dass sie das Mädchen in der Ruine gefunden hatte, Stillschweigen bewahrt. Ein letzter Beweis von einstiger Zuneigung? Oder war sie ihm mittlerweile so gleichgültig, dass es ihm zu viel Mühe bedeutet hätte, ihre Vergehen zu melden?

»Ich hätte ja nicht gedacht, dass es die Kleine schafft, zwei Wochen lang allein zu überleben. Aber wahrscheinlich halten sich mittlerweile wieder andere Kinder und Jugendliche in der Ruine versteckt und haben ihr geholfen.«

Friederike blickte auf ihre Hände. »Ja, das ist möglich.«

»Wie entsetzlich, dass die Kleine überfallen und schwer verletzt wurde! Kriminalkommissarin Langen vermutet, dass es ein Sexualverbrecher auf das Kind abgesehen hatte, und ich teile ihre Meinung. Was für einen Grund hätte es sonst für den Angriff geben sollen? Nun, möglicherweise erhalten wir einen Anhaltspunkt, wenn das Mädchen vernehmungsfähig ist. Die Ärzte sagen, das wird noch ein paar Tage dauern.«

Friederike vermied es immer noch, die Kriminalkommissarin anzusehen. Nein, ganz sicher hatte kein Sexualverbrecher Elli beinahe getötet. »Hoffentlich geht es Elli bald besser …«

»Das hoffen wir alle.«

Wenn Hans Elli überfallen hatte, musste er dafür zur Rechenschaft gezogen werden. Aber was, wenn er es nicht getan hatte? Wenn der Mann, der das Kind fast umgebracht hatte, nicht gefunden wurde, nur weil Davies ihren Bruder für schuldig hielt? Und sie konnte nichts dagegen tun …

»Fräulein Matthée?«

Friederike schreckte auf. Sie hatte gar nicht bemerkt, dass Ida Gerwing etwas zu ihr gesagt hatte. »Verzeihung, Frau Kriminalkommissarin.«

»Kriminalkommissarin Langen möchte Sie sehen, um Ihren Dienst während der nächsten Tage zu besprechen. Und … Fräulein Matthée, vielleicht sollten Sie noch Ihr

Haar in Ordnung bringen, bevor Sie zu der Kriminalkommissarin gehen.« Mit einem Lächeln verabschiedete sich Ida Gerwing.

Ja, sie sah wirklich schrecklich aus. Ihr Gesicht im Spiegel über dem Waschbecken in der Damentoilette war bleich und erschöpft, ihr Haar völlig zerzaust. Auf der Wange prangte ein Schmutzfleck. Sie konnte Ida Gerwing wirklich dankbar für die Warnung sein. Friederike öffnete ihre Handtasche, griff nach ihrer Bürste. Ihre Finger streiften dabei ein festes Blatt Papier. Was war das denn? Irritiert zog sie es hervor.

Ilse Röder in der Uniform einer Wehrmachtshelferin blickte ihr von einer Fotografie entgegen, neben ihr stand Paul Röder. Im Hintergrund befand sich eine russisch-orthodoxe Kirche. Versehentlich hatte sie das Bild Davies nicht mit den Briefen und den anderen Fotografien übergeben.

Friederike wollte es gerade wieder in die Handtasche schieben, als ihr ein Einfall kam. Sie atmete langsam aus, versuchte, ihre Gedanken zu ordnen. Vielleicht konnte sie ja doch etwas tun, um den Mann, der Elli überfallen und fast getötet hatte, zu finden. Davies mochte denken, was er wollte. Sie war ganz sicher, dass dieser Mann und Ilse Röders Mörder ein und dieselbe Person waren.

Köln, Dienstag, 8. Juli 1947

Einige Fenster des kleinen Hotels in Köln-Poll waren vernagelt. Friederike holte tief Atem, dann stieg sie die von Rissen durchzogenen Stufen zum Eingang hinauf. Drei Hotels und Pensionen hatte sie an diesem Abend bereits besucht. Noch etwa vierzig im Umkreis zwischen

Poll und Köln-Flittard standen auf ihrer Liste. Ilse Röder musste sich in irgendeiner dieser Unterkünfte mit ihrem Liebhaber getroffen haben. Davon war sie fest überzeugt.

Friederike hatte beschlossen, ihre Suche auf dem rechtsrheinischen Stadtgebiet zu beginnen. Auf dem Hof mit dem Liebhaber zusammen zu sein wäre für die »Herrin« zu gefährlich gewesen. Viel zu leicht hätten sie dabei ertappt werden können. In Bergisch Gladbach und Umgebung war Ilse Röder zu bekannt. Köln bot dagegen die Anonymität der Großstadt. Und es lag so nah an Bergisch Gladbach, dass es trotz der schwierigen Verkehrsverhältnisse gut zu erreichen war. Ja, notfalls konnte man die Strecke auch mit dem Rad zurücklegen.

Möglicherweise fand sie, Friederike, ja auf diesem Weg heraus, wer der Vater des Kindes war. Und vielleicht wusste der etwas, das sie zu Ilse Röders Mörder führte. Dem Mann, der Elli fast getötet und der Franziska als Sündenbock benutzt hatte.

»Ja, bitte?« Ein Portier in einer speckigen schwarzen Anzugjacke und ohne Hemdkragen erschien hinter der Rezeption, umweht von einer Wolke des allgegenwärtigen Kohlgeruchs.

»Ich … Es tut mir leid, dass ich Sie behellige.« Friederike heuchelte Verlegenheit. »Es ist mir so peinlich, aber ich befürchte, dass mein Mann mich betrügt. Und ich muss einfach wissen, ob mein Verdacht stimmt …«

Sie legte die Fotografie, die Ilse und Paul Röder zeigte, auf die Rezeption und ließ den Portier wie beiläufig ihre rechte Hand mit dem einfachen Ring sehen, den sie sich auf dem Schwarzmarkt besorgt hatte.

Die Miene des Portiers wurde verständnisvoll und mitleidig. »Lassen Sie mich mal schauen …« Er griff nach einer Lesebrille und beugte sich vor.

»Das ist Ihr Ehemann?« Der Portier deutete auf Paul Röder.

»Ja.«

Ilse Röder und ihr Liebhaber hatten sich gewiss nicht unter ihrem richtigen Namen angemeldet. Allerdings mussten die Ausweise der Gäste von den Hoteliers und den Betreibern von Pensionen zusammen mit den Meldescheinen zur Polizei gebracht werden. Dies nicht zu tun war strafbar, dennoch hielten sich viele nicht an die Anweisung. Um also überhaupt eine Chance auf ehrliche Antworten zu haben, hatte Friederike beschlossen, die betrogene Ehefrau zu mimen und sich nicht als Polizistin zu erkennen zu geben.

»Bitte, Sie müssen mir die Wahrheit sagen! Alles ist besser als die Ungewissheit …« Friederike blickte den Portier flehend an und hoffte, dass sie sich nicht zu sehr nach einer Schauspielerin in einem Ufa-Melodram anhörte.

»An Ihren Mann kann ich mich nicht erinnern.« Der Portier schüttelte den Kopf. »Aber die Frau wäre mir bestimmt im Gedächtnis geblieben. Die sieht ja aus wie ein Filmstar! Wobei Sie auch sehr hübsch sind, das muss ich schon sagen. Schön dumm von Ihrem Mann, Sie zu betrügen.« Er schüttelte seufzend den Kopf.

Friederike gab vor, sich eine Träne aus dem Auge zu wischen. »Vielen Dank für Ihre Hilfe!«

Draußen konsultierte Friederike ihr Notizbuch. Eine Pension in Richtung Rhein war am nächsten gelegen. Während sie zwischen den im Abendlicht schattigen Ruinen entlanglief, kreuzte ein Jeep weiter vorn die Straße. Die roten Mützen wiesen die Soldaten als Militärpolizisten aus.

Eine normale Patrouille? Oder suchten die Militärpolizisten nach Hans? Ob Davies sie inzwischen milder beurteilte? Friederike senkte den Kopf. Sie bezweifelte es.

17. Kapitel

Bergisches Land, bei Altenberg,
Donnerstag, 10. Juli 1947

Eine milchige Nachmittagssonne beschien die verlassene Mühle in der Nähe von Altenberg. Der Bach plätscherte träge um das stillgelegte Mühlrad. Hüfthohe Brennnesseln, Schafgarbe und anderes Unkraut wucherten um das Gebäude.

»Leider Fehlalarm, Sir.« Der Sergeant schüttelte bedauernd den Kopf. »Wir haben das ganze Anwesen durchsucht und keine Spur von diesem früheren Offizier gefunden.«

Frustriert ging Richard Davies zu seinem Jeep zurück. Eine Streife der Militärpolizei hatte gemeldet, dass ein Mann, auf den Hans Matthées Beschreibung zutraf, in der Nähe der Mühle gesehen worden war, woraufhin die Soldaten das Anwesen umstellt hatten. Aber entweder war die Information von Anfang an falsch gewesen, oder Hans Matthée war den Soldaten doch entkommen. Dies war jetzt schon das zweite Mal, dass seine Verhaftung gescheitert war. Er bewies ein beträchtliches Talent, sich zu verstecken – und zu fliehen.

Während die Militärpolizisten zu ihren Fahrzeugen gingen, konsultierte Davies seine Landkarte. Der Mühlengrund lag nur etwa drei Kilometer vom Gut der Familie Dabringhausen entfernt. Auf dem Weg zurück nach Köln war dies kein großer Umweg. Es konnte nicht schaden, bei den Dabringhausens vorbeizufahren und zu fragen, ob Hans Matthée vielleicht in den letzten Stunden dort gesehen worden war.

Ein Maybach aus der Vorkriegszeit stand vor dem Portal, als Richard Davies den Jeep parkte. Ein Knecht führte zwei Pferde über den Hof. Er bedachte den Offizier der Besatzungsmacht mit dem üblichen misstrauischen Blick und ging dann rasch weiter. Die Tiere waren schön, das erkannte selbst Davies, der sich aus Pferden nicht viel machte. Die braune Stute hatte Friederike, als sie gemeinsam hier auf dem Gut gewesen waren, gestreichelt.

Nicht an sie denken … Nicht jetzt, wenn er nach ihrem Bruder suchte.

Auf Davies' Klingeln hin wurde sofort geöffnet. Edda Dabringhausen stand vor ihm. Sie trug ein graues Kostüm, Hut und Handschuhe und blickte ihn überrascht an.

»Oh, Lieutenant, ich dachte, Sie wären der Verwalter. Er soll meine Schwester und mich zum Bahnhof nach Bergisch Gladbach fahren. Ich hoffe, dass wir nicht ewig auf einen Zug warten müssen und dass er nicht zu voll ist. Ach, verzeihen Sie … Ich habe Sie noch gar nicht richtig begrüßt und überfalle Sie schon mit allem Möglichen.« Beschämt reichte sie ihm die Hand.

Ihre Offenheit und Jugend rührten Davies abermals. »Wohin verreisen Sie denn?«

»Nur nach Wuppertal, meine Eltern möchten, dass meine Schwester und ich bei unserer Großmutter bleiben, bis der Landstreicher, der Ilse Röder getötet hat, gefasst ist.«

»Ich würde gern mit Ihrem Vater sprechen.«

»Er ist beim Arzt, deshalb kann er uns nicht selbst fahren. Er hat eine Wunde am Arm, die sich entzündet hat. Irgendein Unfall mit einem Werkzeug.« Sie seufzte.

»Angeblich wurde der Landstreicher vor Kurzem bei

einer verlassenen Mühle, nur wenige Kilometer entfernt, gesehen. Ist er denn in den letzten Stunden noch einmal hier aufgetaucht?«

»Nein, Gott sei Dank nicht! Wenn ihn einer vom Personal bemerkt hätte, hätte er das sofort gemeldet. Vater hat dazu strikte Anweisung gegeben. Ich wünschte, der Mann würde endlich gefasst, und wir könnten hier wieder in Frieden leben.« Edda Dabringhausen biss sich auf die Lippen und senkte den Kopf. »Ich weiß, dass wir auf dem Gut großes Glück hatten. Wir wurden nicht ausgebombt, und wir gerieten nicht in irgendwelche Gefechte. Aber ich werde die Bombardierungen nie vergessen. Besonders schlimm war es, als Mülheim und Deutz getroffen wurden. Der Himmel war voller Rauch und dann nachts ganz rot … Ich war so froh, dass Vater damals hier war!«

»Edda, du redest wieder einmal zu viel. Der Lieutenant interessiert sich ganz bestimmt nicht für deine Ängste.« Frau Dabringhausen war mit der anderen, älteren Tochter und einem Mann mittleren Alters in die Halle getreten. »Bist du wenigstens fertig? Wir müssen los!«

Edda Dabringhausen errötete, und in ihren Augen schimmerte es feucht.

»Lieutenant …« Frau Dabringhausen wandte sich Davies zu und reichte ihm die Hand, schien ihren Ärger über das Geplapper ihrer Tochter nur mühsam beherrschen zu können. »Sind Sie wegen des Landstreichers hier? Wurde er gefasst?«

»Leider nicht. Aber ich werde Sie informieren, wenn es so weit ist.« Davies verabschiedete sich, denn Edda Dabringhausen schien die Tränen kaum noch zurückhalten zu können, und er wollte sie nicht noch mehr beschämen.

Vom Jeep aus verfolgte Davies, wie der Maybach davonfuhr. Frau Dabringhausen schien ihre jüngere Tochter heftig zu schelten. Als sie sich mit Friederike über den

Mord an Ilse Röder unterhalten hatte, hatte sie selbst noch so jung gewirkt. Er hätte ihr eine derart scharfe Reaktion gar nicht zugetraut. Aber vielleicht verhielt sie sich als Mutter ja anders. Wieder einmal wurde ihm klar, dass er nicht viel darüber wusste, wie normale Familien funktionierten.

Köln

Durch die Ruinen konnte Davies die andere Rheinseite sehen. Die Umgebung des Doms war eine einzige von Schutt bedeckte Brache. Sonst war er meist froh darüber, dass das jetzige Köln kaum noch etwas mit der Stadt gemeinsam hatte, in der er aufgewachsen war, sondern eine Art unwirtliches Niemandsland für ihn darstellte, eine fremde Welt. Doch an diesem Tag bedrückte ihn der Anblick der Trümmer.

Er verstand Friederike mittlerweile besser, und seine Enttäuschung und sein Zorn hatten sich gelegt. Sie liebte ihren Bruder. Nach Jahren, in denen sie nicht gewusst hatte, ob er überhaupt noch lebte, hatte sie ihn wiedergesehen. Und gleich darauf erfahren müssen, dass er in ein Kriegsverbrechen verstrickt war. Es war unmenschlich, von ihr zu verlangen, dass sie sofort das vor dem Gesetz Richtige hätte tun und ihren Bruder hätte melden müssen. An ihrer Stelle hätte er das wahrscheinlich auch nicht über sich gebracht. Trotzdem zeigte ihm dies doch wieder nur, wie groß die Kluft zwischen ihnen war. Zwischen ihr, der Deutschen, und ihm, dem *Juden*.

Nun tauchten die zerstörten Mauern der ehemaligen Papierfabrik vor ihm auf. Es konnte nicht schaden, wenn er sich dort noch einmal umsah. Vielleicht stieß er ja auf ein Kind oder einen jungen Erwachsenen, die etwas Neues über Hans Matthée wussten. Er verlangsamte die Geschwindigkeit und parkte den Jeep.

Als Davies durch das ehemalige Tor trat, erstreckte sich das Gelände menschenleer vor ihm. Eine aufgescheuchte Ratte huschte über den geborstenen Asphalt und verschwand in einem Trümmerhaufen. Dahinter nahm Davies eine Bewegung wahr. Ja, dort lief ein Mann! Er war groß und dunkelhaarig. Sein Gesicht konnte Davies nicht sehen. War das etwa Hans Matthée? Hatte es ihn an den Ort seines Verbrechens getrieben? Auf ein kleines Mädchen einzustechen war etwas, das wohl kaum einen Menschen jemals wieder ganz losließ. Davies wünschte sich so sehr, Hans Matthée endlich zu fassen und vor Gericht zu bringen!

Der Mann hörte das Geräusch von Davies' Schuhen auf dem rissigen Asphalt. Er wandte sich kurz um, erkannte die Militäruniform und rannte davon.

»Stehen bleiben, Militärpolizei!« Nun hatte auch Davies den Trümmerhaufen umrundet.

Eine von Mauerresten umgebene, plane Fläche breitete sich vor ihm aus. Überall wucherte Unkraut. Da und dort ragten die Reste von Metallstreben aus dem Boden. Der Mann war nirgends zu sehen. Davies lauschte, nahm seine Pistole aus dem Halfter. Das Motorengeräusch eines Fahrzeugs auf der Straße. Ein Vogel zwitscherte hoch oben auf einer der Mauern. Stimmen von irgendwoher aus den Kellern. Schritte ... Er wirbelte herum.

Der Mann hatte sich hinter einer Betonplatte versteckt und lief jetzt in Richtung Straße. Gleich darauf drehte er sich um und schleuderte einen Stein in Davies' Richtung. Davies duckte sich, ganz knapp nur verfehlte der Stein seinen Kopf. Der nächste flog durch die Luft. Er streifte seinen Arm.

Doch der Wurf hatte den Flüchtenden aus dem Gleichgewicht gebracht, er stolperte. Davies sprintete los. Der Mann hatte sich eben wieder gefangen, als Davies sich nach vorn warf und ihn zu Boden riss.

Der Mann war kleiner und schmächtiger, als Davies gedacht hatte. Dies begriff er, noch während er ihm die Hände auf den Rücken drehte und ihm Handfesseln anlegte. Er rollte ihn herum und brachte ihn in eine sitzende Position.

Unter einer verrutschten Schiebermütze kam schwarzes, strähniges Haar zum Vorschein. Die Augen in dem eckigen Gesicht wirkten uralt, obwohl ein Junge vor ihm saß, der höchstens siebzehn, achtzehn Jahre alt war. Eine Geldbörse war zu Boden gefallen. Davies hob sie auf. Darin befanden sich einige Münzen, ein Geldschein und Lebensmittelmarken. Er schlug die weite Jacke des Jungen zurück. An Haken waren darin etwa ein Dutzend weitere Portemonnaies befestigt.

»Ein Taschendieb also«, bemerkte Davies knapp.

»Ja …« Der Junge zuckte nur mit den Schultern und betrachtete Davies. »Hören Sie, ich hab Sie vor ein paar Tagen zusammen mit anderen Militärpolizisten gesehen. Sie haben die Gören wegen des Mädchens befragt, das überfallen wurde. Ich weiß vielleicht etwas, das Ihnen weiterhilft. Wenn Sie mich laufen lassen …«

»Kein Interesse«, behauptete Davies.

»Ich weiß wirklich was!«

»Möglicherweise wäre ich bereit, bei der deutschen Polizei ein gutes Wort für dich einzulegen.«

»Sie nehmen mir die Handfesseln ab, und ich krieg ’ne Zigarette.«

Wortlos fesselte Davies die Arme vor dem Bauch des Jungen. Dann zündete er eine Zigarette an und steckte sie zwischen dessen Finger. Der Junge inhalierte tief und gierig.

»Also … Was weißt du?«

»Ich hab am Samstag in einem der Keller gepennt. Und plötzlich weckt mich ein lautes Bellen ganz in der Nähe, und ein Mädchen schreit wie verrückt. Und dann – ich war noch nicht so ganz wach – ruft draußen ein Mann: ›Elli, Elli!‹«

»Das Rufen war draußen, nicht im Keller?«

»Ja. Dann bricht das Bellen und das Schreien auf einmal ab, und jemand rennt an meinem Keller vorbei, in Richtung Treppe.« Der Junge inhalierte wieder tief und blies den Rauch mit zurückgelegtem Kopf aus. »Ich hab geguckt, was da los ist. Durch ein Kellerfenster hab ich einen Mann durch die Ruinen rennen sehen.«

»Kannst du den Mann beschreiben?«

»Nee, der war zu weit weg.«

»Was hast du dann getan?«

»Na ja, ich hab mich verzogen. Ich wollt mit alldem nichts zu tun haben.«

»Du hast dich nicht um das Mädchen gekümmert?«

»Die war doch bestimmt sowieso schon tot.« Der Junge zuckte mit den Schultern.

»Nein, das war sie nicht.« Abgestoßen von so viel Gleichgültigkeit, zog Davies den jungen Mann auf die Füße. Er führte ihn zum Jeep und ignorierte seine Proteste und Flüche.

War Hans Matthée von jemandem vertrieben worden, als er versucht hatte, Elli zu töten? Aber wer konnte das gewesen sein? Denn nur eine Handvoll Menschen kannte den Namen des Kindes. Oder hatte sich Elli doch nicht getäuscht, als sie das Gesicht ihres Angreifers als unverletzt beschrieb? Hatte er die ganze Zeit nach dem Falschen gesucht?

Da bisher alles auf Hans Matthée als Täter hinzudeuten schien, hatte Davies Elli nicht einer Befragung aussetzen wollen, die sie sicher sehr belasten würde. Doch nun blieb ihm keine Wahl. Er musste mit dem Kind über den Überfall sprechen.

Elli saß in dem Krankenhausbett und hielt ein Bilderbuch in den Händen. Ihr mageres Gesichtchen verzog sich ängstlich, als Richard Davies sich neben sie setzte. Wieder einmal wünschte er sich, Friederike würde ihn begleiten.

Er legte eine Tafel Schokolade auf den Nachttisch. »Elli, erinnerst du dich noch an mich?«, fragte er behutsam.

»Ja, Sie waren in der Hütte, als ich mich unter dem Bett versteckt habe. Und Sie haben Frau und Fräulein Matthée ein Paket mit Essen geschenkt. Ich habe alles mit Fräulein Matthée ins Regal geräumt.«

»Haben dir die Sachen geschmeckt?«

»Ja, besonders der Orangensaft.«

»Das nächste Mal bringe ich dir auch Saft mit.«

Ein zaghaftes Lächeln erschien um Ellis Mund.

»Elli, ich muss dich bitten, mir von dem Überfall zu erzählen. Ich muss genau wissen, was in dem Keller geschehen ist.«

Der Körper des Mädchens verkrampfte sich, und es senkte den Kopf. Davies fürchtete schon, es würde ihm gar nicht antworten.

Doch dann begann Elli leise: »Da war auf einmal ein Mann im Keller, und ich hatte Angst vor ihm und habe geschrien. Hasso kam und hat sich auf den Mann gestürzt und wie wild gebellt. Ich hab die Augen fest zugemacht. Auf einmal hat Hasso nur noch gejault. Und der Mann hat mich gepackt. Ich hab wieder geschrien und die Augen aufgemacht …«

»Wie sah der Mann aus?«

»Er war nicht der Mann aus meinem Albtraum. Das hab ich Fräulein Matthée schon gesagt.«

»Hast du den Mann früher schon einmal gesehen? Bei Franziska?«

»Ich weiß nicht.«

»Was geschah dann?«

»Dann tat meine Brust furchtbar weh. Und jemand hat von Weitem meinen Namen gerufen.«

Ellis Worte deckten sich mit dem Bericht des jungen Herumtreibers. Davies wollte das Kind nicht länger quälen. »Danke, Elli, du hast mir sehr geholfen.«

Sie schien sich ganz in sich zurückgezogen zu haben. Davies stand auf. Er wollte eine Schwester holen, die sich um das Mädchen kümmerte, denn es sollte jetzt besser nicht allein bleiben.

»Ich hab etwas vergessen …« Ihre Stimme klang schuldbewusst.

»Ja, Elli?«

»Alles war schwarz, und dann war auf einmal der Mann mit dem zweigeteilten Gesicht da.«

»Was willst du damit sagen? War es doch er, der dich so schwer verletzt hat?«

»Nein! Er hat seine Hände auf meine Brust gedrückt. Und mit mir gesprochen. Aber ich hab nicht verstanden, was er gesagt hat. Und dann weiß ich nichts mehr …«

Friederike näherte sich einem Hotel in Köln-Mülheim, einem Gebäude mit Jugendstilfassade, von dem nur noch die beiden unteren Stockwerke standen. Noch nicht einmal die Hälfte der Hotels und Pensionen auf ihrer Liste hatte sie bewältigt. Und das, obwohl sie sich, sehr zu Gesine Langens Missfallen, Urlaub genommen hatte. Sie hatte sich das Unterfangen recht einfach vorgestellt. Aber inzwischen fragte sie sich, ob sie wohl jemals mit ihrer Suche Erfolg haben würde.

In der kleinen Eingangshalle hingen die Überreste

eines Kronleuchters von der Decke. Auch dem Spiegel in seinem vergoldeten Rahmen hatten die vergangenen Jahre übel mitgespielt, ihn durchzog ein breiter Riss. Irgendwo in einem oberen Stockwerk schrie ein Kind. Wahrscheinlich waren in einigen Räumen Flüchtlinge oder Ausgebombte einquartiert worden.

Da weit und breit kein Personal zu sehen war, betätigte Friederike die Klingel in der Rezeption. Gleich darauf flog eine Tür auf, und eine Dame erschien in der Halle. Sie trug eine Schürze über einem schwarzen Kleid, das genau wie das Hotel schon bessere Tage gesehen hatte, und Schuhe mit hohen Absätzen. Die grauen Haare hatte sie im Nacken zu einem Knoten zusammengefasst.

»Falls Sie ein Zimmer haben möchten, muss ich Sie leider abweisen, Fräulein«, sagte die Frau atemlos. »Es ist nichts mehr frei.«

»Ich bin nicht auf der Suche nach einem Zimmer. Ich bin wegen meines Mannes gekommen. Er … Ich fürchte, dass er mich betrügt.« In dem zerborstenen Glas sah Friederike ihr Gesicht verzerrt gespiegelt. Für einen Moment glaubte sie, Hans dort zu erblicken. Erschöpft, wie sie war, schossen ihr die Tränen in die Augen.

»Ach, Kindchen, glauben Sie mir, kein Mann ist es wert, dass man um ihn Tränen vergießt.«

»Ich muss es einfach wissen …« Friederike schluchzte jetzt heftig, weinte um Hans und um Davies und um sich selbst.

»Kommen Sie einmal mit.«

Die ältere Dame führte Friederike zu einem durchgesessenen, samtbezogenen Sofa und reichte ihr ein Taschentuch. »So, Kindchen, jetzt putzen Sie sich erst mal die Nase. Wann, glauben Sie denn, war Ihr Mann hier?«

»Das weiß ich nicht.« Friederike schnäuzte sich. Sie musste sich endlich zusammennehmen. »Das ist mein

Mann … Und das ist die Frau, mit der er mich wahrscheinlich betrügt.« Sie zeigte ihrem Gegenüber die Fotografie von Ilse und Paul Röder.

Die ältere Dame nahm sie in die Hand und betrachtete sie. »Die Frau kenne ich. Sie hat ein Gesicht, das man nicht vergisst. Aber Ihren Mann – nein, den habe ich nie gesehen.«

»Sind Sie sich ganz sicher, dass …« Friederike musste ihre Aufregung nicht spielen.

»Verstehen Sie mich nicht falsch, Kindchen. Ihr Mann ist nicht hässlich. Aber der, mit dem diese Frau hier war, war ausgesprochen gut aussehend. Auf so eine herbe, männliche Art. Ich weiß noch, dass ich dachte, was für ein schönes Paar! Wie geschaffen füreinander. Und so verliebt, auch wenn sie ganz offensichtlich nicht verheiratet waren.«

»Woher wussten Sie das denn?«

»Nun ja, als sie das erste Mal hier waren, haben sie behauptet, ihnen seien die Ausweise während eines Bombenangriffs abhandengekommen. Das war ja während des Kriegs eine beliebte Ausrede für Unverheiratete, um ein gemeinsames Zimmer nehmen zu können. Es war Anfang November, erst ein paar Tage waren seit dem vorerst letzten, verheerenden Bombenangriff vergangen, deshalb hat sich mir das alles auch so sehr eingeprägt. Und ich dachte, was soll schon für ein Schaden entstehen, wenn ein Mann und eine Frau, die sich lieben, eine Nacht miteinander verbringen. Vielleicht haben sie ja nicht mehr lange zu leben. Deshalb habe ich ihnen ein Zimmer gegeben.«

»Waren die beiden denn danach noch einmal hier?«

»Ja, drei- oder viermal. Das letzte Mal im vorigen Sommer.«

»Könnten Sie mir bitte genau sagen, wann?«

»Warten Sie … Im Juli. Nein, im August.«

Neun Monate später hatte Ilse Röder ein Kind zur Welt gebracht.

Es war an der Zeit, mit dem Schauspielen aufzuhören und offenzulegen, wer sie wirklich war.

»Es tut mir leid, ich habe Sie angelogen. Aber ich verspreche Ihnen, dass ich Sie nicht in Schwierigkeiten bringen werde.« Friederike nahm den Ausweis der Weiblichen Polizei aus ihrer Handtasche.

Es war nach acht. In einem benachbarten Büro der Stadtkommandantur lief ein Radiosender mit Swingmusik. Richard Davies war eben vom Gefängnis zurückgekehrt, wo er mit Franziska Wagner gesprochen hatte. Zu ihren Freiern hatte niemand mit einem von Brandwunden entstellten Gesicht gezählt, und sie konnte sich auch nicht daran erinnern, einen Mann mit solch einer Verwundung jemals in der Ruine gesehen zu haben.

Müde ließ sich Davies auf seinen Schreibtischstuhl sinken. Der Himmel draußen war wolkenlos blau. Im Gegenlicht wirkte der Staub auf den Fenstern wie eine dünne Gardine. Drei Morde, die über zweieinhalb Jahre zurücklagen. Ein Mord in jüngster Zeit. Und ein Mordversuch. Alle bisherigen Indizien passten nicht zusammen. Nichts ergab einen Sinn. Er übersah irgendetwas Wesentliches. Klar war nur, dass Hans Matthée nicht versucht hatte, Elli zu töten. Was auch immer er sonst für Verbrechen begangen hatte … An dem Mord an Ilse Röder war er höchstwahrscheinlich ebenfalls unschuldig. Er – Davies – hatte eine der größten Sünden eines Ermittlers begangen. Er hatte sich von seinen Gefühlen leiten lassen und sich vorschnell auf einen Täter festgelegt.

Davies griff nach der Liste mit Polizeibeamten, die, laut Hauptkommissar Heimerzheim, davon Kenntnis gehabt haben konnten, dass die Prostituierte Nanette sein

Spitzel war. Er überflog die Namen, legte die Liste dann ruhelos wieder fort und nahm die Aufstellung von Kunden zur Hand, die ihm der Schwarzmarkthändler Willy Thorgau vor ein paar Tagen widerwillig ausgehändigt hatte. Vielleicht verbarg sich in dieser Aufstellung ja ein wichtiger Hinweis. Es war gut möglich, dass Ilse Röders Mörder ein Kunde von Thorgau gewesen und so auf die Idee verfallen war, ihm den – angeblichen – Verkauf einer Waffe an Franziska anzulasten.

Die Namen von der Liste waren Davies allesamt unbekannt. Wobei der Schwarzmarkthändler ja ohnehin bissig erklärt hatte, er könne sich für die Echtheit nicht verbürgen.

Davies wollte auch diese Liste beiseiteschieben, als er stutzte. Merheim ... Hatte Friederike diesen Namen nicht einmal erwähnt? Ja, er erinnerte sich wieder. Dr. Merheim, die Witwe eines Bensberger Arztes, die Friederike viel über Ilse Röder erzählt hatte und, nach Friederikes Bericht zu schließen, eine ziemlich beeindruckende alte Dame war. Vielleicht konnte sie ihm ja, was Thorgaus Kunden betraf, weiterhelfen.

»Sie waren wirklich sehr überzeugend, meine Liebe.« Die Besitzerin des Hotels war immer noch indigniert.

»Wie ich schon sagte, ich werde es für mich behalten, dass Sie keine Ausweispapiere verlangten.« Friederike war nahe daran, die Geduld zu verlieren. »Sie sagten eben, Frau Röder und ihr Geliebter hätten sich Ihnen gegenüber Clarenbach genannt.«

»Ja, so ist es. Ich habe mir den Nachnamen gemerkt, weil ich einmal am Clarenbachkanal im Stadtteil Lindenthal gewohnt habe. Und sie waren ja dann auch später noch ein paarmal hier. Alexander und Ingeborg Clarenbach.«

»Fällt Ihnen noch etwas zu dem Mann ein, außer, dass er sehr gut ausgesehen hat?«

»Ich habe einmal gehört, wie die Frau ihn Sascha genannt hat. Was mich wunderte, weil das doch ein russischer Name ist und er eigentlich überhaupt nicht zu dem sehr deutsch aussehenden Herrn passte.«

Sascha … Die Koseform von Alexander. Ilse Röder hatte gewollt, dass ihr Sohn auf den Namen Alexander getauft wurde. Jetzt fiel es Friederike wieder ein.

»Der Mann trug Zivil, damals Anfang November '44. Aber er bewegte sich militärisch. Ich dachte, dass er wahrscheinlich ein Offizier auf Heimaturlaub war. Er war überhaupt dieser nordische Typus, den die Nationalsozialisten so gern für ihre Kriegspropaganda nutzten.«

Ilse Röders Geliebter ein dem nordischen Schönheitsideal entsprechender Offizier … Ein herbes, sehr männliches Gesicht … Eine Erinnerung regte sich in Friederike. Aber nein, das konnte nicht sein.

»Sind Sie sich denn sicher, dass Sie sich, was den ersten Besuch des Paares im November 1944 betrifft, nicht täuschen? War es vielleicht ein anderer Monat?«

»Meine Liebe, der Bombenangriff am 28. Oktober '44 und die Tage danach haben sich mir tief eingebrannt. Zerfetzte Leichen in den Straßen … Überall Häuser in Flammen und Rauch, der den Tag zur Nacht machte … Es war, als sei die Welt untergegangen, nein, ich irre mich nicht.« Die Stimme der Hotelbesitzerin klang fest, aber sie zitterte plötzlich am ganzen Körper.

»Es tut mir leid.« Friederike wartete, bis sich die ältere Dame wieder beruhigt hatte. Dann holte sie ihr Notizbuch hervor und begann aus der Erinnerung ein Gesicht zu skizzieren. Die fertige Zeichnung zeigte sie der Hotelbesitzerin. »Sah Ilse Röders Geliebter vielleicht so aus?«, fragte sie mit klopfendem Herzen.

Draußen ließ sich Friederike gegen die Wand des Hotels sinken. Sie fühlte sich ganz schwach vor Aufregung. Rauch und Essensgerüche aus einer der Ruinen trieben über die Straße. Ja, sie wusste jetzt, wer Ilse Röder umgebracht hatte. Aber Davies würde ihr bestimmt wieder nicht glauben und alles, was sie herausgefunden hatte, als Hirngespinst abtun.

Sie musste mit Franziska sprechen. Vielleicht, wenn die junge Frau ihr bestätigte, dass der Mann auf der Zeichnung sie im Keller der Ruine aufgesucht hatte, dass er die Möglichkeit gehabt hatte, ihr die Mordwaffe zu stehlen … Vielleicht würde Davies dann einlenken.

Bensberg

Nach einer guten halben Stunde Fahrzeit erreichte Richard Davies Bensberg. Schon der erste Passant, den er nach der Familie Merheim fragte, konnte ihm den Weg zu dem im bergischen Stil erbauten, villenähnlichen Gebäude beschreiben. Ein braun gebrannter Junge ließ Davies auf sein Klingeln hin ein.

»Ich möchte Frau Dr. Merheim sprechen«, erklärte Davies.

»Die Oma ist in der Küche.« Der Junge musterte die Militäruniform neugierig. »Sind Sie wegen der ermordeten englischen Soldaten hier?«

»Nicht direkt.«

Ein Geräusch, als würde jemand einen Gegenstand mit Wucht gegen eine Wand schleudern, drang in die Halle. Davies wunderte sich noch, was die Quelle des Lärms sein mochte, als der Junge eine Küchentür öffnete. Eine ungewöhnlich große ältere Frau mit einem markanten Gesicht stand am Küchentisch und hieb einen Teig auf die Platte.

»Mach die Tür zu, Junge!«, rief sie. »Der Teig darf keinen Zug abbekommen.«

»Schon gut, Oma.« Der Enkel verschwand.

»Frau Dr. Merheim?« Davies stellte sich vor.

»Ja, die bin ich. Nehmen Sie es mir nicht übel, Leutenant, dass ich, während wir sprechen, den Hefeteig weiter bearbeite. Mehl, Eier, Butter, Zucker, so was hat man nicht alle Tage. Ich will auf keinen Fall riskieren, dass mir der Teig misslingt.«

Davies nahm den süßlichen Geruch der Hefe wahr und musste für einen Augenblick an die *Challa* denken, die es bei seinem frommen Großvater immer am Sabbat gegeben hatte. Anders als sonst oft, tat ihm die Erinnerung nicht weh. Der Duft weckte eher ein Gefühl von Geborgenheit in ihm.

»Darf ich mich setzen?«

»Ja, natürlich.« Frau Dr. Merheim schleuderte den Teig erneut mit Wucht auf die Tischplatte.

»Im Kundenverzeichnis eines Schwarzmarkthändlers namens Willy Thorgau bin ich auf Ihren Namen gestoßen.«

»Ein windiger Kerl. Hat mir jedoch einen angemessenen Preis für zwei ziemlich kitschige Gemälde vom Rhein gezahlt. Ich nehme an, die Briten und vor allem die Amis mögen so etwas.« Sie bedachte Davies mit einem durchdringenden Blick. »Aber Sie sind vermutlich nicht wegen des Bildes hier?«

»Nein, wegen des Mordes an Ilse Röder. Ein Kunde von Thorgau könnte für den Fall wichtig sein. Sie kennen doch wahrscheinlich Leute, die Thorgau ebenfalls Kunstgegenstände verkauft haben?«

»Ja, einige hier aus der Gegend.« Während Dr. Merheim die Namen nannte, knetete sie den Teig noch einmal. Dann legte sie ihn in eine Schüssel und breitete ein Tuch darüber.

Davies notierte die Namen und die Adressen. Es war keiner dabei, der ihm bekannt vorkam.

Dr. Merheim wusch ihre Hände unter dem Wasserhahn der Spüle und setzte sich dann zu Davies. »Ein gewisser Hauptkommissar Heimerzheim war übrigens vor Kurzem auch hier und hat mich zu Ilse befragt. Ich konnte ihm nicht mehr sagen als der jungen Polizistin.«

Nun, dann schien Heimerzheim seine Arbeit ja ernst zu nehmen.

»Rauchen Sie?« Dr. Merheim nahm eine Packung Zigaretten vom Küchenbuffet.

»Bedienen Sie sich von meinen.« Davies bot ihr seine Schachtel an. Er war müde und fand es irgendwie tröstlich, noch ein paar Minuten in der nach Hefe und Mehl riechenden Küche zu sitzen. Er musste an die durchgestrichenen Sprechstundenzeiten auf dem Schild neben dem Gartentor denken.

»Bis wann hat Ihr Mann denn praktiziert?«

»Bis ganz kurz vor seinem Tod im April 1945. Er hatte sich eine Lungenentzündung eingefangen. Penicillin hätte ihn wahrscheinlich gerettet. Aber das gab es damals ja nicht.« Dr. Merheim konstatierte dies ganz nüchtern, aber Davies glaubte, auch Trauer in ihrer Stimme wahrzunehmen. Die Ehe schien glücklich gewesen zu sein. Einige Momente rauchten sie schweigend.

»Ich habe gehört, dass ein Mann wegen des Mordes an den britischen Soldaten festgenommen wurde«, sagte Frau Dr. Merheim schließlich.

»Ja, ein mutmaßlicher Täter ist in Haft.«

»Die Männer auf den Fotografien waren noch so jung. Ich muss immer wieder einmal an sie denken.«

Davies war nicht deswegen hergekommen, aber nun wollte er die Gelegenheit nicht verstreichen lassen. »Sie sind doch hier im Ort bekannt, und nach allem, was mir

Fräulein Matthée sagte, scheinen die Leute sich Ihnen anzuvertrauen. Sind Ihnen denn Gerüchte über die Morde zu Ohren gekommen?«

»Wenn, dann hätte ich das gemeldet.«

»Ja, das glaube ich Ihnen.« Davies nickte. »Aber manchmal ist es so, dass man etwas hört oder sieht und es einfach nicht als wichtig erachtet. Obwohl es von Bedeutung sein kann. Bitte versuchen Sie, sich zu erinnern. Gibt es irgendetwas in den Tagen nach dem 4. November '44, das Ihnen auffällig erscheint?«

»Na ja … Es kamen viele Menschen ins Bergische, die aus Köln geflohen waren. Die Bombardierungen Ende Oktober waren ja besonders schlimm. Mein Mann hat ständig Verletzte behandelt.«

»Ich nehme an, er hat Ihnen von seinen Patienten erzählt? Von Krankheiten und Schicksalen, die ihn besonders beschäftigten. Natürlich, ohne Namen zu nennen.« So hatte es zumindest Davies' Vater getan. Oft hatte er bei den gemeinsamen Mahlzeiten in anonymisierter Form von Patienten gesprochen.

»Ja, das hat mein Mann so gehalten.« Dr. Merheim sah Davies überrascht an. »Stammen Sie aus einer Arzt-Familie?«

»Ja«, erwiderte er knapp.

»Warten Sie …« Dr. Merheim rauchte in Gedanken versunken. »Eine Sache gab es, die meinen Mann beschäftigte und die nichts mit den Bombardierungen zu tun hatte. Ich kann mich aber nicht mehr genau daran erinnern. Kommen Sie mal mit …«

Davies folgte ihr durch die Halle und in ein Sprechzimmer. Obwohl der Raum schon lange nicht mehr benutzt worden war, blitzte alles vor Sauberkeit. Dr. Merheim öffnete eine Schublade des Schreibtischs und nahm nach kurzem Suchen eine Kladde heraus.

»Mein Mann pflegte sich öfter Notizen zu machen, die über die Eintragungen auf den Patientenbögen hinausgingen. Persönliche Bemerkungen, Eindrücke. Hier sind die Tage ab dem 4. November '44.« Ihr Finger glitt die Seite mit den einzelnen Daten hinunter. »Ja, hier ist es. Der 6. November. Jetzt habe ich es auch wieder präsent. ›I. H. von zwei Männern nachts in die Praxis gebracht. Große Wunde am Fuß. Unfall mit einer Hacke.‹«

»Es ist recht ungewöhnlich, dass jemand in einer Winternacht mit einer Hacke zugange ist«, sagte Davies nachdenklich. Außer wenn derjenige geholfen hatte, ein Grab auszuheben. Unwillkürlich war er gespannt.

»Ja, und der Patient hatte meinen Mann zudem zwei Tage vorher wegen einer heftigen Grippe konsultiert.« Frau Dr. Merheim wandte sich einem Karteischrank zu, zog die Schublade mit dem Buchstaben H heraus und ging die Namen auf den Patientenbögen durch. »I. H. ... Die Hacke hatte den Fuß durchschlagen, und mein Mann hatte große Sorge, dass sich die Wunde entzünden könnte. Was ja mit ziemlich großer Sicherheit eine Amputation nach sich gezogen hätte. Wenn ich mich richtig erinnere, konnte er den Fuß jedoch retten. I. H. ... Hier habe ich den Namen. Ingbert Höller. Der Gutsverwalter von Major Dabringhausen.«

»Sind Sie sich sicher?« Davies war überzeugt, dass ihm dieser Name in den Vernehmungsprotokollen des Gutspersonals nicht begegnet war.

»Letztlich hat es Höller nichts genutzt, dass mein Mann seinen Fuß retten konnte.« Dr. Merheim seufzte. »Er kam bei der Bombardierung von Engelskirchen im März 1945 ums Leben.«

»Vielen Dank, Sie haben mir sehr geholfen«, sagte Davies nachdenklich.

Bergisches Land, bei Altenberg

Auf der schmalen Straße, die zum Gut der Familie Dabringhausen führte, war es fast dunkel. Das Laub der tunnelförmig zusammengewachsenen Bäume bildete einen Schirm vor dem dämmrigen Himmel. Davies hatte die Scheinwerfer eingeschaltet. Er fuhr langsam, war sich des Wildes bewusst, das unversehens aus dem Wald kommen konnte.

Der Verwalter eines großen Gutes war eine Respektsperson. Zudem war es in der Tat ein sehr merkwürdiger Umstand, dass der Mann, von einer Grippe geplagt, in einer nasskalten Novembernacht mit einer Hacke hantiert hatte.

Davies hielt es nicht für ausgeschlossen, dass der ehemalige Verwalter des Majors mit den Morden zu tun gehabt hatte. Er musste mit dem Major und dessen Frau sprechen und sich ein Bild von dem Mann machen.

Als Davies das Anwesen erreichte, ging der Mond über dem Dach des Gutshauses auf. Hinter den Fenstern brannte kein Licht, und der Vorplatz lag verlassen da. Davies ging zum Portal und klingelte. Er wartete, versuchte es noch einmal. Als sich in dem Gebäude weiterhin nichts regte, kehrte er zu dem Jeep zurück.

Er wollte sich eben hinter das Lenkrad setzen, als ein Knecht aus einem Stall trat.

»He!« Davies bedeutete dem Mann, zu ihm zu kommen. »Herr und Frau Dabringhausen sind nicht da?«

»Ich hab sagen hören, dass die Herrschaften einen Besuch machen.« Der Knecht zuckte mit den Schultern.

»Richten Sie Herrn und Frau Dabringhausen aus, dass ich sie morgen Vormittag in der Stadtkommandantur sprechen möchte.«

»In Ordnung.« Der Knecht nickte und trottete wieder davon.

Davies beschloss, auch das Personal des Gutsbesitzers noch einmal befragen zu lassen. Der Verwalter mochte mit den Morden an den britischen Soldaten zu tun gehabt haben. Aber es konnte nicht seine Idee gewesen sein, dem ehemaligen Ortsgruppenleiter eine Waffe unterzuschieben und ihn so zu belasten. War dies doch Dietrichs' Einfall gewesen? Oder war einer der anderen an der Tat Beteiligten darauf verfallen? Wieder hatte Davies das quälende Gefühl, etwas Wichtiges übersehen zu haben.

18. Kapitel

Sürth / Rodenkirchen

Irgendwie war es Davies, schon als er den Rhein überquert hatte, klar gewesen, dass er ans Ufer fahren würde. Der Duft des Hefeteigs und das Sprechzimmer hatten Erinnerungen in ihm geweckt. Er fühlte sich hellwach, und er hätte es jetzt in seinem Zimmer in Bayenthal nicht ausgehalten.

Er ging oberhalb der Buchten am Sürther Ufer entlang – er wollte nicht an Friederike denken, deshalb mied er den Platz seiner Kindheit – und immer weiter nach Norden. Hin und wieder begegneten ihm Radfahrer, vielleicht Arbeiter, unterwegs zur Spätschicht in den Trümmern der Industrieanlagen von Wesseling. Er passierte Rheinwiesen und Felder und hin und wieder Gärten mit Hütten darin und auch Baracken dicht am Ufer. Der Mond war höher gewandert, und abgesehen von einem leichten Dunst, war der Himmel sternenklar. Schwarz und träge floss der Rhein dahin.

Davies hatte eine Flussbiegung hinter sich gelassen – in der Ferne zeichnete sich die Silhouette des Doms zwischen den Ruinen ab –, als er die Überreste einer Buhne im Wasser sah und weiter flussabwärts noch eine. Sockel aus Zement in der Wiese deuteten auf frühere Gebäude hin.

Hier war das Strandbad gewesen. Er erinnerte sich an den Schwimmgürtel aus Kork um seinen Leib. An seinen Vater, der ihn im Wasser stützte. Die plötzliche Panik, als dessen Hände auf einmal weg waren, und dann die Euphorie, als der Kork ihn trug. Wie schwebend hatte er sich gefühlt. Und später das Glück und der Stolz, als er seine ersten Schwimmzüge ohne den Korkgürtel ausführte.

Wie schlafwandlerisch zog Davies seine Uniform aus. Er legte seine Waffe ab und lief in den Fluss. Das Wasser war sehr kalt, und selbst zwischen den Überresten der Buhnen konnte er spüren, wie stark die Strömung war. Er schwamm mit kräftigen Zügen, und bald wurde ihm wärmer.

Er war am Leben, obwohl ihm die Nationalsozialisten ein anderes Schicksal zugedacht hatten. Er hatte einen Ort, von dem sie ihn vertrieben hatten, wieder in Besitz genommen. Er war frei.

Mit dem Gefühl, ganz in sich selbst zu ruhen, stieg Davies schließlich aus dem Fluss. Er würde nie vergessen. Aber er konnte mit seiner Vergangenheit Frieden schließen, ohne die ermordeten Eltern und den Großvater zu verraten.

Er hatte gerade einige Meter am Ufer zurückgelegt, als ihn sein Instinkt vor einer Gefahr warnte. Stand dort jemand zwischen den Bäumen? Davies lauschte, versuchte, das Dunkel zu durchdringen. Ein leises, kaum hörbares und doch nur allzu vertrautes metallisches Knacken. Sofort warf sich Davies zu Boden. Fast gleichzeitig blitzte Mündungsfeuer auf. Eine Kugel pfiff über ihn hinweg. Seine Gedanken rasten. Der Kleiderhaufen mit seiner Waffe war zu weit entfernt. Er würde sie nicht rechtzeitig erreichen, dazu gab er ein zu gutes Ziel ab. Er musste zurück in den Rhein.

Geduckt, im Zickzack, rannte Davies zum Ufer. Wieder ein Schuss. Und noch einer. Eine Kugel traf seinen linken Oberarm. Der Schmerz raubte ihm fast den Atem.

Wasser umspülte seine Füße. Weiter, nur weiter! Er warf

sich in den Fluss und tauchte unter, versuchte, vom Ufer wegzuschwimmen. Der verletzte Arm brannte wie Feuer, und er konnte ihn nicht bewegen. Er musste Luft holen.

Davies hatte kaum den Kopf aus den Fluten gehoben, als wieder ein Schuss fiel und die Kugel ganz in seiner Nähe auf der Wasseroberfläche aufschlug. Wer auch immer dort zwischen den Bäumen lauerte, hatte alle Vorteile auf seiner Seite. Er musste aus dessen Sichtfeld gelangen. Hastig tauchte Davies wieder unter, versuchte mit der Strömung zu schwimmen.

Plötzlich erfasste ihn ein starker Sog. Unabsichtlich hatte er die äußere Buhne hinter sich gelassen, war durch eine von Bomben oder Artillerie verursachte Lücke geschwommen. Um Gottes willen! Er durfte nicht von der Strömung in Richtung Flussmitte gezogen werden. Davies mühte sich, wieder zum Ufer zu gelangen, doch gegen den Sog kam er nicht an, und der Blutverlust schwächte ihn zusätzlich.

Er atmete Wasser ein, hustete, verlor jede Orientierung. Es wurde immer schwerer, nicht in die Tiefe gezogen zu werden. Und ihm war so entsetzlich kalt. War es nicht einfacher aufzugeben, anstatt weiterzukämpfen?

Bilder tauchten vor ihm auf. Die leeren Augenhöhlen in den Skeletten der ermordeten Soldaten schienen ihn vorwurfsvoll anzublicken. Die Zeichnung von Arthur Caune verwandelte sich in die antiken Theatermasken an der Wand von Dabringhausens Flur. Aus irgendeinem Grund war dies wichtig, aber er wusste nicht mehr, warum. Jagen Sie gern, Lieutenant?

Friederike, die neben ihm am Ufer lag. So schön … Warum nur hatte er sie nicht geküsst? Er war dumm gewesen, sie nicht zu lieben. Er hatte so viel versäumt. Er wollte leben.

Davies' Körper fasste den Entschluss, wieder zu

schwimmen. Seine Beine und sein unverletzter Arm bewegten sich. Irgendwann spürte er steinigen Boden unter seinen Füßen. Mit letzter Kraft kroch er ans Ufer und brach keuchend zusammen.

Köln, Freitag, 11. Juli 1947

Der nächtliche Himmel über Deutz und Mülheim ... Rot von den Bränden nach den Bombenabwürfen ... Grelles Licht fiel durch Davies' geschlossene Lider. Leuchtete etwa der Schütze mit einer Lampe über das Wasser? Er blinzelte, konnte nichts erkennen, versuchte, sich von dem Licht fortzubewegen. Aber sein Körper gehorchte ihm nicht richtig.

»Jetzt lieg schon still, sonst reißt die Wunde an deinem Arm wieder auf!« Unverkennbar Timothy McLeods Stimme mit dem starken schottischen Akzent.

Davies gelang es, den Kopf etwas zu drehen, und nun war er auch nicht mehr geblendet. McLeod saß neben seinem Krankenhausbett. Auf einem Stuhl lagen seine Uniform und seine Waffe. Sein linker Arm fühlte sich ganz taub an und steckte in einem Verband.

»Kannst du mir verraten, was dich mitten in der Nacht dazu getrieben hat, im Rhein schwimmen zu gehen? Anders als der Captain bist du ja nicht gerade für exzentrisches Benehmen bekannt.« McLeod schüttelte den Kopf.

»Ich erzähle es dir ... bei einer anderen Gelegenheit ...« Davies' Zunge fühlte sich wie Watte an. Ja, es war an der Zeit, McLeod anzuvertrauen, wer er wirklich war. Richard Samuel Hirsch, ein deutscher Jude, der vor den nationalsozialistischen Mördern nach Großbritannien geflohen war. Er wollte sich nicht länger hinter einer anderen Identität verstecken.

»Sehr nett von dir. Ich bin gespannt! Nun, es dürfte auf Jahre hinaus für Gesprächsstoff unter den Militärpolizisten sorgen, wie zwei von ihnen eines Nachts einen Lieutenant der Royal Military Police nackt bis auf die Unterhose auf einer Straße am Rheinufer aufgelesen haben.«

»Ich war auf einer Straße?«

»Ja, und halb ohnmächtig vom Blutverlust.« McLeod war ernst geworden. »Laut dem Arzt, der dich operiert hat, hast du Glück gehabt, der Armknochen ist nicht zerschmettert.«

Eine vage Erinnerung an zwei ihm bekannte Gesichter unter roten Mützen regte sich in Davies. Er musste den Soldaten gesagt haben, wo er in den Rhein gestiegen war, sonst hätten sie seine Uniform und die Waffe kaum gefunden.

»Hast du eine Ahnung, wer auf dich geschossen hat?«

Der vom Feuer gerötete Himmel über Köln-Mülheim Ende Oktober 1944 … Wie hatte er nur diesen Hinweis übersehen können? »Ich glaube, schon. Ich muss nur noch etwas überprüfen.« Gut möglich, dass ihn der Schütze, wenn ihn die Strömung nicht weggerissen und außer Sichtweite gebracht hätte, doch noch getötet hätte. Doch so hatte sein Gegner wahrscheinlich gedacht, er sei ertrunken.

»Nun, über die Auskunft, dass du zu wissen glaubst, wer dich umbringen wollte, wird sich der Captain sehr freuen. Spät am Abend hat ein Kurier übrigens einige Akten für dich gebracht. Sie liegen auf deinem Schreibtisch.« McLeod stand auf. »Ich gehe dann mal. Die Oberschwester wollte mich vorhin schon hinauswerfen. Schlaf dich aus.«

»Danke, dass du gekommen bist.«

»War mir ein Vergnügen. Soll ich Miss Matthée informieren, dass du angeschossen wurdest und im Krankenhaus liegst?«

»Nein, wieso?«

McLeod seufzte. »Ich wäre ein ziemlich schlechter Ermittler, wenn ich nicht bemerkt hätte, dass du in sie verliebt bist. Ich, an deiner Stelle, würde nicht mehr lange zögern …«

Morgenlicht füllte das Büro. In der Stadtkommandantur war es noch still. Nur irgendwo auf den Fluren rumorten Reinigungskräfte. Trotz der Schmerzen in seinem verletzten Arm fühlte Richard Davies sich seltsam euphorisch. Ein Zustand, den er von überstandenen Kampfhandlungen während des Krieges kannte. Er griff automatisch nach seiner Zigarettenpackung, ehe ihm klar wurde, dass er mit nur einer Hand ja nicht in der Lage war, sich ein Streichholz anzuzünden.

Die Akten, von denen McLeod gesprochen hatte, enthielten Krankentagebücher ehemaliger Soldaten aus Bergisch Gladbach und Umgebung. Darunter auch die von Major Dabringhausen. Dabringhausen hatte, was den Novemberbeginn 1944 betraf, gelogen und offensichtlich auch seine Familie und die Bediensteten angewiesen, ihn zu decken. Er hatte nicht an der Westfront gegen die Alliierten gekämpft, sondern war seit den letzten Oktobertagen auf Heimaturlaub gewesen, was seine Tochter am Vortag unabsichtlich verraten hatte. Dies ging aus seinem Krankentagebuch ganz klar hervor, und deshalb war seine Frau so zornig auf Edda gewesen. Ihr musste klar gewesen sein, dass der Major, wenn diese Lüge aufflog, zu einem zentralen Verdächtigen für den Mord an den britischen Kriegsgefangenen wurde.

Davies orderte telefonisch Unterstützung an. Er wollte nur noch eine Sache überprüfen. Dann würde er den Major verhaften.

»Nein, Fräulein, ohne die Erlaubnis eines Vorgesetzten kommen Sie nicht herein.« Der Pförtner des Klingelpütz' war unnachgiebig.

»Ich habe die Kriminaldienststelle in der Merlostraße aufgesucht, aber Hauptkommissar Heimerzheim nicht in seinem Büro angetroffen. Bitte, ich muss unbedingt mit Franziska Wagner sprechen!«, flehte Friederike.

»Kommen Sie später wieder – und zwar mit der Erlaubnis des Hauptkommissars.« Der Pförtner kehrte ihr den Rücken zu.

Wie sie es hasste, von Vorgesetzten abhängig zu sein! Friederike war nahe daran, in ohnmächtigem Zorn gegen das Schiebefenster zu schlagen. Sie musste endlich wissen, ob ihr Verdacht wirklich zutraf.

»Fräulein Matthée begleitet mich.« Eine vertraute Stimme.

Ungläubig drehte sie sich um.

Davies stand vor ihr. Sein Gesicht war sehr blass, sein linker Arm steckte in einer Schlinge. Seine Haltung ihr gegenüber war nicht mehr ablehnend und feindselig, das spürte sie sofort. Was hatte ihn wohl so verändert?

»Selbstverständlich, Herr Leutnant.« Der Pförtner machte sich hinter dem Fenster an seinen Schlüsseln zu schaffen.

»Woher hast du die Verletzung, Richard?«

»Ich bin mir sicher, Dabringhausen hat auf mich geschossen, als ich im Rhein schwimmen war.«

»Dabringhausen hat auf dich geschossen«, wiederholte Friederike fassungslos. Aber das passte ja zu dem, was sie selbst herausgefunden hatte!

»Ich war gestern Abend auf dem Gut und habe ihn und seine Frau in die Stadtkommandantur einbestellt. Seine Tochter hat versehentlich verraten, dass ihr Vater Ende Oktober, Anfang November '44 Heimaturlaub hatte.

Dabringhausen musste davon ausgehen, dass ich früher oder später erkennen würde, dass er gelogen hatte. Er muss mir nach Köln gefolgt sein.«

»Das war doch sehr riskant!«

»Er wusste ja, dass ich einen Landstreicher mit entstelltem Gesicht für Ilse Röders Mörder gehalten habe, und hoffte wohl, dein Bruder würde dann auch für meinen Tod verantwortlich gemacht werden.«

Dabringhausen hatte versucht, Davies zu töten … Und Davies verdächtigte Hans nicht mehr, Ilse Röders Mörder zu sein. Friederike kam es vor, als ob ihr Verstand nur sehr langsam arbeitete und sie die Bedeutung des Gesagten nicht richtig begriff.

»Und weshalb, denkst du, hat Dabringhausen sie umgebracht?«

»Ich habe dafür noch keinen Beweis. Aber ich schätze, weil sie gewusst hat, dass er an der Ermordung der britischen Soldaten beteiligt war.«

Der Pförtner hatte nun den richtigen Schlüssel gefunden und öffnete ihnen das Gefängnistor.

Sie kauert am Boden, hat den Kopf auf die Arme gelegt. Sie mischen ihr anscheinend kein Brom mehr ins Essen, denn sie ist nicht mehr so entsetzlich müde. Aber die Pritsche wurde wie jeden Morgen nach dem Aufstehen hochgeklappt, und einen Stuhl gibt es nicht. Sie hebt den Kopf, blickt zu dem vergitterten Fenster oben in der Wand. Das Milchglas ist hell. Anscheinend ist das Wetter sonnig.

Der Schlüssel dreht sich im Schloss der Zellentür, und der Riegel wird zurückgeschoben.

»He, aufstehen!« Eine Wärterin betritt die Zelle und herrscht sie an. Mühsam kommt sie auf die Füße.

Der englische Offizier und Fräulein Matthée stehen jetzt vor ihr. Der Offizier will etwas sagen, aber Fräulein Mat-

thée bedeutet ihm mit einer Geste zu schweigen. Sie reicht ihr ein Blatt Papier mit einer Zeichnung. Franziska starrt das Gesicht darauf an.

»Kennst du diesen Mann?«, will die junge Polizistin wissen.

Ja, sie kennt ihn, er war ihr Freier, hat sie einige Male im Keller der Ruine aufgesucht und sie großzügig bezahlt. Seine Kleidung war heruntergekommen, aber sie weiß noch, dass sie gedacht hat, irgendwie passt er nicht in dieses Kellerloch. Vielleicht hat es an seiner kultivierten Sprache gelegen.

»Kann der Mann gewusst haben, dass du eine Pistole hattest?«, fragt nun der englische Offizier.

Sie überlegt. Ja, sie hat ihm davon erzählt. Jetzt erinnert sie sich wieder. Er hatte Schnaps mitgebracht, und sie hatte ziemlich viel getrunken, auch weil die Männer, denen sie es besorgt, sie anekeln, und er hatte sie ausgefragt. Ob sie sich denn nicht schutzlos fühle, er möge sie und mache sich Sorgen um sie. Sie hat gewusst, dass das Blödsinn war, aber es hat sie trotzdem berührt, und sie hat gesagt, sie habe eine Waffe und könne auf sich aufpassen.

Fräulein Matthée beugt sich vor und fasst nach ihrer Hand. Sie sagt, dass dieser Mann Ilse Röder umgebracht habe und dass sie – Franziska – bald frei sein werde. Dann gehen die junge Polizistin und der englische Offizier.

Sie lässt sich wieder auf den Boden sinken. Sie kann nicht glauben, was sie gehört hat, und fühlt sich leer.

Friederike stand mit Davies vor dem Gefängnis. Am Himmel zeigte sich eine blasse Sonne, doch es war so kühl, dass Friederike in ihrer Strickjacke fror. Wegen des Schließers, der sie durch die Korridore begleitet hatte, hatten sie kaum ein Wort miteinander gesprochen.

»Wie hast du eigentlich herausgefunden, dass Dabringhausen auch Ilse Röders Mörder ist?« Es gab so viel anderes, was Friederike hätte sagen oder wissen wollen. Aber die auf die Ermittlung bezogene Frage war sicher.

»Gestern sah ich in der Industrieruine in Mülheim einen Mann. Ich habe ihn fälschlich für deinen Bruder gehalten und ihn gestellt. Dieser junge Kerl hat gehört, wie Elli im Keller panisch schrie und gleichzeitig draußen jemand ihren Namen rief. Das hat mich stutzig gemacht. Und ich habe mit Elli gesprochen. Dein Bruder hat sie nicht überfallen, er hat vielmehr versucht, ihre Blutung zu stillen. Aber richtig verstanden habe ich es erst, als ich im Rhein fast ertrunken wäre und bestimmte Bilder an mir vorbeizogen.«

»Du bist fast ertrunken …« Friederike hörte es sich sagen, aber wieder begriff sie es nicht wirklich.

»Ja, wegen des verletzten Arms konnte ich nicht richtig schwimmen, und die Strömung ist nun einmal sehr stark. Ich vermute, das grässliche Gesicht, das Arthur Caune so erschreckt hat, war in Wahrheit eine antike Theatermaske aus Dabringhausens Besitz. In einem Flur des Gutshauses hängt eine ganze Reihe davon. Vielleicht fand Dabringhausen es spaßig, sich dahinter zu verstecken, oder er fürchtete, ein Knecht oder eine Magd könnten ihn erkennen. Und dann ein Satz, den Dabringhausen zu mir sagte, als ich am Sonntag auf seinem Gut war … Er liebe das Verfolgen und Aufspüren des Wildes fast mehr als den Fangschuss. Das passte zu dem Mann, der den raffinierten Plan ausheckte, Franziska mit dem Mord an Ilse Röder zu belasten.«

»Also muss Dabringhausen sich tatsächlich bei den Kindern und Jugendlichen in der Ruine über Franziska umgehört haben.« Friederike schlang die Arme eng um sich. Jetzt, da die Anspannung der letzten Tage von ihr abfiel, fühlte sie sich plötzlich kraftlos und zittrig.

»Vielleicht war ja alles auch viel einfacher für ihn.« Davies zuckte mit den Schultern. »Dabringhausen hat mir gegenüber einmal erwähnt, dass er gute Beziehungen zur Polizei habe – was ich nicht bezweifle. Möglicherweise hat er sich unter einem Vorwand nach Franziska erkundigt und so ihre Geschichte erfahren.«

»Auf diese Weise dürfte er auch gewusst haben, dass Nanette als Spitzel für Heimerzheim tätig ist«, führte Friederike seinen Gedanken weiter. »Glaubst du, dass er sie überfallen und verletzt hat?«

»Ja, das würde zu ihm passen. Er ist ja völlig skrupellos.« Davies schwieg für einen Moment. »Mir ging vorhin durch den Kopf, dass eventuell sogar Ilse Röder selbst Dabringhausen von Franziska erzählt haben könnte.«

»Wie meinst du das?« Es war eine nüchterne, dienstliche Unterhaltung, trotzdem fühlte Friederike sich Davies wieder nahe, und sie war glücklich darüber.

»Du hast mir gegenüber einmal erwähnt, dass Franziska von Ilse Röder zweihundert amerikanische Dollar haben wollte. Für Deutsche sind Dollars nicht so ohne Weiteres zu beschaffen. Dabringhausens sind jedoch mit einem amerikanischen Offizier verwandt, der in Wiesbaden stationiert ist. Vielleicht hat Ilse Röder den Major gebeten, ihr das Geld zu beschaffen, und ihm dabei von Franziska erzählt. Ohne zu wissen, dass sie Dabringhausen damit eine ideale Mordverdächtige offerieren würde.«

»Ich habe in Hotels und Pensionen nach Ilse Röder und ihrem Liebhaber gefragt. Ich dachte, der Mörder kommt davon, weil du dich auf Hans als Täter festgelegt hattest.«

»Es tut mir leid.«

»Dabringhausen war Ilse Röders Liebhaber, und ich bin mir sicher, dass er der Vater ihres Kindes ist.« Friederike glaubte Davies wirklich, dass er sein Verhalten bedauerte, und sie war so froh, dass er seine Feindseligkeit ihr gegenüber abgelegt hatte! Aber irgendwie fand sie nicht die richtigen Worte, also sprach sie rasch weiter. »Ilse Röder wollte, dass der Junge auf den Namen Alexander getauft wird. Laut der Pensionswirtin hat sie Dabringhausen mit dem Kosenamen Sascha angesprochen.«

»Karl-Maria Alexander, das sind die Vornamen des Majors laut seinem Krankentagebuch.« Davies lächelte ein wenig. »Alexander, der größenwahnsinnige antike Herrscher. Der Name passt letztlich wirklich gut zu ihm.«

»Ilse Röder war so verliebt in Dabringhausen und so glücklich über den gemeinsamen Sohn! Bestimmt hat sie von ihm verlangt, dass er seine Familie für sie verlässt. Sie war ja eine Frau, die sich nahm, was sie haben wollte.«

»Und als Dabringhausen nicht einwilligte, hat sie ihn mit seiner Beteiligung am Mord an den britischen Soldaten erpresst – wie ich schon sagte, ich gehe davon aus, dass sie auf irgendeine Weise davon wusste. Vielleicht hat sich Dabringhausen ja ihr gegenüber verraten. Oder Dietrichs. Dabringhausen ist kein Mann, der sich unter Druck setzen lässt. Lieber beschließt er, Ilse Röder umzubringen. Ja, das erscheint mir schlüssig.«

Ein Pulk Fahrradfahrer kam aus Richtung des Hauptbahnhofs die unebene Straße entlang. Die Schutzbleche klapperten gegen die Rahmen. Einer der Männer fluchte, als er in einem Schlagloch fast das Gleichgewicht verlor.

»Friederike …« Davies machte eine Bewegung auf sie zu. Doch ein Jeep, der am Straßenrand hielt, ließ ihn abbrechen. Der Sergeant blickte zu Davies und grüßte mit der Hand an der Uniformmütze. »Sir.«

»Das ist mein Fahrer.«

Natürlich, mit dem verletzten Arm konnte Davies den Jeep ja nicht selbst lenken.

»Du wirst Dabringhausen jetzt festnehmen?«

»Ja.«

»Nimm mich mit«, bat Friederike rasch. »Er hat Elli fast umgebracht und Franziska als Sündenbock missbraucht – wenn es nach ihm gegangen wäre, wäre sie im Gefängnis dahinvegetiert. Ich möchte dabei sein, wenn du ihn verhaftest.« Und dich hätte er auch beinahe getötet, setzte Friederike noch stumm hinzu, sprach es aber nicht aus.

Davies zögerte.

»Bitte! Ich behindere dich und deine Leute bestimmt nicht. Ich will einfach nur sehen, wie Dabringhausen abgeführt wird.«

Schließlich gab Davies nach. »Gut, du kannst mitkommen, aber du hältst dich im Hintergrund und tust, was ich dir sage.«

Bergisches Land, bei Altenberg

Vom anderen Ende der Rasenfläche aus verfolgte Hans Matthée, wie Major Dabringhausen das Wohnzimmer betrat und sich mit einer Zeitung in einem Sessel niederließ. Er wäre schon früher zu dem Anwesen gekommen, aber in den letzten Tagen waren sehr viele Militärpolizisten und deutsche Polizeibeamte in der Nähe gewesen, und er hatte auf keinen Fall riskieren wollen, verhaftet zu werden.

Joseph Dietrichs hatte ihn häufig am Ende des Tages in der Feldscheune aufgesucht und ihm Essen gebracht. Danach hatten sie zusammen an der Feuerstelle gesessen und geraucht. Sie wussten beide, was Krieg bedeutete. Es war nicht nötig, darüber Worte zu verlieren, und auch sonst gab es nicht viel, was sie einander hätten mitteilen wollen.

Dann, eines Abends, war es aus Dietrichs herausgebrochen. Er hatte ihm, dem ehemaligen Offizier, gestanden, dass er und einige andere Männer auf Betreiben von Major Dabringhausen drei verwundete britische Soldaten umgebracht hatten. Hass auf die Briten, auf die Nation, die Deutschland mit solcher Vehemenz bekämpfte, hatte Dabringhausen angetrieben. Und wohl auch die schiere Mordlust. Die gleiche abgrundtiefe, alle Moral auslöschende Wut, die ihn – Hans – veranlasst hatte, die Dorfbewohner zu exekutieren.

Ihm war Dietrichs' Schuldbekenntnis wie eine Beichte erschienen. Nur dass er kein Priester war und Dietrichs keine Absolution erteilen konnte. Aber vielleicht hatte ja schon das Geständnis Dietrichs' Gewissen erleichtert.

Hans Matthée verließ sein Versteck und ging über den Rasen auf das Haus zu. Dietrichs hatte dem Major mehr vertraut als seinem eigenen Gewissen. So wie auch viele seiner Leute ihm – dem Leutnant Matthée – vertraut und gehorcht hatten, statt sich zu verweigern. Und nun mussten sie mit ihrer Schuld leben.

Er hatte den Major beobachtet, war ihm gefolgt. Er hatte Gerüchte über den Tod von Ilse Röder gehört und sich seinen Reim darauf gemacht, denn sie hatte gewusst, wer für den Tod der Soldaten verantwortlich war. Dies hatte ihm Dietrichs auch anvertraut. Ilse ... Ein Flirt, eine schöne Erinnerung, die einem anderen Leben angehörte und nichts mehr mit ihm zu tun hatte. Aber sie hatte es nicht verdient zu sterben.

Dabringhausen war ein Mann, dem es gutging und der nicht im Geringsten unter seinen Taten zu leiden schien. Der noch nicht einmal davor zurückschreckte, ein Kind umzubringen, wenn es seinen Zwecken diente. Joseph Dietrichs jedoch fühlte sich an seinen Eid gebunden und würde Dabringhausen ganz sicher nicht verraten.

Ob ihm der Mord an Ilse Röder und der Überfall auf

Elli würden nachgewiesen werden können? Hans Matthée glaubte nicht daran. Männer wie Dabringhausen kamen immer davon. Und genau das wollte er verhindern. Vielleicht hatte sein Leben so ja noch einen Sinn. Trotz seiner Schuld.

Nun ging er die Stufen zur Terrasse hinauf. Dabringhausen bemerkte ihn erst, als er die Glastür eintrat. Er sprang auf, seine Miene fassungslos. Dann sah er die auf ihn gerichtete Pistole und wollte aus dem Zimmer fliehen. Als Hans Matthée auf den Major schoss, hoffte etwas in ihm, sich selbst mit der Kugel ebenfalls auszulöschen.

Das Schreien einer Frau brachte Hans Matthée wieder zu sich. Er wusste nicht, wie lange er dagestanden und Dabringhausens Leichnam angestarrt hatte. Er lief nach draußen, hatte fast das Ende des Grundstücks erreicht, als er das vertraute Geräusch von Militärfahrzeugen hörte. Er blieb stehen, horchte in sich hinein. Anders als erhofft, hatte ihm der Mord keinen Frieden gebracht. Vielleicht gab es jetzt ja noch einen Weg für ihn, alles zu Ende zu bringen.

Die bleiche Sonne war mittlerweile hinter Wolken verschwunden. Das sonst liebliche Bergische Land wirkte an diesem Morgen trist und abweisend. Friederike saß hinten im Jeep. Der Fahrtwind riss an ihren Haaren und ihrer Strickjacke. Ein anderer Jeep mit vier Polizisten folgte ihnen. Das Röhren der Motoren übertönte alles, was Davies zu dem Fahrer sagte. Aber ihr war es ohnehin nicht wichtig zuzuhören. Erst allmählich begriff sie wirklich, dass auf ihn geschossen worden war und welch großes Glück es war, dass er nur eine Armwunde davongetragen hatte. Sie wünschte sich, ihn zu berühren. Sich mit ihren Händen zu vergewissern, dass er tatsächlich am Leben war.

Wenn der Fall abgeschlossen war, würde er wahrscheinlich nach England zurückkehren. Sie würde also nur noch wenig Zeit mit ihm verbringen können. Auch deshalb war sie froh, ihn zu begleiten. Selbst wenn der Anlass bedrückend war.

Die beiden Jeeps arbeiteten sich nun die schmale, kurvenreiche Straße zu Dabringhausens Gut hinauf. Ob der Major die Taten gestehen würde? Nein, eigentlich konnte sie sich das nicht vorstellen. Er war kein Mann, der eine Niederlage akzeptierte.

Das weitläufige Gutshaus erschien hinter einer Kurve, und die Militärfahrzeuge hatten den Vorplatz fast erreicht, als die Eingangstür aufflog und eine Frau herausstürzte. Ihr Gesicht war von Entsetzen verzerrt, und sie schrie und schrie.

»Halten Sie an!«, rief Davies dem Sergeant über das Dröhnen der Motoren hinweg zu. Er sprang aus dem Fahrzeug und lief zu der Frau, Dabringhausens Gattin, wie Friederike jetzt erkannte. Sie rannte Davies nach.

»Mein Mann! Ich war in der Küche und habe Schüsse aus dem Wohnzimmer gehört!« Frau Dabringhausen klammerte sich an Davies. »Und als ich dorthin kam, lag er am Boden in einer Blutlache … Er ist tot!«

»Haben Sie gesehen, wer Ihren Mann erschossen hat?«

»Nein!«

Bedienstete strömten nun auf den Vorplatz, die Gesichter von Schock und Entsetzen gezeichnet. Als wollten sie beieinander Schutz suchen, drängten sie sich eng zusammen.

»Kümmere dich um Frau Dabringhausen«, sagte Davies rasch zu Friederike.

Sie nickte beklommen.

Während Davies mit den Militärpolizisten in das Gutshaus stürmte, führte sie die zitternde und schluchzende

Frau zu einer Bank vor der Scheune. Angespannt lauschte Friederike auf Geräusche aus dem Gebäude. Doch außer Rufen in englischer Sprache und Türenschlagen war nichts zu hören. Friederike hatte jedes Gefühl dafür verloren, wie viel Zeit vergangen war, als Frau Dabringhausen sich plötzlich aufrichtete und sie anblickte.

»Mein Mann ist für die Ermordung der britischen Kriegsgefangenen verantwortlich. Ich habe es seit damals gewusst ...«

Friederike starrte sie an. Mit diesem Eingeständnis hatte sie nicht gerechnet. »Er war die Nacht vorher und den ganzen Tag in Köln. Ein geheimes Treffen mit anderen Offizieren, so hat er gesagt. Und dann abends, auf der Straße nach Bergisch Gladbach, ist ihm Joseph Dietrichs begegnet und hat ihm erzählt, dass sich drei britische Gefangene in seiner Scheune aufhielten. Mein Mann fand, dass sie den Tod verdient hatten ...«

»Ihr Mann hat sich Ihnen anvertraut?«

»Seine Kleidung war voller Blut. Deshalb hat er es mir erzählt. Unser damaliger Verwalter und ein paar Knechte waren, neben ihm und Dietrichs, auch an den Morden beteiligt. Mein Mann hat alle schwören lassen, nichts zu verraten.«

»Ihr ganzes Personal hat also, was den Heimaturlaub Ihres Mannes betrifft, gelogen.«

»Ja ... Karl-Maria hat es so dargestellt, dass die Briten ihn, den ehemaligen Wehrmachtsoffizier, sonst nur zu gern mit den Morden in Verbindung bringen würden.« Frau Dabringhausen lachte hysterisch auf.

Ob einer jener Knechte, die damals Dabringhausen geholfen hatten, die britischen Soldaten zu ermorden, ihn jetzt erschossen hatte? Aber das ergab irgendwie keinen Sinn.

Frau Dabringhausen begann so heftig zu zittern, dass

ihre Zähne aufeinanderschlugen. Von den Bediensteten war niemand mehr zu sehen. Wahrscheinlich hatten sie sich in den Ställen in Sicherheit gebracht.

»Ich hole Ihnen schnell ein Glas Wasser. Ich bin gleich wieder hier.« Friederike drückte ihre Hand.

In der Halle blickte Friederike sich suchend um. Aus dem oberen Stockwerk hörte sie wieder Schritte und Stimmen. Die Tür zum Wohnzimmer stand offen. Dabringhausens Leichnam lag auf dem Boden, umgeben von Blut und Glassplittern. Davies trat nun mit einem Militärpolizisten von der Terrasse in den Raum. Er wirkte sehr konzentriert. Offensichtlich hatten er und der andere Soldat den Garten abgesucht.

Friederike riss sich von Davies' Anblick los. Wo war nur die Küche? Sie folgte blindlings einem Flur, stieß aufs Geratewohl Türen auf. Die ganz am Ende war schließlich die richtige. Friederike nahm ein Glas von einer Anrichte, trat an die Spüle und ließ gerade Wasser hineinlaufen, als ihr Blick in den Garten fiel und sie das Gefühl hatte, ihr Herz würde aufhören zu schlagen.

Ein Mann lief über den Rasen in Richtung der Terrasse. Er bewegte sich entschlossen, als habe er sein Ziel schon lange anvisiert. Sein ehemals schönes Gesicht war von Brandwunden entstellt. Hans … Hans, der eine Pistole in der Hand hielt.

Nein! Friederike ließ das Glas fallen und stürzte los.

Bestimmt hatte Hans den Major umgebracht. Wollte er nun auch Davies töten? Gleich darauf hatte sie das Wohnzimmer erreicht. Davies war allein mit Dabringhausens Leiche, machte sich Notizen.

»Richard, Vorsicht! Mein Bruder …« Die Stimme versagte ihr, als Hans durch die Terrassentür trat, seine Waffe auf Davies gerichtet. Davies fuhr herum, zog seine Pistole.

Zu spät … Zu spät …

»Hans, nein!«

Friederike warf sich gegen Davies, um ihn aus der Ziellinie zu bringen. Zusammen stürzten sie zu Boden. Ein Schuss knallte dicht neben ihren Ohren. Benommen blickte sie auf.

Hans sah sie an. Sein Gesicht spiegelte Scham und Bedauern und die Bitte um Verzeihung. Dann ließ er die Waffe fallen und rannte davon.

»Friederike, bist du verletzt?« Davies beugte sich über sie.

»Mir geht es gut …«

Davies lebte. Er lebte wirklich! Militärpolizisten kamen in den Raum gestürmt und nahmen auf Davies' Anweisung hin die Verfolgung auf.

»Hat Hans geschossen?«

»Nein, das war ich.«

»Aber …« Friederike verstand nicht.

Davies bückte sich und hob Hans' Pistole hoch. Er roch am Lauf, öffnete die Patronenkammer. »Die Pistole war gar nicht mehr geladen«, hörte ihn Friederike sagen. Dann lief auch er in den Garten.

Du kannst doch nicht einfach so mit dieser Schuld weiterleben! Ohne sie zu sühnen …

Hans' gequältes Gesicht. *Wer sagt dir denn, dass ich nichts bereue?*

Hast du schon einmal daran gedacht, dir das Leben zu nehmen …?

Ja, aber ich war zu feige dazu. Und außerdem … Wem hätte mein Tod etwas genützt?

Hans hatte geplant, sich von Davies erschießen zu lassen. Friederike wurde übel. Sie rannte auf die Terrasse und übergab sich.

Epilog

Köln, Dienstag, 15. Juli 1947

Man hat sie wieder einmal in eine Verhörzelle geführt. Während der letzten Tage durfte sie sich im Gefängnishof bewegen und duschen. Sie hat frische Kleidung erhalten, und die Wärterinnen sind höflich zu ihr. Aber sie fühlt sich innerlich wie tot.

Die Tür geht auf. Der englische Offizier betritt die Zelle und setzt sich ihr gegenüber an den Tisch. Schweigend sieht er sie an. Sie ist sich ziemlich sicher, dass die junge Polizeibeamtin – Fräulein Matthée – sie mag. Der englische Offizier dagegen hat nicht viel für sie übrig. Aber wahrscheinlich hegt er sowieso nur für wenige Menschen Sympathien. Irgendetwas in seinem verschlossenen Gesicht sagt ihr, dass dies so ist.

Nun beginnt der Offizier zu sprechen. Er erklärt ihr, warum Ilse Röder umgebracht wurde. Er sagt, bald werde sie – Franziska – aus dem Gefängnis entlassen. Sie hört ihm zu. Aber es ist ihr egal. Irgendwie betrifft sie das alles nicht.

Nun will der englische Offizier wissen, was sie denn tun werde nach der Entlassung aus dem Gefängnis.

»Mit Elli leben …«

»Das wird nicht möglich sein.« Er sagt es knapp, ohne jede beschönigende Erläuterung. Diese Antwort ist endgültig, und sie hat es ja sowieso gewusst. Trotzdem hat sie gehofft. Sie hätte gut für Elli gesorgt.

Der englische Offizier sagt, dass sie Elli bestimmt gelegentlich sehen könne, und es müsse doch etwas geben, was sie mit ihrem Leben anfangen wolle. Außer mit Elli zu leben. Etwas, das ihr Freude mache. Er wirkt nun doch nahbarer. Fast so, als ob sie ihm leidtue.

»Ich mag Tiere.« Sie zuckt mit den Schultern.

Er erwidert, dass er versuchen werde, eine Arbeit auf einem Bauernhof für sie zu finden. Sie will nicht auf einem Bauernhof arbeiten. Am liebsten würde sie sterben.

»Hauen Sie ab …« Ihre alte Wut regt sich für Momente in ihr, gibt ihr wieder ein bisschen Kraft.

Er sieht sie weiterhin nur an, zieht dann eine Brieftasche hervor und klappt sie auf. Darin ist ein zerknittertes Schwarz-Weiß-Foto zu sehen. Gegen ihren Willen betrachtet sie es. Ein Mann, eine Frau und ein kleiner Junge. Der Mann hat ein freundliches Gesicht. Die Frau ist schön. Die Ähnlichkeit zwischen dem Kind und dem Offizier vor ihr ist unverkennbar. Sie ahnt, dass der Mann und die Frau nicht mehr am Leben sind.

»Sind das Ihre Eltern?«

»Ja, sie wurden im Konzentrationslager umgebracht.« Seine Stimme klingt sehr ruhig. »Ich konnte Anfang 1939 gerade noch rechtzeitig aus Deutschland fliehen. Willst du wirklich, dass die Nationalsozialisten dein ganzes weiteres Leben bestimmen?«

Die Frage klingt noch in ihr nach, als sie wieder in ihrer Zelle ist.

Friederike zog den mit engem Zeilenabstand beschriebenen Papierbogen aus der Schreibmaschine. Die Vernehmung eines Mädchens, das beim Stehlen von Lebensmittelmarken ertappt worden war. Helga Wicherts eilte mit hochgezogenen Schultern an ihrer Tür vorbei. Gesine Langen war wieder einmal anwesend und machte der Kollegin das Leben schwer.

Seit gestern versah Friederike jetzt wieder ihren Dienst

bei der Weiblichen Polizei. Das letzte Mal hatte sie Davies auf dem Dabringhausen'schen Gut gesehen. Er hatte die systematische Suche nach Hans in die Wege geleitet und angeordnet, dass ein Militärpolizist sie nach Hause brachte.

Sie hatte ihrer Mutter von Hans erzählt. Unmöglich hätte sie alles noch länger verschweigen können. Von dem Mord an Dabringhausen und davon, dass er während des Krieges ein schreckliches Verbrechen begangen hatte. Sie hatten zusammen um Hans geweint und getrauert und versucht, sich zu stützen. Ohne einander beizustehen hätten sie das alles ganz sicher nicht ertragen. Aber auch so war es schwer genug, und Friederike fühlte sich häufig innerlich wund und leer und wusste nicht, wie sie den nächsten Tag bewältigen sollte. Immerhin gab ihnen der Alltagsrhythmus Halt. Ihre Mutter arbeitete inzwischen wieder im Krankenhaus, so wie sie bei der Polizei.

»Fräulein Matthée …« Kriminalkommissarin Langen stand in der offenen Tür und bedachte sie mit ihrem üblichen kritischen Blick. »Lieutenant Davies möchte Sie sprechen.«

Tatsächlich, da war Davies in seiner Uniform. Immer noch trug er den linken Arm in einer Schlinge. Seine Miene war sachlich und professionell, gab nichts preis von dem, was in ihm vorging.

»Lieutenant.« Friederike stand auf und salutierte.

Gesine Langen nickte Davies zu. Das Stakkato ihrer Schritte entfernte sich im Flur.

»Lass uns irgendwohin gehen, wo wir ungestört sind«, sagte Davies.

Ach, warum freute sie sich nur so sehr, ihn zu sehen? Bestimmt war er gekommen, um sich von ihr zu verabschieden.

Bänke gab es in den Grünanlagen kaum. Deshalb waren sie in ein Café am Dom gegangen, das erst vor Kurzem wiedereröffnet hatte. Das Mobiliar war zusammengestückelt. In den bodentiefen Fenstern fehlte noch das Glas, was dem Raum die Anmutung einer Arkade verlieh. Einige Tauben hüpften auf dem Platz vor dem Gebäude herum. Friederike erschienen sie wachsam, als seien sie sich wohl bewusst, dass sie eine willkommene Beute für den Kochtopf waren. Am Eingang zur Hohen Straße kontrollierten einige Kollegen die Ausweise von Passanten.

Ein Kellner in einem abgetragenen schwarzen Anzug erschien. Davies reichte ihm Lebensmittelmarken und bestellte für sie beide Kaffee. Was für ein absurder, aber irgendwie auch passender Ort für einen Abschied.

Friederike schluckte und fasste sich ein Herz. »Ist Hans denn festgenommen geworden?« Auf dem Weg zu dem Café hatte sie nicht fragen wollen.

»Nein, er ist entwischt.« Davies schüttelte den Kopf. »Ich habe mir auch sein Krankentagebuch kommen lassen. Über seinen Verbleib im Herbst 1943 gibt es keine Auskunft. Er war weder auf Heimaturlaub noch in einem Lazarett, als das Massaker in dem Dorf bei Cherkessk begangen wurde. Es gibt nichts, was ihn entlasten würde.«

»Ich weiß ohnehin, dass er für das Massaker verantwortlich ist. Und ich bin überzeugt, dass er sich als Buße von dir erschießen lassen wollte.« Ob Hans wusste, dass sie Davies liebte? Nein, bestimmt hätte er dann nicht diesen Weg gewählt. Das hätte er ihr nicht angetan. »Ich wünschte, dass er sich stellen würde.«

»Ich glaube nicht, dass er sich dafür entscheiden wird.«

Der Kellner kam und brachte das Bestellte. Der Getreidekaffee schwamm ölig in den angeschlagenen Tassen. Gab es nicht diese biblische Geschichte – von Kain? Der Mörder, der zeit seines Lebens rastlos und ruhelos auf

Erden wanderte. War das Hans' Schicksal? Aber es war seine Entscheidung.

»Joseph Dietrichs hat sein Schweigen gebrochen, nachdem ich ihn mit dem Tod von Dabringhausen konfrontierte. Er hat gestanden, an der Ermordung der Kriegsgefangenen beteiligt gewesen zu sein. Er war mit dem Gewehr in den Feldern unterwegs, wollte einen Fuchs schießen. Dabei ist er auf die Besatzung des Jagdbombers gestoßen. Die Männer waren krank, verwundet und erschöpft. Er hat sie entwaffnet und in seiner Scheune eingesperrt.«

»Und dann ist er Dabringhausen begegnet.«

»Dietrichs wollte die Polizei verständigen. Aber Dabringhausen, der ranghohe Offizier, war der Ansicht, dass die feindlichen Soldaten den Tod verdient hatten. Er hat den Verwalter und ein paar seiner Knechte geholt, und zusammen haben sie die Männer dann umgebracht.«

Aus dem Innern des Doms, der für Besucher noch immer geschlossen war, hallte Hämmern und Sägen über den Platz. Die Kollegen am Eingang der Hohen Straße führten jetzt einen Mann ab.

»Und Ilse Röder?«

»Sie saß an jenem Abend bei Dabringhausen im Wagen, vermutlich kamen sie gerade aus Köln ... So erfuhr sie von den Soldaten. Sie wunderte sich, als in der Gegend nichts über die Verhaftung der feindlichen Bomberbesatzung zu hören war, und fragte deshalb Dietrichs danach. Dabringhausen war da schon wieder an der Front. Dietrichs war noch immer in sie verliebt, und als ehemalige Polizeibeamtin hatte sie Erfahrung darin, Menschen zum Reden zu bringen. Sie insistierte, und schließlich erzählte ihr Dietrichs alles.« Eine Taube, die sich vom Domplatz in das Café verirrt hatte und verstört zwischen den Tischen herumflatterte, hatte Davies kurz abbrechen lassen.

»Dietrichs litt wirklich unter den Morden. Er sagte mir, dass er sie deinem Bruder gestanden hat. Er brauchte wohl einen ehemaligen Offizier, bei dem er sein Gewissen erleichtern konnte.«

So hatte Hans also von Dabringhausen erfahren. »Hat Dietrichs auch etwas zu Hans und Ilse Röder gesagt?«

»Nein, dein Bruder hat sie ihm gegenüber nicht erwähnt. Ich kann da nur spekulieren. Vielleicht war er ja tatsächlich einmal in sie verliebt. Vielleicht hat er Dabringhausen deshalb erschossen. Vielleicht auch, weil er Dabringhausen stellvertretend für eine Tat bestrafen wollte, die er selbst begangen hatte. Oder aus beiden Gründen … Aber was auch immer deinen Bruder zu diesem Mord getrieben hat – wenn er nicht gewesen wäre, hätte Dabringhausen Elli bestimmt getötet.«

Für Ellis Rettung würde sie Hans immer dankbar sein.

Der Fall war abgeschlossen. Was zwischen Davies und ihr beruflich noch zu besprechen gewesen war, war geklärt. Es war sinnlos, das Unvermeidliche noch länger hinauszuzögern.

»Du wirst nach England zurückkehren?« Jetzt hatte sie es ausgesprochen, und plötzlich wünschte sich Friederike, dass es schnell zu Ende wäre. Dass sie – nach ein paar letzten, freundschaftlichen Worten – aufstehen und gehen konnte und nicht mehr diese widersinnige, verrückte, schmerzliche Hoffnung hegen würde, mit Davies zusammen zu sein.

»Nein. Ich würde gern in Deutschland bleiben. Wenn du es willst …« Davies' Gesicht war offen und schutzlos.

»Wie meinst du das? Du brauchst doch nicht meine Erlaubnis, um hierbleiben zu können.« Friederike verstand nicht. Oder doch? Aber sie hatte Angst, ihrer Sehnsucht Raum zu geben.

»Ich möchte es wegen dir.«

Hatte Davies das eben wirklich gesagt?

»Friederike, ich liebe dich, und ich möchte mit dir leben …« Davies sah sie an. Seine grauen Augen wirkten auf einmal sehr hell, als würden sie von innen heraus leuchten.

Freude glomm in Friederike auf. Ein Funke, den sie nicht zu entfachen wagte. Denn wenn sie dieser Freude Raum gab, würde sie überwältigend sein. Und niederschmetternd, falls sie enttäuscht wurde.

Sie suchte nach Worten. »Richard … Ich kann dich nur lieben, wenn ich *ich* für dich bin. Nicht die Tochter eines deutschen Offiziers. Nicht die Schwester eines Mannes, der im Krieg ein Verbrechen begangen hat. Nicht die *Deutsche* …«

»Ich liebe *dich*, das habe ich begriffen, als ich fast ertrunken wäre. Und ich habe endlich verstanden, dass ich nicht der *Jude* bin …« Davies fasste nach ihrer Hand. »Es macht mir immer noch Angst, in Deutschland zu bleiben. Und ich werde deine Hilfe brauchen. Ohne dich schaffe ich das nicht.«

»Ich werde immer für dich da sein.«

Die Kollegen hatten die Kontrolle beendet und gingen über den Platz in Richtung Dom.

»Was ist denn?« Davies sah sie fragend an, und Friederike bemerkte, dass sie lächelte.

»Ach, ich stelle mir nur gerade vor, was Gesine Langen sagen wird, wenn sie erfährt, dass eine ihrer Beamtinnen einen Offizier der Besatzungsmacht in aller Öffentlichkeit geküsst hat …«

Und dann beugte sie sich mit strahlendem Gesicht zu Davies hinüber.

Personenverzeichnis

Gerald **Amery** – Lieutenant bei der Royal Military Police
Elli **Berneike** – Kind, das von Schwarzmeer-Deutschen abstammt
Gottfried **Büchler** – Knecht auf dem Röder'schen Hof
Waltraud **Burger** – Schwester des Bauern Joseph Dietrichs
Arthur **Caune** – Junge, der eine britische Erkennungsmarke gefunden und wieder verloren hat
Frau **Caune** – Arthur Caunes Mutter
Major Karl-Maria von **Dabringhausen** – Gutsbesitzer im Bergischen
Frau **Dabringhausen** – seine Ehefrau
Edda **Dabringhausen** – seine Tochter
Heini **Dasselt** – Junge, der die britische Erkennungsmarke gefunden hat
Magdalena **Dasselt** – seine Mutter
Richard **Davies** – Lieutenant bei der Royal Military Police
Joseph **Dietrichs** – Bauer, der auf einem Hof bei Voiswinkel im Bergischen lebt
Lore **Fassbänder** – Polizeiassistentin bei der Weiblichen Polizei in Köln und Friederikes Freundin
Friedrich **Gerhartz** – Ilse Röders ehemaliger Verlobter
Ida **Gerwing** – Kriminalkommissarin bei der Weiblichen Kriminalpolizei in Köln, Gesine Langens Stellvertreterin

Wilfried **Hege** – Bauer im Bergischen
Hauptkommissar **Heimerzheim** – leitender Ermittler im Mordfall Ilse Röder
Agnes **Herwigh** – Krankenschwester
Ingbert **Höller** – ehemaliger Verwalter der Familie Dabringhausen
Marianne **Hoffmann** – Polizeiobersekretärin bei der Weiblichen Kriminalpolizei in Köln
Annemie **Jessen** – ehemalige Inhaftierte im Polizeilichen Jugendschutzlager in der Uckermark
Anna **Kaufmann** – frühere Nachbarin Joseph Dietrichs'
Frau **Kaufmann** – ihre Mutter
Frau **Keswig** – Kundin der Friseuse Matussek
Gesine **Langen** – Kriminalkommissarin bei der Weiblichen Kriminalpolizei in Köln und Leiterin der Dienststelle
Jörg **Langenfeld** – Bauunternehmer im Bergischen
Captain **Mannings** – Davies' Vorgesetzter bei der Royal Military Police
Friederike **Matthée** – Polizeiassistentin bei der Weiblichen Polizei in Köln
Hans **Matthée** – Friederikes Bruder
Henrietta **Matthée** – Friederikes Mutter
Heidelinde **Matussek** – Friseuse
Timothy **McLeod** – Lieutenant bei der Royal Military Police und Freund von Richard Davies
Dr. **Merheim** – Bekannte von Ilse Röder und Witwe eines Bensberger Arztes
Klara **Merheim** – ihre Schwiegertochter
Frau **Meßner** – Nachbarin der Matthées in der Schrebergartensiedlung
Frau **Michels** – Nachbarin von Joseph Dietrichs
Nanette – Prostituierte und Spitzel von Hauptkommissar Heimerzheim

Ian **Nicols** – Captain bei der britischen Militärregierung in Düsseldorf

Ilse **Röder** – Mordopfer, Gutsherrin, unter ihrem Geburtsnamen Ilse Kamann ehemalige Kriminalkommissarin bei der Weiblichen Kriminalpolizei in Köln

Paul **Röder** – Ilse Röders in Russland vermisster Ehemann, Gutsherr

Karl-Heinz **Schmitz** – ehemaliger Ortsgruppenleiter der NSDAP in Bergisch Gladbach

Schwester Gundula – Leiterin eines Kinderheims in Köln-Mülheim

Willy **Thorgau** – Schwarzmarkthändler

Ludwig **Viersen** – Freund von Lore Fassbänders Verlobtem

Eva **Vordemfelde** – Ilse Röders Cousine

Franziska **Wagner** – Hauptverdächtige im Mordfall Ilse Röder

Helga **Wicherts** – Polizeiassistentin bei der Weiblichen Polizei in Köln

Captain **Willis** – Captain bei der Royal Military Police

Wilhelmina **Zimmer** – Nachbarin der Matthées in der Schrebergartensiedlung

Nachwort

Hunger der Lebenden spielt im Sommer 1947, ein Sommer, der wegen seiner extremen Hitze und Trockenheit vor allem ab August als ein »Jahrhundertsommer« galt. Sehr heiße Tage gab es auch in dem Zeitraum von Juni bis Juli, in dem meine Handlung angesiedelt ist. Als ich in dem ebenfalls sehr heißen Sommer 2018 am Schreibtisch saß, habe ich mich unweigerlich oft mit der Frage befasst, wie das damals wohl war, inmitten von Trümmern und einer desolaten Lebensmittelsituation mit solch einer Hitze zurechtkommen zu müssen.

Da *Hunger der Lebenden* ein Roman ist, habe ich mir wie immer erzählerische Freiheiten genommen. Alle im Buch erwähnten Personen außer William Asbury, dem Gouverneur von Nordrhein-Westfalen, sind fiktiv.

Für Friederike Matthée, meine Heldin, kehrt in diesem Sommer 1947 wieder ein bisschen Normalität in ihr Leben ein, und anders noch als in »Echo der Toten«, – mag sie ihre Arbeit bei der Weiblichen Polizei inzwischen.

In den 1920er Jahren entstand die Weibliche Polizei (WKP) in deutschen Großstädten auf Anregung der britischen Besatzer. Die Frauen hatten meist eine Ausbildung im Fürsorgebereich und waren für die Vernehmung von Jungen bis 14 Jahren und von Mädchen und jungen Frauen zuständig. Der Schwerpunkt lag auf Resozialisierung und nicht auf Strafe. Die WKP-Beamtinnen hatten meist eine bessere Bildung als ihre männlichen Kollegen, und ihre ausführlichen und psychologisch fundierten Vernehmungen galten als sehr gut.

Während der Zeit des Nationalsozialismus stellte sich die WKP – wie in meinem Roman geschildert – in den Dienst des verbrecherischen Regimes. Beamtinnen der WKP leiteten auch das Polizeiliche Jugendschutzlager in der Uckermark.

Nach dem Zweiten Weltkrieg wollten die Briten auch andere Bereiche bei der Polizei für Frauen öffnen – über die Zuständigkeit für Jugendliche und junge Frauen hinaus – und setzten sich für die Gründung einer uniformierten Weiblichen Polizei (WP) ein. Altgediente WKP-Beamtinnen lehnten jedoch eine allgemeine Polizeiarbeit von Beamtinnen ab und betrieben eine erfolgreiche Lobbyarbeit dagegen. Sie fürchteten, der spezielle Charakter der Polizeiarbeit von Frauen, etwa die Betonung auf dem Fürsorgeaspekt, würde dadurch verlorengehen. Und wahrscheinlich fürchteten die altgedienten Beamtinnen auch um den Verlust ihrer Sonderstellung im Polizeiapparat. Die uniformierte Weibliche Polizei blieb deshalb auf die traditionellen Betätigungsfelder beschränkt. Sie half etwa bei Razzien in Bordellen, führte Alterskontrollen in Kinos und Leibesvisitationen von Frauen durch.

Anfang der 1950er Jahre wurde die WP schließlich wieder aufgelöst und die Beamtinnen in die WKP übernommen. Frauen der WP scheinen immer wieder versucht zu haben, die strengen Uniformregeln zu unterlaufen. Vor allem das militärische Grüßen sowie das Verbot, Handtaschen im Dienst zur Uniform zu tragen, stießen auf wenig Gegenliebe und wurden häufig angemahnt.

Kriminalsekretärin bzw. Kriminalobersekretärin waren Dienstränge bei der Weiblichen Kriminalpolizei – und nicht die Bezeichnung für Schreibkräfte.

Während des Zweiten Weltkriegs nahmen Diebstähle in der britischen Armee und in deren Umfeld immer mehr zu. Im Jahr 1940 wurden deshalb 19 Scotland-Yard-Inspektoren nach Frankreich zur Military Police abgestellt (ab November 1946 »Royal Military Police« – RMP –, wegen der Verdienste, die sich die Military Police im Verlauf des Krieges erworben hatte). Diese Scotland-Yard-Inspektoren bildeten die erste Special Investigation Branch (S. I. B.) der Military Police. Ab Herbst 1947 gab es regelmäßige Weiterbildungskurse für Angehörige der Royal Military Police zu S.-I.-B.-Ermittlern. Ich habe mir die Freiheit genommen, Richard Davies schon ein Jahr früher als S.-I.-B.-Ermittler tätig sein zu lassen. »Normale« Militärpolizisten führten ohnehin auch Vernehmungen durch und befragten Zeugen. Nach Knaphill in Surrey zog die RMP ebenfalls erst im Herbst 1997.

In der *Kölnischen Rundschau*, die erstmals im März 1946 erschien und damit die erste »freie« Zeitung im Rheinland war, werden Angehörige der Militärregierung mit deutschen militärischen Titeln benannt. Also Leutnant, Oberst etc. Auch in Bildunterschriften aus der Zeit nach dem Krieg finden sich für Briten deutsche militärische Ränge. Ich habe es im Roman deshalb so gehalten, dass etwa Friederike oder Gesine Langen, die ja dienstlich mit Davies zu tun haben, den englischen Titel »Lieutenant« gebrauchen und die meisten anderen Deutschen die deutschen militärischen Bezeichnungen.

In der britischen Armee dienten während des Zweiten Weltkriegs etwa 10000 – meist jüdische – Emigranten aus Deutschland und Österreich. Diese Soldaten wurden auch als »Churchill's German Army« bezeichnet.

Der Begriff Zwangsarbeiter für die meist mit Gewalt nach Deutschland gebrachten Männer und Frauen aus Osteuropa und die Kriegsgefangenen, die auf Bauernhöfen, beim Straßenbau und in der Industrie arbeiten mussten, setzte sich erst ab den 1980er Jahren durch. Deshalb habe ich im Roman den Begriff Fremdarbeiter verwendet, wie er 1947 unter Deutschen allgemein üblich war.

Bei dem, was Annemie Jessen Friederike über das Mädchenkonzentrationslager Uckermark erzählt, habe ich mich auf Berichte von jungen, ehemals dort inhaftierten Frauen gestützt, die in dem Buch *Das Mädchenkonzentrationslager Uckermark*, herausgegeben von Katja Limbächer, Maike Merten und Bettina Pfefferle, ausführlich zitiert werden. Ehemals dort inhaftierte Frauen galten in der Nachkriegszeit immer noch als »asozial« und wurden stigmatisiert.

Bei der Weiblichen Kriminalpolizei wurden noch bis in die 1950er, teilweise 1960er Jahre die »Asozialen-Karteien« aus der Zeit des Nationalsozialismus benutzt. In den letzten Kriegsmonaten wurden mehrere hundert junge Frauen aus dem Lager in der Uckermark in andere Konzentrationslager gebracht und dort ermordet.

Die von mir angeführten erkennungsdienstlichen Karteikarten gab es tatsächlich. In Bezug auf die genaue Schriftform der Karteikarten – also die Art und Weise, wie dort Vergehen, Verstöße gegen die geltenden Gesetze und die jeweiligen Sanktionen vermerkt wurden – habe ich mir schriftstellerische Freiheiten genommen.

Im Klingelpütz in Köln diente ein Gebäudeflügel der Gestapo als Gefängnis. Im Januar 1945 wurden 80 Gefangene im Innenhof ermordet und verscharrt. Insgesamt wurden in dem Gefängnis zur Zeit des Nationalsozialismus wohl über 1000 Menschen gehängt, die von »Volksgerichtshöfen« zum Tode verurteilt worden waren.

Anfang der 1960er Jahre kam es wegen der Misshandlung von Gefangenen im Klingelpütz zu einem großen Skandal. Dass jungen Frauen wie Franziska Wagner auch nach Kriegsende in deutschen Gefängnissen noch die Haare geschoren und sie mit Brom ruhiggestellt wurden, halte ich für sehr wahrscheinlich.

Hinsichtlich der Zustände in dem Köln-Mülheimer Kinderheim, aus dem Friederike Elli quasi entführt, habe ich mich an Berichten über Kinderheime aus der Zeit orientiert. Das Kinderheim selbst ist meine Erfindung.

Nicht wenige Kinder und Jugendliche hatten im Verlauf des Zweiten Weltkriegs durch Flucht und Vertreibung die Eltern und auch sonst alle Verwandten verloren. In den Jahren nach dem Krieg kamen nicht alle in Kinderheimen und Waisenhäusern unter, da deren Plätze begrenzt waren. Die Kinder und Jugendlichen, die in der Industrieuine in Köln-Mülheim hausten, sind fiktiv.

Im Sommer 1947 waren einige Kölner Kinos wieder in Betrieb. Dass Friederike dort mit Ludwig den Film *Spellbound* sieht, ist eine schriftstellerische Freiheit. Der Film war im Jahr zuvor in den amerikanischen Kinos angelaufen.

Wehrmachtshelferinnen waren überwiegend junge Frauen. Eine Frau wie Ilse Röder hätte sich aber als Wehrmachtshelferin nach Russland versetzen lassen können, schließlich wurde deren Arbeit dringend benötigt.

Die polnische Untergrundarmee fing Briefe von Wehrmachtssoldaten ab und öffnete sie. Darin fanden sich Fotografien von Massakern – die von den Absendern offensichtlich wie Fotografien von Sehenswürdigkeiten verschickt wurden.

Die Bombardierung des Engelskirchener Bahnhofs mit über 100 Toten in einem Pendlerzug im März 1945 hat wie beschrieben stattgefunden.

In Lindlar wurden kurz vor Kriegsende zehn russische Zwangsarbeiter von Angehörigen des Volkssturms erschossen. Die Bombardierung von Solingen fand am 4. und 5. November statt.

Vier kanadische Soldaten, deren Flugzeug während des Bombenangriffs am 5. November 1944 abgeschossen wurde, wurden zehn Tage später in Solingen ermordet. Dies ist gewissermaßen die historische Folie für die in meinem Roman thematisierte Ermordung von drei jungen britischen Soldaten, der Besatzung eines Jagdbombers.

Die Zeitumstellung fand wie von mir beschrieben statt. Am 6. April 1947 wurde die Uhr um eine Stunde vorgestellt, am 11. Mai dann noch einmal um eine Stunde. Um drei Uhr nachts am 29. Juni wurde die Uhr dann wieder um eine Stunde zurückgestellt und Anfang Oktober erneut um eine Stunde.

Bei den Wetterverhältnissen an den von mir aufgeführten Tagen habe ich mich an den tatsächlichen Temperaturen orientiert.

Was die von Frau Zimmer in Bezug auf Flüchtlinge aus dem Osten angeführten Vorurteile betrifft, habe ich mich auf Aussagen von Zeitzeugen zu Flucht und Vertreibung gestützt.

In der Nähe des polnischen Ortes Przemyśl verübte die Wehrmacht kurz nach dem Überfall auf Polen ein Massaker. Ein Massaker in der Nähe des Ortes Cherkessk hat nicht stattgefunden.

Emil und die Detektive fiel als einziges der Bücher von Erich Kästner nicht der Bücherverbrennung zum Opfer, und der Film wurde bis weit in die 1930er Jahre in deutschen Kinos gezeigt.

Die Briten richteten in ihren Besatzungszonen Kulturinstitute mit Bibliotheken ein. Die dort erhältlichen Bücher und Zeitschriften sollten helfen, die Demokratie in Deutschland zu verankern.

Bei meiner Recherche fand ich besonders folgende Bücher hilfreich:

– Katja Limbächer, Maike Merten, Bettina Pfefferle (Hrsg.): *Das Mädchenkonzentrationslager Uckermark.* Unrast Verlag 2000
– Bettina Blum: *Polizistinnen im geteilten Deutschland.* Klartext Verlag 2012
– Harald Buhlan, Werner Jung: *Wessen Freund und wessen Helfer? Die Kölner Polizei im Nationalsozialismus.* Emons Verlag 2000
– Anna Wexberg-Kubesch: *Vergiss nie, dass du ein jüdisches Kind bist. Der Kindertransport nach England 1938/39.* Mandelbaum Verlag 2013
– Stiftung Denkmal für die ermordeten Juden Europas,

Stiftung Topographie des Terrors, *Massenerschießungen. Der Holocaust zwischen Ostsee und Schwarzem Meer 1941–1944.* 2016
– Werner Pütz: *Krieg und Nationalsozialismus im Bergischen Land.* Brücken & Sulzer Verlag 2005
– Stefan Gorißen, Horst Sassin, Kurt Wesoly (Hrsg.): *Die Geschichte des Bergischen Landes im 19. und 20. Jahrhundert.* Verlag für Regionalgeschichte 2016
– Felix Römer: *Kameraden – Die Wehrmacht von innen.* Piper Verlag 2014
– Ré Soupault: *Katakomben der Seele.* Wunderhorn Verlag 2016
– Helen Fry: *Churchill's German Army. The Germans who Fought for Britain in WW 2.* Thistle Publishing 2015
– Patricia Meehan: *A Strange Enemy People Germans under the British 1945–50.* Peter Owen Publishers 2001
– *Victor Gollancz, In Darkest Germany.* Victor Gollancz Ltd 1947
– *Heinrich Böll, Der Engel schwieg.* Deutscher Taschenbuch Verlag 2014

Danke an …
– meinen Mann Hartmut Löschcke für die intensiven Gespräche über das Exposé von *Der Hunger der Lebenden* und – wie immer – für seine konstruktive Kritik und Geduld in schwierigen Schreibphasen,
– meine Lektorin Wiebke Bolliger für ihre hilfreichen Anmerkungen zum Text,
– meine Redakteurin Gisela Klemt, die, wie schon *Echo der Toten* auch *Der Hunger der Lebenden* wieder intensiv und vorzüglich betreut hat,
– meine Freundin und Kollegin Mila Lippke für die vielen inspirierenden Gespräche über Bücher und Filme,

– meinen Agenten Bastian Schlück für die langjährige gute Zusammenarbeit,
– Angelika Huber und Heinz-Peter Fischelmanns für viele Spaziergänge und Wanderungen im Bergischen Land; ohne sie hätte ich *Der Hunger der Lebenden* wahrscheinlich nicht dort angesiedelt.